Esordiente a quasi cinquant'anni, Karen Blixen (1885-1962) si rivelò nel 1934 con le *Sette storie gotiche*, subito al vertice della sua arte. Di lei sono apparse presso Adelphi le seguenti opere: *Sette storie gotiche* (1978), *Ehrengard* (1979), *Ultimi racconti* (1982), *Ombre sull'erba* (1985), *I vendicatori angelici* (1985), *Il matrimonio moderno* (1986), *Lettere dall'Africa 1914-1931* (1987), *Carnevale e altri racconti postumi* (1990), *Dagherrotipi* (1995). La prima edizione presso Adelphi dei *Racconti d'inverno* è del 1980.

Karen Blixen

Racconti d'inverno

ADELPHI EDIZIONI

TITOLO ORIGINALE:
Winter's Tales

Traduzione di Adriana Motti

I edizione GLI ADELPHI: febbraio 1993
VII edizione GLI ADELPHI: settembre 2009
WWW.ADELPHI.IT

ISBN 978-88-459-0958-0

INDICE

RACCONTI D'INVERNO

IL GIOVANOTTO COL GAROFANO

Una settantina d'anni or sono, ad Anversa, nei pressi del porto, c'era un alberghetto che si chiamava Hotel Regina. Era un posto pulito e decoroso dove soggiornavano con le loro mogli i capitani di lungo corso.

Una sera di marzo giunse a quell'albergo un giovanotto in preda alla più cupa tristezza. Mentre si allontanava dal porto, dove era sbarcato da una nave proveniente dall'Inghilterra, si sentiva la creatura più sola del mondo. E non c'era nessuno a cui potesse confidare la propria infelicità, perché agli occhi del mondo egli doveva sembrare un giovane invulnerabile e fortunato, che chiunque avrebbe potuto invidiare.

Quel giovane era uno scrittore. Il suo primo libro aveva avuto un grande successo: al pubblico era piaciuto moltissimo, i critici lo avevano lodato senza riserve; e lui, che era stato povero tutta la vita, ne aveva ricavato del denaro. Il libro, frutto della sua esperienza, parlava del crudele destino dei bambini poveri, e lo aveva reso noto nell'ambiente dei riformatori sociali. Quelle persone così nobili e colte lo avevano accettato tra loro con entusiasmo. Si era persino sposato nella loro cerchia, prendendo in moglie la figlia di un famoso scienziato, una bella ragazza che lo idolatrava.

Adesso era in procinto di recarsi con la moglie in Italia, per finirvi il suo prossimo libro: in quel momento ne aveva in valigia il manoscritto. La moglie lo aveva preceduto di qualche giorno perché, durante il tragitto, desiderava fermarsi a Bruxelles per rivedere la sua vecchia scuola. «Avere per la mente qualcosa di diverso da te mi farà bene» aveva detto sorridendo. Ora lo stava aspettando all'Hotel Regina, e non avrebbe voluto avere per la mente che lui.

Tutto questo sembrava molto piacevole. Ma la realtà non era affatto così. Era ben difficile che qualcosa fosse come sembrava, pensò lui, ma nel suo caso era addirittura il contrario. Il mondo gli era crollato addosso; non c'era dunque da stupirsi che ci stesse male, male da morirne. Era stato preso in trappola, e se n'era accorto troppo tardi.

Perché sentiva in cuor suo che non avrebbe mai più scritto un grande libro. Non aveva più niente da dire, e il manoscritto nella valigia era solo un mucchio di fogli che col suo peso gli faceva dolere il braccio. Gli tornò alla mente una frase della Bibbia, perché da ragazzo aveva frequentato la scuola domenicale, e si disse: «Non servo più a nient'altro che ad essere gettato via perché gli uomini mi calpestino».

Come avrebbe potuto guardare in faccia quelli che lo amavano e che avevano fiducia in lui: il suo pubblico, i suoi amici, sua moglie? Non aveva mai messo in dubbio che tutti costoro dovessero amarlo più di se stessi, e avere a cuore il suo bene prima che il proprio: per via del suo genio, e perché era un grandissimo artista. Ma ora che il suo genio si era inaridito, il futuro non gli riserbava che due strade: essere disprezzato e abbandonato da tutti, o essere ancora amato, forse, ma solo da chi non dava nessuna importanza al suo valore di artista. E benché egli non fosse certo uomo da eludere i pensieri sgradevoli, da quest'ultima alternativa si ritraeva con una specie di *horror vacui*; gli pareva che, da sola, riducesse il mondo a un guscio vuoto, a una caricatura: un vero manicomio. Avrebbe potuto sopportare qualunque cosa, ma non questo.

Il pensiero di essere celebre accresceva e intensificava la sua disperazione. Se in passato gli era accaduto di essere infelice e di accarezzare talvolta l'idea di buttarsi nel fiume, era stato sempre e soltanto affar suo. Ma ora gli stava puntato addosso l'abbagliante riflettore della notorietà; centinaia di occhi lo osservavano; e il suo insuccesso, o il suo suicidio, sarebbe stato l'insuccesso o il suicidio di uno scrittore famoso in tutto il mondo.

Ma nella sua disgrazia anche queste considerazioni non erano che piccolezze. Se tutto andava a catafascio, lui poteva anche fare a meno del suo prossimo. Non è che ne avesse poi una grande opinione, e se fossero scomparsi tutti, pubblico amici e moglie, li avrebbe rimpianti infinitamente meno di quanto loro potessero mai immaginarsi, a patto di restare, lui, faccia a faccia e in buoni rapporti con Dio.

L'amore che aveva per Dio e la certezza che a sua volta Dio lo amava più di quanto non amasse il resto dell'umanità lo avevano sorretto nei periodi di miseria e di sventura. E lui aveva anche il dono della gratitudine; la sua recente buona sorte aveva confermato e sancito la sua intesa con Dio. Ma ora sentiva che Egli gli aveva voltato le spalle. E se non era più un grande artista, per quale ragione Dio avrebbe dovuto amarlo? Senza le sue facoltà visionarie, senza il suo corteo di fantasie, di farse e di tragedie, come avrebbe potuto anche soltanto avvicinarsi al Signore e supplicarlo di guarire le sue piaghe? In quel momento lui non valeva più degli altri, ecco la verità. Poteva ingannare il mondo, ma in tutta la sua vita non aveva mai ingannato se stesso. Non aveva più Dio al proprio fianco, e come avrebbe fatto a vivere, d'ora in poi?

La sua mente divagava, e trovava da sola nuova esca per tormentarsi. Non gli riusciva di dimenticare il verdetto del suocero sulla letteratura moderna. «La superficialità,» aveva proclamato il vecchio «ecco la sua caratteristica peculiare. Questa è un'epoca senza peso; la sua grandezza è vuota. Anche il tuo lavoro, pur così nobile, ragazzo mio...». Di solito, le opinioni del suocero lo lasciavano del tutto indifferente, ma in quel momento era così abbattuto che lo fecero rabbrividire. Superficialità era proprio la parola che il pubblico e i critici avrebbero usata parlando di lui, pensò, non appena avessero saputo la verità — leggerezza, vuoto. Avevano giudicato nobile la sua opera perché nel descrivere le sofferenze dei poveri era riuscito a commuoverli. Ma lui avrebbe potuto descrivere altrettanto bene le sofferenze dei re. Aveva parlato di quelle dei poveri perché gli era toccato in sorte di conoscerle. Ora che aveva fatto fortuna, si accorgeva che sui poveri non aveva più niente da dire, e che avrebbe preferito non sentirne più parlare. La parola «superficialità» scandiva i suoi passi nel lungo tragitto.

Mentre rimuginava questi pensieri aveva continuato a camminare. Era una serata fredda, un vento aspro e pungente gli tagliava la faccia. Guardò il cielo e capì che stava per piovere.

Il giovanotto si chiamava Charlie Despard. Era piccolo, snello, una figura minuscola nella strada deserta. Non aveva ancora trent'anni, e sembrava molto più giovane della sua età; lo si poteva prendere per un liceale. Era bruno di capelli e di carnagione, ma aveva gli occhi azzurri, il viso affilato e il naso un tantino storto. Nonostante quel suo grave stato di depressione e il peso della valigia, si muoveva con straordinaria leggerezza e aveva un portamento molto eretto. Era ben vestito; sulla sua persona tutto ciò che indossava pareva nuovo di zecca, e lo era.

Pensò all'albergo dove stava andando, e si domandò se un tetto sarebbe stato meglio della strada. Appena arrivato, decise, avrebbe bevuto un bicchierino di acquavite. Da ultimo aveva cominciato a cercare consolazione nell'acquavite; a volte ce la trovava, a volte no. Pensò anche alla moglie che lo stava aspettando. Forse era già addormentata. Se non aveva chiuso la porta a chiave, costringendolo così a svegliarla e a chiacchierare, la sua vicinanza avrebbe potuto dargli conforto. Pensò alla sua bellezza, alla sua bontà verso di lui. Era una giovane alta, coi capelli biondi e gli occhi azzurri, e una carnagione bianca come il marmo. Il suo volto si sarebbe potuto definire classico, se nella parte superiore non fosse stato un po' troppo corto e sfilato rispetto alla mascella e al mento. Anche nel suo corpo si ripeteva la stessa caratteristica: il busto era un po' troppo corto ed esile in confronto ai fianchi e alle gambe. Si chiamava Laura. Aveva uno sguardo limpido, serio, gentile, e i suoi occhi azzurri si colmavano facilmente di lacrime commosse; l'ammirazione che aveva per lui bastava a farle scorrere copiose non appena lo guardava. Ma a che cosa gli serviva tutto questo? Non era veramente sua moglie; Laura aveva sposato un fantasma della propria immaginazione, e lui restava fuori al freddo.

Quando arrivò all'albergo, si rese conto che non aveva nemmeno voglia dell'acquavite. Si fermò nell'atrio, che gli parve una tomba, giusto il tempo di domandare al portiere se sua moglie fosse arrivata. Sì, gli disse il vecchio, Madame era felicemente arrivata e gli aveva preannunciato che Monsieur l'avrebbe raggiunta più tardi. Si offrì di portargli di sopra la valigia, ma Charlie concluse tra sé che avrebbe fatto meglio a sostenere il peso del proprio fardello. Così si fece dire il numero della camera e si avventurò da solo su per le scale e lungo il corridoio. Constatò con stupore che la porta a due battenti della camera non era chiusa a chiave, e non ebbe quindi alcuna difficoltà ad entrare. Gli parve, quello, il primo, piccolo favore che il destino gli avesse riserbato da molto tempo a quella parte.

Quando entrò nella camera si trovò quasi al buio; la rischiarava soltanto la luce fioca di una lampada a gas vicino alla toletta. C'era profumo di violette nell'aria. Le aveva di certo portate sua moglie, che voleva offrirgliele recitando un verso di qualche poesia. Ma adesso giaceva nel letto, sprofondata tra i cuscini. Ormai bastava così poco a suggestionarlo che quella fortuna gli scaldò il cuore. Mentre si toglieva le scarpe si guardò intorno, pensando: «Questa camera, col suo parato azzurro cielo e le tende cremisi, è stata buona con me; non voglio dimenticarla».

Ma quando fu a letto non riuscì a prendere sonno. Udì un orologio poco lontano battere il quarto una prima volta, e poi ancora e ancora. Gli sembrava di aver dimenticato l'arte di dormire, e di essere condannato a stare lì sveglio per sempre. «Questo mi succede perché in realtà sono morto» pensò. «Per me non c'è più nessuna differenza tra la vita e la morte».

Tutt'a un tratto, e fu còlto di sorpresa perché non aveva udito alcun rumore nel corridoio, sentì che qualcuno girava piano la maniglia della porta. Lui aveva chiuso a chiave, entrando. Quando la persona nel corridoio se ne rese conto aspettò un momento, poi tentò di nuovo la maniglia. Aveva tutta l'aria di essersi arresa; dopo un attimo tamburellò un'arietta sul battente, la ripeté. Ci fu un altro silenzio; poi l'ignoto visitatore fischiettò sommessamente qualche nota. Charlie fu preso dal terrore atroce che la moglie finisse col destarsi. Scese dal letto, indossò la sua vestaglia verde e, cercando di non far rumore, andò ad aprire.

Il corridoio era più illuminato della camera, e sopra la porta c'era una lampada a muro. Fuori, in quella luce, un giovanotto era in attesa. Era alto e biondo, e così elegante che Charlie si stupì di incontrarlo all'Hotel Regina. Sotto il mantello gettato con noncuranza sulle spalle indossava l'abito da sera, e all'occhiello della giacca aveva un garofano rosa che spiccava vivido e romantico su tutto quel bianco e nero.

Ma non appena Charlie vide il giovane, rimase colpito soprattutto dall'espressione del suo volto. Da quel volto si irradiava una tale felicità, un'estasi così dolce, umile, irrefrenabile e ridente, quale Charlie non aveva mai vista in vita sua. Un angelo appena disceso dal cielo non avrebbe potuto manifestare una più esuberante, gloriosa beatitudine. Per un momento il poeta non riuscì a distoglierne lo sguardo. Poi parlò, in francese − perché non ebbe il minimo dubbio che quel distinto giovanotto di Anversa fosse francese, e lui quella lingua la parlava molto bene, dato che un tempo aveva fatto l'apprendista presso un parrucchiere francese. «Che cosa volete?» gli domandò. «Mia moglie sta dormendo, e anch'io ho un gran bisogno di dormire».

Alla vista di Charlie, il giovanotto col garofano era apparso meravigliatissimo, proprio come lo era stato Charlie nel vedere lui. Tuttavia quella strana beatitudine aveva radici così profonde nel suo animo che gli ci volle un po' per trasformare la sua espressione in quella di un gentiluomo che incontra un altro gentiluomo. Mescolato con lo stupore, un barlume di quella radiosità rimase sul suo volto anche quando infine egli parlò e disse: «Vi prego di scusarmi. Mi rincresce molto di avervi disturbato. Dev'esserci un errore». Dopo di che Charlie chiuse la porta e si volse. Con la coda dell'occhio vide che la moglie si era sollevata dai cuscini. Brevemente, perché poteva darsi che non fosse sveglia del tutto, Charlie disse: «Era un signore. Doveva essere ubriaco». A queste parole lei si riadagiò sui cuscini, e anche lui tornò a letto.

Ma non appena si distese tra le coltri fu preso da una terribile agitazione; sentì che gli era accaduto qualcosa di irreparabile. Per un poco non riuscì a capire di che cosa si trattasse, né se fosse qualcosa di buono o di cattivo. Era come se la luce abbagliante di un faro l'avesse centrato in pieno e fosse passata via, lasciandolo abbacinato. Poi, lentamente, quell'impressione prese forma e consistenza, e si fece riconoscere con un dolore così insostenibile che lo squassò come uno spasimo.

Perché quella, lo sapeva, era la gloria, il significato e la chiave della vita. Il giovanotto col garofano la possedeva. E quell'infinita felicità che si irradiava dal suo viso esisteva, in qualche parte del mondo la si poteva trovare. Il giovanotto conosceva la strada per arrivarci, ma lui, invece, lui l'aveva perduta. In un tempo lontano, così gli sembrava, anche lui aveva conosciuto quella strada, ma poi aveva mollato la presa, ed ecco dov'era finito, condannato per sempre. O Dio, Dio del cielo, in quale momento il suo cammino si era allontanato da quello del giovanotto col garofano?

Adesso vedeva chiaramente che la tristezza delle ultime settimane non era che il presagio di questa totale perdizione. Nella sua agonia, perché era veramente nelle spire della morte, cercò un appiglio qualsiasi, e annaspando nella tenebra finì con l'aggrapparsi ad alcune delle più entusiastiche recensioni del suo libro. Subito la sua mente se ne ritrasse come fossero state roventi. Proprio di là, infatti, veniva la sua rovina e la sua dannazione: dai recensori, dagli editori, dal pubblico, e da sua moglie. Erano loro a volere i libri, e pur di arrivare allo scopo avrebbero trasformato un essere umano in carta stampata. Si era lasciato sedurre dalle creature meno seducenti del mondo; e quelle lo avevano costretto a vendere la sua anima a un prezzo che era già di per sé una condanna. «Io spargerò la zizzania tra lo scrittore e i lettori, e tra il loro seme e il seme tuo» pensò. «Tu tenderai insidie al loro calcagno, ma essi schiacceranno la tua testa». Non c'era da stupirsi che Dio non lo amasse più, perché lui, di sua spontanea volontà, aveva preferito alle cose del Signore − la luna, il mare, l'amicizia, le lotte − le parole che le definiscono. Poteva anche starsene seduto in una stanza a scrivere quelle parole che i critici avrebbero osannato; ma fuori, nel corridoio, la strada del giovanotto col garofano si tuffava nella luce che donava a quel viso il suo splendore.

Non sapeva da quanto tempo giacesse così nel letto; gli sembrava di aver pianto, ma i suoi occhi erano asciutti. Alla fine si addormentò di colpo, e dormì per un minuto. Quando riaperse gli occhi era calmissimo, deciso. Doveva andarsene. Avrebbe salvato se stesso, e sarebbe andato alla ricerca di quella felicità che, chissà dove, esisteva di certo. Sarebbe andato in capo al mondo, pur di trovarla; forse la soluzione migliore era proprio di andare direttamente in capo al mondo. Ora sarebbe andato al porto alla ricerca di una nave che lo portasse lontano. Al pensiero della nave si calmò.

Rimase a letto ancora un'ora, poi si alzò e si vestì. Intanto si domandava che cosa avesse pensato di lui il giovanotto col garofano. Di certo, disse tra sé e sé, avrà pensato: «Ah, le pauvre petit bonhomme à la robe de chambre verte». Rifece piano piano la valigia; il manoscritto pensò a tutta prima di lasciarlo là, poi lo prese, col proposito di buttarlo in mare e di assistere alla sua distruzione. Mentre stava per uscire dalla camera si ricordò della moglie. Non era bello lasciare per sempre una donna addormentata, senza una sola parola di addio. Teseo l'aveva fatto, ricordò. Ma il difficile era trovare quella parola di addio. Alla fine, restando in piedi e appoggiandosi alla toletta, scrisse su una pagina del suo manoscritto: «Sono andato via. Perdonami, se ti è possibile». Poi scese. Il portiere, nella sua guardiola, sonnecchiava davanti a un giornale. «Non lo rivedrò più» pensò Charlie. «Non aprirò più questa porta».

Quando uscì, il vento si era calmato, pioveva, e la pioggia sussurrava e crepitava tutt'intorno a lui. Si tolse il cappello; in un attimo ebbe i capelli fradici, e la pioggia gli scorreva sul viso. C'era un significato in quel tocco freddo e inatteso. Ripercorse la strada per la quale era venuto, perché era l'unica strada di Anversa che conoscesse. Mentre camminava, ebbe l'impressione che il mondo non fosse più del tutto indifferente alla sua presenza, e che in quel mondo lui non fosse più del tutto solo. I fenomeni dispersi e dissociati dell'universo si stavano coagulando, concentrandosi molto probabilmente nel diavolo in persona, e il diavolo lo teneva stretto per la mano o per i capelli.

Prima di quanto non si aspettasse giunse al porto e si fermò sul molo, con la valigia in mano, a fissare l'acqua. Era profonda e cupa, le luci dei fanali sulla banchina vi guizzavano come serpentelli. Era salata: questa fu la prima, intensa sensazione che provò al suo cospetto. L'acqua piovana gli cadeva addosso dall'alto; e laggiù gli veniva incontro l'acqua salmastra. Così doveva essere. Rimase là per un pezzo, guardando le navi. Su una di quelle navi sarebbe andato via.

Le loro sagome, nella notte piovosa, apparivano gigantesche. Avevano i ventri colmi, ed erano pregne di possibilità; erano portatrici di destini, superiori a lui sotto ogni aspetto, con l'acqua che le circondava da tutti i lati. Nuotavano; l'acqua salmastra le portava dovunque volessero andare. Mentre le guardava, gli parve che quelle enormi carcasse gli manifestassero una sorta di solidarietà; gli stavano comunicando un messaggio, ma a tutta prima lui non capì quale fosse. Poi decifrò la parola: superficialità. Le navi erano superficiali, e restavano alla superficie. In questo consisteva il loro potere; per le navi il pericolo era di andare al fondo delle cose, di incagliarsi. Erano anche vuote, e il vuoto era il segreto del loro essere; finché rimanevano vuote, gli abissi marini erano al loro servizio. Un fiotto di felicità gonfiò il cuore di Charlie; dopo un istante rise nel buio.

«Sorelle mie,» pensò «da quanto tempo sarei dovuto venire da voi! Belle, superficiali vagabonde, valorose, galleggianti conquistatrici degli oceani! Angeli vuoti e possenti, passerò la vita a ringraziarvi. Dio vi tiene a galla, mie grandi sorelle, e me con voi. Dio salvi la nostra superficialità». Era fradicio, ormai; i suoi capelli scintillavano leggermente, come i fianchi delle navi sotto la pioggia. «E d'ora in poi terrò la bocca chiusa» pensò. «Nella mia vita ci sono state fin troppe parole; ora non riesco più nemmeno a ricordare perché abbia parlato tanto. La verità delle cose mi si è rivelata solo quando sono venuto qui e sono rimasto muto sotto la pioggia. D'ora in poi non parlerò più, ma ascolterò quello che mi diranno i marinai, loro che conoscono bene le navi e si tengono lontani dal fondo delle cose. Andrò in capo al mondo, e terrò la bocca chiusa».

Aveva appena preso questa decisione quando un uomo gli venne incontro lungo il molo e gli rivolse la parola. «State cercando una nave?» disse. All'aspetto sembrava un marinaio, pensò Charlie, e anche una scimmia bonaria. Era un uomo tarchiato, col viso segnato dalle intemperie e la barba a collare. «Sì» disse Charlie. «Quale?» domandò il marinaio. Charlie stava per rispondere: «L'arca di Noè, via dal diluvio». Ma si rese conto in tempo che sarebbe parsa una risposta assurda. «Vedete,» disse «voglio imbarcarmi su una nave e fare un viaggio». Il marinaio sputò e si mise a ridere. «Un viaggio?» disse. «Magnifico! Stavate guardando l'acqua così fisso che avrei giurato che foste sul punto di buttarvi giù». «Senti questa, buttarmi giù io!» disse Charlie. «E allora mi avreste salvato? Ma sta di fatto che siete arrivato troppo tardi per salvarmi. Sareste dovuto capitare ieri notte, allora sì che sarebbe stato il momento giusto. Se ieri notte non mi sono annegato» continuò «è solo perché non c'era l'acqua. Se l'acqua mi fosse venuta incontro in quel momento! Qui c'è l'acqua — va bene? e qui c'è l'uomo — va bene? Se l'acqua gli va incontro, lui si annega. Tutto questo basta a dimostrare che il più grande dei poeti commette degli errori, e che non si dovrebbe mai diventar poeti». A questo punto il marinaio non ebbe più dubbi: il giovane sconosciuto era completamente ubriaco. «D'accordo, ragazzo mio,» disse «se per il momento ci avete ripensato e non vi annegate più, potete anche andarvene per la vostra strada, e buonanotte a voi». Queste parole furono una grossa delusione per Charlie, al quale sembrava che la conversazione stesse prendendo un'ottima piega. «Ma sentite un momento, non potrei venire con voi?» domandò. «Io sto andando a bermi un bicchiere di rum alla taverna della Croix du Midi» rispose il marinaio. «Che idea splendida» dichiarò Charlie; «è una bella fortuna incontrare un uomo che ha di queste idee».

Entrarono insieme nella taverna della Croix du Midi, che era poco lontana, e là incontrarono altri due marinai, che il compagno di Charlie conosceva e gli presentò come il secondo ufficiale e il commissario di bordo. Lui era a sua volta capitano di una piccola nave all'àncora fuori del porto. Charlie si mise la mano in tasca e la trovò piena del denaro che aveva preso con sé per il viaggio. «Portate una bottiglia del vostro rum migliore per questi signori,» disse al cameriere «e una tazza di caffè per me». Nello stato d'animo in cui era, preferiva non bere liquori, anche se i suoi compagni lo intimorivano; ma trovava difficile spiegar loro il suo caso. «Bevo caffè perché ho fatto...» stava per dire: un voto, ma si trattenne a tempo «una scommessa. Su una nave c'era un vecchio – che tra parentesi è mio zio – e lui ha scommesso che non sarei riuscito a stare senza bere per un anno intero; ma, se avessi vinto, la nave sarebbe stata mia». «E voi ci siete riuscito?» domandò il capitano. «Com'è vero Iddio» disse Charlie. «Ho rifiutato un bicchiere di acquavite meno di dodici ore fa, e se poc'anzi, coi miei discorsi, vi sono potuto sembrare ubriaco, è solo che l'odore del mare ha su di me un effetto inebriante». Il secondo ufficiale domandò: «L'uomo che ha scommesso con voi è un piccoletto con una gran pancia e un occhio solo?». «Mio zio, proprio lui!» proruppe Charlie. «Allora l'ho conosciuto anch'io, una volta che andavo a Rio» disse il secondo ufficiale. «Voleva fare quella scommessa anche con me, ma io non ho voluto saperne».

A questo punto fu portata la bottiglia, e Charlie

riempì i bicchieri. Si arrotolò una sigaretta e aspirò golosamente l'aroma del rum e della stanza piena di tepore. Alla luce discreta di un lampadario le facce dei suoi tre nuovi amici splendevano lustre e cordiali. In loro compagnia si sentiva onorato e felice, e pensava: «Ne sanno tanto più di me!». Era molto pallido, come sempre quando era agitato. «Spero che quel caffè vi faccia bene» gli augurò il capitano. «A guardarvi, si direbbe che vi siate buscato un malanno». «No, ma ho avuto un grande dolore» disse Charlie. Gli altri fecero la faccia compunta e gli domandarono che cosa gli fosse accaduto. «Adesso vi racconto» rispose Charlie. «È meglio che ne parli, anche se fino a poco fa pensavo il contrario. Avevo uno scimmiotto ammaestrato al quale volevo molto bene; si chiamava Charlie. L'avevo comprato da una vecchia che teneva un bordello a Hongkong, e fummo costretti a portarlo via di nascosto, in pieno giorno: le ragazze non avrebbero mai accettato di separarsene, perché per loro era come un fratello. E anche per me era come un fratello. Sapeva tutto ciò che pensavo e mi stava sempre accanto. Quando l'ho preso gli erano già stati insegnati molti giochetti, e molti altri ne ha imparati mentre stava con me. Ma quando sono tornato in patria, il cibo inglese non andava bene per lui, e nemmeno la domestica inglese. Ha finito con l'ammalarsi, ed è andato sempre peggiorando, e un sabato sera mi è morto». «Una vera sciagura» disse il capitano impietosito. «Eh, sì» disse Charlie. «Quando al mondo c'è una sola creatura che vi stia a cuore, e questa è una scimmia, ed è morta, è proprio una sciagura».

Prima che arrivassero gli altri due, il commissario di bordo aveva raccontato qualche cosa al secondo ufficiale. Adesso, perché la ascoltassero anche gli altri, la raccontò di nuovo. Era la storia crudele di una sua traversata: tornava da Buenos Aires con un carico di lana, ma dopo cinque giorni di bonaccia nella zona equatoriale la nave aveva preso fuoco, e l'equipaggio, dopo aver cercato per tutta la notte di domare le fiamme, al mattino aveva preso posto sulle scialuppe e aveva abbandonato il relitto. Il commissario si era ustionato le mani, tuttavia aveva continuato a remare per tre giorni e tre notti di seguito, e quando finalmente erano stati raccolti da un vapore che veniva da Rotterdam la mano gli si era a tal punto gonfiata intorno al remo che non era più riuscito a stendere i pollici. «Allora mi guardai la mano» disse «e giurai che se fossi riuscito a rivedere la terraferma, mi portasse via il diavolo se tornavo a imbarcarmi». Gli altri due annuirono gravemente e gli domandarono dove fosse diretto. «Io?» disse il commissario. «Devo far rotta per Sydney».

Il secondo ufficiale descrisse una tempesta nella Baia, e il capitano raccontò di una tormenta nel Mare del Nord in cui si era trovato quand'era ancora mozzo. L'avevano messo alle pompe, raccontò, e si erano completamente dimenticati di lui; non osando sospendere il suo lavoro, aveva pompato per undici ore di fila. «A quel punto,» disse «anch'io giurai di rimanere a terra e di non tornare in mare mai più».

Charlie ascoltava, e pensava: «Questi sono uomini saggi. Sanno quello che dicono. Perché le persone che viaggiano per diletto quando il mare è calmo e sorride bonario, e poi dicono di amarlo, non sanno che cosa sia l'amore. Ad amarlo davvero sono i marinai, che dal mare hanno subìto angherie e crudeltà e che l'hanno maledetto e bestemmiato. È probabile che questa legge valga anche per i mariti e per le mogli. Imparerò molte altre cose dai lupi di mare. Di fronte a loro sono un bambino e uno stupido».

I tre marinai, nel vedere il giovane così attento e silenzioso, si resero conto della sua reverente ammirazione. Lo presero per uno studentello, e furono lieti di raccontargli le proprie esperienze. E si convinsero che era anche un ottimo anfitrione, perché non smetteva di riempire i loro bicchieri, e quando la prima bottiglia fu vuota ne ordinò una seconda. Charlie, per ringraziarli delle loro storie, cantò un paio di canzoni. Aveva una bella voce, e quella sera la trovò gradevole anche lui; da molto tempo non cantava più. La loro cordialità andava aumentando. Il capitano gli diede una manata sulla spalla e gli disse che era un ragazzo sveglio e che di lui si poteva ancora fare un marinaio.

Ma quando, poco dopo, il capitano si mise a parlare teneramente della moglie e dei figli, che aveva appena lasciati, e il commissario, con orgoglio e commozione, comunicò ai compagni che negli ultimi venti giorni due cameriere di taverna avevano messo al mondo due coppie di gemelle, quattro bimbe dai capelli rossi come quelli del padre, Charlie ricordò la propria moglie e si sentì a disagio. Questi marinai, pensò, avevano tutta l'aria di saperci fare, con le loro donne. Probabilmente nessuno dei tre aveva tanta paura della propria moglie da darsela a gambe nel cuore della notte. Se avessero saputo che lui l'aveva fatto, rifletté, non l'avrebbero più stimato tanto.

I marinai erano convinti che Charlie fosse molto più giovane della sua età, e in loro compagnia egli aveva finito col sentirsi talmente giovane che adesso sua moglie gli sembrava più una madre che una compagna. La sua madre vera, benché fosse stata una rispettabile commerciante, aveva avuto nelle vene qualche goccia di sangue zingaresco, e nessuna delle repentine decisioni del figlio l'aveva mai còlta di sorpresa. In realtà, pensò Charlie, in qualunque pelago si trovasse, lei restava alla superficie, e vi nuotava maestosamente, come un'oca orgogliosa, scura e corpulenta. Se stanotte fosse andato da lei e le avesse confidato la sua decisione d'imbarcarsi, non era escluso che quell'idea potesse incontrare la sua entusiastica approvazione. L'orgoglio e la gratitudine che egli aveva sempre provato nei riguardi della donna anziana, adesso, mentre beveva la sua ultima tazza di caffè, si trasferirono sulla giovane. Laura lo avrebbe capito e sostenuto.

Si soffermò qualche momento a valutare bene la questione. Perché su questo punto l'esperienza gli aveva insegnato ad essere molto cauto. Gli era già capitato di farsi trarre in inganno da una strana illusione ottica. Quando le stava lontano, sua moglie finiva col sembrargli un angelo custode che non gli avrebbe mai fatto mancare comprensione e conforto. Ma quando se la ritrovava davanti, faccia a faccia, era un'estranea, e lui piombava in un mare di difficoltà.

Ma quella notte tutto questo sembrava appartenere al passato. Perché lui adesso aveva il potere; aveva al suo fianco il mare e le navi, e davanti agli occhi il giovanotto col garofano. Grandi immagini lo circondavano. Qui, nella taverna della Croix du Midi, aveva già vissuto molte esperienze. Aveva assistito all'incendio di una nave, a una tormenta di neve nel Mare del Nord, e al ritorno del marinaio dalla moglie e dai figli. Si sentiva così potente che ora la figura di sua moglie gli parve patetica. La ricordò come l'aveva vista poco prima, addormentata, inerte e serena, e il suo candore, la sua ignoranza del mondo lo commossero. Tutt'a un tratto si fece di fuoco al pensiero della lettera che le aveva scritta. Sentì che forse sarebbe andato via col cuore più leggero, se prima le avesse spiegato tutto. «Famiglia,» pensò «dov'è il tuo pungiglione? Vita coniugale, dov'è la tua vittoria?».

Rimase immobile a fissare il tavolo, dove un po' di caffè si era versato. I marinai non chiacchieravano più così fitto, perché si erano accorti che lui non stava ascoltando; alla fine tacquero. Non appena si accorse di quel silenzio, Charlie tornò alla realtà. Sorrise agli amici. «Prima di tornare a casa, voglio raccontarvi una storia. Una storia blu[1]» disse.

«C'era una volta» cominciò «un vecchio inglese immensamente ricco, che era stato gentiluomo di corte e consigliere della Regina e che ormai, giunto a tar-

1. L'inglese *blue* significa anche «triste» [*N.d.T.*].

da età, non aveva altro interesse che quello di far collezione di antiche porcellane blu. A questo scopo percorreva in lungo e in largo la Persia, il Giappone e la Cina, sempre accompagnato dalla figlia, Lady Helena. In una notte serena, mentre navigavano nel Mare della Cina, scoppiò un furioso incendio a bordo, e tutti abbandonarono la nave cercando scampo nelle scialuppe di salvataggio. Nel buio e nel trambusto il vecchio gentiluomo non si trovò più la figlia accanto. Lady Helena era salita sul ponte più tardi degli altri, e aveva trovato la nave deserta. All'ultimo istante un giovane marinaio inglese la portò di peso in una scialuppa che era stata dimenticata. Ai due fuggitivi sembrava che il fuoco li inseguisse incalzandoli da ogni lato, perché il mare cupo era tutto scintillante di riflessi, e quando alzarono gli occhi una stella cadente rigò il cielo come per tuffarsi nella barca. Rimasero in mare nove giorni, finché non furono raccolti da un mercantile olandese che li riportò in Inghilterra.

«Il vecchio Lord aveva creduto che la figlia fosse morta. Ora pianse di gioia e la portò immediatamente in una stazione termale molto in voga perché potesse riprendersi dalla terribile esperienza che le era toccata. E convinto che per lei sarebbe stato mortificante che un giovane marinaio, uno che si guadagnava il pane sulle navi mercantili, potesse dire al mondo intero di aver trascorso nove giorni su una barca con la figlia di un Pari, diede al ragazzo una cospicua somma e gli fece promettere che se ne sarebbe andato a navigare nell'altro emisfero per non tornare mai più. "Quale beneficio ne verrebbe, infatti?" disse il vecchio gentiluomo.

«Quando Lady Helena si riprese, e le comunicarono tutto ciò che nel frattempo era accaduto a Corte e nella sua famiglia, e alla fine le dissero anche come il giovane marinaio fosse stato mandato via per sempre, ci si accorse che la sua mente aveva sofferto della prova a cui era stata sottoposta, e che nulla al mondo pareva più interessarla. La giovane non volle tornare nel castello di suo padre, né frequentare la Corte, né recarsi nelle gaie città del continente. Una cosa soltanto la attirava ancora: girare il mondo, come già aveva fatto suo padre prima di lei, per far collezione di rarissime porcellane blu. Così prese a viaggiare da un paese all'altro, e il padre andò con lei.

«Durante queste sue peregrinazioni, Lady Helena spiegava alle persone con le quali veniva in contatto che era in cerca di una particolare tonalità di blu, e che pur di averla era disposta a pagare qualunque prezzo. Ma per quante porcellane comprasse, brocche e ciotole blu d'ogni specie, ogni volta, dopo un po' finiva col respingerle dicendo: "Ahimè, ahimè, non è il blu giusto". Dopo molti anni che navigavano da un luogo all'altro, il padre le disse che forse il colore che andava cercando non esisteva. "Mio Dio, papà," ribatté lei "come puoi fare un'insinuazione così perfida? Deve pur esserne rimasto almeno un pochino, dal tempo in cui tutto il mondo era blu".

«Le sue due vecchie zie la imploravano di tornare in Inghilterra, ancora decise a combinarle un gran matrimonio. Ma lei rispondeva: "No, io non posso smettere di andare per mare. Perché dovete sapere, care zie, che sono tutte sciocchezze quelle che vi dicono i grandi scienziati, quando sostengono che gli oceani hanno un fondo. È vero il contrario: l'acqua, che è il più nobile degli elementi, attraversa tutta la terra, e il nostro pianeta in realtà galleggia nell'etere come una bolla di sapone. E in quell'acqua, nell'altro emisfero, fa rotta una nave con la quale io devo procedere di pari passo. Noi due, nel mare profondo, siamo come il riflesso l'una dell'altra, e la nave di cui parlo sta sempre esattamente sotto la mia nave, dalla parte opposta del globo. Voi non avete mai visto un grosso pesce quando nuota sotto una barca, un'ombra di un blu cupo che la segue nell'acqua. Ma proprio così procede questa nave, come l'ombra della mia nave, e dovunque io vada me la tiro dietro, come la luna si tira dietro le maree, per tutto il globo terrestre. Se io smettessi di navigare, che ne sarebbe di quei poveri marinai che si guadagnano il pane sulle navi mercantili? Ma vi confiderò un segreto" disse. "Alla fine la mia nave andrà giù sino al centro della terra, e nello stesso preciso istante anche l'altra nave affonderà − perché questa è la parola che la gente usa, affondare, anche se posso garantirvi che nel mare non esiste né un sopra né un sotto − e là, nel cuore della terra, noi due ci incontreremo".

«Passarono molti anni, il vecchio Pari morì, e Lady Helena divenne a sua volta vecchia e sorda, senza per questo smettere di andar per mare. E un bel giorno, dopo che era avvenuto il saccheggio del palazzo d'estate dell'Imperatore della Cina, ecco che un mercante le portò un antichissimo vaso blu. Non appena ella lo vide gettò un grido terribile. "Eccolo!" proruppe. "L'ho trovato, finalmente! Questo è il blu vero. Oh, quanta allegria mette nel cuore! Oh, è frizzante come una brezza, profondo come un profondo segreto, pieno come non dico che cosa". Con mani tremanti si strinse il vaso al petto, e per sei ore di fila rimase a contemplarlo estatica. Dopo, disse al suo medico e alla sua dama di compagnia: "Ora posso morire. E quando sarò morta, dovrete togliermi il cuore dal petto e metterlo nel vaso blu. Perché allora tutto sarà come allora. Intorno a me tutto sarà blu, e al centro del mondo blu il mio cuore sarà innocente e libero, e batterà sommesso, come una scia che canta piano, come le gocce che cadono dal remo". Un po' più tardi domandò: "Non è dolce pensare che se soltanto si ha un po' di pazienza, tutto quello che è stato ci verrà restituito?". E subito dopo la vecchia signora morì».

A quel punto il gruppetto si divise, i marinai si congedarono da Charlie con una stretta di mano ringraziandolo del rum e della sua storia. Charlie augurò a tutti e tre buona fortuna. «Avete dimenticato il vostro bagaglio» disse il capitano, e prese la valigia nella quale c'era il manoscritto. «No,» disse Charlie «voglio che la teniate voi, visto che dobbiamo imbarcarci insieme». Il capitano guardò le iniziali sulla valigia. «È pesante» disse. «C'è qualcosa di valore, dentro?». «Sì, è pesante, che Dio mi aiuti,» disse Charlie «ma non succederà più. La prossima volta sarà vuota». Si fece dire dal capitano il nome della sua nave, poi si accomiatò da lui.

Quando uscì all'aperto, vide con stupore che era quasi mattina. I lampioni, in una lunga, sparuta fila, drizzavano nell'aria grigia le loro teste malinconiche.

Una ragazza snella dai grandi occhi neri, che aveva continuato a camminare su e giù davanti alla taverna, gli si avvicinò e gli rivolse la parola, poi, visto che lui non le rispondeva, ripeté il proprio invito in inglese. Charlie la guardò. «Anche lei appartiene alle navi,» pensò «come i molluschi e le alghe che si attaccano alle loro chiglie. Quanti bravi marinai, che pure erano scampati agli abissi, sono affondati dentro di lei! E tuttavia lei non corre pericolo di incagliarsi, e se vado con lei sarò salvo». Si mise la mano in tasca, ma non vi trovò che uno scellino. «Mi concedete l'equivalente di uno scellino?» domandò alla ragazza. Lei lo fissava. Non mutò espressione quando lui le prese la mano, le tirò giù il guanto consunto e premette le labbra e la lingua contro il suo palmo, ruvido e squamoso come la pelle di un pesce. Poi lasciò andare quella mano, vi depose lo scellino e si allontanò.

Percorse per la terza volta la strada che collegava il porto all'Hotel Regina. La città si stava svegliando; Charlie incontrò alcune persone e dei carri. Le finestre dell'albergo erano illuminate. Quando entrò nell'atrio non c'era nessuno, e stava per salire nella sua camera allorché, attraverso una porta a vetri, vide sua moglie lì accanto, in una piccola sala da pranzo dalle luci accese. Così la raggiunse.

Non appena Laura lo scorse, il viso le si illuminò di gioia. «Oh, sei arrivato!» proruppe. Charlie chinò la testa, ed era sul punto di prenderle la mano per posarvi le labbra quando lei gli domandò: «Come mai hai fatto così tardi?». «Ho fatto tardi?» esclamò Charlie, molto meravigliato di quella domanda, anche perché aveva completamente perduto la nozione del tempo. Guardò l'orologio sulla mensola del camino e disse: «Sono soltanto le sette e dieci». «Sì, ma io credevo che saresti arrivato prima!» rispose lei. «Mi sono alzata per essere pronta al tuo arrivo». Charlie si sedette accanto al tavolo. Non le rispose perché non sapeva proprio che cosa dirle. «Possibile» pensò «che abbia la forza d'animo di accettare il mio ritorno in questo modo?».

«Vuoi un po' di caffè?» disse Laura. «No, grazie» rispose Charlie. «L'ho già preso». Volse lo sguardo per la stanza. Sebbene fosse quasi giorno chiaro e le persiane fossero aperte, le lampade a gas erano ancora accese, e a lui, sin dall'infanzia, questo era sempre parso un vero lusso. Il fuoco nel caminetto baluginava su un tappeto di Bruxelles un po' logoro e sulle poltrone di felpa rossa. Sua moglie stava mangiando un uovo. Da bambino lui ne mangiava uno la domenica mattina. Tutta la stanza, fragrante di caffè e di pane fresco, con la tovaglia candida e il bricco splendente, prese ai suoi occhi un'aria da mattino di festa. Osservò la moglie. Indossava il mantello da viaggio grigio e aveva posato il cappello accanto a sé; i capelli biondi, raccolti in una rete, brillavano sotto la luce della lampada. Anch'ella, nel modo che le era particolare, splendeva tutta, da lei emanava una limpida luce, e pareva che nulla avrebbe mai potuto smuoverla da quel divano: l'unico oggetto stabile in un mondo turbolento.

Un'idea gli attraversò la mente: «È come un faro,» pensò «il solido, maestoso faro che emette la sua luce amica. A tutte le navi esso dice: "State lontane da me". Perché dove si innalza il faro ci sono le secche, e gli scogli. Per tutto ciò che galleggia, avvicinarsi equivale a morire». In quel momento ella alzò lo sguardo, e i suoi occhi incontrarono quelli di lui. «A che cosa pensi?» fu la sua domanda. Charlie decise: «Ora le dico tutto. È meglio essere sincero con lei, d'ora in avanti, e dirle la verità». E così le disse, lentamente: «Stavo pensando che per me, nella vita, tu sei come un faro. Una luce costante, che mi indica la rotta da seguire». Lei lo fissò un momento, poi distolse lo sguardo, e gli occhi le si colmarono di lacrime. All'idea che si mettesse a piangere, nonostante tutto il coraggio che aveva dimostrato sino allora, lui fu preso dal panico. «Saliamo in camera nostra» propose, perché, una volta soli, sarebbe stato più facile spiegarle tutto.

Salirono insieme, e quelle scale, che la notte prima gli erano sembrate tanto lunghe e faticose, stavolta furono così agevoli che la moglie dovette fermarlo: «No, dove stai andando? Ci siamo». Lo precedette lungo il corridoio e aprì la porta della loro stanza.

Per prima cosa lui notò che nell'aria non c'era più profumo di violette. Che in un impeto di rabbia lei le avesse gettate via? O che fossero appassite tutte, quando lui se n'era andato? Laura gli si avvicinò, gli mise una mano sulla spalla e vi posò la guancia. Al di sopra dei suoi capelli biondi racchiusi nella rete lui si guardò intorno, e di colpo si irrigidì. Perché la toletta sulla quale, la notte prima, aveva lasciato il suo messaggio per la moglie, adesso stava in un altro punto della stanza, e anche il letto, scoprì, il letto nel quale si era disteso. Nell'angolo, adesso, faceva bella mostra di sé una grande specchiera che prima non c'era. Quella non era la sua stanza. Notò rapidamente altri particolari. Il letto non era più sovrastato dal baldacchino, e sulla parete, sopra la testiera, c'era un'acquaforte della Famiglia Reale belga che lui non aveva mai visto. «Stanotte hai dormito qui?» le domandò. «Sì,» rispose Laura «ma non bene. Quando non ti ho visto arrivare mi sono preoccupata. Ho temuto che tu avessi una brutta traversata». «Nessuno è venuto a disturbarti?» insisté Charlie. «No» rispose lei.

«Avevo chiuso la porta a chiave. E sono certa che questo è un albergo tranquillo».

Nel riandare agli avvenimenti della notte con l'occhio esperto dello scrittore di romanzi, Charlie ne fu turbato come se facessero parte dei suoi stessi libri. Tirò un gran sospiro. «Dio onnipotente,» disse dal profondo del cuore «come il cielo è più sublime della terra, così i tuoi racconti sono più sublimi dei nostri racconti».

Riesaminò tutti i particolari, lentamente e senza incertezze, come un matematico sviluppa e risolve una equazione. Prima di tutto sentì, come stille di miele sulla lingua, il desiderio e il trionfo del giovanotto col garofano. Poi, come la stretta di una mano intorno alla gola, ma non certo con minore godimento artistico, sentì il terrore della signora nel letto. Come se fosse lui stesso una donna, ebbe la netta impressione di sentire il proprio cuore che di colpo cessava di battere sotto due giovani seni rigogliosi. Restò perfettamente immobile, tutto assorto nei propri pensieri, ma il suo viso prese una tale espressione di ridente ed estatica gioia che sua moglie, nell'alzare la testa dalla sua spalla, gli domandò stupita: «E adesso, a che cosa stai pensando?».

Con la faccia ancora radiosa, Charlie le prese la mano. «Sto pensando» disse molto lentamente «al Giardino dell'Eden, e agli angeli con la spada fiammeggiante. No,» continuò con lo stesso tono «sto pensando a Ero e Leandro. A Romeo e Giulietta. A Teseo e ad Arianna, e anche al Minotauro. Cara, hai mai cercato di immaginarti come si sentisse il Minotauro in quell'occasione?».

«Sicché ti prepari a scrivere una storia d'amore, Trovatore?» gli domandò lei, ricambiandogli il sorriso. Lì per lì lui non rispose; lasciò la sua mano, e solo dopo un istante le domandò: «Cosa hai detto?». «Ti ho domandato se ti stai preparando a scrivere una storia d'amore» ripeté la moglie timidamente. Charlie si allontanò da lei, andò vicino al tavolo e vi si appoggiò con la mano.

La luce che lo aveva abbacinato la notte prima stava tornando, e stavolta si irradiava da ogni lato — anche dal suo faro, pensò confusamente. Ma la notte prima si era diffusa verso l'esterno, sul mondo infinito, mentre in quel momento era rivolta verso l'interno, e stava illuminando la camera dell'Hotel Regina. Era abbagliante; gli parve che, immerso in quella luce, lui dovesse vedersi come lo vedeva Dio, e sgomento da quella prova dovette appoggiarsi al tavolo.

E allora, mentre era lì fermo, ebbe inizio un suo dialogo col Signore.

Il Signore disse: «Tua moglie ti ha domandato due volte se ti stai preparando a scrivere una storia d'amore. Credi che sia proprio questo che intendi fare?». «Sì, è molto probabile» disse Charlie. «E sarà un racconto sublime e delizioso, che continuerà a vivere nei cuori dei giovani amanti?» domandò il Signore. «Sì, penso di sì» disse Charlie. «E questo ti basta?» domandò il Signore.

«Oh, Signore, come puoi domandarmi una cosa simile?» proruppe Charlie. «Come puoi pretendere che ti risponda di sì? Non sono un essere umano, forse? E come potrei scrivere una storia d'amore senza desiderare quell'amore che ti afferra e ti avvince, e la morbidezza e il tepore del corpo di una giovane donna tra le braccia?». «Tutto questo te l'ho dato ieri notte» disse il Signore. «Sei stato tu a saltar fuori dal letto per andartene sino in capo al mondo». «Sì, questo è vero» disse Charlie. «E tu te ne stavi lì a guardare e hai trovato tutto molto divertente, non è così? Hai intenzione di rifarmelo? Devo essere, per tutta l'eternità, quello che giace con l'amante del giovanotto col garofano — e a proposito, che ne è stato di lei, e come farà a spiegargli la situazione? Quello che è andato via, dopo averle scritto: "Sono andato via. Perdonami, se ti è possibile"». «Sì» disse il Signore.

«No,» proruppe Charlie «visto che siamo in argomento, devi dirmi se mentre scrivo della bellezza delle giovani donne sono destinato ad avere, dalle donne vere, soltanto l'equivalente di uno scellino e niente più». «Sì» disse il Signore. «E deve bastarti». Charlie stava tracciando col dito un ghirigoro sul tavolo; non disse nulla. Pareva che il discorso fosse finito lì, ma il Signore riprese a parlare.

«Chi ha fatto le navi, Charlie?» domandò. «Be', questo non lo so,» disse Charlie «le hai fatte tu?». «Sì,» disse il Signore «io ho fatto le navi sulle loro chiglie, e tutte le cose che galleggiano. La luna che naviga nel cielo, i mondi che ruotano nell'universo, le maree, le generazioni, le mode. Mi fai proprio ridere, perché io ti ho dato un intero mondo su cui navigare e fluttuare, e tu ti sei arenato qui, in una stanza dell'Hotel Regina, per attaccar briga.

«Sì,» disse ancora il Signore «facciamo un patto, tu ed io. Per parte mia, ti darò soltanto quei dispiaceri di cui hai bisogno per scrivere i tuoi libri». «Oh, senti questa!» disse Charlie. «Che cosa hai detto?» domandò il Signore. «Pretenderesti meno di così?». «Io non ho detto niente» rispose Charlie. «Ma i libri li dovrai scrivere» disse il Signore. «Perché sono io a volere che siano scritti. Non il pubblico, e tanto meno i critici, ma IO!». «Posso esserne certo?» domandò Charlie. «Non sempre» disse il Signore. «Non ne sarai sempre certo. Ma adesso io ti dico che è così. Tu dovrai aggrapparti a questo». «Oh, buon Dio» disse Charlie. «Stai forse per ringraziarmi di quello che ho fatto per te stanotte?» disse il Signore. «Io credo che sarà meglio lasciare le cose come stanno, e non parlarne più» disse Charlie.

Sua moglie andò ad aprire la finestra. L'aria fredda e umida del mattino si riversò nella stanza, portando con sé, fra lo strepito dei carri giù in strada, le voci umane e un gran coro di passeri, l'odore del fumo e del letame.

Non appena Charlie ebbe concluso il suo dialogo con Dio, e lo aveva ancora così vivido nella mente che avrebbe potuto scriverlo parola per parola, andò alla finestra e guardò fuori. I colori mattutini della città grigia erano freschi e delicati, e nel cielo vibrava una timida promessa di sole. C'era un gran viavai di gente; una giovane donna in pantofole, avvolta in uno scialle azzurro, si allontanava rapida lungo la strada; e l'omnibus dell'albergo, tirato da un cavallo bianco, si era fermato davanti alla porta, mentre il portiere aiutava i passeggeri a scendere e tirava giù i bagagli. Charlie fissava la strada, lontanissima sotto di lui.

«Ma di una cosa devo ringraziare Dio» pensò. «Che non ho nemmeno toccato ciò che apparteneva a mio fratello, il giovanotto col garofano. Bastava che allungassi una mano, ma non l'ho fatto». Rimase per un poco alla finestra e vide l'omnibus allontanarsi. Dov'era, si domandò, tra le case di quel mattino madreperlaceo, dov'era adesso il giovanotto della notte prima?

«Oh, il giovanotto» pensò. «Ah, le pauvre jeune homme à l'oeillet!».

IL CAMPO DEL DOLORE

Il basso e ondulato paesaggio danese era silenzioso e sereno, misteriosamente desto nell'ora che precede il levar del sole. Non c'era una nube nel cielo pallido, non un'ombra nel perlaceo crepuscolo che avvolgeva i prati, le colline e i boschi. La bruma si stava alzando dalle valli e dalle gole, l'aria era fresca, l'erba e le foglie stillanti di rugiada. Non guardata dagli occhi dell'uomo, e non disturbata dalla sua attività, la campagna respirava una vita senza tempo, per la quale le parole erano inadeguate.

Eppure da mille anni, su quella terra, viveva una razza umana che era stata formata da quel suolo e da quel clima, e che quella terra aveva segnata con i propri pensieri, al punto che nessuno ormai avrebbe potuto dire dove finisse l'esistenza dell'una e cominciasse quella dell'altra. Il sottile nastro grigio di una strada che serpeggiava lungo la pianura e su e giù per i colli era la materializzazione concreta del desiderio umano, e dell'umana certezza, che è meglio stare in un posto anziché in un altro.

Chi fosse nato in quei luoghi avrebbe letto quel vasto paesaggio come un libro. Il mosaico irregolare dei

prati e dei campi di cereali era un quadro − screziato di tenui pennellate gialle e verdi − della lotta che
la gente sosteneva per il pane quotidiano; i secoli le
avevano insegnato ad arare e a seminare in quel modo. Su una collina lontana le ali immobili di un mu-
lino a vento, una piccola croce azzurra contro il cielo, segnavano una delle tappe successive dell'evolu-
zione del pane. Il profilo confuso dei tetti di paglia
− una bassa, bruna escrescenza della terra − là dove si accalcavano le casupole del villaggio, raccontava dalla culla alla tomba la storia del contadino, la
creatura più vicina alla terra e che più ne dipende,
prospero in un anno fertile e alle soglie della morte
negli anni di siccità e di calamitosi flagelli.

Un po' più in alto, circondata dalla tenue linea oriz-
zontale del muro calcinato del cimitero, e con al fianco il susseguirsi verticale degli alti pioppi, la chiesa
dal tetto di tegole rosse testimoniava, fin dove giungeva lo sguardo, che quello era un paese cristiano. Chi
era nato in quei luoghi la conosceva come una strana casa, abitata soltanto per poche ore ogni sette giorni, ma dotata di una voce forte e limpida per annunciare le gioie e i dolori della terra: una semplice, squa-
drata rappresentazione della fiducia del paese nella
giustizia e nella misericordia del cielo. Ma nel punto
in cui, tra boschetti e macchie tondeggianti, svettava
nell'aria l'altera silhouette piramidale dei filari di tigli,
là c'era un grande maniero.

Chi era nato in quei luoghi avrebbe letto molte cose
in quegli eleganti simboli geometrici che spiccavano
sull'azzurro brumoso. Parlavano di potere, quei tigli
schierati intorno a una fortezza. Là era stato deciso
il destino della terra circostante e degli uomini e delle
bestie che la abitavano, e il contadino alzava gli occhi con timoroso rispetto verso quelle verdi pirami-
di. Esse parlavano di dignità, di decoro e di gusto. Il
suolo danese non produsse mai fiore più bello della
signorile dimora alla quale portava il lungo viale al-
berato. Nelle sue stanze maestose la vita e la morte

si portavano con grazia imponente. Il maniero non guardava verso l'alto, come la chiesa, né teneva lo sguardo al suolo come le casupole; aveva sulla terra un più ampio orizzonte, ed era imparentato con gran parte dell'architettura aristocratica di tutta l'Europa. A ornarlo di pannelli e di stucchi erano stati chiamati artigiani stranieri, e i suoi abitanti giravano il mondo in lungo e in largo e ne riportavano idee, mode e oggetti d'arte. Quadri, arazzi, argenti e cristalli di lontani paesi avevano finito con l'acclimatarsi, e ormai facevano parte della vita di campagna danese.

La grande casa era solidamente radicata nel suolo della Danimarca quanto le casupole dei contadini, e non meno di loro fedelmente alleata ai quattro venti e alle mutevoli stagioni del paese, alla vita dei suoi animali, ai suoi alberi e ai suoi fiori. Ma gli interessi del maniero erano su un piano più alto. Entro il dominio dei tigli, i pensieri e i discorsi non si aggiravano più sulle mucche, le pecore e i maiali, ma sui cavalli e sui segugi. La fauna allo stato brado, la selvaggina del paese, contro la quale il contadino agitava il pugno al solo vederla nel suo campo di segale ancora verde o tra le sue spighe di grano che cominciavano a germogliare, per i residenti dei manieri era la principale occupazione e la vera gioia della vita.

Ciò che era scritto nel cielo proclamava solennemente la continuità, una immortalità sulla terra. I grandi manieri tenevano duro da molte generazioni. Le famiglie che vivevano tra quelle mura nutrivano per il passato lo stesso rispetto che avevano per la propria stirpe, perché la storia della Danimarca era la loro storia.

Fin dove la gente riusciva a ricordare, a Rosenholm c'era sempre stato un Rosenkrantz, a Hverringe un Juel, a Gammel-Estrup uno Skeel. Costoro avevano visto succedersi case regnanti e stili accademici, e — con orgoglio e umiltà — avevano anteposto l'esistenza della loro terra alla propria esistenza personale, sicché tra i loro pari e presso i contadini erano conosciuti col nome dei loro possedimenti: Rosenholm, Hverringe, Gammel-Estrup. Per il re e per il paese, per la famiglia e per lo stesso castellano era del tutto secondario sapere quale particolare Rosenkrantz, Juel o Skeel, di una lunga serie di padri e di figli, incarnasse in quel momento nella propria persona i campi e i boschi, i contadini, il bestiame e la selvaggina della tenuta. Molti doveri gravavano sulle spalle dei grandi proprietari terrieri − verso Dio onnipotente, verso il re, verso i vicini e verso se stessi − e tutti armonicamente radicati nella convinzione del dovere verso la terra. Sommo tra tutti gli altri era il dovere di perpetuare la sacra continuità della schiatta, e di dar vita a un nuovo Rosenkrantz, Juel o Skeel che si prodigasse per Rosenholm, Hverringe e Gammel-Estrup.

La grazia femminile era molto apprezzata nei castelli feudali. Insieme con la buona caccia e il vino pregiato, era la gemma e l'emblema della nobile esistenza che si svolgeva in quei luoghi, e sotto molti aspetti le famiglie andavano orgogliose più delle figlie che dei figli maschi.

Le dame che passeggiavano lungo i viali di tigli, o li percorrevano su grandi carrozze tirate da due pariglie di cavalli, portavano nel grembo il futuro di quegli aristocratici nomi, e sostenevano i loro casati come dignitose, bonarie cariatidi. Erano anch'esse consapevoli del proprio valore, tenevano alto il proprio prezzo, e si muovevano in un nimbo di leggiadra adorazione, che ricevevano dagli altri e tributavano a se stesse. Si poteva persino supporre che vi aggiungessero, di propria iniziativa, un'aggraziata, maliziosa, paradossale arroganza. A qual punto erano libere, infatti, e a qual punto potenti! I loro signori potevano governare il paese e concedersi molti privilegi, ma quando si arrivava alla suprema questione della legittima discendenza, che era il principio vitale del loro mondo, su di loro, le dame, poggiava il centro di gravità.

I tigli erano in fiore. Ma in quel primo accenno di luce soltanto una tenue fragranza fluttuava nel giardino, un aereo messaggio, un'eco profumata dei sogni trascorsi nella breve notte estiva.

In un lungo viale che partiva dalla casa e attraversava tutto il giardino, raggiungendo poi, laggiù in fondo, un piccolo padiglione bianco di stile classico di dove si godeva un'ampia vista sui campi, passeggiava un giovane. Era vestito semplicemente, di marrone rischiarato da bei lini e merletti, la testa nuda coi capelli legati da un nastro. Era bruno, con una figura robusta e vigorosa, begli occhi e belle mani; zoppicava leggermente.

Il grande maniero in cima al viale, il giardino e i campi, erano stati il paradiso della sua infanzia. Ma lui aveva viaggiato molto, era vissuto fuori della Danimarca, a Roma e a Parigi, e attualmente era incaricato presso la Legazione Danese alla corte di Re Giorgio, il fratello della giovane e sventurata regina di Danimarca morta poco tempo prima. Da nove anni non vedeva la dimora dei suoi avi, e gli veniva un po' da ridere nel constatare che tutto era tanto più piccolo di come lo ricordava, ma insieme si sentiva stranamente commosso da quel nuovo incontro. I morti venivano ad accoglierlo sorridendo; un bambino con un gran colletto lo sorpassò di corsa reggendo un cerchio e l'aquilone, e nel passare lo guardò con occhi limpidi, domandandogli con uno scoppio di risa: «Vorresti dire che tu sei me?». Lui cercò di rincorrerlo per rispondergli: «Sì, ti assicuro che sono te», ma la figurina svelta non aspettò la risposta.

Il giovane, che si chiamava Adam, era in un rapporto particolare col maniero e con la terra. Per sei mesi era stato l'erede di tutto; nominalmente lo era ancora. Era stata questa circostanza a farlo tornare dall'Inghilterra, e mentre lentamente percorreva il viale, proprio su quei fatti si soffermavano i suoi pensieri.

Il vecchio signore del castello, fratello di suo padre, aveva avuto una vita familiare molto infelice. Sua moglie era morta giovane, e due dei suoi figli erano spirati nella prima infanzia. L'unico figlio rimastogli, il compagno di giochi del cugino, era un ragazzo malaticcio e malinconico. Per dieci anni il padre non aveva fatto che trasferirsi da una stazione climatica all'altra, in Germania e in Italia, quasi sempre senz'altra compagnia che quella del suo taciturno figliolo moribondo, difendendo con ambo le mani la tenue fiamma della sua vita, perché a tempo debito potesse dar vita a un nuovo discendente della loro stirpe. E nello stesso periodo lo aveva colpito un'altra sventura: era caduto in disgrazia a Corte, dove fino a quel momento aveva goduto del massimo favore. Proprio quando stava per ristabilire il prestigio della famiglia, grazie al matrimonio che aveva combinato per il figliolo, il fidanzato, non ancora ventenne, era morto prima che le nozze potessero aver luogo.

Adam era in Inghilterra quando fu informato della morte del cugino, e delle proprie mutate fortune, dalla sua ambiziosa e trionfante madre. Rimase a lungo con la sua lettera in mano, domandandosi che valore avesse per lui tutto ciò.

Se quegli avvenimenti fossero accaduti quando era ancora bambino in Danimarca, rifletteva, per lui avrebbero avuto un'enorme importanza. E se i suoi amici e i suoi compagni di scuola si fossero trovati al suo posto, sarebbe stato così anche per loro, e in quel preciso momento si sarebbero di certo congratulati con lui o gli avrebbero invidiato la sua fortuna. Ma lui, per indole, non era né avido né vanitoso; aveva fiducia nelle proprie doti, e la consapevolezza di dover contare sulle proprie capacità per riuscire nella vita lo rallegrava. La sua lieve imperfezione fisica lo aveva sempre tenuto un po' in disparte dagli altri ragazzi; forse, di fronte a molte cose della vita, gli aveva dato una sensibilità più affinata, tanto che adesso non gli sembrava del tutto giusto che a rappresentare la casata ci fosse un uomo con una gamba zoppa.

E neppure le sue prospettive gli apparivano nella stessa luce in cui le vedeva la sua famiglia in Danimarca. In Inghilterra aveva conosciuto un fasto e un'opulenza che loro nemmeno si sognavano; aveva avuto una fortunata e felice relazione con una dama inglese di così alti natali e così immense ricchezze che la più bella proprietà terriera di Danimarca, ne era certo, le sarebbe sembrata una fattoria giocattolo.

E in Inghilterra aveva avuto la possibilità di conoscere le nuove grandi idee dell'epoca: sulla natura, i diritti e la libertà dell'uomo, sulla giustizia e la bellezza. Grazie a quelle idee, l'universo era diventato per lui infinitamente più vasto; voleva scoprirne ancora di più, e aveva in animo di andare in America, nel nuovo mondo. Per un istante si era sentito preso in trappola e imprigionato, come se i morti della sua stirpe tendessero dalla cripta di famiglia le loro braccia mummificate per afferrarlo.

Ma al tempo stesso, di notte, aveva cominciato a sognare la vecchia casa e il giardino. In sogno camminava per quei viali, e sentiva il profumo dei tigli fioriti. Quando, a Ranelagh, una vecchia zingara gli aveva letto la mano predicendogli che un figlio suo si sarebbe installato nella dimora dei suoi avi, egli aveva provato tutt'a un tratto una profonda soddisfazione, molto bizzarra in un giovane che sino a quel momento non si era mai dato pensiero dei propri figli futuri.

Poi, sei mesi dopo, sua madre gli aveva scritto di nuovo per comunicargli che lo zio aveva sposato lui stesso la fanciulla destinata al figliolo morto. Il capo del loro casato era ancora vegeto, non aveva superato i sessant'anni, e sebbene Adam lo ricordasse piccolo e mingherlino nella persona, era un uomo vigoroso; era probabile che la giovane sposa gli desse dei figli.

La madre di Adam, accecata dalla delusione, aveva addossato a lui tutta la colpa. Se fosse tornato in Danimarca, l'aveva rimproverato, forse lo zio avrebbe finito col considerarlo come un figlio e non si sarebbe deciso a quel passo; anzi, non era escluso che potesse offrire a lui la mano della fanciulla. Adam non ne era affatto convinto. I possedimenti familiari, a differenza delle proprietà vicine, si erano trasmessi di padre in figlio sin da quando il capostipite della loro famiglia si era insediato. La tradizione della successione diretta era l'orgoglio del clan e, per suo zio, un dogma consacrato; egli avrebbe sicuramente voluto un figlio della sua carne e del suo sangue.

Ma a quella notizia il giovane era stato còlto da uno strano, profondo, accorato rimorso nei confronti della sua casa avita in Danimarca. Era come se avesse preso alla leggera un gesto amichevole e generoso, e si fosse dimostrato sleale con qualcuno che era stato verso di lui di una lealtà incrollabile. Sarebbe stato più che giusto, pensava, se d'ora in avanti quei luoghi lo avessero ripudiato, dimenticandolo completamente. Fu preso dalla nostalgia, un sentimento che non aveva mai conosciuto; per la prima volta si aggirava per le strade e per i parchi di Londra come uno straniero.

Scrisse allo zio per chiedergli se poteva andare a soggiornare da lui, prese congedo dalla Legazione e s'imbarcò per la Danimarca. Era venuto nel maniero per fare la pace con lui; aveva dormito poco, quella notte, e si era alzato così presto e stava passeggiando nel giardino per spiegare le proprie ragioni ed essere perdonato.

Mentre lui camminava, il giardino silenzioso riprendeva a poco a poco le sue occupazioni giornaliere. Un grosso serpente, della specie che suo nonno aveva portato dalla Francia e che quando lui era bambino, ricordava, veniva a mangiare in casa, stava già tracciando con grande dignità un'orma argentea lungo il viale. Gli uccelli cominciarono a cantare; egli si fermò sotto un albero tra le cui fronde molti di loro stavano tormentando un gufo: il regno della notte era finito.

Si fermò alla fine del viale e vide che il cielo si schiariva. Una luminosità estatica riempiva il mondo; di lì a mezz'ora sarebbe spuntato il sole. Su un lato del giardino si stendeva un campo di segale; due caprioli vi si aggiravano, rosei nel chiarore dell'albà. Lasciò spaziare lo sguardo sui campi, dove da bambino aveva cavalcato il suo pony, e verso il bosco dove aveva ucciso il suo primo cervo. Ricordava i vecchi domestici che lo avevano addestrato nella caccia; alcuni di loro erano ormai nella tomba.

I vincoli che lo legavano a quei luoghi, pensò, erano di natura mistica. Poteva anche non tornarvi mai più, non avrebbe fatto differenza. Fino a quando un uomo del suo stesso sangue e del suo stesso antico nome avesse dimorato in quella casa, fosse andato a caccia in quei campi e fosse stato obbedito dai contadini delle casupole, lui, dovunque vagabondasse, in Inghilterra o tra i pellirosse dell'America, sarebbe stato ancora salvo, avrebbe ancora avuto una casa, e il proprio valore nel mondo.

Il suo sguardo si soffermò sulla chiesa. In epoche lontane, prima del tempo di Martin Lutero, i cadetti delle grandi famiglie entravano nella Chiesa di Roma e rinunciavano alla ricchezza e alla felicità personale per servire ideali più alti. Anch'essi avevano dato lustro alle loro case ed erano ricordati negli archivi ecclesiastici. Nella solitudine del mattino, quasi per gioco, lasciò che la sua mente si sbizzarrisse a suo piacere; gli pareva di poter parlare alla terra come a una persona, come alla progenitrice della sua stirpe. «Vuoi forse soltanto il mio corpo,» le disse «mentre respingi la mia immaginazione, la mia energia e le mie emozioni? Se si potesse convincere il mondo a riconoscere che il valore del nostro nome non appartiene soltanto al passato, non ne saresti soddisfatta?». Il paesaggio era così quieto che lui non avrebbe saputo dire se la terra gli rispondesse o no.

Dopo un poco riprese a camminare, e giunse al nuovo roseto alla francese progettato per la giovane padrona di casa. In Inghilterra i suoi gusti in fatto di giardini erano diventati meno convenzionali, e si domandò se sarebbe riuscito a liberare quei vividi prigionieri per farli fiorire al di fuori delle loro spalliere ben cimate. Forse, meditò, quel giardino dall'eleganza così formale era il ritratto floreale della sua giovane zia che veniva dalla Corte, e che lui non aveva ancora conosciuta.

Quando raggiunse di nuovo il padiglione in fondo al viale, il suo sguardo fu attratto da un bouquet di colori tenui che non poteva certo esser fiorito al sole estivo di quel mattino danese. E si trattava infatti di suo zio, coi capelli incipriati e le calze di seta, ma ancora avvolto in una veste da camera di broccato, e palesemente immerso in profondi pensieri. «E quali faccende, o quali meditazioni,» si domandò Adam «spingono un uomo che di certo ama la bellezza, ed è da soli tre mesi sposato a una fanciulla di diciannove anni, ad abbandonare il suo letto prima dell'alba per venirsene in giardino?». Si avvicinò alla piccola figura smilza ed eretta.

Lo zio, dal canto suo, non mostrò la minima sorpresa nel vederlo, ma del resto molto di rado si mostrava stupito di qualche cosa. Lo salutò, complimentandolo di essere così mattiniero, con la stessa benevolenza con cui lo aveva accolto la sera prima, al suo arrivo. Dopo un attimo guardò il cielo e dichiarò solennemente: «Oggi farà molto caldo». Da bambino, Adam era stato spesso colpito dal tono grave e pomposo con cui il vecchio signore constatava gli eventi quotidiani dell'esistenza; si sarebbe detto che là nulla fosse cambiato, che tutto fosse proprio come un tempo.

Lo zio offrì al nipote una presa di tabacco. «No, zio,» disse Adam «grazie, ma il mio naso non potrebbe più percepire il profumo del vostro giardino, che è fresco come il Giardino dell'Eden appena creato». «E di ogni suo albero,» disse lo zio sorridendo «voi, mio Adam, potete liberamente mangiare i frutti». E, l'uno accanto all'altro, s'incamminarono pian piano lungo il viale.

Il sole ancora invisibile stava già dorando la cima degli alberi più alti. Adam decantò le bellezze della natura, e la grandiosità del paesaggio nordico, meno segnato che quello d'Italia dalla mano dell'uomo. Lo zio prese quell'elogio del paesaggio come un complimento personale, e si congratulò con lui perché dai suoi viaggi all'estero non aveva imparato, come tanti altri giovani, a disprezzare la sua patria. No, disse Adam, da ultimo, in Inghilterra, aveva provato un'acuta nostalgia dei campi e delle foreste danesi. E proprio in Inghilterra, anzi, gli era capitato di leggere un poema danese che lo aveva affascinato più di qualunque opera inglese o francese. Nominò l'autore, Johannes Ewald, e citò alcune delle sue possenti, tumultuose strofe.

«E mentre leggevo» continuò dopo una pausa, ancora commosso dai versi che aveva appena declamati «mi sono stupito che da noi non si sia ancora compreso quanto la nostra mitologia nordica superi, per nobiltà morale, quella greca e romana. Non fosse per la bellezza fisica degli dèi antichi, che immortalata nel marmo è giunta sino a noi, nessuna mente moderna potrebbe ritenerli degni di adorazione. Erano meschini, capricciosi e traditori. I nostri dèi ancestrali sono tanto più divini di quelli mediterranei quanto i Druidi sono più nobili degli Àuguri. Perché i biondi dèi di Asgaard possedevano le sublimi virtù umane: erano giusti, leali, benevoli e persino, nei limiti di un'età barbarica, cavallereschi». A questo punto, per la prima volta, suo zio parve interessarsi veramente alla conversazione. Si fermò, col nobile naso un po' all'aria. «Ah, ma per loro era più facile» disse.

«Cosa intendete dire, zio?» domandò Adam. «Essere, come voi sostenete, giusti e benevoli» rispose lo zio «era molto più facile per gli dèi nordici che per quelli della Grecia. A mio parere, che i nostri antichi danesi abbiano accettato di adorare simili divinità rivela una certa loro debolezza d'animo». «Mio caro zio,» disse Adam sorridendo «avevo sempre sospettato che le costumanze dell'Olimpo non dovessero esservi troppo estranee. Però adesso, ve ne prego, mettetemi a parte della vostra scienza, e spiegatemi perché la virtù dovrebbe essere più facile per i nostri dèi danesi che per quelli di climi più miti». «Essi non erano potenti quanto gli dèi dell'Olimpo» disse lo zio.

«E il potere» insistette Adam «è forse un ostacolo alla virtù?». «No» disse gravemente lo zio. «No, il potere è di per sé la virtù suprema. Ma gli dèi di cui voi parlate non furono mai onnipotenti. Avevano sempre al loro fianco quelle forze più oscure che essi chiamavano Jotun, e che provocavano le sofferenze, le calamità, la rovina del nostro mondo. Potevano abbandonarsi senza pericoli alla temperanza e alla benevolenza. Gli dèi onnipotenti» continuò «non hanno questa facilitazione. Essendo onnipotenti, prendono sulle proprie spalle il dolore dell'universo».

Avevano risalito il viale ed erano giunti in vista della casa. Il vecchio gentiluomo si fermò e lasciò scorrere lo sguardo sull'imponente edificio, che non aveva subìto mutamenti di sorta; Adam sapeva che dietro le due alte finestre sulla facciata c'era adesso la stanza della giovane zia. Lo zio si volse e tornò sui propri passi.

«La cavalleria,» disse «questa cavalleria di cui stavate parlando, non è la virtù di un onnipotente. Perché esista la cavalleria, debbono per forza esistere validi e valorosi rivali che il cavaliere possa sfidare. Con un drago meno forte di lui, che figura farebbe san Giorgio? Il cavaliere che non si trovi a portata di mano nemici a lui superiori deve inventarseli, e combattere contro i mulini a vento; la sua stessa dignità di cavaliere esige che egli sia circondato di pericoli, di infamia e di tenebre. No, credetemi, caro nipote, nonostante il suo valore morale il vostro cavalleresco Odino di Asgaard, come un Reggente, deve stare uno scalino al di sotto di Giove, che riconobbe la propria sovranità e accettò il mondo che dominava. Ma voi siete giovane,» soggiunse «e l'esperienza dei vecchi vi sembrerà pedantesca».

Rimase immobile per un istante e poi, con profonda gravità, proclamò: «È spuntato il sole».

Il sole era infatti apparso all'orizzonte. Il vasto paesaggio fu improvvisamente animato dal suo splendore, e l'erba rugiadosa balenò di mille sprazzi di luce.

«Vi ho ascoltato con grande interesse, zio» disse Adam. «Ma mentre parlavamo ho avuto l'impressione che foste in ansia; non avete mai staccato gli occhi da quel campo oltre il giardino, come se là stesse accadendo qualcosa di molto importante, addirittura una questione di vita o di morte. Ora che è sorto il sole, vedo i mietitori tra la segale e li sento affilare le loro falci. Se ricordo bene, mi avete detto che è il primo giorno della mietitura. È una grande giornata per un proprietario terriero, e basta da sola a distogliere la sua mente dagli dèi. Il tempo è bellissimo, e vi auguro di colmare i vostri granai».

L'uomo più anziano rimase immobile, con le mani incrociate sul pomo del bastone. «È vero» disse infine «che in quel campo sta accadendo qualcosa, una questione di vita o di morte. Venite, sediamoci qui, e vi racconterò tutta la storia». Si sedettero sulla panca che correva lungo tutta la parete del padiglione, e neanche per un istante, mentre parlava, il vecchio possidente stornò lo sguardo dal campo di segale.

«Una settimana fa, nella notte di giovedì,» disse «qualcuno ha dato fuoco al mio granaio di Rødmosegaard − conoscete il posto, nei pressi della brughiera − distruggendolo da cima a fondo. Per due o tre giorni non siamo riusciti ad acciuffare il criminale. Poi, lunedì mattina, è venuto da me il guardacaccia di Rødmose col carrettiere del posto; trascinavano a viva forza un ragazzo, Goske Piil, il figlio di una vedova, giurando sulla Bibbia che il colpevole era lui; al tramonto di giovedì, l'avevano visto coi loro occhi aggirarsi intorno al granaio. Alla fattoria Goske non ha buona fama; il guardacaccia cova contro di lui un

certo malanimo per una vecchia questione di brac-
conaggio, e il carrettiere non lo ha certo in simpatia,
perché deve sospettare che se la intenda con la sua
giovane moglie. Il ragazzo, quando gli ho parlato, continuava a giurare d'essere innocente, ma non è riuscito a difendersi dalle accuse dei due vecchi. Così l'ho
fatto mettere sotto chiave, per poi mandarlo, con una
mia lettera, davanti al giudice del nostro distretto.

«Il giudice è uno sciocco, e naturalmente fa soltanto
quello che ritiene conforme ai miei desideri. Come
niente potrebbe mandare il ragazzo ai lavori forzati
condannandolo per incendio doloso, o farlo arruo-
lare col pretesto che è un cattivo soggetto e un brac-
coniere. Se ritenesse che questo è il mio desiderio,
sarebbe persino capace di rimetterlo in libertà.

«Stavo cavalcando nei campi, e guardavo il grano
che era ormai quasi maturo per la mietitura, quando
mi sono visto fermare da una donna, la vedova, la madre di Goske, la quale mi ha pregato di ascoltarla. Si
chiama Anne-Marie. Voi la ricorderete, credo; vive
nella casupola a est del villaggio. Anche lei, da queste parti, non ha una buona reputazione. Si dice che
da ragazza abbia avuto un figlio di cui poi si è disfatta.

«Piangeva dirottamente da cinque giorni, e la sua
voce era diventata così rauca che stentavo a capire
le sue parole. Era vero, mi ha spiegato infine, che quel
giovedì suo figlio era stato a Rødmose, ma non aveva
fatto niente di male; ci era andato perché doveva vedere una persona. Era il suo unico figlio, lei invoca-
va Dio onnipotente a testimone della sua innocenza,
e si torceva le mani supplicandomi di salvarlo.

«Eravamo nel campo di segale che stiamo guardando adesso. È stato così che mi è venuta l'idea. Ho detto
alla vedova: "Se in una sola giornata, dall'alba al tramonto, riuscite con le vostre mani a mietere questo
campo, e il lavoro sarà ben fatto, io lascerò cadere
l'accusa e voi riavrete vostro figlio. Ma se non ci riuscite, lui dovrà andarsene, e sarà ben difficile che possiate rivederlo".

«Lei allora si è rialzata e ha misurato il campo con lo sguardo. Poi ha baciato il mio stivale in segno di gratitudine per la benevolenza che le avevo dimostrata».

A questo punto il vecchio gentiluomo fece una pausa, e Adam gli domandò: «Quel ragazzo significava molto per lei?». «È il suo unico figlio» disse lo zio. «Per lei significa il pane quotidiano e il bastone della sua vecchiaia. Si può ben dire che le è caro come la sua stessa vita. Come,» soggiunse «in un ambiente più elevato, un figlio per suo padre significa il nome e la stirpe, e gli è caro quanto la vita eterna. Sì, quel figlio significa molto per lei. Perché la mietitura di quel campo rappresenta una giornata di lavoro per tre uomini, o tre giornate di lavoro per un uomo solo. Oggi, quando è sorto il sole, ha affrontato l'impresa. E adesso la potete vedere laggiù, in fondo al campo, con un fazzoletto azzurro sulla testa, con accanto l'uomo che ho incaricato di seguirla per accertarsi che faccia il lavoro senza alcun aiuto, e due o tre dei suoi amici che la stanno confortando».

Adam guardò, e infatti vide tra le spighe una donna con un fazzoletto azzurro, e alcune altre figure.

Rimasero per un poco in silenzio. «Voi personalmente» disse infine Adam «credete che il ragazzo sia innocente?». «Non sono in grado di dirlo» rispose lo zio. «Non ci sono prove. C'è soltanto la parola del guardacaccia e del carrettiere contro la parola del ragazzo. Se credessi all'una o all'altra versione, sarebbe soltanto per una scelta casuale, o per simpatia. Il ragazzo» disse dopo un momento «era compagno di giochi di mio figlio, e, a quanto ne so io, di tutti i bambini era l'unico che gli piacesse o col quale andasse d'accordo». «E secondo voi» domandò ancora Adam «lei può riuscire a soddisfare la vostra condizione?». «Questo non sono in grado di dirlo» rispose il gentiluomo. «Una persona normale non ci riuscirebbe. Ma una persona normale non avrebbe mai accettato una condizione simile. Sono stato io a volere così. Non stiamo cavillando con la legge, Anne-Marie ed io».

Per qualche minuto Adam seguì con lo sguardo i movimenti del gruppetto tra la segale. «Tornate a casa?» domandò. «No,» rispose lo zio «credo che rimarrò qui finché non avrò visto la conclusione della faccenda». «Fino al tramonto?» domandò Adam con stupore. «Sì» disse il vecchio gentiluomo. Adam disse: «Sarà una giornata lunga». «Sì,» disse lo zio «una giornata lunga. Ma» soggiunse mentre Adam si alzava per andarsene «se, come avete detto, avete con voi quella tragedia di cui parlavate, sarei contento se me la lasciaste, così mi terrebbe compagnia». Adam gli porse il libro.

Lungo il viale incontrò due domestici che portavano al padiglione, su grandi vassoi d'argento, la cioccolata mattutina del vecchio gentiluomo.

Il sole adesso si levava nel cielo, e man mano che il caldo si faceva più intenso i tigli spandevano la loro dovizia di profumo, e il giardino era colmo di un'insuperata, inimmaginabile fragranza. Verso mezzogiorno, l'ora più tranquilla, il lungo viale risonava come una cassa armonica di un cupo, incessante sussurro: il ronzio di milioni di api che si tenevano aggrappate ai penduli, gremiti grappoli di fiori e si ubriacavano di beatitudine.

In tutta la breve vita dell'estate danese, non c'è momento più sontuoso o più fragrante della settimana in cui fioriscono i tigli. Il profumo celestiale va alla testa e al cuore; sembra congiungere i campi della Danimarca ai campi elisi; sa al tempo stesso di fieno, di miele e d'incenso, e per metà ricorda il paese delle fate, per metà lo scaffale di una farmacia. Il viale si trasformava in un edificio mistico, una cattedrale delle driadi, profusamente adorna, fuori, di innumerevoli fronzoli, carica dalla sommità alla base e dorata dal sole. Ma dietro le pareti, le volte erano piacevolmente oscure e fresche, come santuari d'ambrosia in un mondo igneo e abbacinante, e lì, dentro, il terreno era ancora umido.

Su nel maniero, dietro le seriche tende delle due finestre sulla facciata, la giovane signora della tènuta lasciò penzolare i piedi dall'ampio letto e li infilò in due pantofoline dal tacco alto. La camicia adorna di merletti era un po' a sghimbescio, le lasciava scoperti un ginocchio e la spalla; sui capelli, attorcigliati per la notte sui diavoletti, c'era ancora la brina della cipria di ieri, e il suo viso rotondo era arrossato dal sonno. Andò sino al centro della stanza e là ristette, con un'espressione estremamente seria e meditabonda; eppure non pensava a nulla. Ma nella sua mente stava passando una lunga processione di immagini, e senza nemmeno rendersene conto lei si sforzava di metterle in ordine, come sempre in ordine erano state le immagini della sua esistenza.

Era cresciuta a Corte; era quello il suo mondo, e probabilmente non c'era in tutto il paese una creaturina più squisitamente e innocentemente addestrata alla misura superba di un palazzo. Per concessione della vecchia Regina Madre, portava il suo nome e quello della sorella del Re, la Regina di Svezia: Sophie Magdalena. Proprio tenendo conto di tutto questo il marito, quando si era proposto di riconquistare la propria posizione nelle alte sfere, aveva scelto lei come sposa, prima per il figlio e poi per sé. Ai suoi tempi, invece, il padre della fanciulla, che aveva un incarico presso la Famiglia Reale e faceva parte della nuova aristocrazia di Corte, aveva fatto la stessa cosa ma al contrario, sposando una gentildonna di campagna per inserirsi nell'antica nobiltà di Danimarca. La fanciulla aveva il sangue di sua madre nelle vene. La campagna era stata per lei una grande sorpresa e una immensa gioia.

Per entrare nel cortile del suo castello doveva attraversare l'aia, poi il massiccio androne di pietra che dava nel granaio, dove per alcuni secondi le ruote della sua carrozza destavano un rimbombo di tuono. Doveva rasentare le stalle e il cavallo finto — dal quale talvolta un furfante condannato alla berlina la guardava con occhi tristi — e poteva capitarle di spaventare una lunga fila di oche schiamazzanti, o di passare accanto al grosso toro minaccioso, tirato per un anello tra le nari, che in muto furore pestava il suolo con gli zoccoli. Per lei, all'inizio, era ogni volta una piccola emozione e una specie di gioco. Ma dopo un po' tutti questi esseri e questi oggetti, che le appartenevano, le parvero diventare una parte di lei. Le sue ave, le vecchie gentildonne di campagna della Danimarca, erano donne robuste che non si lasciavano certo spaventare dalle condizioni atmosferiche; ora anche lei camminava sotto la pioggia, e nel suo abbraccio rideva e scintillava come un albero verde.

Aveva preso possesso della sua nuova, grande casa in un periodo in cui tutto il mondo sbocciava, si accoppiava e si riproduceva. I fiori, che finora aveva visti soltanto raccolti in mazzi e festoni, spuntavano dalla terra tutt'intorno a lei; gli uccelli cantavano su tutti gli alberi. Gli agnellini appena nati le sembravano più incantevoli delle sue bambole di un tempo. Dalla scuderia di cavalli prussiani del marito le portavano i puledri perché desse loro il nome; e lei ristava a guardarli mentre premevano il tenero muso contro il ventre della madre per succhiare il latte. Fino allora, di tutte queste strane vicende aveva avuto soltanto un vago sentore. Adesso le era accaduto di vedere, da un sentiero nel parco, lo stallone impennato e nitrente sulla giumenta. Tutta questa esuberanza, tutta questa voglia sensuale e questa fecondità si dispiegavano davanti ai suoi occhi come per compiacerla.

E in tutto quel rigoglio, a lei era toccato un marito anziano che la trattava con cerimonioso rispetto perché doveva dargli un erede. Questo era il patto; lei lo aveva saputo sin dal principio. Suo marito, se ne rendeva conto, stava facendo del suo meglio per adempiere la sua parte dell'accordo, e per quanto la riguardava, lei era molto leale di indole, ed educata in modo severo. Non si sarebbe sottratta al suo obbligo. Aveva però la sensazione che nella sua vita così dignitosa ci fosse una discordanza, o una certa incompatibilità, e questo le impediva di essere felice come aveva sperato.

Dopo un certo tempo la sua contrarietà prese una strana forma: quasi la consapevolezza di un'assenza. Con lei ci sarebbe dovuto essere qualcuno che invece non c'era. Ella non era affatto brava ad analizzare i propri sentimenti; a Corte non si aveva mai il tempo per queste cose. Ora che le succedeva più spesso di restare sola, tentava un po' incerta di esplorare la propria mente. Cercò di mettere suo padre in quel posto vuoto, poi le sue sorelle, il suo maestro di musica, un cantante italiano che aveva ammirato; ma le sembrava che nessuno di loro lo colmasse. Qualche volta si sentiva più sollevata, e si convinceva che la sventura doveva essersi allontanata da lei. E poi succedeva di nuovo, se le capitava di essere sola, o anche in compagnia del marito, e persino tra le sue braccia; ecco che tutto intorno a lei prorompeva: Dove? Dove? ed ella volgeva gli occhi angosciati per la stanza in cerca della persona che ci sarebbe dovuta essere e che non era venuta.

Quando, sei mesi prima, le avevano detto che il suo giovane fidanzato era morto e che al suo posto lei avrebbe sposato il padre, quella notizia non l'aveva rattristata. Il giovane corteggiatore, quell'unica volta che lo aveva visto, le era parso infantile e scialbo; il padre sarebbe stato un marito più autorevole. Ora, alle volte, le era accaduto di pensare al ragazzo morto e di domandarsi se con lui la vita sarebbe stata più lieta. Ma ben presto aveva cancellato la sua immagine, e quelle, per lo sventurato fanciullo, furono le ultime chiamate sul proscenio di questo mondo.

Su una parete della sua stanza c'era un lungo specchio. Mentre si guardava, nuove immagini affioravano. Il giorno prima, mentre era in carrozza col marito, aveva visto in lontananza un gruppo di ragazze del villaggio che facevano il bagno nel fiume, e il sole splendeva su di loro. Per tutta la vita lei si era aggirata tra ignude divinità di marmo, ma sino allora non le era mai venuto in mente che le persone di sua conoscenza erano anch'esse nude sotto i loro corsetti e strascichi, panciotti e calzoni di raso, che in realtà lei stessa si sentiva nuda sotto le vesti. Ora, davanti allo specchio, con mosse esitanti slegò i nastri della camicia e la lasciò cadere sul pavimento.

La stanza era in penombra dietro le tende chiuse. Nello specchio il suo corpo era argenteo come una rosa bianca; soltanto le guance e la bocca e le punte delle dita e dei seni avevano un lieve tocco di carminio. Il suo torso snello era stato modellato dalle stecche di balena che lo avevano rigidamente stretto sin dalla fanciullezza; sopra il ginocchio esile e ben tornito un leggero incavo segnava il punto della giarrettiera. Le sue membra erano così rotonde da dare l'impressione che a tagliarle in un punto qualunque con un coltello affilato si sarebbe ottenuta un'incisione trasversale perfettamente circolare. I fianchi e il ventre erano tanto lisci che il suo stesso sguardo vi scivolò sopra cercando un appiglio. Scoprì che non era affatto come una statua, e alzò le braccia al di sopra del capo. Si volse per vedersi di spalle, le curve sotto il punto della vita erano ancora arrossate dalla pressione del letto. Richiamò alla mente certe storie di ninfe e di dee, ma le parvero tutte cose remotissime, e allora pensò di nuovo alle contadinotte nel fiume. Per qualche minuto le idealizzò trasformandole in compagne di giochi, addirittura in sorelle, visto che le appartenevano come il prato e il fiume stesso. E subito dopo tornò ad invaderla quel senso di desolazione, un *horror vacui* che era come un dolore fisico. Ma sì, ma sì, ora qualcuno sarebbe dovuto essere lì con lei, l'altra se stessa, come l'immagine nello specchio, ma più vicina, più forte, viva. Non c'era nessuno, intorno a lei l'universo era vuoto.

Un improvviso, acutissimo bruciore sotto il ginocchio la strappò alle sue fantasticherie, e ridestò in lei gli istinti venatori della sua stirpe. Si inumidì la punta di un dito sulla lingua, abbassò lentamente la mano e poi, con mossa rapida, colpì il punto dolente. Sentì contro la pelle serica il piccolo corpo duro dell'insetto, lo premette col pollice e poi, trionfalmente, raccolse tra le punte delle dita il minuscolo prigioniero. Rimase immobile, come se meditasse sul fatto che l'unica creatura pronta a rischiare la propria vita per la levigatezza della sua pelle e il suo sangue dolce era una pulce.

La sua cameriera aprì la porta ed entrò nella stanza con una bracciata di indumenti che lei avrebbe indossati quel giorno − camicia, busto, crinolina e sottovesti. Ricordò che in casa c'era un ospite, il nuovo nipote appena giunto dall'Inghilterra. Il marito le aveva raccomandato di essere gentile con quel giovane parente, diseredato, per così dire, dalla sua presenza nella casa. Avrebbero cavalcato insieme per la tenuta.

Nel pomeriggio il cielo non era più azzurro come al mattino. Enormi nuvole vi si accumularono lentamente, e tutta l'ampia volta celeste divenne incolore, come se si fosse dispersa in vapori intorno al disco incandescente del sole allo zenit. Verso occidente, un brontolio di tuono corse lungo tutto l'orizzonte; una o due volte la polvere delle strade si sollevò in alti turbini. Ma i campi, le colline e i boschi erano immobili come un paesaggio dipinto.

Adam percorse il viale sino al padiglione, e là trovò lo zio, vestito di tutto punto, con le mani sul bastone e gli occhi sul campo di segale. Accanto a lui c'era il libro che gli aveva dato. Adesso il campo brulicava di gente. Gruppetti di persone sostavano qua e là, e una lunga fila di uomini e di donne avanzava lentamente verso il giardino lungo la linea della segale falciata.

Il vecchio gentiluomo salutò il nipote con un cenno del capo, ma non disse parola né mutò posizione.

Adam rimase in piedi al suo fianco, immobile come lo zio.

Quello per lui era stato un giorno stranamente inquietante. Non appena aveva rivisto i vecchi luoghi, le dolci melodie dei tempi lontani avevano colmato i suoi sensi e la sua memoria, e si erano mescolate con i nuovi, ammalianti motivi del presente. Era tornato in Danimarca, non più bambino ma giovanotto, con un più acuto senso del bello, con tante cose da dire di altri paesi, ma ancora vero e autentico figlio di quella terra e incantato dalla sua bellezza come mai prima di allora.

Ma fra tutte queste armonie, la tragica e crudele storia che quel mattino il vecchio gentiluomo gli aveva raccontata, e la triste gara che, come sapeva, si stava svolgendo a pochi passi da loro, giù nel campo di segale, avevano fatto risonare, come il battito sordo e intermittente di un tamburo felpato, un'eco sgomentante. E lui tornava a sentirla di continuo, tanto che si era accorto di cambiar colore e di rispondere con aria assente. Quell'eco portava con sé un senso di pietà per tutti coloro che vivevano, una pietà così profonda come non l'aveva mai provata prima. Quando era uscito a cavallo con la giovane zia, e il loro percorso rasentava la scena del dramma, aveva avuto cura di galoppare tra lei e il campo per non farle vedere quello che vi stava accadendo, evitando così che ella gli domandasse qualche cosa in proposito. E per la stessa ragione, al ritorno, aveva scelto la strada che si inoltrava nel bosco verde e fitto.

Per tutto il giorno gli tenne compagnia la figura del vecchio gentiluomo come gli era apparsa al levar del sole, più dominante ancora che la figura della donna che si destreggiava col falcetto per la vita del figlio. E giunse a meditare sulla parte che quella figura solitaria e decisa aveva avuta nella sua vita. Da quando era morto suo padre, essa aveva rappresentato per il fanciullo la legge e l'ordine, saggezza di vita e benevola protezione. Che cosa avrebbe fatto, pensò, se dopo diciotto anni questi sentimenti filiali si fossero dovuti mutare e la figura del suo secondo padre avesse preso ai suoi occhi un aspetto orribile, diventando quasi il simbolo della tirannia e dell'oppressione del mondo? Che cosa avrebbe fatto se fossero finiti su posizioni opposte, come due avversari?

Ma insieme si sentiva invadere da un inesplicabile allarme, un timore sinistro per il vecchio. Perché la dea Nemesi non poteva davvero essere molto lontana. Quell'uomo governava il mondo intorno a lui da molti più anni di quanti ne contasse la vita stessa di Adam, e nessuno lo aveva mai contraddetto. Nel corso di quegli anni in cui aveva girato l'Europa con la sola compagnia di un fanciullo del suo stesso sangue, e ammalato, aveva imparato a distaccarsi dall'ambiente che lo circondava e a chiudersi ermeticamente alla vita esterna, ed era diventato tetragono alle idee e ai sentimenti degli altri esseri umani. Strane fantasie potevano essergli passate per la mente, tanto che aveva forse finito col vedersi come l'unica persona dotata di un'esistenza reale, mentre il mondo gli era apparso come un povero e vano gioco d'ombre senza alcuna sostanza.

Ora, per caparbietà senile, teneva in pugno la vita di creature più semplici e più deboli di lui, la vita di una donna, servendosene per i suoi fini, e non temeva minimamente la legge del contrappasso. Possibile che non sapesse, pensava il giovane, che al mondo c'erano potenze molto diverse dal breve potere di un despota, e ben più formidabili?

Via via che il caldo si faceva più afoso, anche nel suo animo andava crescendo quel presagio di un disastro imminente, al punto che egli finì col sentire che la catastrofe minacciava non soltanto il vecchio gentiluomo ma anche la casa, il loro nome e lui stesso. E gli parve di dover gridare un avvertimento, prima che fosse troppo tardi, all'uomo che gli era stato caro.

Ma adesso che era di nuovo accanto allo zio, la verde serenità del giardino era così profonda che egli non trovò la voce per gridare. Invece continuava a ronzargli nella testa un'aria francese che la zia gli aveva cantata in casa − «*C'est un trop doux effort...*». Adam conosceva piuttosto bene la musica; aveva già sentito quell'aria, a Parigi, ma non cantata così soavemente.

Dopo qualche minuto domandò: «Quella donna riuscirà a farcela?». Lo zio aprì le mani. «È incredibile,» rispose con animazione «ma si direbbe proprio che possa farcela. Se contate le ore trascorse dall'alba sino a questo momento, e quelle che devono ancora passare sino al tramonto, vedrete che le resta la metà del tempo che è già trascorso. E guardate! Ha falciato due terzi del campo. Certo, dobbiamo tener conto che più il lavoro va avanti e più le sue forze si logorano. E in fondo, sarebbe davvero inutile che voi o io scommettessimo sull'esito di questa faccenda; dobbiamo soltanto stare a vedere. Sedetevi, e fatemi compagnia in questa mia attesa». Adam, non senza un po' di riluttanza, si sedette.

«Ed ecco il vostro libro,» disse lo zio, prendendo il volume dalla panca «che mi ha fatto passare benissimo il tempo. È grande poesia, ambrosia per l'orecchio e per il cuore. E insieme col nostro discorso di stamane sulla divinità, mi ha dato molti argomenti di meditazione. Ho riflettuto sulla legge del contrappasso». Fiutò una presa di tabacco, poi proseguì. «Una nuova epoca» disse «si è fatta un dio a propria immagine e somiglianza, un dio emotivo. E adesso state già scrivendo una tragedia su di lui».

Adam non aveva nessuna voglia di imbarcarsi con lo zio in una discussione sulla poesia, tuttavia temeva in certo qual modo anche il silenzio, sicché disse: «Ma può anche darsi, allora, che a noi la tragedia appaia, nello schema della vita, come un nobile e divino fenomeno».

«Oh, sì,» disse lo zio con tono solenne «un fenomeno nobile, il più nobile che vi sia sulla terra. Ma soltanto della terra, mai divino. La tragedia è il privilegio dell'uomo, il suo più alto privilegio. Lo stesso Dio della Chiesa Cristiana, quando volle vivere la tragedia, dovette assumere un corpo umano. E anche così,» aggiunse in tono pensieroso «la tragedia non fu del tutto valida, come sarebbe divenuta se l'eroe fosse stato, nel vero senso della parola, un uomo. La divinità di Cristo le diede una nota divina, il momento della commedia. Per la natura stessa delle cose, la vera parte tragica toccò agli esecutori, non alla vittima. No, nipote mio, non dovremmo adulterare i puri elementi del cosmo. La tragedia dovrebbe continuare ad essere il diritto delle creature umane, soggette, per loro condizione o per loro natura, all'atroce legge della necessità. Per loro la tragedia è salvezza e beatificazione. Ma gli dèi, che noi dobbiamo ritenere ignari della necessità e impossibilitati a capirla, non possono conoscere il tragico. Secondo la mia esperienza, quando se lo trovano sotto gli occhi hanno il buon gusto e il decoro di starsene fermi e di non interferire.

«No,» disse dopo una pausa «la vera arte degli dèi è il comico. Il comico è una condiscendenza del divino verso il mondo dell'uomo; è la visione sublime, che non può essere studiata, ma deve essere sempre celestialmente concessa. Nel comico gli dèi vedono la loro natura riflessa come in uno specchio, e mentre il poeta tragico è vincolato da leggi severe, all'artista comico essi concedono una libertà illimitata quanto la loro. Non sottraggono ai suoi lazzi nemmeno la loro stessa esistenza. Giove può ben favorire Luciano di Samosata. Finché la derisione è di gusto genuinamente divino, si può anche deridere gli dèi e restare un vero devoto. Ma quando ci si fa prendere dalla compassione e si soffre col proprio dio, lo si nega e lo si annienta, e questa è la più orribile forma di ateismo.

«E anche qui sulla terra,» continuò «noi, che siamo i delegati degli dèi e ci siamo affrancati dalla ti-

rannia della necessità, dovremmo lasciare il mono-
polio della tragedia ai nostri vassalli, e per noi accettare con grazia il comico. Soltanto un padrone rozzo
e crudele − un arricchito, insomma − si farà beffe
della necessità dei suoi servi o li obbligherà a subire
il comico. Soltanto un padrone pavido e pedante, un
petit-maître, può aver paura del ridicolo. Infatti,» disse, concludendo il suo lungo discorso «quella stessa
fatalità che quando colpisce un borghese o un contadino diventa tragedia, con l'aristocratico si subli-
ma nel comico. Proprio per la grazia e lo spirito di
questa nostra capacità di accettare, si distingue la nostra aristocrazia».

Adam non poté trattenere un lieve sorriso, nell'a-
scoltare l'apoteosi del comico dalle labbra di quell'im-
pettito e cerimonioso profeta. Con quel sorriso iro-
nico, e per la prima volta, lui si stava distaccando dal
capo della sua casata.

Un'ombra cadde sul paesaggio. Una nuvola aveva
coperto il sole; la campagna, sotto di essa, mutò colore, sbiadì e si fece tutta scialba, e per un minuto perfino i suoni parvero cancellarsi.

«Ah,» esclamò il vecchio gentiluomo «se adesso si
mette a piovere e la segale si bagna, Anne-Marie non
riuscirà a finire in tempo. Ma chi sta arrivando, ora?»
soggiunse, e girò un poco la testa.

Preceduto da un lacchè, veniva giù per il viale un
uomo in stivali da caccia, con un panciotto a righe
adorno di bottoni d'argento e il cappello in mano.
Fece un profondo inchino, prima al vecchio gentiluomo, poi ad Adam.

«Il mio castaldo» disse il vecchio gentiluomo.
«Buongiorno, castaldo. Che notizie mi portate?». Il
castaldo fece un gesto di sconforto. «Soltanto brutte
notizie, mio signore» rispose. «E quali sarebbero?»
domandò il suo padrone. «Nei campi» disse il castaldo con aria d'importanza «nessuno fa niente, e l'u-
nica falce al lavoro è quella di Anne-Marie in questo
campo di segale. La mietitura si è arrestata; sono tut-

ti lì a far codazzo alla donna. Per essere il primo giorno della mietitura, non c'è proprio da stare allegri». «Sì, lo vedo anch'io» disse il vecchio gentiluomo. Il castaldo continuò: «Li ho presi con le buone,» disse «e li ho presi con le cattive; ma non c'è niente da fare. Come se fossero tutti sordi».

«Mio buon castaldo,» disse il vecchio gentiluomo «lasciateli in pace; che facciano come gli pare. Può anche darsi che, in fin dei conti, questa giornata sia per loro più proficua di tante altre. Dov'è il ragazzo, Goske, il figlio di Anne-Marie?». «L'abbiamo messo nella stanzetta accanto al granaio» disse il castaldo. «No, fatelo portare qui,» disse il vecchio gentiluomo «che veda sua madre al lavoro. Ma voi che cosa ne dite, Anne-Marie ce la farà a finire il campo all'ora dovuta?». «Se volete che ve lo dica, mio signore,» rispose il castaldo «io credo che ce la farà. Chi l'avrebbe mai detto? È una donna così minuta! E oggi è una giornata calda come... be', come non ne ricordo altre. Nemmeno io, nemmeno voi, mio signore, saremmo riusciti a fare quello che ha fatto oggi Anne-Marie». «No, no, noi non ci saremmo riusciti, castaldo» disse il vecchio gentiluomo.

Il castaldo tirò fuori un fazzoletto rosso e si asciugò la fronte, un po' più calmo dopo aver dato sfogo alla sua collera. «Se tutti lavorassero come sta lavorando la vedova,» osservò con amarezza «la terra ci darebbe un buon guadagno». «Sì» disse il vecchio gentiluomo, e cadde in una sorta di meditazione, come se stesse calcolando il guadagno che avrebbe potuto trarne. «Tuttavia,» disse «per quanto riguarda profitti e perdite, la faccenda è più complicata di quanto non sembri. Voglio dirvi una cosa che forse voi non sapete: la più famosa tela che sia mai stata tessuta veniva disfatta ogni notte. Ma venite,» soggiunse «ormai Anne-Marie è molto vicina. Andiamo a dare un'occhiata al suo lavoro». E, dette queste parole, si alzò e si mise il cappello.

La nuvola si era allontanata; i raggi del sole bruciavano di nuovo l'ampia distesa dei campi, e quando il gruppetto di uomini uscì dall'ombra degli alberi, l'afa era opprimente come una cappa di piombo; i loro visi erano madidi di sudore, le loro palpebre dolevano. Lungo il sentiero angusto dovettero procedere in fila indiana, il vecchio gentiluomo per primo, tutto vestito di nero, e il lacchè, con la sua livrea di colore acceso, per ultimo.

Era proprio vero che il campo formicolava di gente come un mercato; ci saranno state più di cento persone. Ad Adam quella scena richiamò alla mente le illustrazioni della sua Bibbia: l'incontro tra Esaù e Giacobbe nell'Idumea, o i mietitori nel campo d'orzo di Boaz vicino a Betlemme. Alcuni sostavano lungo il margine del campo, altri facevano ressa in piccoli gruppi intorno alla donna che falciava, e altri ancora la seguivano passo passo, legando i covoni là dove lei aveva tagliato le spighe, come se con questo pensassero di aiutarla, o come se volessero a tutti i costi partecipare al suo lavoro. Una donna più giovane, con un secchio sul capo, si teneva sempre al suo fianco, e con lei una frotta di ragazzetti. Uno di questi fu il primo a scorgere il signore del feudo e il suo seguito, e tese la mano a indicarlo. Quelli che stavano legando i covoni lasciarono cadere tutto al suolo, e quando il vecchio si fermò, parecchi dei presenti gli si strinsero intorno.

La donna sulla quale sino a quel momento si erano fissati tutti gli sguardi — una figura minuscola su quel grande palcoscenico — avanzava con passo lento e malfermo, piegata in due come se stesse camminando sulle ginocchia, e incespicando di continuo. Il fazzoletto azzurro che portava in testa le era scivolato all'indietro; il sudore le aveva appiccicato sul cranio i capelli grigi, impiastrati di polvere e di fuscelli. Si vedeva chiaro che per lei la folla assiepata tutt'intorno non esisteva nemmeno, e all'arrivo di quei nuovi spettatori non girò una sola volta né la testa né lo sguardo.

Tutta assorta nel suo lavoro, continuava a protendere la mano sinistra per afferrare una manciata di spighe, e la mano destra armata di falce per tagliarle rasente al suolo, a strappi vacillanti e incerti, come le bracciate di un nuotatore stanco. Il suo percorso la portò così vicino ai piedi del vecchio gentiluomo che la sua ombra cadde su di lei. In quell'istante ella ebbe uno sbandamento che la fece piegare da una parte, e la donna che la seguiva si tolse il secchio dal capo e glielo accostò alle labbra. Anne-Marie bevve senza allentare la stretta della mano sul manico della falce, e l'acqua le scorse giù dagli angoli della bocca. Un bambino accanto a lei si piegò di scatto su un ginocchio, le afferrò le mani nelle sue, e tenendogliele ferme e guidandole, falciò una manciata di segale. «No, no,» disse il vecchio gentiluomo «non devi farlo, ragazzo; lascia che Anne-Marie faccia in pace il suo lavoro». Al suono della sua voce la donna, barcollando, alzò la faccia verso di lui.

La faccia ossuta e bruciata dal sole era striata di sudore e di polvere; gli occhi erano offuscati. Ma nell'espressione di quel viso non c'era la minima traccia di paura o di sofferenza. In realtà, tra tutti i volti gravi e preoccupati intorno a lei, il suo era l'unico perfettamente calmo, sereno e mite. La bocca era serrata a formare una linea sottile, un lieve sorriso un po' sdegnoso, arguto, paziente, come quello che si può vedere sulla faccia di una vecchia intenta a filare o a far la maglia, alacre nel suo lavoro, e contenta di farlo. E non appena la donna più giovane si rimise sul capo il secchio, lei subito riprese a falciare, con una bramosia tenera e ardente, come quella di una madre che si stringa il suo bambino al seno. Come un insetto che si arrabatta nell'erba alta, o come un piccolo vascello nel mare in tempesta, lei avanzava come dando di cozzo, il viso tranquillo di nuovo intento al suo compito.

La folla degli spettatori, e con essa il piccolo gruppo venuto dal padiglione, tutti avanzavano di pari passo con lei, lentamente, come tirati da una corda. Il castaldo, che si sentiva pesare addosso quel silenzio profondo del campo, disse al vecchio gentiluomo: «Quest'anno la segale sarà più abbondante dell'anno scorso» e non ottenne risposta. Ripeté quella frase ad Adam, e infine al lacchè, il quale non ritenne degno di lui uno scambio di idee sui problemi agricoli e si limitò a schiarirsi la voce. Dopo un poco il castaldo tornò a rompere il silenzio. «C'è il ragazzo» disse, e lo indicò col pollice. «L'hanno portato qui». In quell'istante la donna cadde a faccia avanti, e le persone più vicine la risollevarono.

Tutt'a un tratto Adam si fermò, e si coprì gli occhi con la mano. Senza voltarsi, il vecchio gentiluomo gli domandò se il gran caldo lo infastidisse. «No,» disse Adam «ma aspettate un momento. Lasciate che vi parli». Lo zio si fermò, con la mano sul bastone e gli occhi fissi davanti a sé, come se gli rincrescesse di doversi fermare.

«In nome di Dio,» proruppe il giovane in francese «non costringete quella donna a continuare». Ci fu una breve pausa. «Ma io non la costringo, amico mio» disse lo zio nella stessa lingua. «Ella è libera di smettere quando vuole». «A costo della vita del figlio, però» tornò a gridare Adam. «Non vedete che sta per morire? Voi non sapete quello che state facendo, e nemmeno quello che una cosa simile può attirarvi sul capo».

Il vecchio gentiluomo, stupito da quell'inaspettato rimprovero, dopo un attimo si volse a fronteggiare il nipote, e i suoi pallidi, limpidi occhi ne cercarono il viso con espressione di altera meraviglia. La sua lunga faccia di cera, incorniciata da due riccioli simmetrici, ricordava un poco, idealizzato e nobile, il muso di una vecchia pecora o di un montone. Egli fece segno al castaldo di proseguire. Anche il lacchè si allontanò di qualche passo, e lo zio e il nipote rimasero, per così dire, soli sul sentiero. Per un minuto nessuno dei due parlò.

«Qui, proprio nel punto dove siamo adesso,» disse poi, con alterigia, il vecchio gentiluomo «ho dato ad Anne-Marie la mia parola».

«Ma zio!» proruppe Adam. «Una vita è molto più importante persino della parola data. Ve ne supplico, ritirate quella parola, che è stata data per capriccio, come un estro. Vi sto pregando più nel vostro interesse che nel mio, però vi sarò grato per tutta la vita se acconsentirete alla mia preghiera».

«A scuola,» disse lo zio «avrete pure imparato che in principio ci fu la parola. Può anche darsi che sia stata pronunciata per capriccio, come un estro, di questo le Sacre Scritture non ci dicono nulla. Tuttavia è il principio del nostro mondo, la sua legge di gravitazione. Per un periodo della vita umana, la mia umile parola è stata il principio della terra sulla quale stiamo. E così fu, prima del mio tempo, la parola di mio padre».

«Vi sbagliate» esclamò Adam. «La parola è creativa − è immaginazione, audacia e passione. Fu la parola a dare origine al mondo. Quanto sono più grandi di ogni legge repressiva o coercitiva queste forze che infondono la vita! Voi desiderate che la terra che stiamo guardando produca e dia frutti; non dovreste scacciarne le forze che promuovono e conservano la vita, né trasformarla in un deserto per mezzo della legge. E quando guardate i contadini, che sono più semplici di noi e più vicini al cuore della natura, che non analizzano i propri sentimenti, e la cui vita è tutt'uno con la vita della terra, non vi ispirano forse tenerezza, rispetto, persino reverenza? Questa donna è pronta a morire per suo figlio; accadrà mai, a voi o a me, che una donna sia disposta a dare la vita per noi? E se questo accadesse, ci sembrerebbe forse una tale inezia da non sentirci pronti a rinunciare, a nostra volta, a un dogma?».

«Voi siete giovane» disse il vecchio gentiluomo. «Una nuova epoca sarà senza dubbio disposta ad applaudirvi. Io sono della vecchia scuola, vi ho citato testi che hanno mille anni. Noi, forse, non ci capiamo del tutto. Ma tra me e la mia gente, ne sono convinto, c'è un'ottima intesa. Anne-Marie potrebbe giustamente pensare che considero un'inezia la sua impresa, se adesso, all'undicesima ora, la annullassi con una seconda parola. Al suo posto lo penserei anch'io. Sì, nipote mio, se acconsentissi alla vostra preghiera e concedessi questa grazia, potrei forse anche accorgermi che la sua fede è tale da rendere vacuo il provvedimento, e non è escluso che la vedremmo ancora al lavoro, incapace di smettere, come una spola nel campo di segale, finché non l'avesse falciato tutto. Ma allora lei offrirebbe alla vista uno spettacolo orribile, sconvolgente, sarebbe una figura di indecorosa comicità, come un piccolo pianeta che corresse impazzito nel cielo dopo che fosse stata abolita la legge di gravitazione».

«E se questo sforzo dovesse ucciderla,» esclamò Adam «la sua morte, e le conseguenze di quella morte, ricadranno sulla vostra testa».

Il vecchio gentiluomo si tolse il cappello e, con delicatezza, si passò la mano sui capelli incipriati. «Sulla mia testa?» disse. «Sono stato a testa alta sotto molti uragani. Persino» aggiunse con orgoglio «contro le gelide bufere dei potenti. In che modo tutto ciò ricadrà sulla mia testa, caro nipote?». «Io non ne so nulla» disse Adam, profondamente abbattuto. «Ho parlato per avvertirvi. Lo sa soltanto Dio». «Amen» disse il vecchio gentiluomo con un sorrisino soave. «Venite, continuiamo a camminare». Adam trasse un profondo respiro.

«No» disse in danese. «Non posso venire con voi. Questo campo è vostro; qui accadrà quello che voi avete deciso. Ma io devo andarmene. Stasera vi prego di mettermi a disposizione una carrozza per andare in città. Perché non potrei dormire ancora una notte sotto il vostro tetto, che ho rispettato più che qualsiasi altro tetto sulla terra». Tanti erano i sentimenti contrastanti suscitati da quelle parole nel suo animo che gli sarebbe stato impossibile esprimerli.

Il vecchio gentiluomo, che aveva già ripreso a camminare, si fermò di colpo, subito imitato dal lacchè. Per un minuto non disse parola, come se volesse dare ad Adam il tempo di padroneggiare le proprie emozioni. Ma le emozioni del giovane erano in tumulto e non volevano lasciarsi padroneggiare.

«Allora» disse il vecchio gentiluomo, parlando anche lui in danese «dobbiamo accomiatarci qui, nel campo di segale? Mi siete sempre stato caro, quasi quanto mio figlio. Ho seguìto di anno in anno i progressi che facevate nella vita, e mi sono sentito orgoglioso di voi. Sono stato felice quando mi avete scritto che sareste tornato. Se adesso volete andarvene, vi faccio i miei auguri». Passò il bastone dalla mano destra a quella sinistra e con espressione grave guardò il nipote dritto in viso.

Adam non incontrò i suoi occhi. Il suo sguardo era fisso sul paesaggio. Nel tardo e splendido pomeriggio stava riprendendo i suoi colori, come fa un dipinto quando lo si guarda con la luce giusta; nei prati i mucchietti neri di torba spiccavano ad uno ad uno, nitidi sull'erba verde. Proprio quella mattina lui aveva salutato tutto questo con gioia, come un bambino che corra ridendo ad abbracciare la mamma; ora doveva già staccarsene, in disaccordo, e per sempre. E al momento del commiato tutto gli parve infinitamente più caro di quanto gli fosse mai stato, reso tanto più bello e solenne dalla prossima separazione da apparire come un luogo di sogno, un paesaggio del paradiso, al punto che lui si domandò se fosse veramente lo stesso. Ma sì — davanti a lui, ancora una volta, c'era il terreno di caccia dei tempi lontani. E là c'era la strada lungo la quale aveva galoppato quella mattina stessa.

«Ma una volta partito da qui, ditemi dove vi proponete di andare» domandò lentamente il vecchio gentiluomo. «Anch'io ho viaggiato molto, ai miei tempi. Conosco la parola commiato, il desiderio di andar via. Ma ho imparato per esperienza che, in realtà, quella parola ha un significato soltanto per il luogo e per le persone che uno lascia. Quando voi avrete lasciato la mia casa, la faccenda sarà finita e conclusa, per lei − anche se sarà rattristata di vedervi andar via. Ma per chi va via è una cosa diversa, e non altrettanto semplice. Nel momento stesso in cui lascia un luogo, chi va via è già, per legge della vita, diretto verso un altro luogo di questa terra. Vi prego dunque di dirmi, in nome della nostra vecchia amicizia, in quale luogo vi proponete di andare quando partirete da qui. In Inghilterra?».

«No» disse Adam. Sentiva in cuor suo che non sarebbe mai più potuto tornare in Inghilterra e alla vita piacevole e serena che vi aveva vissuto. L'Inghilterra non era abbastanza lontana; acque più profonde del Mare del Nord dovevano ormai separarlo dalla Danimarca. «No, in Inghilterra no» disse. «Andrò in America, nel nuovo mondo». Per un istante chiuse gli occhi, cercando di raffigurarsi come sarebbe stata l'esistenza in America, col grigio Atlantico a dividerlo da questi campi e da questi boschi.

«In America?» disse lo zio, inarcando le sopracciglia. «Sì, ho sentito parlare dell'America. Laggiù hanno la libertà, una grande cascata, selvaggi pellirosse. Sparano ai tacchini, ho letto, come noi spariamo alle pernici. Be', se questo è il vostro desiderio, Adam, andate in America, e siate felice nel nuovo mondo».

Per un poco rimase immobile, immerso nei suoi pensieri, come se avesse già spedito il giovanotto in America e lo avesse cancellato dalla propria vita. Quando infine parlò, le sue parole sonarono come il soliloquio della persona che osserva l'andirivieni delle cose, restando ferma.

«Laggiù» disse «mettetevi al servizio del potere, che vi offrirà qualcosa di meglio della possibilità di comprare, con la vostra vita, la vita di vostro figlio».

Adam non aveva ascoltato i commenti dello zio sull'America, ma quell'epilogo tanto solenne destò la sua attenzione. Alzò gli occhi. Come se lo vedesse per la prima volta nella sua vita, la figura del vecchio gli apparve nella sua interezza, ed egli constatò quanto fosse piccolo, tanto più piccolo di lui, pallido, un esile, nero anacoreta sulla propria terra. Un pensiero gli attraversò la mente: «Che cosa terribile essere vecchi!». L'orrore per il tiranno, e la sinistra paura per la sua sorte, che l'avevano ossessionato tutto il giorno, parvero svanire, e la sua compassione per tutto il creato si allargò ad includere anche la cupa figura che gli stava davanti.

Tutto il suo essere aveva invocato l'armonia. Ora, con la possibilità del perdono, di una riconciliazione, si sentì invadere da un senso di sollievo; ricordò confusamente Anne-Marie che beveva dal secchio che le avevano avvicinato alle labbra. Si tolse il cappello, come suo zio aveva fatto un momento prima − chi avesse visto di lontano quei due gentiluomini vestiti di scuro fermi sul sentiero, avrebbe pensato che stessero ripetutamente e rispettosamente salutandosi − e con un rapido gesto si liberò la fronte dai capelli. Di nuovo gli tornò alla mente il motivo udito nella serra:

> Mourir pour ce qu'on aime
> C'est un trop doux effort...

Rimase a lungo immobile e muto. Strappò alcune spighe di segale, le tenne strette nel pugno e le guardò.

I sentieri della vita, pensò, gli apparivano come un viluppo ingarbugliato, un disegno complesso e tortuoso; né lui né alcun altro essere umano aveva il potere di dominarlo o di dirigerlo. In quell'arabesco si intrecciavano la vita e la morte, la felicità e il dolore, il passato e il presente. Tuttavia l'iniziato avrebbe potuto decifrarlo con la stessa facilità con cui lo scolaro decifra i nostri numeri − che al selvaggio devono apparire confusi e incomprensibili. E da questi elementi contrastanti nasceva la concordia. Tutto ciò che viveva era destinato a soffrire; il vecchio, che lui aveva giudicato severamente, aveva sofferto, mentre guardava morire il figlio e temeva l'estinzione del proprio essere. Anche lui sarebbe arrivato a conoscere il dolore, le lacrime e il rimorso, e, proprio grazie a loro, la pienezza della vita. Allo stesso modo, quella impresa disumana poteva essere, per la donna nel campo di segale, un corteo trionfale. Perché morire per la persona che si ama era una fatica così dolce che non ci sono parole per spiegarla.

Ora, pensandoci, capì che aveva cercato per tutta la vita l'unità delle cose, il segreto che collega i fenomeni dell'esistenza. Era stato proprio questo conflitto, quest'oscuro presagio, a paralizzarlo talvolta, immobile ed inerte, mentre giocava coi suoi compagni, o in altri momenti − nelle notti di luna, o in mare nella sua piccola imbarcazione − a rapirlo in un'estasi gioiosa. Mentre altri giovani, nei loro piaceri o nei loro amori, avevano cercato il contrasto e la varietà, lui aveva desiderato soltanto di comprendere appieno l'unicità del mondo. Se per lui le cose fossero andate diversamente, se il suo giovane cugino non fosse morto, e gli eventi accaduti dopo quella morte non lo avessero ricondotto in Danimarca, la sua ricerca della comprensione e dell'armonia lo avrebbe forse portato in America, e là forse le avrebbe infine trovate, nelle foreste vergini di un nuovo mondo. E invece gli si erano rivelate proprio quel giorno, nel luogo dove aveva giocato da bambino. Come il canto è tutt'uno con la voce che lo modula, come la strada è tutt'uno con la meta, come gli amanti diventano una cosa sola nel loro amplesso, così l'uomo è una cosa sola col proprio destino, e deve amarlo come ama se stesso.

Alzò di nuovo lo sguardo verso l'orizzonte. Sentiva che, volendolo, avrebbe potuto scoprire che cosa mai, in quel luogo, avesse fatto nascere nel suo animo l'improvvisa concezione dell'universo. Ne aveva avuto il primo barlume quella mattina, quando aveva filosofeggiato, con leggerezza e nel proprio interesse, su quella sua sensazione di appartenere a quel paese e a quella terra. Ma poi quel sentimento era cresciuto; era divenuto qualcosa di più possente, una rivelazione per la sua anima. Un giorno avrebbe indagato a fondo, perché la legge di causa ed effetto era uno studio meraviglioso ed affascinante. Ma non adesso. Quell'ora era consacrata a emozioni più intense, a una resa al fato e al volere della vita.

«No» disse infine. «Se lo desiderate, non me ne andrò. Resterò qui».

In quel momento, un lungo e forte rombo di tuono ruppe la quiete pomeridiana. Rimbombò per un poco tra le basse colline, e il giovane se ne sentì squassare il petto come se qualcuno lo avesse afferrato e scrollato tra le mani. Il paesaggio aveva parlato. Egli ricordò che dodici ore prima gli aveva fatto una domanda, quasi per gioco, senza saperne il perché. E adesso aveva avuto la risposta.

Che cosa ci fosse in quella risposta non lo sapeva; né volle approfondire. Con quella promessa fatta allo zio si era consegnato alle più possenti forze del mondo. Ora accadesse pure quel che doveva accadere.

«Grazie» disse il vecchio gentiluomo, e fece con la mano un piccolo gesto affettato. «Sono felice di sentirvelo dire. Non dobbiamo permettere che la differenza di età o di punti di vista ci divida. Nella nostra famiglia siamo stati sempre abituati a mantenere tra noi la fiducia e l'armonia. Mi avete dato una consolazione».

Qualcosa, nelle parole dello zio, ridestò vagamente nel cuore di Adam i presentimenti del pomeriggio. Egli li respinse; non voleva che turbassero la nuova, deliziosa felicità suscitata in lui dalla decisione di rimanere.

«Ora devo andare» disse il vecchio gentiluomo. «Ma non occorre che veniate con me. Domani vi racconterò com'è finita la faccenda». «No» disse Adam.

«Tornerò al tramonto per assistere di persona alla sua conclusione».

E tuttavia non tornò. Non perse mai di vista l'ora, e per tutto il pomeriggio la consapevolezza del dramma che si stava svolgendo, e la profonda angoscia e compassione con cui, nei suoi pensieri, lui lo seguiva, diedero al suo eloquio, ad ogni suo sguardo e gesto, un che di grave e di patetico. Ma anche nelle sale del castello, e persino seduto all'arpicordo sul quale accompagnava la zia nell'aria dell'*Alceste*, egli sentiva di essere al centro degli eventi come se stesse nel campo di segale, vicino a quegli esseri umani di cui adesso, in quel campo, si decideva la sorte. Anne-Marie e lui erano entrambi nelle mani del destino, e il destino, per strade diverse, avrebbe portato ciascuno di loro alla fine prestabilita.

In seguito ebbe modo di ricordare ciò che aveva pensato quella sera.

Ma il vecchio gentiluomo rimase. E nel tardo pomeriggio ebbe un'idea; fece venire al padiglione il suo cameriere personale, con l'aiuto del quale si cambiò d'abito, indossando un vestito di broccato che portava a Corte. Si fece infilare una camicia adorna di trina e protese le gambe sottili per farsi mettere le calze di seta e le scarpe con le fibbie. Così maestosamente abbigliato, cenò da solo − una cena frugale − ma accompagnò il pasto con una bottiglia di vino del Reno, per sostenere le proprie forze. Rimase per qualche tempo nel padiglione, un po' abbandonato sulla sedia; poi, mentre il sole si avvicinava all'orizzonte, raddrizzò le spalle e si mise ancora una volta in cammino verso il campo.

Le ombre ora si stavano allungando, sfumate di azzurro lungo tutti i declivi all'est. Piccole chiazze azzurre si allargavano ai piedi degli alberi isolati in mezzo alle spighe, come a segnarne la collocazione, e mentre il vecchio percorreva il sentiero, lo seguiva un'ombra sottile e straordinariamente allungata. Una volta si fermò di colpo; gli era parso di sentir cantare un'allodola sul suo capo, un suono primaverile; la sua mente stanca non aveva una percezione chiara della stagione; gli sembrava di procedere, e di ristare, in una sorta di eternità.

La gente nel campo non era più silenziosa come nel pomeriggio. Molti parlavano tra loro ad alta voce, e una donna un po' in disparte dagli altri piangeva.

Nel vedere il padrone, il castaldo gli si avvicinò. In preda a un grande turbamento, gli disse che con ogni probabilità la vedova avrebbe finito di mietere il campo in un quarto d'ora.

«Il guardacaccia e il carrettiere sono qui?» gli domandò il vecchio gentiluomo. «Sono venuti cinque volte,» disse il castaldo «e cinque volte sono andati via. E ogni volta hanno detto che non sarebbero tornati. Ma sono sempre tornati, e ora sono qui». «E il ragazzo dov'è?» domandò ancora il vecchio gentiluomo. «È con lei» disse il castaldo. «Gli ho dato il permesso di seguirla. Ha camminato accanto alla madre per tutto il pomeriggio, e adesso potete vederlo al suo fianco, laggiù».

Ora Anne-Marie avanzava verso di loro in modo più uniforme, ma con estrema lentezza, come se ad ogni passo fosse lì lì per arrestarsi. Quella eccessiva languidezza, riflettè il vecchio gentiluomo, se ottenuta di proposito sarebbe stata un vero esempio d'arte sopraffina − inimitabile e pieno di dignità; ci si poteva immaginare che avanzasse a quel modo, nel corso di una processione o di un rito religioso, l'Imperatore della Cina. Si fece ombra con la mano, perché il sole era ormai tramontato, e i suoi ultimi raggi da dietro l'orizzonte facevano danzare davanti ai suoi occhi una miriade di lievi, sfrenate scintille multicolori. Il tramonto inondava la terra e l'aria di un tale splendore che il paesaggio si era trasformato in un crogiolo di gloriosi metalli. I prati e i pascoli erano diventati d'oro puro; il campo d'orzo lì vicino, con le sue lunghe spighe, era un lago fluttuante di vivido argento.

Nel campo di segale non rimaneva che una piccola chiazza di spighe, quando la donna, messa in allarme dalla luce mutata, volse leggermente il capo per guardare il sole. Ma non interruppe il suo lavoro: continuava ad afferrare e a falciare manciate di segale, l'una dopo l'altra, l'una dopo l'altra. Una grande agitazione, e un suono che pareva un sospiro profondo e ingigantito, percorsero la folla. Il campo adesso era mietuto da un capo all'altro. Soltanto la mietitrice non se n'era ancora resa conto; protese di nuovo la mano, e quando la vide vuota sembrò perplessa o delusa. Allora lasciò cadere le braccia lungo il corpo, e lentamente cadde in ginocchio.

Molte delle donne scoppiarono in lacrime, e tutti le si affollarono intorno, lasciando solo un piccolo spazio libero dalla parte dove era fermo il vecchio gentiluomo. Quel trovarseli tutt'a un tratto così vicino spaventò Anne-Marie, che ebbe un piccolo gesto d'inquietudine, come se temesse che le mettessero le mani addosso.

Il ragazzo, che le era rimasto accanto tutto il giorno, ora cadde in ginocchio vicino a lei. Nemmeno lui osava toccarla; stava lì con un braccio proteso dietro la schiena della madre e l'altro davanti, all'altezza delle clavicole, per esser pronto ad afferrarla se fosse caduta, e continuava a piangere forte. In quel momento il sole sparì all'orizzonte.

Il vecchio gentiluomo si fece avanti e con gesto solenne si tolse il cappello. La folla tacque, in attesa che dicesse qualcosa. Ma per un minuto o due lui rimase in silenzio. Poi, parlando molto lentamente, si rivolse alla donna.

«Vostro figlio è libero, Anne-Marie» disse. Dopo una breve pausa, soggiunse: «Avete fatto un'ottima giornata di lavoro, che sarà ricordata per un pezzo».

Anne-Marie alzò lo sguardo, ma non oltre le ginocchia del vecchio, ed egli capì che non aveva sentito le sue parole. Si volse al ragazzo. «Goske,» disse gentilmente «riferisci a tua madre quello che ho detto».

Il ragazzo aveva continuato a piangere dirottamente, tra accorati e rauchi singhiozzi. Dovette fare uno sforzo per frenarsi e riacquistare un certo dominio di sé. Ma quando finalmente parlò, col viso contro il viso della madre, la sua voce era bassa, quasi impaziente, come se le stesse dando una notizia banale. «Sono libero, mamma» disse. «Hai fatto un'ottima giornata di lavoro che sarà ricordata per un pezzo».

Al suono della sua voce lei alzò il volto verso di lui. Un lieve, blando stupore passò come un'ombra sui suoi tratti, ma lei non diede segno di aver udito, e la gente intorno cominciò a domandarsi se la stanchezza non l'avesse resa sorda. Ma dopo un attimo ella alzò la mano, lentamente, con gesto malcerto, annaspando nell'aria per arrivare al viso del figlio, e gli toccò la guancia. La guancia era bagnata di lacrime, che parvero trattenere leggermente le punte delle sue dita, come se lei fosse incapace di vincere quella tenuissima resistenza o di ritrarre la mano. Per un minuto si guardarono in viso. Poi, con un gesto lento ed estenuato, come una spiga di grano che cada al suolo, ella si abbandonò in avanti sulla spalla del ragazzo, e lui la strinse tra le braccia.

La tenne così, premuta contro di lui, seppellendo il viso nei suoi capelli e nel fazzoletto, così a lungo che le persone più vicine, spaventate nel vedere il corpo della donna così minuto tra le sue braccia, si accostarono e, chinatesi, la liberarono dalla sua stretta. Il ragazzo le lasciò fare senza una parola né un gesto. Ma la donna che aveva preso Anne-Marie tra le braccia per rialzarla si volse verso il vecchio gentiluomo. «È morta» disse.

Quelli che avevano seguìto Anne-Marie per tutto il giorno continuarono ad aggirarsi sul campo per molte ore, finché durò la luce della sera, e anche più a lungo. Molto tempo dopo che alcuni avevano portato via la morta su una barella improvvisata con dei rami d'albero, altri ancora andavano su e giù tra le stoppie, seguendo e misurando il suo percorso da un

capo all'altro del campo di segale, e legando le ultime spighe là dove lei aveva concluso il suo lavoro.

Il vecchio gentiluomo rimase a lungo con loro, facendo ogni tanto qualche passo, poi tornando a fermarsi.

In seguito, nel punto dove la donna era morta, il
vecchio signore fece piantare una stele con una falce
scolpita sopra. Allora i contadini del luogo battezza-
rono quel campo di segale «Il campo del dolore». E
quando la storia della donna e di suo figlio era già
stata dimenticata da molto tempo, quel campo era ancora conosciuto con quel nome.

L'EROINA

Un giovane inglese, un certo Frederick Lamond, che contava tra i propri antenati un gran numero di ecclesiastici e di studiosi ed era a sua volta studente di filosofia delle religioni, a vent'anni, grazie al suo talento e alla sua tenacia, si era fatto benevolmente notare dal proprio insegnante. Nel 1870 ottenne una borsa di studio e andò in Germania. Si proponeva di scrivere un libro sulla dottrina dell'espiazione, e la sua mente era tutta presa da quest'argomento.

Frederick aveva sempre vissuto tutto solo tra i suoi libri; adesso ogni giornata gli regalava impressioni nuove. Il mondo, come un grosso e vecchio tomo, si era spalancato davanti a lui e pian piano, di propria iniziativa, voltava una pagina dopo l'altra. Il primo grande fenomeno che trovò in quel libro fu la pittura. Un giorno andò a visitare l'Altes Museum per dare un'occhiata al Cristo sul Monte degli Ulivi dipinto da Venusti, di cui gli aveva parlato un amico, e rimase stupefatto nel vedersi circondato da quadri che avevano attinenza coi suoi studi. Non sapeva che al mondo ci fossero tanti quadri. Tornò per ammirarli ancora, e dai dipinti di argomento sacro passò alle opere profane dei grandi maestri. Era un giovanotto semplice. Non aveva nessuno che lo guidasse, e non si faceva illusioni sulla propria capacità di capire l'arte; tornava a visitare il museo perché tra i quadri si sentiva felice. Finì col girare per le gallerie come se stesse a casa propria. Riconosceva al primo sguardo molti personaggi biblici, ed era in ottimi rapporti anche con le figure mitologiche e allegoriche. In realtà, erano proprio questi gli abitanti di Berlino che conosceva meglio, perché fuori dai musei egli non era facile alle amicizie.

Mentre Frederick vagabondava nel mondo dei propri pensieri, il mondo della dura realtà non si era affatto fermato, ma anzi si muoveva con fretta febbrile. Stava per scoppiare una grande guerra.

A spiegargli per la prima volta la situazione fu un giovanotto che in Inghilterra abitava nel maniero poco lontano dalla canonica di suo padre e che, incontratolo a Berlino in un'afosa giornata di luglio, lo salutò orgogliosamente con una citazione dall'*Amleto*: «Sulla mia vita, Lamond!», e poi continuò a dar sfogo al suo giovane e tumultuoso animo, messo in subbuglio dalle voci sulla prossima guerra franco-prussiana. Questo giovanotto aveva un fratello all'ambasciata di Parigi, e aveva spiegato a Frederick che ogni soldato dell'esercito francese era equipaggiato di tutto punto, e che a Parigi la folla gridava «*À Berlin!*». Ora Frederick si rendeva conto che tutto questo già lo sapeva, da un po' di tempo a quella parte, perché dove cenava aveva sentito qualche discorso del genere, ma, per così dire, soltanto con la superficie della mente. E scoprì pure che le sue simpatie andavano alla Francia. «Farei meglio a lasciare Berlino» pensò.

Radunò i suoi manoscritti e mise in valigia gli indumenti. Poi andò a congedarsi dai quadri, e pregò che l'imminente assedio e la conquista di Berlino non li danneggiassero. E così partì per il confine. Ma non aveva fatto molta strada quando scoprì di essere stato troppo lento. Ormai era difficile viaggiare; non poteva più andare né avanti né indietro. Cambiò i suoi programmi e decise di recarsi a Metz, dove conosceva delle persone, ma non riuscì ad arrivare nemmeno là. Alla fine dovette ringraziare Dio che gli fosse consentito di fermarsi in una cittadina che si chiamava Saarburg, non lontana dal confine.

Nel modesto albergo di Saarburg erano venuti ad arenarsi molti viaggiatori francesi. Tra questi c'era un vecchio sacerdote che veniva da un collegio della Bavaria, due anziane suore di un educandato, una vedova che gestiva un albergo in una città di provincia, un ricco viticultore, e un viaggiatore di commercio. Tutti costoro erano terribilmente preoccupati. Alcuni, più ottimisti, speravano di ottenere il permesso di passare la frontiera del Ducato di Lussemburgo e di arrivare in Francia per quella strada; i pessimisti ripetevano le voci allarmanti secondo le quali i francesi venivano accusati di spionaggio e fucilati. Il proprietario dell'albergo era maldisposto verso i suoi ospiti, dato che alcuni di essi erano fuggiti dalle loro case senza bagaglio né denaro; inoltre era ateo e detestava la Chiesa.

L'imperturbabilità del giovane studioso inglese agì come un calmante sui profughi, che andavano a parlargli dei loro guai. Frederick e il vecchio sacerdote, per passare il tempo, s'ingolfavano in lunghe discussioni teologiche. Il vecchio gli confidò che da giovane aveva scritto un trattato sul rinnegamento di Pietro. Allora Frederick gli tradusse alcuni brani del proprio manoscritto.

Verso la fine di luglio l'ineluttabilità degli eventi cominciò a rendere irrespirabile l'aria di Saarburg. Si diceva che stessero per arrivare delle truppe tedesche dirette in Francia. Sentendosi già protetto dalla loro potenza, l'albergatore divenne ancora più sgarbato coi francesi; fece piangere le due suore, e la vedova, dopo avere avuto una scenata terribile con lui, svenne e fu costretta a mettersi a letto. Gli altri ospiti cercarono di starsene buoni.

Nel pieno di queste prove così dure arrivò all'albergo, accompagnata dalla sua cameriera, una signora francese che veniva da Wiesbaden, e che subito divenne il personaggio centrale di quel piccolo mondo.

All'orecchio di Frederick, il suo nome riecheggiava tutta l'eroica storia della Francia. A tutta prima egli lo vide scritto su una quantità di casse e di bauli ammucchiati nell'atrio dell'albergo, e immaginò che ella fosse una vecchia dama imponente, una sorta di spettro venuto dal glorioso passato. Ma quando se la vide davanti, scoprì che era giovane quanto lui, fiorente come una rosa, una vera bellezza. Frederick pensò: «È come se una leonessa si aggirasse tranquilla in un gregge di pecore». Concluse che doveva aver lasciato Wiesbaden così tardi perché non era riuscita a convincersi che sarebbe potuto capitarle qualcosa di grave; si rifiutava di crederlo ancora adesso. Non aveva nessuna paura. Sopportava l'angoscia della timorosa combriccola dell'albergo con intrepida tolleranza, come se si rendesse conto che dovevano aver aspettato il suo arrivo con l'animo sospeso. Messa di fronte al pericolo del momento, alla pavidità del piccolo gruppo e all'ostilità dell'ambiente, ella divenne ancora più araldica, come una leonessa su un blasone. E a Frederick pareva che, pur così giovane e fragile, di ora in ora andasse impersonando, persino nel portamento, nell'espressione e nell'eloquio, l'immagine ideale e classica di una «*dame haute et puissante*», la vera incarnazione dell'antica Francia.

I profughi trovarono riparo sotto le sue ali. Lei sospinse l'albergatore fuori dall'esistenza, fece abbassare la cresta ai domestici e ottenne che fossero serviti pasti migliori. Fece in modo che i conti fossero saldati e ottenne che venisse chiamato un medico per Madame Bellot. Per tutte queste cose aveva bisogno di un corriere, e così tra lei e Frederick si stabilì una certa amicizia.

Se Frederick avesse incontrato questa signora sei mesi avanti, prima di lasciare l'Inghilterra, accanto a lei si sarebbe sentito timido e imbarazzato. Adesso invece aveva una certa dimestichezza, se non con lei personalmente, almeno con le sue sorelle e le sue parenti strette. Perché nonostante la sua raffinata modernità, ella aveva tutte le grazie delle dee di Tiziano e del Veronese. I suoi lunghi e morbidi riccioli avevano la stessa pallida sfumatura dorata delle loro chiome; il suo portamento aveva quella femminile maestà con cui loro sedevano sul trono o danzavano, e le sue carni possedevano la stessa misteriosa freschezza e luminosità delle loro carni.

Portava un cappellino verde-cacciatore con una piuma di struzzo rosa, un abito di seta grigio tortora incredibilmente ampio, lunghi guanti di pelle scamosciata, e intorno al collo bianchissimo un nastrino di velluto nero. Aveva perle al collo e alle orecchie, e diamanti alle dita. Nella vita reale Frederick non aveva mai visto nessuna che le somigliasse, ma poteva immaginarsela con estrema facilità in una cornice d'oro su una parete dell'Altes Museum. Di lei gli avevano detto che si era sposata giovanissima ed era rimasta vedova, ma quasi nient'altro. Egli sapeva però, senza che nessuno glielo dicesse, dove aveva trascorso tutti gli anni precedenti a questo loro incontro: fra le luminose colonne di marmo, sotto le fronde profumate, davanti all'abbagliante mare azzurro e alle nuvole argentee e rosee che aveva ammirato nei dipinti. Forse aveva un fanciullo negro al suo servizio. Talvolta Frederick sbrigliava l'immaginazione, e allora la vedeva negli atteggiamenti abbandonati delle dee — ma sì, vestita come Venere. Ma queste sue fantasie erano candide e impersonali; per nulla al mondo la avrebbe offesa.

Lei lo trattava con un'indulgenza da sorella maggiore, ma a volte era un po' brusca, come se fosse spazientita nei confronti di un mondo tanto meno perfetto di lei. Frederick concluse che tra loro c'era una certa somiglianza. Nessuno dei due dava importanza a certi fatti della vita che per altre persone erano importantissimi. Ma nel caso di Frederick questa noncuranza nasceva da un senso di distacco, o di estraniazione, da tutto il mondo. «Mentre lei» egli pensava «è così perché il mondo lo domina, e non ne tollera sciocchezze. È la discendente e la legittima erede di tutti i conquistatori e i sovrani di questo mondo, tiranni inclusi». Dalle etichette sui bauli venne a sapere che il suo nome era Héloïse.

Consapevoli del potere di Madame Héloïse, i rifugiati dell'albergo vissero uno o due giorni di felicità. E alla fine tutti quanti spinsero un po' troppo oltre la loro ardita sicurezza. A cena, gustando un galletto arrosto e dell'ottimo vino, parlarono a cuore aperto e pieni di speranza, e il viaggiatore di commercio, che era un ometto timidissimo, ma aveva una gran bella voce, cantò per loro alcune romanze. Il vecchio sacerdote lo accompagnò al pianoforte che c'era nella sala da pranzo. Infine cantarono tutti insieme l'inno *Partant pour la Syrie*. A metà di un verso si udì un gran battere contro la porta, certi colpi che sembravano tuoni. Ma loro non se ne curarono, continuarono a cantare, e poi, tutti fiduciosi, si separarono per la notte. L'indomani, in un tripudio di entusiasmo e di trionfo, le truppe tedesche entrarono a Saarburg, e nel pomeriggio i profughi dell'albergo, all'infuori di Madame Bellot che era ancora a letto, furono arrestati e portati davanti al magistrato.

Frederick apprese con suo grande stupore che lui e il vecchio sacerdote erano imputati di spionaggio, e che ad incriminarli servivano di pretesto le loro lunghe conversazioni, il suo manoscritto e i suoi appunti. Il magistrato sosteneva che le sue citazioni tratte dal libro di Isaia, 53, *8*: «Per le trasgressioni del mio popolo» si riferivano all'ora, al giorno e al mese dell'avanzata tedesca. Frederick pensò che gli era già capitato di sentire interpretare Isaia in modi aberranti, e con grande pazienza cercò di ragionare col magistrato. Ma scoprì che quel gentiluomo era ossessionato dalle intense emozioni del momento, e tetragono a qualsiasi ragionamento. Il vecchio sacerdote non volle o non poté parlare.

Nel corso della giornata Frederick andò convincendosi che rischiava davvero di essere fucilato prima di sera. Quella certezza gli diede uno strano, intenso tremore. «Così» pensava «saprò se c'è un'altra vita dopo la morte». Gli passò per la testa che anche il sacerdote lo avrebbe saputo nello stesso momento. Ma il vecchio aveva sempre avuto una mente così dottrinaria che riferita a lui quell'idea era inconcepibile. Al tramonto, comunque, anche il magistrato si stancò di quella faccenda e fece condurre i due imputati davanti a un gruppo di ufficiali, che avevano preso possesso di una grande villa nei sobborghi della città, i cui proprietari erano fuggiti nel timore di un'invasione francese. E là i due trovarono gli altri profughi dell'albergo.

Nella villa c'era un'atmosfera molto diversa che nel municipio. I tre ufficiali tedeschi avevano pensato bene di cenare tra le eleganze della sala, che era sontuosamente tappezzata di broccato cremisi, con pesanti tendaggi e grandi quadri alle pareti. Il dessert e il vino erano ancora sul tavolo davanti ai commensali che avevano i volti arrossati dal bere, ma più ancora dall'esultanza, perché un'ora prima avevano avuto la notizia dell'avvenuta battaglia di Wissenburg, e il telegramma era là accanto ai bicchieri.

Uno dei tre era un uomo eretto nella persona, coi capelli grigi e il viso affilato; un altro si sarebbe detto che fosse lo spirito-guida, o l'*enfant gâté* di tutti. Avevano lasciato a lui il compito d'interrogare i prigionieri perché parlava il francese meglio dei suoi compagni, e li divertiva con la sua esuberante vitalità. Era piuttosto giovane, di statura gigantesca, ed eccezionalmente biondo, con una pienezza, o meglio una compattezza, che lo faceva apparire come un giovane dio. Accolse gli ospiti dell'albergo con ridente e sdegnoso stupore, e aveva tutta l'aria di non temere né Dio né il diavolo — e tanto meno qualche francese — finché non scorse Madame Héloïse. Da quel momento l'interrogatorio non fu che una questione personale tra lui e lei.

Questo poteva vederlo anche Frederick. Ma non era il giudice più adatto per quel genere di guerra; e sebbene, dopo la prima occhiata, ella non avesse più guardato il giovane, mentre lui non stornava nemmeno per un istante i suoi chiari occhi sporgenti dal volto e dalla figura della fanciulla, Frederick non avrebbe saputo dire quale dei due, in verità, fosse all'offensiva.

Si somigliavano, sarebbero potuti essere fratello e sorella. Ed era evidentissimo che si temevano a vicenda. Mentre l'interrogatorio andava avanti, il tedesco era tutto sudato per lo sgomento e lei si faceva sempre più pallida; ma nulla al mondo avrebbe potuto staccarli l'uno dall'altra. Frederick era certo che quello fosse il loro primo incontro; tuttavia, in quella sala, era di una faida antica che si decidevano le sorti. Si trattava forse di un conflitto nazionale ereditario, egli si domandò, o bisognava risalire ancora più indietro nel tempo, e addentrarvisi ancora più a fondo, per scoprirne le radici?

Il giovane tedesco dichiarò per prima cosa che a quel punto non riteneva proprio che valesse la pena di avanzare sino a Parigi. Le domandò come mai fosse capitata in quella compagnia, e se giudicava i suoi compari più pericolosi di lei. Ella rispose in tono secco, a fronte alta. Frederick si rese conto che ormai il suo destino e quello dei compagni dipendevano da lei. Considerò che nessuno al mondo, e meno di tutti quel giovane soldato, avrebbe potuto sopportare a lungo l'atteggiamento e il tono della fanciulla, eppure in cuor suo non poteva fare a meno di esultare per quella magnifica prova di insolenza che lei stava dando. Era inevitabile che alla fine il tedesco le si avvicinasse; mentre le teneva davanti agli occhi un foglio perché lei lo leggesse, le parlò col viso quasi contro il viso. Al che, con un gesto pieno di grazia, ella ritrasse l'ampia gonna perché lui non potesse nemmeno sfiorarla.

Egli s'interruppe a metà di una frase, e gli mancò il respiro. «Madame,» disse poi, molto lentamente «non voglio certo toccare il vostro vestito. Ma voglio farvi una proposta. Scriverò il salvacondotto per voi e per i vostri amici perché possiate raggiungere il Lussemburgo, che è per l'appunto ciò che volete da me. Potete venire a prenderlo tra mezz'ora. Ma dovrete venire senza quella veste, che a ragione vi affannate tanto a tenere discosta da me. Insomma, per avere i salvacondotti, dovrete venire vestita come la dea Venere. E sappiate» soggiunse dopo un attimo di sbigottito silenzio «che questa è una proposta molto generosa, Madame». E tutt'a un tratto, al suono delle proprie parole, si fece di fiamma.

Per un istante il cuore di Frederick cessò di battere, colmo di disgusto o forse di orrore, e di una profonda tristezza. Quella sentenza era una deformazione delle incantevoli fantasie alle quali si era abbandonato lui stesso quando pensava a Héloïse. Quella empietà faceva del mondo un luogo di rivoltante bassezza, e di lui un complice.

Quanto a Héloïse, quell'insulto la trasformò come se le avesse dato fuoco. Si volse d'impeto verso quel tracotante, e Frederick non l'aveva mai vista così colma di vitalità o di arroganza; pareva che stesse per ridere in faccia al suo nemico. La sordidezza del mondo non la toccava, pensò lui con profonda, estatica gratitudine; lei era al di sopra di tutto quel sudiciume. Solo per un attimo la sua mano corse allo scollo della mantiglia, come se, sentendosi soffocare sotto quel fiotto di sdegno, volesse liberarsene. Ma subito dopo si immobilizzò; mentre la mano le ricadeva lungo il fianco, parve che il sangue abbandonasse il suo volto, che divenne pallidissimo. Si volse verso i prigionieri suoi compagni, e lentamente fece scorrere lo sguardo sui loro visi sbiancati e sgomenti.

I due ufficiali più anziani si mossero a disagio sulle loro sedie. Il giovanotto sventolò il suo foglio di carta verso di loro. «Perbacco!» proruppe. «Egli fu ferito per le nostre trasgressioni! Per le trasgressioni del mio popolo siamo colpiti! Con tanto di capitolo e di verso! Abbiamo davanti un'intera banda di spie, con lei» − e puntò contro Héloïse un dito tremante − «che li capeggia. Perché mai doveva venire proprio qui? Non poteva, comunque, lasciarci in pace?».

Tornò a rivolgersi a lei; non poteva rinunciare a mostrarle la sua supremazia. «Siete sicura di avermi capito?» gridò. «No, non ne sono sicura» disse lei. «La lingua francese è poco adatta alla vostra proposta. Volete ripetermela in tedesco, per piacere?». Questo gli fu difficile; però lo fece. Héloïse si tolse il cappello, e i suoi capelli d'oro scintillarono alla luce delle lampade. Per tutta la durata del colloquio, ella tenne il cappello tra le mani congiunte dietro la vita sottile, in un gesto che le dava l'aria di avere i polsi legati dietro la schiena.

«Perché lo domandate a me?» disse. «Domandatelo a quelli che sono con me. Sono povera gente, gente laboriosa, e abituata alle avversità. Qui c'è un sacerdote francese,» continuò molto lentamente «il consolatore di tante povere anime; e ci sono due suore francesi, che hanno assistito i malati e i moribondi. Gli altri due hanno dei figli in Francia, che senza di loro si troveranno in gravi difficoltà. La propria salvezza, per ciascuno di loro, è più importante della mia. Che siano loro a decidere se vogliono comprarla al prezzo da voi proposto. E vi risponderanno in francese, loro».

Il vecchio sacerdote avanzò di un passo. All'albergo aveva la mania di fare dei lunghi discorsi, ma qui non disse una sola parola. Si limitò ad alzare il braccio destro e a muoverlo di qua e di là. Una delle vecchie suore si appoggiò contro la parete, come se già stesse affrontando il plotone d'esecuzione. Sollevò tutt'e due le braccia e gridò: «No!». L'altra si mise a singhiozzare accorata, le gambe non la ressero ed ella cadde in ginocchio ripetendo: «No. No. No».

Fu il rappresentante di commercio a fare un discorso. Si avvicinò con un lungo passo al giovane ufficiale, alzò gli occhi a quella statura gigantesca e disse: «Siete convinto che abbiamo paura di voi, non è vero? Sì, abbiamo paura, infatti. Abbiamo sempre paura di poter somigliare a voi». Frederick non disse nulla; guardò l'ufficiale dritto in faccia, e non poté trattenere un lieve sorriso.

Il tedesco chinò lo sguardo sul rappresentante di commercio, e poi, oltre il suo capo, fissò Héloïse. E proruppe: «Andatevene, allora! Facciamola finita. Andatevene tutti quanti!». Chiamò due soldati dalla stanza vicina. «Portate giù questa gente,» ordinò «giù in cortile. E aspettate gli ordini». Poi tornò a rivolgersi ai prigionieri, gridando: «Come volete! Ma adesso lasciatemi in pace. Lasciatemi in pace e basta». L'ultima cosa che Frederick vide in quella sala fu la sua faccia mentre Héloïse gli passava davanti e lo guardava. Poi tutti loro furono scortati giù per le scale e fuori della casa.

Quando uscirono nel cortile la sera era limpida, e nel cielo cominciavano ad apparire le prime stelle. Un lato del cortile era chiuso da un muro basso, che recintava il giardino della villa; dall'altro lato veniva l'odore di violacciocche. I profughi, esausti ed ignari del loro destino, andarono in fila indiana a prendere posto accanto a quel muro. Héloïse, ferma a testa nuda nel cortile, guardò il cielo, e dopo un momento disse a Frederick: «Ho visto una stella cadente. Peccato che non abbiate espresso un desiderio».

Erano là in piedi da mezz'ora quando dalla casa videro venire tre soldati, uno dei quali reggeva una lampada. Uno degli altri due, che doveva essere un caposquadra, fece scorrere lo sguardo sui prigionieri, poi si avvicinò al vecchio sacerdote e gli porse un foglio. «Questo è il permesso per andare nel Lussemburgo» disse. «È per voi tutti. I treni sono stracolmi; dovrete procurarvi una carrozza in città. Sarà meglio che partiate subito».

Non appena quello finì di parlare, il terzo soldato si fece avanti e si rivolse a Heloïse, e tutti loro trasecolarono nel vedere che le porgeva il grosso mazzo di rose che prima era sul tavolo della sala; poi scattò nel saluto militare. «Il Colonnello» disse «prega Madame di accettare questi fiori. Con i suoi ossequi. A un'eroina». Héloïse prese il mazzo dalle sue mani come se non vedesse né lui né i fiori.

All'albergo riuscirono a far venire delle carrozze. Le fecero aspettare, mentre loro si affrettavano a consumare un pasto frugale, del pane e un po' di vino, dal momento che non avevano più mangiato nulla dalla mattina. Non fu certo il bis della superba cena della sera avanti; sembrava che con quella cena non avesse nessun rapporto. La loro esistenza, da allora, si era spostata su un altro piano. Si tenevano per mano, ognuno di loro doveva la propria vita a ognuno degli altri.

Héloïse era ancora il personaggio centrale della loro comunità, ma in modo nuovo, come un oggetto infinitamente prezioso a loro tutti. Il suo orgoglio, la sua gloria erano anche i loro, perché tutti erano stati pronti a morire per salvarli. Ella era ancora pallidissima; sembrava una bimba tra persone adulte, e rideva di tutto ciò che le dicevano. Poiché insistette a voler portare con sé tutti i suoi bauli e le sue casse, considerandoli evidentemente una parte di se stessa e da non lasciare nelle mani del nemico, e poiché fu Frederick a doverli caricare, finì che i due fecero insieme il viaggio sino alla frontiera, dietro agli altri, in un piccolo *fiacre*.

Frederick ricordò per tutta la vita quel viaggio, ricordava persino le curve della strada. Era sorta la luna, e il tratto di cielo che la separava dall'orizzonte era come incipriato di polvere d'oro. Quando cominciò a formarsi la rugiada, Héloïse si tirò lo scialle sul capo; incorniciata dalle sue scure pieghe sembrava una contadinella, e tuttavia, al pari di una musa, gli sedeva accanto come su un trono. Nei libri lui aveva letto, in passato, di eroiche gesta e di eroine; l'episodio che aveva appena vissuto e la giovane donna al suo fianco erano come i libri, ma nondimeno, in lei c'era una così squisita, semplice vivezza quale non aveva mai trovato in nessun libro al mondo. La sua silenziosa, trionfante felicità gli era soave come il profumo del frumento maturo nei campi che stavano attraversando. Tutt'a un tratto lei gli prese la mano.

Erano le prime ore del mattino quando passarono la frontiera e giunsero alla piccola stazione di Wasserbillig, dove trovarono il resto del gruppo. Mentre aspettavano il treno che doveva portarli in Francia, e volsero di nuovo i loro sguardi verso Parigi, Frederick sentì che i suoi amici francesi erano diventati come una famiglia, della quale lui non faceva più parte. Quando finalmente arrivò il treno, si sarebbe quasi detto che ignorassero la sua esistenza.

Ma all'ultimo momento Héloïse gli rivolse un lungo, intenso, tenero sguardo, che lo seguì da dietro il vetro del suo scompartimento. Poi, tutt'a un tratto, non c'era più.

Fermo sul marciapiede, Frederick guardò il treno che scompariva in un brumoso paesaggio mattutino. Sentì che a quel punto era calato il sipario su un grande avvenimento della sua vita. Il cuore gli doleva di felicità insieme e di struggimento. L'artista da poco nato dentro di lui, l'amico di Venusti, accettò l'avventura con spirito umile ed estatico, e «*Domine, non sum dignus*» fu la sua risposta. Ma non appena si trovò di nuovo solo, il ricercatore e l'indagatore in lui − il suo vecchio io che si era formato nelle università inglesi − ripresero il sopravvento, desiderarono molto di più che questo, e sentirono l'esigenza di essere illuminati, di sapere e di capire. C'era ancora, nel fenomeno dello spirito eroico, qualcosa di incompreso, una zona inesplorata e misteriosa.

Era proprio quel momento di indagine incompiuta e di intuito fallito, rifletté, a dargli adesso, in quella sosta alla stazione di Wasserbillig, quel senso quasi soffocante di perdita o di privazione, come se gli avessero allontanato un boccale dalle labbra prima che lui riuscisse a placare la propria sete.

Talvolta il destino aiuta il vero ricercatore a raggiungere i suoi intenti. E stavolta aiutò Frederick nella sua indagine sullo spirito eroico. Gli toccò soltanto di aspettare un poco.

In Inghilterra tornò ai suoi studi. Terminò il trattato sulla dottrina dell'espiazione, e più tardi scrisse un altro libro. Col tempo smise di dedicarsi esclusivamente alla filosofia religiosa per sconfinare nella storia delle religioni in generale. E si era già conquistato una certa notorietà fra i giovani letterati della sua generazione; era fidanzato con una ragazza che conosceva sin da quando erano bambini entrambi, allorché, cinque o sei anni dopo la sua avventura a Saarburg, dovette andare a Parigi per seguire un corso tenuto da un grande storico francese.

A Parigi andò a trovare un vecchio amico, fratello del ragazzo che, a Berlino, gli aveva per primo parlato della guerra imminente. Questo giovanotto si chiamava Arthur e svolgeva ancora, come a quel tempo, lo stesso incarico presso l'Ambasciata. Come si potesse, a Parigi, far divertire uno studioso di teologia era per Arthur un vero problema. Invitò Frederick a pranzo in un ristorante di raffinata eleganza e, mentre cenavano, gli domandò se gli piacesse Parigi, e che cosa avesse visto della città. Frederick rispose che aveva visto una miriade di cose belle, e che si era recato a visitare il museo del Louvre e quello del Luxembourg. Per un poco parlarono di arte classica e moderna. Poi, all'improvviso, Arthur proruppe: «Se hai il gusto delle cose belle, so quello che dobbiamo fare. Andiamo a vedere Héloïse». «Héloïse?» gli fece eco Frederick. «Non una parola di più» disse Arthur. «È qualcosa che non si può descrivere; bisogna vedere coi propri occhi».

Condusse Frederick in un piccolo music-hall molto elegante ed esclusivo. «Siamo appena in tempo» disse. Poi scoppiò a ridere e soggiunse: «Anche se, per essere sinceri, avresti dovuto vederla durante l'Impero. Qualcuno sostiene che è un'oca perfetta, ma quando le guardi le gambe non ci puoi credere. *La jambe c'est la femme!* Mi hanno anche detto che la sua vita privata è irreprensibile. Questo io non lo so».

Lo spettacolo era intitolato *La vendetta di Diana* e ostentava lo stile classico, ma era squisitamente moderno nei particolari. Una schiera di giovani e graziosissime ballerine, che figuravano di essere ninfe in una foresta, danzavano e si mettevano in posa, ed erano tutte vestite molto succintamente. Ma il clou dello spettacolo fu l'apparire della dea Diana in persona, senza nulla addosso.

Mentre avanzava tendendo il suo arco d'oro, un suono come un lungo sospiro fece vibrare la sala. La bellezza del suo corpo si rivelò una sorpresa e un'estasi anche per coloro che l'avevano già vista; quasi non credevano ai propri occhi.

Arthur la contemplò col suo binocolo da teatro, che poi generosamente porse a Frederick. Ma si accorse che Frederick non se ne serviva e che, dopo il primo istante, non faceva più un solo gesto. Si domandò se per caso non fosse scandalizzato. «*C'est une chose incroyable*» disse «*que la beauté de cette femme.* Che ne dici?».

«Sì» disse Frederick. «Ma io la conosco. L'ho già vista». «Non in questo spettacolo, immagino» disse Arthur. «No. Non in questo spettacolo» confermò Frederick. Dopo un momento soggiunse: «Forse si ricorda di me. Le manderò il mio biglietto da visita». Arthur sorrise. Il ragazzo al quale Frederick aveva affidato il suo biglietto tornò portandogli una breve lettera di risposta. «Ti ha risposto?» domandò Arthur.

«Sì» disse Frederick. «Si ricorda di me. Ci raggiungerà al nostro tavolo dopo lo spettacolo». «Héloïse?» proruppe Arthur. «Ma guarda un po' questi inglesi che insegnano filosofia della religione! Quando l'hai conosciuta? Forse quando stavi scrivendo il tuo saggio sui misteri dell'Adone egiziano?». «No, stavo scrivendo tutt'altro, allora» disse Frederick. Arthur ordinò un tavolo, una bottiglia di vino e un grande mazzo di rose.

Non appena Héloïse comparve nella sala, tutte le teste si volsero verso di lei come i girasoli di un'aiuola che cercano il sole. Era vestita di nero, con un lungo strascico e lunghi guanti, perle e piume di struzzo. «Tutto quel nero» sospirò l'intero teatro in cuor suo «per nascondere tutto quel candore!».

Era forse un po' più florida di seno, e più smagrita nel volto, di quanto non fosse stata sei anni prima, ma si muoveva ancora allo stesso modo, come un'agile felide, e aveva nell'espressione e nel portamento quella risolutezza, o forse quell'impazienza, che allora aveva affascinato Frederick. Il giovane si alzò per salutarla, e Arthur, che l'aveva giudicato penosamente goffo tra il pubblico elegante del teatro, fu colpito dalla sua dignità, e poi, mentre il suo amico ed Héloïse si fissavano l'un l'altro, dall'identica espressione di intenso, felice fervore dei loro visi. Si sarebbe detto, a guardarli, che nell'incontrarsi avrebbero voluto scambiarsi un bacio, ma che ne fossero stati impediti da qualcosa che non era certo la presenza di tante persone intorno a loro. Continuavano a starsene in piedi, come se avessero dimenticato la facoltà umana di sedersi.

Héloïse guardava Frederick sorridendo radiosa. «Sono così felice che siate venuto a vedermi» disse, tenendogli la mano tra le sue. Frederick a tutta prima non riuscì a spiccicare parola; poi, quando si decise a farlo, le rivolse una domanda sciocca. «Qualcuno degli altri è mai venuto qui a vedervi?» domandò. «No» disse Héloïse. «No, nessuno di loro». A questo punto Arthur ottenne che si sedessero al suo tavolo, l'uno di fronte all'altra. «Lo sapevate» domandò Héloïse «che il povero vecchio Padre Lamarque è morto?». «No!» disse Frederick. «Non ho più avuto notizie di nessuno di loro». «È morto, sì» disse Héloïse. «Non appena arrivato a Parigi, allora, chiese che lo mandassero al fronte. E lì ha compiuto imprese leggendarie; era un eroe! Ma più tardi fu ferito, qui a Parigi, dai soldati di Versailles. Quando l'ho saputo sono corsa all'ospedale, ma ahimè, era troppo tardi».

Per compensare il mutismo del suo compatriota, Arthur, con una frase di cortesia, le versò lo champagne.

«Oh, erano brave persone» proruppe lei alzando il proprio bicchiere. «È stato davvero un momento straordinario! E anche le due vecchie suore, quant'erano buone! E così tutti gli altri».

«Ma non erano esattamente coraggiosi» soggiunse, tornando a posare il bicchiere. «Avevano tutti una paura tremenda, quella notte alla villa. Già si vedevano presi di mira dai fucili tedeschi. E, buon Dio, stavano correndo anche un altro rischio, in quel momento, un rischio molto peggiore di quanto riuscissero a immaginare».

«Che cosa intendete dire?» domandò Frederick.

«Oh sì, un rischio peggiore» disse Héloïse. «Perché loro mi avrebbero costretta a fare ciò che quel tedesco pretendeva. Mi avrebbero costretta a farlo, per salvarsi la pelle, se lui si fosse rivolto direttamente a loro, o se li avesse lasciati fare. E poi non se lo sarebbero più perdonato. Ne avrebbero avuto rimorso per tutta la vita, e si sarebbero ritenuti grandi peccatori. Non erano le persone giuste per quel tipo di situazione, loro che in tutta la vita non avevano mai fatto nulla di male. Ecco perché fu molto triste che fossero così atrocemente spaventati. Credetemi, amico mio, per quelli là sarebbe stato molto meglio finire fucilati che continuare a vivere con un peso sulla coscienza. Non ci erano abituati, capite? Non avrebbero saputo come vivere con quell'incubo».

«Voi come fate a sapere tutto questo?» domandò Frederick.

«Oh, conosco bene le persone come quelle» disse Héloïse. «Anch'io sono cresciuta tra gente povera e onesta. Una sorella di mia nonna era suora, ed è stato un vecchio e povero sacerdote come Padre Lamarque a insegnarmi a leggere».

Posato il gomito sul tavolo e il mento sulla mano, Frederick la fissò a lungo. «Allora il vostro successivo trionfo» disse con estrema lentezza «è stato in realtà il nostro? Perché ci eravamo comportati così bene?». «Vi eravate comportati bene, non è forse vero?» disse lei sorridendogli. «Ma allora,» disse Frederick senza mutare tono «voi siete stata un'eroina ancora più sublime di quanto immaginassi allora». «Mio caro amico!» disse lei.

Egli le domandò: «In quel momento credevate veramente che potessero fucilarvi?». «Sì» rispose Héloïse. «Lui avrebbe potuto benissimo farmi fucilare, e con me tutti voi. Poteva anche essere il suo modo di fare all'amore. E tuttavia,» soggiunse pensierosa «era onesto, un giovane onesto. Sapeva veramente desiderare una cosa. Molti uomini non ne sono capaci».

Bevve, si fece riempire di nuovo il bicchiere, e guardò Frederick. «Voi,» disse «voi non eravate come gli altri. Se fossimo stati là da soli, noi due, tutto sarebbe stato diverso. Voi avreste potuto esortarmi, in tutta semplicità, a salvare la mia vita nel modo che voleva lui, senza dare in seguito nessuna importanza all'episodio. Me ne sono accorta subito. E poi, in quel *fiacre*, quando abbiamo fatto il viaggio insieme sino alla frontiera, e voi non avete detto una sola parola, ne sono stata certa. Questo mi è piaciuto molto, in voi, e non so proprio dove l'abbiate imparato, visto che dopo tutto siete inglese». Frederick rifletté sulle sue parole: «Sì,» disse lentamente «se l'aveste proposto voi stessa, di vostra spontanea volontà». Ed Héloïse si mise a ridere.

«Ma volete sapere,» ella proruppe all'improvviso «volete sapere qual è stata la vera fortuna per voi e per me, e per noi tutti? Che in quel momento, con noi, non ci fosse nessuna donna. Una donna me l'avrebbe fatto fare senz'altro, per quanto desolata potessi essere. E allora, dove sarebbe andata a finire tutta la nostra grandezza?». «Ma con noi delle donne c'erano» disse Frederick. «C'erano le due suore». «Oh no, quelle non contano» disse Héloïse. «Una suora non è una donna nel senso che dico io. No, io parlo di una donna sposata, o di una vecchia zitella, di una donna onesta. Se Madame Bellot non avesse avuto il mal di stomaco per la paura, mi avrebbe strappato tutto di dosso in un baleno, ve lo garantisco io. Quella non sarei mai riuscita a convincerla».

Héloïse rimase pensierosa, con gli occhi fissi sul volto di Frederick, e dopo qualche minuto disse: «Siete diventato proprio un uomo! Siete più maturo, ne sono convinta. Eravate soltanto un ragazzo, allora. Eravamo entrambi tanto più giovani!». «Stasera» disse lui «non mi sembra che sia passato tanto tempo». «E invece è passato,» disse Héloïse «soltanto che a voi non importa. Voi siete un uomo, uno scrittore, non è vero? Voi siete sulla curva ascendente. Scriverete molti altri libri, lo sento. Non vi ricordate che quando andammo a fare una passeggiata insieme, a Saarburg, mi parlaste dei libri di un ebreo di Amsterdam? Aveva un nome carino, come un nome di donna. Avrei potuto sceglierlo come nome d'arte, al posto di quello che ho preso, il quale pure fu scelto per me da un uomo colto. Immagino che lo conoscano soltanto persone molto colte. Qual era, ditemi?». «Spinoza» rispose Frederick. «Sì,» disse Héloïse «Spinoza. Tagliava diamanti. Fu un discorso molto interessante. No, voi non vi curate del tempo che passa. Si è così contenti di rivedere gli amici,» disse «eppure proprio allora ci si rende conto che il tempo vola. Sia-

mo noi a sentire questo, noi donne. Il tempo ci porta
via tante cose! E alla fine: tutto». Levò lo sguardo su
Frederick, e nessuno dei volti dipinti dai grandi maestri gli aveva mai dato una simile visione della vita,
e del mondo. «Quanto vorrei, mio caro amico,» ella
disse «che voi mi aveste vista allora!».

IL RACCONTO DEL MOZZO

Il brigantino *Charlotte*, partito da Marsiglia, stava facendo rotta per Atene, in un'atmosfera plumbea e tra grossi marosi, dopo tre giorni di vera e propria tempesta. Un piccolo mozzo, di nome Simon, stava sul ponte bagnato e oscillante, reggendosi a una sartia, e con la testa alzata verso le nuvole che si rincorrevano gonfie nel cielo fissava il pennone più alto dell'albero maestro.

Un uccello, che aveva cercato rifugio sull'albero, si era impigliato con le zampe in una funicella allentata della drizza, e, lassù in cima, lottava per liberarsi. Il ragazzo sul ponte lo vedeva sbattere le ali e girare la testa di qua e di là.

Fatta la sua esperienza, egli era giunto alla conclusione che a questo mondo ognuno deve badare a se stesso e non aspettarsi aiuto dagli altri. Ma quella lotta mortale e silenziosa lo stava affascinando da più di un'ora. Si domandava che specie di uccello fosse. In quegli ultimi giorni, gli uccelli erano venuti a posarsi a centinaia sul sartiame del brigantino: rondini, quaglie, e un paio di falconi pellegrini; anche quello doveva essere un falcone pellegrino. Ricordava ancora quella volta che molti anni prima, nel suo paese, proprio vicino a casa sua, ne aveva visto uno che stava fermo su una pietra a un passo da lui, e che poi aveva ripreso il volo quasi in verticale. Chi sa che non fosse proprio quello. «Quell'uccello è come me. Allora era là, e adesso è qui» rifletté.

A questo pensiero sentì nascere dentro di sé una solidarietà, un senso di tragedia comune; continuò a guardare l'uccello col cuore in gola. Nei pressi non c'era nessun altro marinaio che potesse deriderlo; e lui cominciò a pensare come avrebbe potuto arrampicarsi lungo le sartie per liberare il falcone. Si passò le dita tra i capelli per scostarseli dal viso, si tirò su le maniche, volse un ampio sguardo lungo tutto il ponte, e poi prese ad arrampicarsi. Un paio di volte, tra quei cavi oscillanti, fu costretto a sostare.

Quando raggiunse il pennone più alto dell'albero maestro, scoprì che si trattava proprio di un falcone pellegrino. Non appena la sua testa si trovò allo stesso livello della testa del falcone, l'uccello smise di dibattersi e lo fissò con due rabbiosi, disperati occhi gialli. Egli dovette afferrarlo con una sola mano, mentre tirava fuori il coltello e tagliava di netto la cordicella. Nel guardare giù ebbe paura, ma sentiva al tempo stesso che nessuno gli aveva ordinato di salire, che si stava cimentando in un'impresa che era soltanto sua, e ciò gli diede un rassicurante senso d'orgoglio, come se il mare e il cielo, la nave, l'uccello e lui stesso fossero una cosa sola. Non appena liberato, il falcone lo beccò sul pollice con tanta forza da ferirlo a sangue, e lui per poco non lasciò la presa. Si sentì travolgere dalla rabbia e gli diede un colpo secco sulla testa, poi se lo mise sotto la giacca e affrontò la discesa.

Quando tornò a posare i piedi sul ponte, ecco che vide il cuoco e il suo aiutante, fermi là con la testa all'aria, che vociavano da matti per sapere cosa mai avesse combinato sull'albero maestro. Lui era così stanco che aveva gli occhi colmi di lacrime. Trasse il falcone da sotto la giacca e lo mostrò ai due, e l'uccello rimase immobile tra le sue mani. Quelli scoppiarono a ridere e se ne andarono per i fatti loro. Simon posò il falcone sul ponte, arretrò di qualche passo e rimase a osservarlo. Dopo un poco gli venne in mente che forse il ponte era troppo scivoloso per consentirgli di spiccare il volo, sicché tornò a prenderlo, e finì col posarlo su un rotolo di vele. Dopo un momento il falcone cominciò a pulirsi le ali, fece due o tre vispi saltelli e poi, tutt'a un tratto, volò via. Il ragazzo lo seguì con lo sguardo mentre volava al di sopra dei grigi marosi. Pensò: «Ecco laggiù il mio falcone che vola».

Quando la *Charlotte* tornò in patria, Simon si imbarcò su un'altra nave, e due anni dopo era marinaio sulla goletta *Hebe*, che si trovava all'àncora nel porto di Bødo, molto a nord sulla costa norvegese, per fare un carico di aringhe.

Ai grandi mercati di aringhe di Bødo le navi giungevano a frotte da tutte le parti della terra; c'erano battelli svedesi, finlandesi e russi, una foresta di alberature, e sulla terraferma un tumultuoso fermento di vita, un bailamme di lingue, e risse fenomenali. Sulla riva erano state sistemate delle baracche, e i lapponi, creature piccole e gialle dagli occhi guardinghi e dai movimenti silenziosissimi, che Simon non aveva mai visti prima, venivano a vendere i loro manufatti di cuoio adorni di perline. Era aprile, il cielo e il mare erano così tersi che lo sguardo stentava a reggerne lo splendore − una distesa d'acqua infinitamente vasta e colma di strida di uccelli − come se qualcuno affilasse di continuo coltelli invisibili, dovunque, su su fino al cielo.

Simon era stupefatto della luminosità di queste sere di aprile. Non sapeva niente di geografia, e non immaginando nemmeno che dipendesse dalla latitudine, la prendeva come un segno di rara benevolenza da parte dell'universo, come un favore. Simon era sempre stato piccolo per la sua età, ma durante quell'ultimo inverno era cresciuto, era diventato robusto.

Gli pareva che questa buona sorte dovesse nascere dalla stessa fonte che alimentava la mitezza del clima, da una nuova benignità nel mondo. Timido com'era, quell'incoraggiamento gli era stato proprio necessario; ora non chiedeva altro. Sentiva che il resto dipendeva da lui. E se ne andava in giro con dignitosa fierezza.

Una sera che aveva qualche ora di permesso, se ne andò sino alla baracca di un piccolo negoziante russo, un ebreo che vendeva orologi d'oro. Tutti i marinai sapevano che quegli orologi erano di metallo vile e non funzionavano, però li compravano lo stesso e ne facevano grande sfoggio. Simon rimase per un pezzo ad ammirarli, ma non ne comprò nessuno. Il vecchio ebreo aveva nella sua bottega le merci più svariate, tra cui una cassa di arance. Nel corso dei suoi viaggi, a Simon era capitato di mangiare delle arance; così ne comprò una da portar via. Voleva inerpicarsi su una collina, da dove si vedesse il mare, e lì gustarsela in pace.

Mentre proseguiva nella sua passeggiata, e aveva ormai raggiunto la periferia della città, vide una ragazzina vestita di azzurro, ferma al di là di una siepe, che lo guardava. Doveva avere tredici o quattordici anni ed era smilza come un'anguilla, ma aveva un viso franco, tondetto e lentigginoso e due lunghe trecce. Si fissarono.

«Chi stai aspettando?» le domandò Simon, tanto per dire qualcosa. Il viso della ragazza fu illuminato da un sorriso estatico e compiaciuto. «Ma che domande! L'uomo che sposerò, naturalmente» fu la risposta. Qualcosa nella sua espressione rese felice e sicuro di sé il ragazzo, che le rivolse un breve sorriso. «Chi sa che non sia io» le disse. «Ah, ah,» rise la ragazza «posso garantirti che ha qualche anno più di te». «Be',» disse Simon «non sei tanto grande nemmeno tu». La ragazzina scosse il capo con aria solenne. «No,» disse «ma quando diventerò grande sarò bellissima, e porterò scarpe marroni con i tacchi e il cappello».

«Vuoi un'arancia?» le disse Simon, non essendo in grado di darle nessuna delle cose che lei aveva nominate. Ella guardò l'arancia, poi lui. «Sono buone da mangiare, sai?» le disse Simon. «E allora perché non la mangi tu?». «Sapessi quante ne ho mangiate ad Atene!» rispose lui. «Qui me l'hanno fatta pagare un marco». «Come ti chiami?» domandò lei. «Mi chiamo Simon. E tu?». «Nora. Sentiamo un po' che cosa vuoi in cambio della tua arancia, Simon?».

Quando sentì il proprio nome detto dalle sue labbra, Simon si fece ardito. «Sei disposta a darmi un bacio in cambio dell'arancia?» le domandò. Nora lo guardò per un istante tutta seria. «Sì,» disse poi «non mi dispiacerebbe darti un bacio». Lui si sentì accaldato come se avesse fatto una gran corsa, e le afferrò la mano che lei protendeva per prendere l'arancia. In quel momento qualcuno dalla casa la chiamò. «È mio padre» disse lei, e cercò di ridargli l'arancia, ma lui non volle prenderla. «Allora torna domani,» disse lei in fretta «così ti darò il bacio». E scappò via. Lui rimase a guardarla mentre si allontanava, e poco più tardi tornò alla sua nave.

Simon non aveva l'abitudine di fare progetti per il futuro, e quindi non sapeva se sarebbe tornato da lei oppure no.

La sera seguente dovette fermarsi a bordo perché il permesso di sbarco toccava agli altri, ma la cosa non gli dispiacque troppo. Decise di rimanersene sul ponte col cane della nave, Balthasar, e di esercitarsi con una concertina che si era comprata qualche tempo prima. La sera pallida lo circondava da tutti i lati, il cielo era lievemente roseo, il mare, calmissimo, pareva latte annacquato, soltanto lungo la scia delle imbarcazioni che andavano a riva si frantumava in striature di un vivido color indaco. Simon continuava a suonare: ma dopo un po' quella musica cominciò a parlargli con tanta veemenza che lui s'interruppe, e alzandosi in piedi levò lo sguardo al cielo. E allora vide che la luna piena era già alta.

Il cielo era così chiaro che essa appariva del tutto superflua; si sarebbe detto che fosse comparsa per capriccio. Era rotonda, ritrosetta e piena di sé. A quel punto lui capì che doveva andare a terra, qualunque punizione dovesse costargli. Ma non sapeva in che modo, dal momento che la scialuppa era servita ai compagni. Se ne stava da un pezzo così sul ponte, piccola e solitaria siluetta di marinaio a bordo di una nave, quando finalmente scorse una scialuppa proveniente da una nave che era all'àncora più al largo, e gridò un richiamo. Scoprì che erano i marinai russi della nave *Anna* che stavano andando a terra. Quando riuscì a farsi capire, quelli lo presero a bordo con loro; a tutta prima gli chiesero di pagare il passaggio, poi, ridendo, gli restituirono il denaro. Lui pensò: «Questi saranno convinti che scendo a terra per prendermi una ragazza». E allora sentì, con un certo orgoglio, che avevano ragione, anche se nello stesso tempo avevano torto marcio e non sapevano niente di niente.

Quando furono a terra, i russi lo invitarono a bere con loro, e visto che lo avevano aiutato lui non se la sentì di rifiutare. Uno di loro era una specie di gigante, grosso come un orso; disse a Simon che si chiamava Ivan. Si ubriacò subito, e allora si gettò sul ragazzo con l'espansività di un orsacchiotto; gli dava delle grandi manate, tutto sorridente, rideva con la faccia contro la sua, gli regalò persino una catena da orologio, d'oro, e lo baciò su tutt'e due le guance. A questo punto a Simon venne in mente che anche lui, nel rivedere Nora, avrebbe dovuto farle un regalo, e non appena riuscì a svignarsela dai russi andò in una botteguccia che conosceva e comprò un fazzolettino di seta azzurra, dello stesso colore degli occhi di Nora.

Era sabato sera e le stradine tra le case erano gremite di folla; gente che procedeva in lunghe file, certi cantando, tutti con la smania di far baldoria. Tra la fuga dalla nave e tutto l'alcool che aveva bevuto, trovandosi in quella gran confusione di voci e di schia-

mazzi, sotto il chiaro di luna, Simon si sentì un po'
stordito. Si cacciò il fazzoletto in tasca; era di seta, una
stoffa che non aveva mai toccato prima, un regalo per
la sua ragazza.

Non riuscendo a ricordarsi quale strada dovesse
prendere per andare da Nora, perse l'orientamento
e si ritrovò al punto di partenza. Allora fu attanagliato
dall'angoscia di arrivare troppo tardi, e si mise a correre. In un vicoletto tra due baracche di legno andò
a sbattere contro un uomo gigantesco, e vide che era
Ivan. Il russo lo abbrancò forte e lo trattenne. «Ma
bene!» gridò al colmo della gioia. «Ti ho trovato, pulcino mio! Il povero Ivan ti cercava dappertutto, e
piangeva perché il suo amico era scomparso». «Lasciami andare, Ivan» gridava Simon. «Ooh,» disse Ivan
«ma io vengo con te e ti do tutto quello che vuoi. Il
mio cuore e il mio denaro sono tuoi, è tutto tuo; ho
avuto diciassette anni anch'io, ero un agnellino del
Signore, e stanotte voglio tornare come allora». «Lasciami andare,» gridò Simon «ho fretta». Ivan lo stringeva da fargli male, e intanto gli dava delle pacche
amichevoli. «Lo so, lo so» diceva. «Ora abbi fiducia
in me, mio piccolo amico. Niente potrà separarci.
Stanno arrivando gli altri, li senti? e passeremo una
serata che te la ricorderai ancora quando sarai nonno».

Tutt'a un tratto schiacciò il ragazzo contro di sé,
come un orso che abbranchi una pecora. Nel sentirsi
così addosso il ripugnante calore di quel corpo, il massiccio corpo di un uomo, l'agile ragazzo andò su tutte le furie. Pensò a Nora che lo stava aspettando, come un esile battello nell'aria velata, e a se stesso imprigionato nel focoso abbraccio di un animale irsuto. Colpì Ivan con tutta la sua forza. «Ti ammazzo,
Ivan,» gridò «se non mi lasci andare ti ammazzo».
«Oh, dopo mi ringrazierai» disse Ivan, e si mise a cantare. Simon annaspò nella tasca in cerca del coltello
e lo tirò fuori aperto. Non poteva sollevare la mano,
ma affondò con furia la lama sotto il braccio dell'uo-

mo. Quasi immediatamente sentì sgorgare il sangue, che prese a scorrergli nella manica. Ivan smise di colpo di cantare, lasciò il ragazzo ed emise due lunghi, profondi rantoli. Dopo un attimo cadde sulle ginocchia. «Povero Ivan, povero Ivan» gemette. Poi cadde bocconi. In quel momento Simon sentì gli altri marinai che si avvicinavano cantando lungo il vicolo.

Rimase un istante immobile, asciugò il coltello e guardò il sangue che si allargava in una pozza scura sotto il corpo massiccio. Poi corse via. Quando si fermò un secondo per decidere da che parte andare, sentì alle sue spalle i marinai che urlavano intorno al compagno morto. Pensò: «Devo scendere giù al mare, così potrò lavarmi la mano». Ma nel momento stesso in cui lo pensava, già stava correndo dalla parte opposta. Dopo un poco si trovò sul sentiero che aveva percorso il giorno prima, e gli parve familiare come se l'avesse percorso centinaia di volte.

Rallentò il passo per guardarsi intorno, e all'improvviso vide Nora ferma oltre la siepe; gli era vicinissima, quando lui la scorse alla luce della luna. Vacillando, col fiato mozzo, cadde in ginocchio. Per un momento non riuscì a parlare. La ragazzina lo guardava. «Buonasera, Simon» disse con la sua vocetta timida. «È tanto che ti aspetto» e dopo un istante soggiunse: «Ho mangiato la tua arancia».

«Oh, Nora,» proruppe il ragazzo «ho ucciso un uomo!». Lei lo fissò, ma non si mosse. «Perché hai ucciso un uomo?» gli domandò poi. «Per venire qui» spiegò Simon. «Perché cercava di fermarmi. Ma era mio amico». Si rialzò lentamente in piedi. «Mi voleva bene!» gridò il ragazzo, e a questo punto scoppiò in lacrime. «Sì» disse lei in tono riflessivo. «Certo, perché dovevi arrivare qui in tempo». «Puoi nascondermi? Perché mi stanno inseguendo». «No,» rispose Nora «nasconderti non posso. Perché mio padre è parroco qui a Bødo, e puoi star certo che ti consegnerebbe, se sapesse che hai ucciso un uomo». «Allora,» disse Simon «dammi qualcosa per pulirmi le mani».

«Che cos'hanno, le tue mani?» domandò la ragazza, e fece un piccolo passo avanti. Lui gliele mostrò. «È sangue tuo?». «No,» disse lui «è suo». Ella tornò a ritrarsi. «Mi detesti, adesso?» domandò Simon. «No, non ti detesto. Ma tieni le mani dietro la schiena».

Non appena lui nascose le mani, Nora gli si avvicinò, dall'altra parte della siepe, e gli gettò le braccia al collo. Premette il suo giovane corpo contro quello di lui, e gli diede un tenero bacio. Egli sentì il suo viso, freddo come il chiaro di luna, sul proprio viso, e quando lei si scostò ebbe un capogiro, e non sapeva se quel bacio fosse durato un secondo o un'ora. La ragazza si teneva ben diritta nella persona, e aveva gli occhi spalancati. «Ora,» gli disse con orgogliosa solennità «ti prometto che non mi sposerò mai in vita mia». Il ragazzo continuava a tenere le mani dietro la schiena, come se lei gliele avesse legate in quella posizione. «E adesso devi scappare,» disse Nora «perché stanno arrivando». Si guardarono negli occhi. «Non dimenticarti di Nora» disse la ragazza. Lui le girò le spalle e corse via.

Scavalcò una siepe, e non appena si ritrovò nell'abitato prese a camminare. Non sapeva proprio dove andare. Quando giunse a una casa che risonava di musica e di chiasso ne varcò lentamente la soglia. La stanza era affollata; stavano ballando. Dal soffitto pendeva una lampada che diffondeva su di loro il suo chiarore; la polvere che si alzava dal pavimento rendeva l'aria torbida e scura. Nella stanza c'erano alcune donne, ma molti uomini ballavano tra loro, e con aria grave o ridente pestavano i piedi in terra. Simon era arrivato da pochi minuti quando la folla si addossò contro le pareti per lasciare spazio a due marinai che volevano esibirsi in una danza del loro paese.

Simon pensò: «Da un momento all'altro quei russi verranno a cercare l'assassino del loro compagno, e vedendo le mie mani sapranno che sono stato io». Quei cinque minuti in cui rimase contro il muro della sala da ballo, in mezzo a quei danzatori allegri e sudati, furono importantissimi per il ragazzo. Se ne rese conto lui stesso, come se durante quei minuti stesse maturando e diventasse come gli altri. Egli non lusingava il proprio destino, e nemmeno se ne doleva. Aveva ucciso un uomo e aveva baciato una ragazza, ecco tutto. Non pretendeva nient'altro dalla vita, e la vita non pretendeva nient'altro da lui. Era Simon, un uomo come gli uomini che lo circondavano, e sarebbe morto, come tutti gli uomini finiscono col morire.

Si rese conto che fuori di lui stava succedendo qualcosa solo quando si accorse che era entrata una donna: ora stava ferma nello spazio vuoto al centro della stanza, e si guardava intorno. Era una donna attempata, bassa e massiccia, col costume dei lapponi, e aveva preso un atteggiamento così maestoso e fiero da far credere che fosse la padrona del locale. Era chiaro che in quella sala la conoscevano quasi tutti, e che avevano anche un po' paura di lei, sebbene alcuni ridessero; il baccano cessò immediatamente non appena lei aprì bocca.

«Dov'è mio figlio?» domandò con voce acuta e stridula, come quella di un uccello. Subito il suo sguardo cadde su Simon, ed ella si fece strada attraverso la folla che si apriva davanti a lei, tese la vecchia mano scarna e bruna e lo afferrò per il gomito. «Vieni subito a casa con me» gli disse. «Stanotte non devi star qui a ballare. Tra un po' rischi di ballare una bella sarabanda!».

Simon si ritrasse, perché ebbe il sospetto che fosse ubriaca. Ma quando lei lo guardò dritto in faccia coi suoi occhi gialli, gli parve di averla già incontrata e pensò che forse non avrebbe fatto male a darle retta. La vecchia attraversò la sala tirandoselo dietro, e lui la seguì senza dire una parola. «Non alzargli il pelo a suon di frustate, Sunniva» le gridò uno dei presenti. «Tuo figlio non ha fatto niente di male, voleva solo vedere il ballo».

Nel preciso momento in cui varcavano la soglia, ci fu una certa confusione in strada, una turba di gente arrivava di corsa, e un tizio, nell'entrare in quella casa, si scontrò con Simon, guardò un attimo lui e la vecchia, poi tirò avanti.

Mentre i due procedevano lungo la strada, la vecchia si tirò su la sottana e ne cacciò l'orlo nella mano del ragazzo. «Pulisciti la mano» disse. Non erano andati molto lontano quando giunsero a una casupola di legno e si fermarono; la porta era così bassa che dovettero chinarsi per passare. Mentre la vecchia lappone entrava per prima, sempre tenendo Simon per il braccio, lui si guardò un attimo intorno. La notte si era fatta nebbiosa; la luna era circondata da un ampio alone.

La stanza della vecchia era stretta e oscura, con una sola finestrella; una lanterna posata sul pavimento la rischiarava a malapena. Era sovraccarica di pelli di renna e di lupo, e di corna di renna, di quelle che i lapponi intagliano per farne bottoni e impugnature di coltello, e l'aria era fetida e soffocante. Non appena furono entrati, la donna si girò verso Simon, gli afferrò la testa e con le dita ricurve gli spartì i capelli e glieli pettinò all'ingiù come li portano i lapponi. Poi gli ficcò sul capo un berretto lappone e fece un passo indietro per guardarlo meglio. «Ora siediti sul mio sgabello» disse. «Ma prima dammi il coltello». Aveva un tono e dei modi così imperiosi che il ragazzo non poté far altro che obbedire; si sedette sullo sgabello, e non riusciva a stornare gli occhi dal viso della donna, che era piatto e bruno, e come spalmato di sudicio nella rete di sottilissime rughe che lo ricopriva. Si era appena seduto quando sentì i passi di molte persone che si avvicinavano per poi fermarsi accanto alla casa; qualcuno bussò alla porta, attese un istante, tornò a bussare. La vecchia si mise in ascolto, immobile come un topo.

«No» disse il ragazzo alzandosi. «È inutile, perché stanno cercando proprio me. Lascia che mi consegni nelle loro mani, per te sarà meglio così». «Dammi il tuo coltello» lo rimbeccò lei. E quando Simon glielo porse, se lo immerse nel pollice con tanta forza che ne sprizzò il sangue, che lei lasciò poi gocciolare su tutta la sottana. «Avanti,» gridò «entrate!».

La porta si aprì e sulla soglia comparvero due dei marinai russi, che restarono fermi là sull'uscio; fuori c'era altra gente. «È venuto qualcuno, qui da voi?» si informarono. «Stiamo cercando un uomo che ha ucciso un nostro amico, e poi è riuscito a scappare. Avete visto o sentito venire qualcuno da questa parte?». La vecchia lappone si girò di scatto a guardarli, e alla luce della lampada i suoi occhi brillarono come l'oro. «Se ho visto o sentito qualcuno?» gridò. «Voi che giuravate morte impazzando per tutta la città, ecco quel che ho sentito. Mi sono spaventata, e anche questo mio povero sciocchino si è spaventato, e così ho finito col ferirmi il pollice mentre tagliavo le fettucce del tappetino che sto facendo. Il ragazzo è troppo impaurito per aiutarmi, e il tappetino è rovinato. Vedrete se non me lo faccio ripagare! Se state cercando un assassino, entrate e frugate pure, e la prossima volta che ci vediamo vi riconoscerò di certo». Era così furibonda che saltellava sui due piedi, e muoveva la testa di qua e di là come un rabbioso uccello da preda.

Il russo entrò, guardò in giro per la stanza, poi guardò lei, che aveva la mano e la sottana tutte macchiate di sangue. «Andiamo, Sunniva, non ci maledire» le disse timidamente. «Sappiamo bene quello che sei capace di fare quando ti ci metti. Eccoti un marco che ti ripagherà del sangue che hai versato». Lei protese la mano, e lui le mise sul palmo una moneta. La vecchia ci sputò sopra. «E allora andate via, adesso, e tra noi non ci sarà cattivo sangue» disse Sunniva, e chiuse la porta alle loro spalle. Poi si cacciò il pollice in bocca e ridacchiò piano.

Alzatosi dallo sgabello, il ragazzo le si fermò davanti e la fissò in viso. Si sentiva come se stesse oscillando a una grande altezza dal suolo, reggendosi a malapena a un appiglio. «Perché mi hai aiutato?» le domandò. «E non lo sai?» gli rispose lei. «Non mi hai ancora riconosciuta? Ma non puoi aver dimenticato il falcone pellegrino che si era impigliato nella drizza della tua nave, la *Charlotte*, mentre attraversava il Mediterraneo. Quel giorno il vento squassava la nave, e il mare era in tempesta, ma tu ti sei arrampicato sulle sartie dell'albero maestro per aiutare quell'uccello a liberarsi. Quel falcone ero io. Noi lapponi voliamo spesso a quel modo, per vedere il mondo. La prima volta che ti ho incontrato stavo andando in Africa a trovare mia sorella, la più giovane di tutti noi, e i suoi figli. Anche lei è un falcone, quando vuole. Allora viveva a Takaunga, dentro una vecchia torre in rovina, che laggiù chiamano minareto». Si avvolse un lembo della sottana intorno al pollice e lo strappò coi denti. «Noi non dimentichiamo» disse. «Io ti ho beccato il pollice, quando tu mi hai presa; è giusto, quindi, che stasera mi ferissi il pollice per te».

Gli andò vicina, e gentilmente gli strofinò sulla fronte i due indici bruni simili ad artigli. «Dunque,» gli disse «tu sei un ragazzo pronto ad uccidere un uomo per non arrivare tardi all'appuntamento con la fidanzata, eh? Siamo solidali, noi donne di questa terra. Ora ti segnerò la fronte, così le ragazze sapranno che tipo sei non appena ti guardano, e ti avranno in simpatia per questo». Giocherellò con i capelli del giovane, e se li attorcigliò intorno al dito.

«Adesso sta' bene a sentire, uccellino mio» disse. «In questo preciso momento, il cognato di un mio pronipote si trova con la sua barca vicino all'approdo; deve portare un carico di pelli fino a una nave danese ancorata al largo. Farà in tempo a riportarti sulla tua nave prima che arrivi il secondo. La *Hebe* salpa domattina, non è così? Ma quando sarai a bordo, restituiscigli il berretto che ti ho prestato». Poi prese il coltello di Simon, se lo strofinò ben bene nella sottana e glielo porse. «Ecco il tuo coltello» disse. «Non lo caccerai più nel corpo di nessuno; non sarà necessario, perché d'ora in avanti navigherai per i mari co-

111

me un marinaio leale. Abbiamo già abbastanza guai coi nostri figli».

Il ragazzo, sbalordito, cominciò a balbettare qualche parola di ringraziamento. «Aspetta,» gli disse la donna «ora ti preparo una tazza di caffè, così ti riprendi un poco intanto che io ti lavo la giacca». E andò a mettere sul focolare un vecchio bricco di rame. Dopo un po' gli porse una tazza senza manico piena di un liquido bollente, forte e nero. «Ora hai bevuto con Sunniva» gli disse. «Hai ingollato un po' di saggezza, perciò in futuro i tuoi pensieri non si perderanno tutti come gocce di pioggia nel mare salato».

Quando lui finì di bere e posò la tazza, la vecchia lo accompagnò alla porta e gliela aprì. Simon rimase stupito nel vedere che era quasi giorno. La casa era così in alto che il ragazzo vedeva il mare di fronte a sé, e una bruma lattiginosa tutt'intorno. Le diede la mano per salutarla.

Lei lo guardò negli occhi. «Noi non dimentichiamo» gli disse. «E tu, tu mi hai dato un colpo sulla testa in cima all'albero maestro. E io te lo rendo». E detto questo gli diede un ceffone sull'orecchio, con tanta forza da lasciarlo stordito. «Ora siamo pari» disse lei; e con un lungo sguardo dei suoi occhi maliziosi e luccicanti, spingendolo un poco oltre la soglia, lo salutò con un cenno del capo.

Così il marinaio tornò sulla sua nave, che doveva salpare la mattina dopo, e visse abbastanza per poter raccontare la sua storïa.

LE PERLE

Circa ottant'anni or sono, un giovane ufficiale delle guardie, figlio cadetto di un'antica famiglia di signo-rotti di campagna, sposò a Copenaghen la figlia di un ricco mercante di tessuti, figlio a sua volta di un venditore ambulante che era originario dello Jütland. A quei tempi un matrimonio del genere era molto inconsueto. Fu un avvenimento di cui si parlò mol-to, e qualcuno ne trasse una ballata che si cantava per le strade.

La sposa aveva vent'anni, ed era una vera bellezza, una fanciulla robusta coi capelli neri e il colorito sa-no, e di forme così squisite che pareva tornita in un solo blocco di legno. Aveva due vecchie zie nubili, so-relle di quel nonno venditore ambulante, che il cre-scente benessere della famiglia aveva sottratto di pun-to in bianco a una vita di parsimonia e di dura fatica per assiderle come due regine in un salotto. Quando alle due sorelle arrivarono le prime voci sul fidanza-mento della nipote, subito la più anziana andò a far-le visita, e nel corso della conversazione le raccontò una storia.

«Mia cara,» le disse «quand'ero bambina, il giova-

113

ne barone Rosenkrantz si fidanzò con la figlia di un ricco orefice. Ti par possibile una cosa del genere? La tua bisnonna conosceva la ragazza. Il fidanzato aveva una sorella gemella, che era dama di Corte. Costei si recò in casa dell'orefice per vedere la futura sposa. Quando se ne fu andata, la ragazza disse al fidanzato: "Tua sorella ha riso di me, per come mi vesto e perché quando ha parlato in francese non ho saputo risponderle. Ha un cuore di pietra, me ne sono accorta subito. Se vogliamo essere felici, non devi rivederla mai più, non potrei sopportarlo". Il giovanotto, perché la fidanzata non si disperasse, le promise che non avrebbe mai più rivisto la sorella. Subito dopo, una domenica, andò a pranzo dalla propria madre e portò con sé la fanciulla. Mentre la riaccompagnava a casa, ella gli disse: "Ogni volta che mi guardava, tua madre aveva le lacrime agli occhi. Per te aveva sperato una moglie diversa. Se mi ami, devi rompere ogni rapporto con tua madre". Anche stavolta il giovane innamorato promise che avrebbe fatto quello che lei desiderava, sebbene gli costasse molto, perché sua madre era vedova e lui era il suo unico figlio maschio. Quella stessa settimana mandò alla fidanzata un mazzo di fiori, che le fece consegnare dal proprio cameriere. L'indomani ella gli disse: "Non tollero l'espressione con cui mi guarda il tuo cameriere. Voglio che lasci il servizio dal primo del mese prossimo". "Mademoiselle," le disse il barone Rosenkrantz, "io non posso avere una moglie che si lascia turbare dall'espressione del mio cameriere. Eccovi il vostro anello. Addio per sempre"».

La vecchia signorina andava avanti nel suo racconto senza stornare nemmeno per un attimo gli occhietti scintillanti dal viso della nipote. Era una donna molto energica, e da un pezzo aveva preso la decisione di vivere per gli altri, assumendosi il ruolo di coscienza della famiglia. Ma in realtà, non avendo più da nutrire né paure né speranze personali, era soltanto un vecchio e gagliardo parassita morale di tutto il clan, e in special modo dei suoi membri più giovani. Jensine, la sposa, era una creatura giovane ed esuberante, e quindi estremamente appetibile per un parassita. E va anche detto che la fanciulla e la vecchia zitella avevano parecchi tratti in comune. Ora la giovane continuò a versare il caffè con viso amabile, ma dietro quella maschera era furibonda, e si disse: «Questa la zia Maren me la pagherà cara». Ma, come accade spesso, era rimasta profondamente colpita dal monito della zia, e continuava a rimuginarci sopra.

Dopo il matrimonio, che fu celebrato nella cattedrale di Copenaghen in una bella mattina di giugno, gli sposi partirono per la Norvegia in viaggio di nozze. Andarono per mare verso il nord, addirittura sino a Hardanger. A quei tempi un viaggio in Norvegia era un'impresa romantica, e gli amici di Jensine le domandarono perché mai non fossero andati a Parigi, ma lei era contenta di cominciare la sua vita di sposa in una terra desolata, e di essere sola col marito. Pensava di non avere alcun bisogno né alcun desiderio di accumulare nuove impressioni ed esperienze. E in cuor suo soggiungeva: che Dio mi aiuti.

I pettegoli di Copenaghen sostenevano che lui si fosse sposato per il denaro e lei per il titolo nobiliare, ma avevano torto. Era stato un vero matrimonio d'amore, e la luna di miele, a rigor di termini, fu un idillio. Jensine non avrebbe mai sposato un uomo che non amava; nutriva un profondo rispetto per il dio dell'amore, e negli anni precedenti l'aveva supplicato ogni giorno con la preghiera: «Perché tardi ancora?». Ma adesso si domandava se egli non l'avesse esaudita con troppa dovizia, e capiva che i suoi libri non l'avevano illuminata molto sulla vera natura dell'amore.

I paesaggi della Norvegia, tra i quali aveva avuto la sua prima esperienza della passione, contribuirono all'impressione travolgente che ella ne ebbe. Il paese era nel suo momento più incantevole. Il cielo era azzurro, i ciliegi selvatici fiorivano dovunque e colmavano l'aria di una fragranza dolceamara, e le notti erano così luminose che si poteva leggere a mezzanotte. Jensine, in crinolina e con un bastone da montagna, si inerpicava lungo i ripidi sentieri al braccio del marito – e anche da sola, robusta e agile com'era. Si fermava sulle vette, con le vesti squassate dal vento, e non cessava più di stupirsi. Aveva vissuto in Danimarca, era stata per un anno in una pensione a Lubecca, e si era fatta l'idea che la terra dovesse estendersi orizzontalmente, piatta o appena ondulata, davanti ai suoi piedi. Ma tra queste montagne tutto stranamente sembrava impennarsi in verticale, come certi grandi animali che si drizzano sulle zampe di dietro – e tu non sai se per giocare o per schiacciarti. Non aveva mai raggiunto tali altitudini, e l'aria le andava alla testa come un vino. E c'era acqua dappertutto, acqua che avventandosi giù dalle montagne alte sino al cielo, si acquietava in laghi sereni o si sbizzarriva in argentei ruscelli o in ruggenti cascate adorne dei colori dell'iride. Era come se la Natura medesima si abbandonasse clamorosamente al riso o al pianto.

Da principio tutto questo le riuscì così nuovo che le parve che le sue vecchie idee sul mondo venissero squassate in qua e in là al pari delle sue sottane e dei suoi scialli. Ma ben presto tutte quelle impressioni si trasformarono in un senso di profondissimo sgomento, un panico quale non aveva mai provato prima.

Era cresciuta in un ambiente dove predominavano la cautela e la previdenza. Suo padre era un onesto commerciante, timoroso di perdere il proprio denaro non meno che di deludere i clienti. Talvolta questo duplice pericolo l'aveva precipitato nella malinconia. Sua madre era stata una ragazza timorata di Dio, e faceva parte di una setta pietista; le sue vecchie zie erano persone di rigidi princìpi morali, e tenevano in grande considerazione i giudizi della gente. Vivendo in quella casa, Jensine talvolta si era creduta un essere temerario, e aveva desiderato l'avventura. Ma in quel mondo romantico e selvaggio, e còlta di sorpresa e sopraffatta dalle selvagge, ignote, formidabili forze nel proprio cuore, si guardava intorno in cerca di sostegno. Dove lo avrebbe trovato? Il suo giovane sposo, che l'aveva portata lì e col quale era tutta sola, non poteva aiutarla. Anzi, era proprio lui la causa della sua agitazione, ed egli era anche, ai suoi occhi, il più esposto ai pericoli del mondo esterno. Perché subito dopo il matrimonio Jensine si era resa conto − e forse l'aveva oscuramente saputo sin dal loro primo incontro − che egli era un uomo assolutamente impavido, ignaro di quel che fosse la paura.

Ella aveva letto molte storie di eroi, e li aveva ammirati con tutta l'anima. Ma Alexander non era come gli eroi dei suoi libri. Perché infatti non si poteva dire che sfidasse o sormontasse i pericoli di questo mondo: ne ignorava l'esistenza. Per lui le montagne erano un campo di gioco, e con tutti i fenomeni della vita, incluso l'amore, egli si trastullava come con dei compagni. «Tra cent'anni, tesoro mio, sarà tutt'uno» le diceva. A Jensine pareva impossibile che lui fosse riuscito a sopravvivere fino allora, ma poi ragionava che la vita del marito era stata, sotto tutti i punti di vista, molto diversa dalla sua. Ora aveva l'orrenda sensazione di essere là, in un mondo di vette e di abissi inauditi, nelle mani di una persona che ignorava totalmente la legge della gravitazione. E i suoi sentimenti per lui si fecero così esasperati da rasentare da una parte un profondo sdegno morale, come se lui l'avesse deliberatamente ingannata, e dall'altra una tenerezza estrema, quale avrebbe potuto provare per un bimbo abbandonato e indifeso. Queste due passioni erano le più forti di cui fosse capace la sua natura; esse si scatenarono dentro di lei, e finirono col trasformarsi in un'ossessione. Le tornava alla mente la favola del bambino mandato in giro per il mondo a imparare la paura, e si convinceva che per il bene suo e del marito, per difendersi non meno che per proteggerlo e salvarlo, toccava a lei insegnargli a temere.

Lui non sapeva niente di quel che le passava per la testa. Era innamorato di lei, la ammirava e la rispettava. Ella era innocente e pura; discendeva da gente capace di arricchirsi col proprio ingegno; sapeva il francese e il tedesco, e conosceva la storia e la geografia. Per tutte queste qualità Alexander aveva un rispetto reverenziale. Si aspettava che lei potesse riserbargli delle sorprese, perché non si conoscevano molto a fondo, e prima delle nozze avevano potuto parlarsi a quattr'occhi solo poche volte. Per giunta, non pretendeva di capire le donne ed era convinto che l'imprevedibilità facesse parte della loro grazia. Le ubbie e i capricci della sua giovane sposa confermarono la sua convinzione che ella fosse, come gli era apparso sin dal loro primo incontro, ciò di cui aveva bisogno nella vita. Ma in lei voleva trovare un'amica, e gli venne fatto di pensare che in vita sua non aveva mai avuto un vero amico. Non le parlò dei suoi amori del passato — in realtà, non gliene avrebbe potuto parlare neppure se l'avesse voluto — ma quanto al resto le disse tutto ciò che riusciva a ricordare di sé e della propria vita. Un giorno le raccontò di quella volta che a Baden-Baden aveva giocato d'azzardo, scommettendo fino all'ultimo centesimo, e di come poi alla fine avesse vinto. Non sapeva che lei, al suo fianco, pensava: «Insomma, è un ladro, o se non proprio un ladro, un ricettatore, che non vale certo più di un ladro». Altre volte le parlava scherzosamente dei debiti che aveva avuti in passato, e dei sotterfugi a cui doveva ricorrere per evitare di imbattersi nel suo sarto. Questi discorsi erano veramente inquietanti per Jensine. Perché i debiti, ai suoi occhi, erano un abominio, e le sembrava contro natura che lui ci avesse sguazzato in mezzo senza provare la minima angoscia, confidando che la fortuna avrebbe pagato per lui. Tuttavia, rifletteva, lei stessa, la ragazza ricca che Alexander aveva sposata, anche lei era giunta in tempo, compiacente strumento della fortuna, a giustificare tanta fiducia persino agli occhi del sarto. Lui le parlò di un duello che aveva fatto con un ufficiale tedesco, e le mostrò la cicatrice che gliene era rimasta. E quando alla fine la prese tra le braccia, sulle alte cime montuose, perché tutti i cieli potessero vederli, in cuor suo ella gridò: «Se è possibile, allontana da me questo calice».

Quando si accinse ad insegnare al marito la paura, Jensine aveva in mente il racconto della zia Maren, e fece voto di non chiedere mai grazia: lui e soltanto lui doveva chiederla. Poiché il legame tra loro era la pietra angolare della sua esistenza, era logico che prima di tutto ella tentasse di spaventarlo facendogli balenare la possibilità di perderla. Era una ragazza semplice, e fece ricorso a misure elementari.

Da quel momento, nelle loro escursioni, divenne più temeraria di lui. Si spingeva sull'orlo dei precipizi, appoggiandosi al parasole, e gli domandava quanto fosse profondo il baratro. Attraversava con passo incerto angusti e fragili ponticelli, sospesi a grande altezza su precipitosi torrenti, e nel frattempo continuava a chiacchierare disinvolta. Durante un temporale si spinse al largo sul lago in una piccola barca a remi. Di notte sognava i pericoli della giornata e si destava gridando, e lui allora la stringeva tra le braccia per consolarla. Ma la sua audacia non le servì a niente. Il marito fu sorpreso e deliziato nel vedere quella riservata fanciulla trasformarsi in una Valchiria. Attribuì quel cambiamento alla vita coniugale e ne fu non poco lusingato. Lei stessa finì col domandarsi se a quelle imprese non fosse stata spinta anche dall'orgoglio e dalle lodi del marito, oltre che dalla propria decisione di soggiogarlo. Allora si infuriò con se stessa, e con tutte le donne, ed ebbe pietà di lui e di tutti gli uomini.

Talvolta Alexander andava a pesca. Quando questo avveniva, Jensine era contenta di potersene restare da sola e di raccogliersi nei propri pensieri. Allora la giovane sposa − esile figuretta vestita di stoffa scozzese − si aggirava solitaria tra i colli. Una o due volte, durante quelle passeggiate, pensò al padre, e il ricordo della sua ansiosa preoccupazione per lei le colmò gli occhi di lacrime. Ma si affrettò a scacciarlo dalla propria mente; toccava soltanto a lei il compito di sistemare questioni di cui il padre non sapeva proprio nulla.

Un giorno, mentre si riposava seduta su un masso, le si avvicinarono alcuni bambini che pascolavano le capre, e si fermarono a guardarla. Lei li chiamò e diede loro delle caramelle che aveva nella sua borsa di rete. Da bambina Jensine aveva adorato le sue bambole, e nei limiti in cui una fanciulla pudica di quei tempi osava farlo, aveva desiderato dei bambini suoi. Ora, con subitaneo sgomento, pensò: «Non avrò mai dei figli! Finché dovrò lottare in questo modo contro di lui, non avremo mai un figlio!». Quell'idea la sconvolse così profondamente che subito si alzò e riprese il cammino.

Durante un'altra delle sue passeggiate solitarie le avvenne di pensare a un giovanotto che lavorava nell'ufficio di suo padre e che era stato innamorato di lei. Si chiamava Peter Skov. Era un brillante uomo d'affari, e lei lo conosceva da sempre. Quando aveva avuto il morbillo, ricordò, lui andava a trovarla tutti i giorni e le leggeva qualcosa ad alta voce, e le faceva da cavaliere quando andava a pattinare, e aveva sempre il timore che lei potesse raffreddarsi, o cadere, o precipitare in una crepa del ghiaccio. Da dove si era fermata, poteva vedere in lontananza la piccola figura del marito. «Sì,» pensò «questa è la cosa migliore che io possa fare. Quando tornerò a Copenaghen, allora, sul mio onore, che è ancora mio,» − sebbene su questo punto avesse qualche dubbio − «Peter Skov sarà il mio amante».

Il giorno delle nozze Alexander aveva donato alla sposa un vezzo di perle. Quelle perle erano appartenute a sua nonna, che era tedesca di nascita, una vera bellezza e un *bel esprit*. Ella gliele aveva lasciate perché le desse a sua volta alla futura moglie. Alexander le aveva molto parlato della nonna. A tutta prima, le aveva detto, si era innamorato di lei perché somigliava un poco a sua nonna. La pregò di portare quel filo di perle tutti i giorni. Jensine non aveva mai avuto un vezzo di perle, ed era orgogliosa di quello. Da ultimo, quando così spesso sentiva il bisogno di un aiuto, aveva preso l'abitudine di tormentare quelle povere perle con mano nervosa, e di stringerle tra le labbra. «Se continui a fare così,» le disse un giorno Alexander «finirai col rompere il filo». Lei lo fissò. Era la prima volta che gli sentiva preannunciare una disgrazia. «Questo perché voleva molto bene alla nonna,» si domandò lei «o perché bisogna essere morti per contare qualcosa ai suoi occhi?». Da allora le capitò spesso di pensare alla vecchia signora. Anche lei proveniva dal suo medesimo ambiente ed era stata un'estranea nella famiglia e tra gli amici del marito. Era riuscita ad avere quella collana di perle dal nonno di Alexander, e grazie ad essa a farsi ricordare dalle future generazioni. Quelle perle, si domandava, erano un simbolo di vittoria o di sottomissione? Jensine finì col considerare la nonna come la sua migliore amica nella famiglia. Da brava nipotina le sarebbe piaciuto farle una visita e consultarla sui propri guai.

La luna di miele stava per concludersi, e quella strana guerra, di cui soltanto uno dei belligeranti era consapevole, non si era ancora risolta. I due giovani erano tristi di dover andare via. Solo adesso Jensine capiva appieno la bellezza del paesaggio intorno a lei, perché, dopo tutto, aveva finito col farsene un alleato. Lassù, rifletteva, i pericoli del mondo erano evidenti, li aveva sempre sotto gli occhi. A Copenaghen la vita sembrava sicura, ma poteva dimostrarsi ancora più temibile. Pensò alla sua bella casa che la aspettava laggiù, con le tende di merletto, i lampadari e gli armadi colmi di biancheria. Non sapeva proprio figurarsi come sarebbe stata la sua vita in quella casa.

Il giorno prima di quello in cui dovevano imbarcarsi soggiornarono in un piccolo villaggio, di dove con un calesse si poteva raggiungere in sei ore l'approdo del vaporetto. Avevano fatto una passeggiata di prima mattina. Quando Jensine si sedette al tavolo della colazione e si sciolse i nastri della cuffia, la collana le si impigliò nel braccialetto e le perle ruzzolarono su tutto il pavimento, come se dai suoi occhi sgorgasse un profluvio di lacrime. Alexander, carponi, prese a raccoglierle ad una ad una e a posargliele in grembo.

Lei rimase immobile, turbata da un lieve sgomento. Aveva rotto l'unico oggetto al mondo che aveva avuto il terrore di rompere. Che cosa profetizzava questo per loro? «Sai quante sono?» gli domandò. «Sì,» rispose lui, ancora in ginocchio sul pavimento «il nonno regalò la collana alla nonna per festeggiare le nozze d'oro, con una perla per ognuno di quei cinquant'anni di matrimonio. Ma in seguito, per ogni suo compleanno, le ha regalato un'altra perla da aggiungere al vezzo. Sono cinquantadue. È facile da ricordare; è il numero delle carte da gioco». Finalmente Alexander riuscì a recuperarle tutte e le avvolse nel suo fazzoletto di seta. «Ora non posso più metterle finché non arriveremo a Copenaghen» disse lei.

Proprio in quel momento entrò l'albergatrice che portava il caffè. Notò la catastrofe e subito si offrì di aiutarli. Il calzolaio del villaggio, disse, sapeva infilare le perle. Due anni prima era venuto in gita da quelle parti un gentiluomo inglese con la moglie e un gruppo di amici, e quando la giovane signora aveva rotto il suo filo di perle, proprio come era accaduto a Jensine, il calzolaio gliele aveva infilate di nuovo in modo esemplare. Era un uomo anziano e onestissimo, anche se molto povero, e zoppo. Da giovane, durante una tormenta, si era sperduto tra le montagne e l'avevano ritrovato solo due giorni dopo, tanto che gli avevano dovuto amputare tutti e due i piedi. Jensine disse che avrebbe portato le perle al calzolaio, e l'albergatrice le indicò la strada per arrivare alla sua casa.

Vi andò da sola, mentre il marito chiudeva i bauli, e trovò il calzolaio nella sua buia botteguccia. Era un vecchietto piccolo e magro con un grembiale di cuoio, e un sorriso timido e come furtivo su un volto segnato da lunghi patimenti. Jensine contò le perle ad una ad una sotto i suoi occhi, poi le affidò gravemente nelle sue mani. Lui le guardò, e le promise che sarebbero state pronte per il mezzogiorno dell'indomani. Dopo aver preso con lui tutti gli accordi, ella continuò a starsene seduta su un seggiolino, con le mani in grembo. Tanto per dire qualcosa gli domandò come si chiamasse quella signora inglese che aveva rotto il suo filo di perle, ma lui non se ne ricordava.

Ella volse lo sguardo intorno. Era una stanza povera e nuda, con un paio di quadretti sacri alle pareti. Stranamente le pareva di essere arrivata a casa. Un uomo onesto, duramente provato dal destino, aveva trascorso i suoi lunghi anni in quella stanzetta. Era un luogo dove qualcuno lavorava e subiva pazientemente le avversità, preoccupato per il pane quotidiano. Ella era ancora così vicina ai suoi libri di scuola che li ricordava tutti, e ora le tornò alla mente ciò che aveva letto sui pesci d'alto mare, che sono così abituati a sopportare il peso di migliaia e migliaia di braccia d'acqua che se li si porta alla superficie scoppiano. Possibile che anche lei fosse un pesce d'alto mare, si domandava, capace di sentirsi a suo agio soltanto sotto la pressione dell'esistenza? E suo padre, suo nonno e tutti gli altri antenati, erano così anche loro? Che cosa doveva fare un pesce d'alto mare, se aveva per marito uno di quei salmoni che tra quelle montagne aveva visti saltare nei torrenti? O un pesce volante? Salutò il vecchio calzolaio e andò via.

Mentre tornava a casa vide un uomo che procedeva a passo rapido sul sentiero davanti a lei, un uomo piccolo e robusto, col cappello e il soprabito neri. Si ricordò di averlo già visto; le sembrava persino che alloggiasse nel suo stesso albergo. Lungo il sentiero c'era una panchina dalla quale si godeva una vista magnifica. L'uomo vestito di nero vi si sedette, e Jensine, che stava vivendo la sua ultima giornata tra quei monti, si accomodò all'altra estremità. Lo sconosciuto la salutò sollevando leggermente il cappello. Ella aveva creduto che fosse un uomo anziano, ma ora vide che doveva avere poco più di trent'anni. Aveva un viso volitivo, occhi chiari e penetranti. Dopo un attimo, con un lieve sorriso, le rivolse la parola. «Vi ho vista uscire dal calzolaio» disse. «Non avrete perso la vostra suola[1] sulle montagne?». «No, gli ho portato delle perle» rispose Jensine. «Gli avete portato delle perle?» ripeté lo sconosciuto in tono divertito. «E pensare che io vado da lui per farmene dare!». Lei si domandò se non fosse un po' pazzo. «Quel vecchio» continuò lo sconosciuto «ha nella sua bicocca un'autentica miniera dei nostri antichi tesori nazionali − perle se così preferite − di cui proprio adesso io vado alla ricerca. Se per caso vi interessano le favole, in Norvegia non c'è chi possa raccontarvene di così belle come il nostro calzolaio. Una volta sognava di diventare uno studioso e un poeta − lo sapevate? − ma è stato duramente colpito dalla sorte, e ha dovuto mettersi a fare il calzolaio».

Dopo una pausa proseguì: «Mi è stato detto che voi e vostro marito siete qui in viaggio di nozze e venite dalla Danimarca. È una cosa molto insolita; queste montagne sono alte e pericolose. Chi di voi due ha scelto di venire qui? Voi?». «Sì» disse lei. «Sì» le fece eco lo sconosciuto. «Lo pensavo. Che egli possa essere l'uccello che spicca il volo verso l'alto, e tu la brezza che lo sostiene. Conoscete questa citazione? Vi dice qualcosa?». «Sì» rispose lei, un po' stupita. «Verso l'alto» disse lui, e si appoggiò allo schienale, in silenzio, con le mani congiunte sul bastone. Dopo un po-

1. Gioco di parole costruito sulla similarità di pronuncia tra *sole* (suola) e *soul* (anima) [N.d.T.].

co proseguì: «Le vette! E chi può dirlo? Noi due stiamo compatendo il calzolaio che per sua sventura ha dovuto rinunciare ai suoi sogni di esser poeta, di conquistarsi la fama e un grande nome. Come facciamo a sapere se invece non gli sia toccata la più grande fortuna? La celebrità, gli applausi della folla! Francamente, mia giovane signora, forse è meglio farne a meno. Forse nel comune commercio non servono nemmeno a comprare a un prezzo ragionevole un'insegna da ciabattino, e l'arte di suolare le scarpe. Può darsi che sia meglio liberarsene a prezzo di costo. Voi che cosa ne pensate, signora?». «Penso che abbiate ragione» rispose lei lentamente. Egli le scoccò un rapido sguardo dei suoi occhi color azzurro ghiaccio.

«Ma davvero!» disse. «È questo il vostro consiglio, in una così bella mattinata estiva? Ciabattino, resta inchiodato al tuo deschetto! Secondo voi uno farebbe meglio a preparare pillole e tisane per i malati di questo mondo, uomini o bestie che siano?». Ridacchiò un poco. «Che splendida facezia! Tra cent'anni si leggerà in un libro: Una piccola dama venuta dalla Danimarca gli diede il consiglio di restare inchiodato al suo deschetto. Purtroppo lui non l'ha seguìto. Addio, signora, addio». Nel dire queste parole si alzò e riprese la sua passeggiata. Ella vide la sua nera figura farsi sempre più piccola tra i colli. L'albergatrice venne a informarsi se avesse trovato il calzolaio. Jensine guardò lo sconosciuto che si allontanava. «Chi è quel signore?» domandò. La donna si riparò gli occhi con la mano. «Oh, quello» disse; «è un uomo colto, un grand'uomo, è qui per raccogliere storie e ballate d'altri tempi. Una volta era farmacista. Ma ha avuto un teatro a Bergen, e ha scritto anche dei lavori teatrali. Si chiama Ibsen».

Il mattino dopo, dal porticciolo giunse la notizia che il battello sarebbe arrivato più presto del previsto, e loro dovettero partire in tutta fretta. L'albergatrice mandò il figlioletto a ritirare le perle di Jensine. I viaggiatori erano già seduti nel calesse quando il piccolo riportò le perle, avvolte in un foglio strappato da un libro e legate con uno spago incerato. Jensine aprì l'involtino e stava per contare le perle, ma poi ci ripensò e, invece, se le mise al collo. «Non dovresti contarle?» le domandò Alexander. Ella gli rivolse una lunga occhiata. «No» rispose. Rimase silenziosa per tutto il percorso. Quelle parole le risonavano nell'orecchio: «Non dovresti contarle?». Gli sedeva al fianco, trionfante. Ora sapeva che cosa prova un trionfatore.

Alexander e Jensine tornarono a Copenaghen in un periodo in cui quasi tutti erano fuori città e non c'erano molte riunioni mondane. Ma le mogli degli amici di Alexander, tutti giovani ufficiali, andavano a trovarla spesso, e nelle sere d'estate le giovani coppie si recavano insieme al Tivoli. Tutti loro avevano molta stima di Jensine.

La sua casa si ergeva su uno dei vecchi canali della città e guardava sul Museo Thorwaldsen. Talvolta lei si fermava accanto alla finestra, contemplava i battelli, e il suo pensiero tornava a Hardanger. In tutto quel frattempo non si era mai tolte le perle e nemmeno le aveva contate. Era sicura che dovesse mancarne almeno una. Le pareva di sentirsi intorno al collo un peso diverso. Che cosa poteva aver sacrificato, pensava, per conquistarsi la vittoria sul marito? Un anno, o due anni, della loro vita coniugale prima delle nozze d'oro? Quelle nozze d'oro sembravano molto lontane, e tuttavia ogni anno era prezioso; e come poteva, lei, dar via uno di quegli anni?

Negli ultimi mesi dell'estate si cominciò a parlare della possibilità di una guerra. La questione dello Schleswig-Holstein era diventata pressante. Un proclama reale danese del mese di marzo aveva respinto tutte le rivendicazioni tedesche sullo Schleswig. Ora, a luglio, una nota tedesca esigeva, sotto pena di un intervento confederale, che il proclama fosse ritrattato.

Jensine era un'ardente patriota fedele al Re, che

aveva dato al popolo la sua libera costituzione. Quelle voci la misero in una terribile agitazione. Pensava ai giovani ufficiali amici di Alexander, così frivoli coi loro storditi e vanagloriosi discorsi sul pericolo in cui si trovava il paese. Se voleva discutere seriamente della crisi, doveva andare dalla propria famiglia. Col marito non poteva parlarne affatto, ma in cuor suo sapeva bene che lui era convinto dell'invincibilità della Danimarca come lo era della propria immortalità.

Leggeva i giornali dalla prima all'ultima pagina. Un giorno, sul «Berlingske Tidende» trovò la seguente frase: «Per la nazione è un momento molto grave. Ma noi confidiamo nella nostra giusta causa, e siamo impavidi».

Fu, forse, la parola «impavidi» a farle prendere il coraggio a due mani. Si accomodò sulla sua sedia accanto alla finestra, si tolse le perle dal collo e se le mise in grembo. Per un momento rimase con le mani congiunte sulla collana, come se stesse pregando. Poi le contò. Ce n'erano cinquantatré. Non riusciva a credere ai propri occhi, e le contò di nuovo; ma non si era sbagliata, le perle erano cinquantatré e quella centrale era la più grossa.

Jensine rimase là seduta a lungo, stordita. Sua madre, lei lo sapeva bene, credeva nel Diavolo. In quel momento anche la figlia ci credette. Non si sarebbe stupita se avesse udito una risata scaturire da dietro il sofà. Che i poteri dell'universo, pensava, si fossero alleati per farsi beffe di una povera ragazza?

Quando finalmente riuscì di nuovo a connettere, si ricordò che prima che il marito le regalasse la collana, il vecchio orefice della famiglia ne aveva riparato il fermaglio. Dunque conosceva le perle, e avrebbe potuto dirle che cosa pensare. Ma era così profondamente spaventata che non osò andarci di persona, e solo alcuni giorni dopo pregò Peter Skov, che era andato a trovarla, di portare il vezzo dall'orefice.

Peter tornò a farle visita e le disse che l'orefice si era messo gli occhiali per esaminare le perle, e poi, sbalordito, aveva dichiarato che dall'ultima volta che le aveva viste ce n'era una in più. «Sì, me l'ha regalata Alexander» lo interruppe Jensine, arrossendo violentemente della propria bugia. Peter pensò, come aveva pensato l'orefice, che da parte di un tenentino fare un costoso regalo all'ereditiera che aveva presa in moglie era, in fondo, una generosità a buon mercato. Ma le ripeté le parole del vecchio. «Il signor Alexander» aveva detto «si dimostra un raro conoscitore di perle. Non esito a dichiarare che quest'unica perla vale quanto tutte le altre messe insieme». Jensine, atterrita ma sorridente, ringraziò Peter, che tuttavia se ne andò rattristato, perché aveva l'impressione di averla contrariata o spaventata.

Da qualche tempo Jensine non si sentiva troppo bene, e quando, a settembre, ci fu un periodo di caldo afoso e opprimente, ella ne fu molto provata, e non riusciva più a dormire. Il padre e le vecchie zie erano molto preoccupati per lei e cercarono di convincerla a recarsi nella villa paterna sullo Strandvej, fuori città. Ma Jensine non volle lasciare né la sua casa né il marito; e del resto era convinta che non si sarebbe mai rimessa finché non avesse risolto il mistero delle perle. Dopo una settimana decise di scrivere al calzolaio di Odda. Se, come le aveva detto Herr Ibsen, egli era stato un tempo uno studioso e un poeta, certamente sapeva leggere e avrebbe risposto alla sua lettera. Nella situazione in cui si trovava, le pareva di non avere altro amico al mondo all'infuori di quel vecchio zoppo. Magari fosse potuta tornare nella sua botteguccia, tra quelle pareti nude, su quello sgabellino a tre zampe. Di notte sognava di essere là. Lui le aveva sorriso gentilmente; sapeva tante favole. Forse sapeva come consolarla. Solo per un attimo tremò all'idea che forse era morto; in quel caso non avrebbe mai saputo.

Nelle settimane seguenti la minaccia della guerra si fece più cupa. Suo padre si preoccupava dell'avvenire e della salute di re Frederik. In queste nuove circostanze il vecchio mercante cominciò a inorgoglirsi del fatto che sua figlia fosse sposata con un soldato, mentre prima quell'idea non aveva mai nemmeno sfiorato la sua mente. Lui e le vecchie zie trattavano con grande rispetto Alexander e Jensine.

Un giorno, un po' controvoglia, Jensine domandò esplicitamente al marito se ci sarebbe stata la guerra. «Sì,» rispose subito lui con grande sicurezza «la guerra ci sarà senz'altro. Non si può evitarla». E continuò a fischiettare qualche nota di un inno militare. Ma non appena guardò il viso della moglie s'interruppe. «Hai paura?» le domandò. Spiegargli ciò che provava all'idea della guerra a lei parve impresa disperata, e persino sconveniente. «Hai paura per me?» insistette lui. Lei stornò il viso. «Mia cara,» le disse lui «essere la vedova di un eroe sarebbe proprio la parte per te». Gli occhi le si colmarono di lacrime, lacrime di sofferenza ma anche di collera. Alexander le si avvicinò e le prese la mano. «Se muoio,» le disse «mi sarà di consolazione il ricordo che ti ho baciata tutte le volte che tu me l'hai permesso». La baciò ancora una volta, e soggiunse: «Sarà una consolazione anche per te?». Jensine era una ragazza sincera. Quando le si faceva una domanda, cercava di trovare la risposta giusta. Ora pensò: Sarebbe una consolazione, per me? Ma in cuor suo non riuscì a trovare la risposta.

Tra una cosa e l'altra a Jensine non mancavano certo le preoccupazioni, tanto che si era quasi dimenticata del calzolaio, e allorché una mattina trovò la sua lettera sul tavolo della colazione, per un momento credette che fosse la lettera di un postulante, dato che ne riceveva molte. Un attimo dopo divenne pallidissima. Il marito, seduto di fronte a lei, le domandò che cosa avesse. Senza rispondergli, lei si alzò, si rifugiò nel proprio salottino e, fermandosi accanto al caminetto, aprì la lettera. Quei caratteri accuratamente tracciati le ricordarono il viso del vecchio, come se lui avesse mandato il proprio ritratto.

«Cara, giovane signora danese» diceva la lettera.

«Sì, ho aggiunto quella perla al vostro vezzo. Volevo farvi una piccola sorpresa. Eravate così trepidante per le vostre perle, quando me le avete portate, come se aveste paura che ve ne rubassi una. Anche i vecchi, come i giovani, qualche volta devono divertirsi un poco. Se vi ho spaventata, vi prego di perdonarmi lo stesso. Quella perla l'avevo da due anni, da quando ho infilato di nuovo la collana della signora inglese. Ho dimenticato di infilare anche quella, e me ne sono accorto soltanto dopo. L'ho tenuta per due anni, ma non sapevo che cosa farmene. È meglio che la tenga una giovane signora. Mi ricordo che stavate seduta sul mio seggiolino, così giovane e così graziosa. Vi auguro buona fortuna, e che il giorno stesso in cui riceverete questa mia lettera possa accadervi qualcosa di piacevole. Possiate portare a lungo quelle perle, con cuore umile, una ferma fiducia in Nostro Signore, e un pensiero amichevole per me, che sono vecchio, qui a Odda. Addio.

«Il vostro amico, Peiter Viken».

Jensine aveva letto la lettera stando con i gomiti appoggiati sulla mensola del camino, per frenare il tremito. Quando sollevò lo sguardo, incontrò gli occhi gravi della propria immagine riflessa nello specchio che vi era sopra. Erano severi; era come se le dicessero: «Sei veramente una ladra, o se non proprio una ladra, una ricettatrice, che non è meglio di una ladra». Rimase così a lungo, inchiodata dov'era. Infine pensò: «È tutto finito. Ora so che non vincerò mai questa gente che non conosce né l'inquietudine né la paura. È come nella Bibbia: Io tenderò insidie al loro calcagno, ma essi schiacceranno la mia testa. E Alexander, per quanto lo riguarda, avrebbe dovuto sposare la signora inglese».

Con sua profonda sorpresa, constatò che ciò le era indifferente. Alexander stesso era diventato una figura piccolissima nello sfondo della vita; quello che lui faceva o pensava non aveva la minima importanza. Che

lei stessa fosse stata presa in giro, contava ben poco.
«Tra cent'anni» pensava «sarà tutt'uno».

Che cosa aveva importanza, allora? Cercò di pensare alla guerra, ma scoprì che nemmeno quella ne aveva. Sentiva uno strano stordimento, come se le pareti le stessero crollando intorno, ma non in modo sgradevole. «Non rimane dunque proprio nulla di notevole sotto la ricorrente visita della luna?» pensò. Alle parole «la ricorrente visita della luna» gli occhi dell'immagine nello specchio si spalancarono; le due giovani donne si fissarono intensamente. Qualcosa, decise, aveva un'enorme importanza, qualcosa che era venuto al mondo adesso, e tra cent'anni sarebbe esistito ancora. Le perle. Tra cent'anni, vide, un giovanotto le avrebbe offerte a sua moglie e le avrebbe raccontato la storia della giovane Jensine, proprio come Alexander le aveva date a lei, e le aveva parlato della nonna.

Il pensiero di quei due giovani tra cent'anni le suscitò una così profonda tenerezza che gli occhi le si colmarono di lacrime, e la rese felice, come se essi fossero due suoi vecchi amici che aveva appena ritrovati. «Non chiedere grazia?» pensò. «Perché mai? Sì, invece, chiederò grazia a piena voce. Ora non riesco proprio a ricordarmi perché non volessi farlo».

La piccolissima figura di Alexander, accanto alla finestra della stanza vicina, le disse: «La più anziana delle tue zie sta venendo a trovarci con un grande mazzo di fiori tra le braccia».

Lentamente, molto lentamente, Jensine distolse gli occhi dallo specchio e tornò al mondo del presente. Si avvicinò alla finestra. «Sì,» disse «sono i fiori di Bella Vista», che era il nome della villa di suo padre. Dalla loro finestra, marito e moglie guardarono giù nella strada.

GLI INVINCIBILI PADRONI DI SCHIAVI

«*Ce pauvre Jean*» disse una sera d'estate del 1875, nella sala di un albergo di Baden-Baden, un vecchio Generale russo con la barba tinta. «Quel povero Jean. È proprio una brava persona, niente da dire, un'ottima persona. Voi conoscete Jean, non è vero? Il cameriere addetto al mio tavolo, il più vecchio cameriere dell'albergo. Be', state a sentire se non è un brav'uomo. Tutte le mattine, col caffè, io ho l'abitudine di mangiare una pesca-noce — una pesca-noce, badate bene, non una pesca o un'albicocca — ma dev'essere veramente buona, matura ma non troppo. Stamane, dunque, Jean mi si è avvicinato per parlarmi. Era pallido, ve l'assicuro; pallido come un morto. Ho pensato che stesse male. "Eccellenza," mi dice "è terribile"; e poi non riesce più a spiccicar parola. "Che cosa c'è di terribile, amico mio?" gli domando. "È scoppiata una guerra in Europa?". "No," dice lui "ma è terribile; è accaduta una cosa tremenda. Eccellenza, oggi non abbiamo trovato le pesche-noci". E a questo punto due grosse lacrime gli sono scivolate sul viso. Sì, è proprio un brav'uomo».

Colui al quale il Generale stava parlando era un danese di nome Axel Leth, un giovanotto prestante e ben vestito, che non era molto loquace e proprio per questo veniva scelto molto spesso come ascoltatore dagli ospiti della stazione termale che avevano qualcosa da dire.

Il Generale aveva appena finito di raccontare la sua storia allorché una vecchia dama inglese si unì a loro. Subito il russo raccontò anche a lei l'episodio di Jean e della pesca-noce. L'inglese ascoltò con l'espressione derisoria e sprezzante con la quale sempre accoglieva qualunque cosa le venisse detta a quell'ora.

«À qui le dîtes-vous?» ribatté. «Jean? Lo conosco da molto prima di voi. Nove anni fa si ferì il pollice con un trinciante mentre mi stava servendo il pollo, e io stessa glielo bendai. Lui non voleva assolutamente. Era offeso e scandalizzato che mi disturbassi per lui. Sono convinta che quello sciocco avrebbe preferito perdere il pollice. E da allora, naturalmente, si butterebbe nel fuoco per me, anzi, sarebbe pronto a morire».

Non aspettò che il Generale le rispondesse, si volse verso il giovane Leth e gli scoccò un lieve sorriso per sottolineare la sua indifferenza nei confronti del russo. «Ieri sera» disse «vi avevo promesso di raccontarvi qualche altro particolare sulla parata di Monaco». Axel, che era stato allevato dalla nonna e perciò aveva imparato a prestare ascolto alle signore anziane, atteggiò il viso a una solerte attenzione.

«Io l'ho trovato uno spettacolo commovente» disse la vecchia dama. «Perché capisco Re Ludwig. L'eremita cantore! Un poeta francese gli si è rivolto con queste parole: "Seul roi de ce siècle, salut!". Questa frase esprime alla lettera i miei sentimenti. Per me la sua solitudine a Neuschwanstein è squisita e maestosa, sublime. Lui non può vivere a Monaco. Non può respirare l'aria corrotta dalla folla, né sopportarne lo sgradevole odore. Non può gustare l'arte alla presenza dei profani, e così molto spesso, al Residenz Theater, le rappresentazioni vengono allestite soltanto per lui.

È un vero aristocratico. Al Sommo Ordine dei Difensori dell'Immacolata Concezione della Beata Vergine, di cui è gran maestro, non può essere eletto nessun candidato che non sia in grado di dimostrare tutti i suoi quarti di nobiltà. Ma a Neuschwanstein, al di sopra del mondo comune, il Re è felice. In quell'aria e in quel silenzio montano egli si aggira, sogna, e medita. Là si sente vicino a Dio».

«Non è molto popolare, a quanto ho sentito» osservò il Generale in tono leggero.

«Chi ve l'ha detto?» ribatté l'inglese in tono altezzoso. «Certamente nessuno che sia stato a Monaco. L'emozione della folla in attesa di vedere il suo Re mi ha commossa. Pochi tra loro l'avevano già visto; si mostra così di rado. Quando è comparso, su un cavallo bianco, l'entusiasmo è stato irrefrenabile. Sembrava che tutti i cuori gli andassero incontro, come un'onda. Lungo quei rozzi visi riarsi di artigiani e di operai scorrevano le lacrime; mani callose e sudice alzavano i bimbi perché lui li vedesse; voci grossolane si spezzavano nel gridare in coro "Evviva il Re". Un giorno indimenticabile».

Il Generale non disse nulla, e Axel, dandogli una occhiata, vide che cambiava faccia. Stava guardando con stupore ed esultanza verso la porta. Dalla sua espressione il giovane intuì che doveva essere entrata una bella sconosciuta. La signora inglese girò a sua volta lo sguardo, e immediatamente anche il suo viso mutò. Axel si volse. Nella sala erano entrate due donne, che prima di allora non aveva mai viste a Baden-Baden, chiaramente una signorina dell'alta società con la sua *dame de compagnie* o governante.

La prima, che attrasse immediatamente l'attenzione dei presenti, era una bellissima fanciulla, dotata di una tale freschezza che fu come se nella stanza sovraccarica di mobili e di velluti ella recasse con sé una brezza marina o un acquazzone estivo, e ad Axel fece tornare alla mente quel che un recensore aveva detto di una giovane attrice tedesca: «Essa entra in scena seguita da un paesaggio silvano». Lo sbalordimento e l'ammirazione che la sua leggiadria avevano suscitati furono, però, subito seguiti da un sorrisetto di stupore o addirittura di scherno, perché la sua snella, forte, fiorente figura era costretta, con due o tre anni di ritardo, in un corto vestito da scolara, e i suoi capelli erano sciolti sulle spalle. Quell'abito le dava una curiosa parvenza di bambola, e suscitava negli spettatori quel senso di divertita tenerezza che si prova nel guardare, per l'appunto, una bella, grossa bambola.

La ragazza era tutt'altro che piccola, una rosa dall'alto stelo. In realtà, guardandola, si era portati a pensare che quando il suo Creatore l'aveva sollevata per contemplarla, ella gli fosse scivolata nella mano possente, e che questo movimento avesse impresso a tutte le sue giovani forme una lieve spinta all'insù. Gli snelli polpacci delle gambe slanciate − in calze bianche e graziose scarpette − erano alti, e alta era l'immatura pienezza dei fianchi, mentre le ginocchia e le cosce, che nella rapida falcata del passo si disegnavano sotto le balze della gonna, erano sottili e diritte. Il suo giovane seno prorompeva appena più giù delle ascelle, alto al di sopra della vita sottile. La sua gola candida era lunga e arrotondata, stranamente nobile e statuaria in una persona così giovane. I suoi stessi capelli sembravano negare la legge della gravitazione. Dietro il nastro che li allontanava dalla fronte, si spandevano quasi orizzontalmente. Quella folta chioma era di un colore molto raro, un pallido rosso corallo, senza sfumature dorate, quale si vede nelle conchiglie. Il bel volto liscio e roseo della fanciulla non era deturpato da alcun artificio, non da un velo di cipria o di belletto, non da una sola ruga. Gli occhi, profilati dalla sottile striatura nera delle ciglia, erano incastonati in quel viso dalla pelle levigata, come due schegge di vetro color azzurro cupo. Gli zigomi erano un po' alti, e anche il naso era leggermente all'insù. Ma il tratto che più colpiva di quel viso era la bocca, una bocca imbronciata, carnosa, fiammeggiante, come una rosa rossa. Guardandola ci si poteva domandare se tutta la figura così dritta e altera non esistesse che per portare in giro per il mondo quella bocca fresca e arrogante.

Indossava con meticolosa eleganza un vestito di mussola bianca con un nastro rosa alla cintura. Aveva un vellutino nero intorno al collo, ma nessun altro ornamento. Camminava rapida, con un'andatura ardita e sdegnosa, splendidamente vitale, come se al tempo stesso, e con tutta la sua forza, si concedesse e insieme si negasse al mondo. Axel, il sognatore, citò nella propria mente una poesia che aveva letto poco tempo prima:

> *D'un air placide et triomphant,*
> *Tu passes ton chemin, majestueuse enfant.*

La donna che la seguiva era una distinta signora vestita di seta nera, con una sottile catena d'oro che le scendeva sul torace magro, e occhiali azzurrati. Era severa in ogni tratto, la governante modello. Tuttavia aveva qualcosa di particolare, una felina elasticità nei movimenti, e una pacata, seria risolutezza. Le due donne, insieme, formavano una coppia pittoresca, e ad accentuare l'armonia dell'insieme, le austere trecce della più anziana avevano un pallido riflesso di quel color corallo che splendeva nei riccioli ondeggianti della fanciulla. Era come se l'artista si fosse trovato sulla tavolozza un rimasuglio di quel colore e non avesse avuto l'animo di sprecare una così superba mescolanza.

«*Nom d'un chien*» disse il Generale rivolto ad Axel.

Dopo cena tornò ad avvicinarglisi, con due rose sulle guance avvizzite, ringiovanito dal più rapido corso della sua immaginazione.

«Posso darvi qualche informazione sulla nostra incantevole creatura» disse. E gli comunicò il nome della ragazza, che, spiegò, era quello di una famiglia molto antica, e si ingolfò in un mucchio di particolari sulla storia e le parentele di quel casato. Il nome della fanciulla era Marie, ma la governante la chiamava Mizzi. Il padre di Mizzi, gli pareva di ricordare, era stato un famoso giocatore d'azzardo. Gli avevano detto che si era risposato da poco. «E non c'era davvero bisogno che me lo dicessero,» commentò il Generale «la povera bambina è chiaramente vittima di una matrigna gelosa — giunta all'età in cui nelle donne il veleno entra in circolo e intossica il loro organismo — che le darebbe un topicida, se ne avesse il coraggio, ma che invece l'ha mandata qui, con quella gesuita in gonnella come carceriera. Voi che ne dite, amico mio, la prenderà a frustate? Vestire quella giovane come una bambina è un peccato mortale e una beffa; saprebbe portare un diadema come nessun'altra delle donne qui presenti. Che andatura! E che innocenza! Tuttavia è furibonda con tutti noi, e ce la farà pagare. Quanto vorrei avere la vostra età!».

Nel salotto c'era stata un po' di musica; una signora aveva cantato e un anziano gentiluomo tedesco aveva suonato una fuga di Bach. Ma non appena l'orologio sulla mensola del camino batté le dieci, la governante gettò uno sguardo alla ragazza e le mormorò rispettosamente qualcosa. Mizzi si alzò subito, come un soldato alla parata. Mentre si dirigeva verso la porta le cadde il fazzoletto. Due giovanotti, uno vestito di nero e l'altro in uniforme, si precipitarono a raccoglierlo, ma Mizzi non li degnò di uno sguardo. Fu la dama di compagnia a riceverlo contegnosamente dalle loro mani e a ringraziarli con un piccolo inchino cerimonioso; dopo di che tenne aperta la porta per lasciar passare la fanciulla e scomparve con lei.

Quella sera, sul tardi, Axel uscì sulla terrazza a fumare un sigaro, e rimase a lungo a guardare le luci della città e poi le stelle nel firmamento. Lo faceva spesso.

Aveva ancora nelle orecchie gli echi dei vivaci discorsi tenutisi nel salotto, e rifletté che la conversazione ha fra gli uomini una funzione centrifuga, che muove perennemente verso l'esterno, lontano da quello che si ha nella mente. I villeggianti di quella stazione termale lui li conosceva soltanto dalle sue conversazioni con loro; di conseguenza non li conosceva affatto, ed essi non conoscevano lui. Gli altri ospiti dell'albergo gli avevano detto che il Generale era stato sospettato di avere ucciso la moglie col veleno. Di questo egli non parlava. Ma quando era solo, nel suo letto e nei suoi sogni, era sincero, il vecchio Generale, era un probo assassino? Cercò di immaginarsi tutti i suoi conoscenti, l'uno dopo l'altro − il Generale, la vecchia dama inglese − immersi nel sonno, com'erano probabilmente a quell'ora. L'idea gli riuscì malinconica, e tornò a cancellarli dalla propria mente.

Rivolse invece il proprio pensiero alla giovane ragazza che aveva vista quel giorno per la prima volta. Anche lei in quel momento doveva essere addormentata; e tutta rosea nel sonno, fresca come i suoi lini, con le palpebre serrate e i capelli rossi sparsi sul cuscino, seria, dormiva come fanno i bambini, per i quali il sonno è un dovere, un compito grave. Pensò a lei molto a lungo, e sentì che poteva farlo senza offenderla; un giardiniere che cammini di notte in un roseto avrebbe avuto la stessa delicatezza. Adesso ella era libera di vagabondare dove preferiva, e lui si domandò che cosa stesse sognando.

«Potrei innamorarmi di lei?» si domandò. Gli era già capitato di innamorarsi; in parte era a Baden-Baden per questo, ed era così giovane da nutrire la convinzione che non si sarebbe innamorato mai più. Ma avrebbe voluto essere un suo fratello, o un vecchio amico, con un certo diritto di aiutarla, se mai lei gli avesse chiesto aiuto. La malattia, e la conseguente necessità di recarsi in una stazione termale, lo avevano molto avvilito, facendolo vergognare di se stesso. Ora, su quel terrazzo, avvolto dall'aria notturna, gli parve che il mondo fosse ancora pieno di forza e di speranza. Era come se in quell'albergo dietro di lui dormisse un'amica, e quando lei si fosse svegliata loro due si sarebbero capiti.

«E poi,» pensò con tristezza «probabilmente ci separeremo e ognuno di noi se ne andrà per la sua strada, e non ci saremo detti nemmeno una parola. Così è la vita».

Nel giro di pochi giorni, tutti i calabroni e le falene della stazione termale svolazzavano intorno alla nuova rosa, così bella e fresca, e al sottile puntello nero al quale era legata. La difficoltà di avvicinarla, e qualcosa di patetico nella sua stessa figura, suscitavano l'ardire e la cavalleria dei corteggiatori. Ognuno si sentiva come san Giorgio alle prese col drago e con la principessa in catene. Se fosse stato possibile indurre la principessa a collaborare coi suoi partigiani e a giocare un tiro mancino al drago, la situazione sarebbe potuta diventare quanto mai piccante. Ma ci si avvide che ella era inflessibilmente leale con la sua dama di compagnia, e che non si riusciva a strapparle né un sorriso né uno sguardo dietro la schiena di Miss Rabe. La distinta figura della donna prese un aspetto sgomentante. Di quale segreto potere era dotata, per tenere così totalmente sottomessa una creatura giovane e vigorosa?

La vecchia signora inglese scelse la strada più saggia, e con grande benevolenza si mostrò condiscendente con la governante. Quella strategia le procurò una sorpresa. Rimase sinceramente colpita dal tatto, dalle doti e dagli ottimi princìpi di Miss Rabe, e dichiarò a tutti che di governanti così ce n'era una su mille. E come compenso per la briga che si era presa, per due o tre giorni fu la persona più importante nei giardini del Casinó, perché adesso poteva presentare gli ospiti a Mizzi. In quell'occupazione faceva sfoggio di tutta l'abilità di una *entremetteuse* del bel mondo d'altri tempi, e per ogni favore si considerava compensata se le si rivolgevano complimenti e attenzioni. In nome della loro vecchia amicizia, Axel fu il primo giovanotto che ella, profondendosi in sorrisi, presentò alla ragazza.

Con un certo stupore e un po' di ironia verso se stesso, Axel si innamorò di Mizzi. Era un tipo di amore che gli era nuovo, più contemplativo che possessivo. Lo rallegrava persino vederla circondata di ammiratori, dato che a una ragazza carina nulla si addice più del successo: Mizzi, dal canto suo, accettava l'omaggio della *jeunesse dorée* della stazione termale con estrema e dignitosa semplicità, come se in quello zelante gareggiare non vedesse che il normale comportamento dei giovanotti verso una fanciulla, e quindi permetteva alla sua vitalità di espandersi in un elemento che le era così congeniale. I sentimenti del giovane avevano anche le loro svolte fantasiose; spesso, come in sogno, lui vedeva la fanciulla sullo sfondo di un libro, o di una canzone, o di un luogo familiare in Danimarca.

Una cosa di lei lo affascinava soprattutto − che arrossisse così facilmente e con tanta intensità, per motivi suoi, a lui incomprensibili. A infiammarle il volto non era mai un complimento, o uno sguardo ardente, e nemmeno, alla fine di un valzer, una stretta alle sue dita sottili. I suoi spasimanti lei li fissava tranquillamente negli occhi, anche quando erano loro ad arrossire e a balbettare. Ma talvolta, mentre sedeva tutta sola ascoltando la musica nel parco, o mentre un vecchio gentiluomo dell'albergo la intratteneva parlandole di politica, una lenta, intensa vampata le si diffondeva su tutto il viso, dalle clavicole alla radice dei capelli, facendolo ardere e bruciare − come se ella stesse ferma sotto la vetrata purpurea di una chiesa − per poi lentamente ritrarsi e spegnersi. Era già di per sé uno spettacolo attraente e insolito. Ma per Axel era molto di più: un simbolo e un mistero, un manifestarsi del suo essere, una muta confessione, più significativa di qualunque dichiarazione. Quali forze dentro di sé quella semplice e forte creatura sospettava o temeva, perché il solo avvertirle dovesse sconvolgerle il sangue?

La fantasia di Axel si sbizzarriva sui rossori della fanciulla. Se la immaginava felice, vezzeggiata, nell'armonia di una casa sua, e si domandava se in quell'ambiente sarebbe arrossita allo stesso modo. Intenta a un lavoro d'ago accanto a una finestra, o fermandosi a contemplare un paesaggio durante una passeggiata col marito, sarebbe d'un tratto divenuta tutta rosea come un cielo mattutino? Egli pensava: «Un marito appena sposato potrebbe forse ricevere dalla moglie un complimento più divino, più superbo, più generoso e più sincero di quest'improvviso insorgere del suo sangue?». Ma era anche pericoloso. Per un marito anziano sarebbe stato allarmante; per un uomo debole o vanesio poteva preannunciare la perdizione. Axel era consapevole del rischio, perché lui stesso, prima di incontrare Mizzi, si era sentito debole e indegno. E se, dopo cinque o dieci anni di vita coniugale, un marito avesse sorpreso la moglie ad arrossire tacitamente e con tanta intensità ai propri pensieri? Quale capo d'accusa contro tutta la natura di un uomo, pensò lui − e in nome di qualcosa di ancora più potente del Re.

Talvolta aveva l'impressione che la sua giovane amica arrossisse a certe frasi particolarmente banali che venivano dette nella conversazione, come se avesse vergogna delle finzioni e della falsità dell'ambiente. E se ne rallegrava, perché lui pure aveva sofferto delle ipocrisie del suo mondo. Allora pensava: «Questa fanciulla in fiore ha un inflessibile rispetto per la verità; la nostra vita frivola le fa orrore» − e avrebbe desiderato parlarle delle idee che gli si agitavano nella mente.

Questi erano pensieri piacevoli. Ma Mizzi destava in lui anche altre idee, che gli rendevano il cuore greve. Mentre nella propria fantasia vedeva la fanciulla aggirarsi nei boschi e nelle stanze della sua casa a Langeland, tutt'a un tratto si accorgeva che la figura di

Miss Rabe era lì, accanto a lei, e si rifiutava di lasciare la scena. Gli oscuri presentimenti che quella tetra figura destava in lui erano più difficili da combattere che l'illusione dei suoi sogni ad occhi aperti, perché erano concreti e palpabili. E infatti, così ragionava, avrebbe certo potuto abbattere il drago e involare Mizzi. Sarebbe stata una dolce e gloriosa avventura; proprio quella che i suoi rivali sognavano. Ma lui era un giovanotto di buon senso e non si limitava alla superficie delle cose. Quando si fosse allontanato di galoppo, chi gli garantiva che in sella con sé non stesse portando Miss Rabe?

Era un osservatore; e scoprire che la graziosa fanciulla non aveva mai vissuto un solo giorno — e probabilmente sarebbe stata incapace di vivere un solo giorno — senza un servitore alle costole l'aveva divertito. Ella non aveva mai aperto una porta con le proprie mani, né aveva mai allontanato una sedia dal tavolo, né raccolto il proprio fazzoletto se le cadeva; non si era mai nemmeno messo il cappello da sola. I suoi assurdi vestiti da bambina, non meno che la sua raffinata persona, erano sistemati e tenuti in ordine da qualcun altro. Quando un giorno la cintura a nastro le si sciolse, ella cercò di riannodarla, poi arrossì e rimase immobile finché Miss Rabe non provvide a rifare il fiocco. Bisognava vestirla e svestirla come una bambola, rifletté lui. La sua impotenza era identica a quella di una persona senza mani. Tutta la sua vita si basava sulla continua, attenta, instancabile fatica degli schiavi. Miss Rabe era il silenzioso e onnipresente simbolo del sistema; perciò lui la temeva.

Axel era un giovanotto ricco, aveva ereditato una bella proprietà in Danimarca e, nel suo paese, era un buon partito. Ma non era ricco quanto lo si era nell'ambiente che stava frequentando adesso. Concluse tristemente che alla moglie non avrebbe potuto dare gli schiavi che per Mizzi erano una necessità di vita. Si domandava se per lei la libertà sarebbe stata sufficiente a indennizzarla della loro perdita, se l'amore e la sollecitudine di un marito sarebbero bastati a sostituire i loro servigi. Oppure, nella stessa casa del marito, come dire tra le sue braccia, ella avrebbe rimpianto Miss Rabe? Questo era un dubbio fatale. Del resto, lui diffidava di quel principio e lo condannava. Era dolce, un po' buffo e insieme patetico quando lo si vedeva rappresentato nella persona di Mizzi, una persona sotto altri aspetti palesemente pronta ad andare incontro al proprio destino. Ma quel principio, in sé e per sé, era decisamente l'opposto di quella che lui riteneva un'esistenza umana dignitosa.

Molti dei suoi rivali potevano offrirle il tenore di vita al quale era abituata. Tra questi c'era un principe napoletano, e c'era un giovane olandese ricchissimo che, a quanto gli era stato detto, aveva delle proprietà terriere nelle Indie Orientali. Axel aveva simpatia per quest'ultimo, e lo trovava più attraente di quanto si giudicasse lui stesso. Talvolta era convinto che anche Mizzi la pensasse così.

Axel era un giovane scrupoloso; durante le lunghe ore insonni rifletteva molto su questi problemi. Se almeno per una volta, pensava girando il capo sul cuscino, Mizzi avesse raccolto il guanto che aveva lasciato cadere, o sistemato in un vaso colmo d'acqua i fiori che lui le portava! Ma no, lei si limitava a posarli garbatamente su un tavolo, e nell'acqua li metteva Miss Rabe.

Un sabato sera ci fu un ballo all'albergo; un'orchestra sonava i valzer di Strauss. Axel ballò con Mizzi. La fanciulla sembrava un fiore, e lui glielo disse. Parlarono anche delle stelle, e lui le narrò che certi filosofi sostenevano che anch'esse, proprio come la terra, erano abitate da creature vive. Mentre stavano per riprendere a danzare si trovarono vicini al Generale russo. Egli stava fissando una coppia che piroettava per la sala.

«Miei cari amici,» disse il Generale «pensate un po' che strano animale è l'uomo, e come per lui la metà sia sempre di più che l'intero. Guardate là...» e disse i nomi dei due. «Sono sposati da una quindicina di giorni; delle loro nozze hanno parlato tutti i giornali. Sono Romeo e Giulietta! Le loro famiglie sono divise da un'antica inimicizia, e per molto tempo i genitori di entrambi si sono opposti al matrimonio. Ora essi sono in luna di miele, in un castello tra le colline, a quindici miglia da qui. Finalmente sono soli, liberi di abbandonarsi alle gioie dell'amore. E che cosa fanno? Percorrono quindici miglia in carrozza per venire qui a ballare, perché c'è un'ottima orchestra e un buon pavimento, e loro sono tutti e due famosi ballerini di valzer. Secondo alcuni, ballare è la pregustazione o il surrogato del fare all'amore. Badate bene, si può anche dire che ne sia l'essenza. La metà è più che l'intero. Ma lo è» soggiunse alteramente il Generale «soltanto per un animo aristocratico. Il borghese potrebbe venir qui per vanità. E una giovane coppia di contadini, dopo il primo valzer, lascerebbe la sala da ballo per il fienile».

A questo punto Axel e Mizzi si allontanarono volteggiando. Poiché quella sera Axel trovava tutto incantevole, anche la piccola conferenza del Generale gli parve affascinante. Si immaginò di essere con Mizzi in luna di miele tra quelle colline, e di portarla in quell'albergo a ballare perché la metà è più che l'intero. Poi, mentre piroettavano, si accorse che Mizzi lo stava guardando, o meglio, poiché in lei non erano gli occhi il particolare saliente, si accorse che il suo viso e la sua bocca erano rivolti verso di lui. Il viso era animato, risoluto, perentorio come una sfida. Ma il ballo era finito, e mentre lui la stava accompagnando al suo posto accanto alla vecchia dama inglese, dall'altra parte della sala, ella gli disse, con voce sommessa e gentile, che lei e Miss Rabe sarebbero partite da Baden-Baden il giovedì. Quella notizia fece precipitare Axel dal colmo della felicità nell'abisso. Per un attimo la sala rutilante di luci gli si oscurò davanti agli occhi. Poi rifletté che aveva ancora tre giorni di tempo.

A circa un'ora di cammino dalla stazione termale, tra le colline e le pinete, c'era un piccolo padiglione di legno, costruito in stile romantico, come una torre di vedetta, con un bastione in cima. La scala che portava al tetto era così malandata che nessuno ci si avventurava, ma Axel, passando lì davanti, aveva pensato che di lassù si doveva godere una magnifica vista. E la domenica prese una carrozza e si fece condurre in quel luogo per starsene in solitudine e raccogliersi nei propri pensieri. Il pomeriggio era così tranquillo, così dorato, che gli parve di essere riuscito chi sa come ad infilarsi in un dipinto, un'opera d'arte italiana, in cui stava d'incanto. L'odore di resina fresca emanato dai pini accentuava quell'illusione. Quando, dopo aver mandato via il suo *fiacre*, salì sulla sommità della torre, rimase molto deluso; gli alberi erano cresciuti tanto che nascondevano il paesaggio. Ma alzando gli occhi vide l'azzurro cielo estivo screziato di rade nuvole bianche. Sulla terrazza c'erano un tavolo e un paio di sedie, molto sciupati dal sole e dalla pioggia. Stare così in alto pareva un sogno, e il mondo sembrava lontanissimo. Mentre guardava giù sporgendosi dal parapetto, vide uscire dalla pineta un graziosissimo capriolo, che attraversò la strada e si tuffò tra le felci dalla parte opposta. Sul prato sotto di lui c'era una panchina rustica. Axel si tolse il cappello.

Era lì già da un poco, assorto nei propri pensieri, e di tanto in tanto prendeva la matita e annotava qualche parola, quando, dal sentiero nella pineta, sentì delle voci che si facevano via via più distinte. Due donne stavano parlando, ma il discorso fu interrotto da una delle due, che prese a singhiozzare disperatamente, come una bambina sperduta, come Gretel nel bosco tenebroso, prigioniera della strega. Soffocate da quel pianto desolato, gli giunsero alcune parole tremule. Era la voce di Mizzi. Axel si alzò. Provò l'im-

pulso di correre in suo aiuto, e avrebbe potuto perfino gettarsi dal parapetto, se un attimo dopo non avesse còlto in quei singhiozzi un tono querulo, un po'
piagnucoloso, che non si sarebbe mai aspettato di sentire nella voce di Mizzi, come quello di una bambina
che chieda di essere consolata e vezzeggiata. Per un
istante fu travolto da un impeto di gelosia; poi si domandò se Mizzi, là nel bosco, non si stesse confidando con qualche amica dell'albergo. Avrebbe voluto
andar via, ma era troppo tardi, adesso che l'aveva sentita piangere. Forse avrebbero continuato la loro passeggiata, pensò. Ma si erano fermate, e lui capì che
si stavano sedendo sulla panchina. Era una scena molto strana e drammatica. Lui le dominava dall'alto come un uccello da preda che stesse insidiando due co-
lombe. Non poteva fare a meno di sentire.

«Ma se tu lo ami, sorellina cara,» disse l'una «non
è una disgrazia. Lui ti ama. Tutti ti amano e ti trovano incantevole».

Era la voce di Miss Rabe. Ma per lui era una voce
nuova, di molti anni più giovane di quella che aveva
udita in precedenza, più squillante e più libera. Una
voce che le saliva dal cuore. Ma era anche una voce
molto stanca.

Mizzi rispose dopo un lungo silenzio. Per tutto il
dialogo, ci fu sempre quella lunga pausa prima di ogni
sua frase. «No» disse, e anche la sua voce era mutata,
libera, e le saliva dal cuore; e come la voce dell'altra
ragazza, era anch'essa molto stanca. «Non lo amo. Non
si può amare uno sciocco, un credulone. Com'è possibile amare una persona che si sta ingannando? Io
li sto ingannando tutti, Lotti. Non amo nessuno di
loro. No, nessuno».

«Ciò nonostante, tesoro,» disse Miss Rabe, che qui
nei boschi, a quanto pareva, si chiamava Lotti «tu saresti infelice se loro non ti amassero».

Una pausa. Poi Mizzi disse: «Sì, mi ammirano. Perché credono che io sia come loro – protetta, ricca,
abituata a tutte le cose belle della vita. Sì, lui mi am-

mira, mi paragona a un fiore, così bella e soave e pura. Pensa che non sappia nulla del mondo. Se sapesse quanto lo conosco bene, invece, mi amerebbe? No, non lui».

«Non lo saprà mai» disse Lotti.

«No, naturalmente» disse Mizzi. «Quello stupido». Poi, dopo una pausa, continuò: «Ma se lo sapesse? Se gli dicessero che vado a comprare il cavolo al mercato e me lo porto fino a casa in una cesta? Se gli dicessero che do il mangime alle galline e pulisco il pollaio? Se sapesse che stendo il bucato!».

Adesso che si erano sedute, pensò Axel, non avrebbero alzato la testa a guardare in su. Spiò cautamente oltre il parapetto. Gli davano le spalle, teneramente abbracciate. Mizzi aveva reclinato la testa sulla spalla di Lotti; il suo cappello era posato sulla panchina; i suoi meravigliosi capelli coprivano in parte l'esile dorso dell'altra.

«Qui, però, qualche piccolo svago ce l'hai» disse Lotti. «Ieri sera hai ballato. Magari avessi potuto ballare anch'io».

«Sì» disse Mizzi con voce altera e cattiva. «Non ti sei ancora stancata di essere Miss Rabe?».

«E i miei vestiti, poi!» proruppe Mizzi con una voce che la disperazione rendeva rauca. «Ci scoppio dentro! L'anno prossimo mi sarà impossibile indossarli. E dove diamine andrò, allora? Dovrò sprofondare sottoterra, visto che non ho né scialli, né cappelli con le piume di struzzo, né vestiti con lo strascico, come le altre donne. Sono così romantici, tutti quanti!» gridò beffarda. «Credono che abbia una collana di perle, orecchini, braccialetti, e che la mia matrigna non me li faccia mettere per pura cattiveria. Se sapessero che non ho niente, niente, proprio niente!». E scoppiò in lacrime.

«In ogni caso, l'anno venturo sarai ancora più attraente» disse Lotti.

«Quanto ti odio» disse Mizzi. «Quanto ti disprezzo, quando mi blandisci come se fossi una bambina.

Tanto varrebbe che tu mi dicessi che sarei ancora più attraente senza nulla addosso».

«Oh, Mizzi» disse Lotti.

«Sì,» disse Mizzi «lo so. È una cosa terribile da dire. Ma tanto varrebbe che tu la dicessi. Vorrei essere morta».

Singhiozzava come se le si spezzasse il cuore. Lotti la accarezzava e continuava a ripeterle: «Non piangere». Ma Mizzi non le badava affatto. Infine disse: «Moriamo insieme, Lotti. Il mondo è troppo orribile. In qualche altro luogo sarà diverso, un po' diverso. Pensa com'è grande il mondo, con tutte le sue stelle! Gli scienziati sono convinti che lassù ci siano delle persone, come sulla terra. Sono sicura che là sarà un po' meglio». Dopo una lunga pausa disse: «Che papà abbia buttato via tutti quei soldi nei Casinó!».

«Papà doveva essere all'altezza della sua reputazione» disse Lotti.

«Sì» disse Mizzi con un filo di voce. «Povero papà».

Rimasero a lungo senza parlare. Poi, con un tremito nella voce, come se anche lei si rendesse conto della temerarietà della sua affermazione, Lotti si decise a parlare: «Forse,» disse «se Axel Leth sapesse tutto, ti amerebbe lo stesso».

Questa volta la risposta di Mizzi, proferita con voce sommessa e roca, fu immediata. «Non potrei sopportarlo» disse la ragazza. «Preferisco morire!».

Dopo qualche minuto disse: «Vieni. Andiamo via. Se arriva qualcuno vede subito che per venire quassù non abbiamo nemmeno preso una carrozza».

«Dirò a tutti che il medico ti ha ordinato di passeggiare» disse Lotti.

Poco dopo, tuttavia, si alzarono e si allontanarono lungo il sentiero.

Non appena le vide scomparire nella verde pineta, strettamente avvinte, Axel incrociò le braccia sul tavolo e su quelle appoggiò la fronte. In seguito non avrebbe saputo dire se, nel rifugio delle proprie braccia, avesse riso o pianto.

Rimase così per circa un'ora. Poi tornò a raddriz-
zarsi, appoggiò il gomito sul tavolo e il mento sulla
mano, e rifletté sulla situazione.

Era dotato di notevole senso artistico. Le due tragiche sorelle nel bosco, coi riccioli rossi incendiati
dal sole, erano state così armoniose nelle loro stesse
contorsioni che gli erano apparse come un gruppo
classico, due Laocoonti fanciulle, avvinte l'una nelle
braccia dell'altra, e tutt'e due nelle spire mortali del
serpente. Mai più le avrebbe viste separate. Mizzi poteva per un istante volgere il giovane viso sdegnato
e sgomento verso di lui, ma il suo abbraccio, il suo
cuore erano per Lotti. L'idea di fare all'amore con
una delle due era assurda e scandalosa quanto quella di fare all'amore con una di due sorelle siamesi.
Erano le spire stesse del serpente a tenerle insieme.
Prima di alzarsi da quel tavolo, il suo ultimo pensiero fu questo: che era stata una fortuna, una di quelle
fortune di cui bisognerebbe ringraziare la Provvidenza, che fosse capitato a lui di sorprendere quella conversazione nel bosco, a lui e non a un altro qualsiasi
dei giovanotti della stazione termale. Gli altri avrebbero potuto giudicare le sorelle Laocoonti due avven-
turiere venute in quell'albergo con l'intento di acca-
lappiare un marito ricco. Un'idea del genere era lontanissima dalla loro mente. Erano venute a Baden-
Baden come gli uccelli migratori vanno verso i loro
luoghi, secondo le stagioni, perché in quel periodo
si andava a Baden-Baden o in un posto analogo. Se
non fossero state là, sarebbero state in qualche altra
stazione termale. E dovunque fossero state, perché in
qualche luogo dovevano pur essere, la loro situazione e il loro problema sarebbero rimasti identici. E si
allontanò lentamente da quel luogo, più saggio di
quanto non fosse allorché vi era giunto.

All'albergo, quella sera, tutti erano molto tristi per
la prossima partenza di Mizzi. E proprio quella sera,
Axel ne era convinto, un giovane ufficiale doveva
averle dichiarato il proprio amore. La vecchia dama

inglese domandò a Miss Rabe quali fossero i loro programmi di viaggio. La dama di compagnia spiegò che tornavano a casa passando per Stoccarda. Il giovane olandese osservò che anche lui doveva andare a Stoccarda, poteva avere l'onore di accompagnare le signore fin là? Al che il principe italiano, che aveva continuato a rammaricarsi, esclamò subito che lui pure doveva andare a Stoccarda per affari, poteva condividere quell'onore? Miss Rabe e Mizzi si scambiarono una breve occhiata, poi accettarono. Mizzi era radiosa, quella sera, il suo colorito era più vivo, come se l'ondata di quel dolore collettivo la sostenesse. Appariva più matura. Due o tre volte, nel corso della serata, Axel colse il suo sguardo fisso su di lui; ma non si parlarono.

La mattina dopo Axel andò in città e ordinò un grande mazzo di rose per Mizzi. Sul biglietto scrisse i versi di Goethe:

> *Die Sterne, die begehrt man nicht,*
> *Man freut sich ihrer Pracht.*

Si era proposto di scrivere ancora qualcosa, di esprimerle il suo dolore all'idea di non rivederla più. Ma non lo fece perché gli ripugnava dire una bugia. Nel pomeriggio, mentre tutti gli ospiti dell'albergo erano in gita sulle colline per un picnic di addio a Mizzi, lui lasciò detto che era stato chiamato a Francoforte per una settimana e prese il treno per Stoccarda.

Era già stato a Stoccarda, una volta che era diretto in Italia. Al suo vecchio albergo chiese l'indirizzo di una sartoria, e qui commissionò un soprabito molto lungo e una uniforme da domestico, completa di tutto, da portar via il giorno dopo. Si comprò anche un cappello, e nel nastro fece fissare una piccola coccarda. Conosceva i colori della famiglia di Mizzi perché li aveva visti in un gioco a pegni.

Quando era venuto a Stoccarda la volta precedente, era andato con un amico a visitare il teatro, dove

gli avevano fatto conoscere anche i segreti del retro-
scena. Ora egli consultò il truccatore del teatro, e gli
disse che c'era in ballo una scommessa molto importante: doveva assumere l'aspetto e i panni di un anziano, rispettabile domestico di famiglia. L'esperto
professionista, un italiano, si buttò nell'impresa come se ne andasse della sua vita, e subito troncò di netto le spiegazioni del cliente per suggerirgli una filza
di ispirati accorgimenti. E prese a girargli intorno per
studiare da tutti i lati la sua faccia e la sua figura.

Il giovedì mattina, quando Axel gli portò il costume consegnatogli dal sarto, egli trovò che era perfetto in ogni particolare. La moglie dell'italiano, evidentemente a parte del segreto, venne ad aiutare il marito per gli ultimi tocchi. Gli imbiancarono i capelli,
a cui aggiunsero due brevi favoriti, gli scurirono leggermente la faccia, su cui tracciarono qualche ruga,
gli mutarono la forma delle sopracciglia. Tutto era
fatto con arte sopraffina. I due artisti, alla fine, erano raggianti e pieni di orgoglio. Quando, al loro invito, lui si guardò nel lungo specchio, trasalì lievemente, tanto la figura riflessa gli era estranea. Quel
personaggio, in cappello e guanti, era un veneran-
do, fidato servitore pieno di amor proprio.

Tornò all'albergo, stando bene attento a camminare
adagio. Si esercitò nella propria parte per le strade
di Stoccarda, e fece delle utili esperienze. Scoprì che
nel recitare si sentiva più nervoso alla presenza del
portiere dell'albergo e del cocchiere che davanti alle
dame e ai gentiluomini. All'albergo prenotò le camere
e ordinò il pranzo per due signore, precisando che
il tavolo doveva essere adorno di fiori. Prima di mezzogiorno era di ritorno a Baden-Baden.

Quando, anni dopo, ripensava alla sua avventura,
ancora si stupiva nel ricordare la calma e la sicurezza con cui l'aveva vissuta. Era una giornata grigia; ci
fu un breve acquazzone, come se a Baden-Baden anche la natura piangesse nel veder partire Mizzi. A
quanto parve, nessuno dubitò dell'autenticità del vec-

chio domestico. All'albergo egli si presentò umilmente al portiere dicendo di essere Frantz, il domestico di Mizzi, e lo pregò di far sapere alla sua signora che Frantz era arrivato e aspettava i suoi ordini nell'atrio.

Un fattorino portò su il messaggio, e un attimo dopo Mizzi scese le scale, con uno spolverino grigio e un infantile cappello di paglia legato sotto il mento, sicché si incontrarono ai piedi della scalinata, dove lui ristava col cappello in mano. Ella scese rapidamente, con passo agile, ma un po' in allarme, con gli occhi spalancati. Non appena lo vide si fermò di colpo, come se avesse visto un fantasma. Egli sentì che lo stava analizzando da capo a piedi; e che aveva notato la coperta da viaggio che teneva sul braccio, e la coccarda sul cappello. La vide trascolorare e farsi mortalmente pallida; le si sbiancarono perfino le labbra, tanto da far pensare che stesse per svenire. Ma con uno sforzo riuscì a riprendersi, scese gli ultimi due scalini e gli si fermò di fronte. In quel momento due signore, ospiti dell'albergo, entrarono di corsa dalla porta principale, posarono i loro ombrellini e scossero le ampie sottane per riassettarle, lamentandosi della pioggia. Si avvicinarono alla fanciulla con affettuose espressioni di rammarico. «Dunque ci lasciate oggi stesso, bambina cara» esclamarono. Diedero uno sguardo ad Axel e le domandarono: «È il vostro domestico?». «Sì» disse Mizzi, pallidissima e sbalordita, con le labbra tremanti. «L'avete fatto venire perché vi accompagni durante il viaggio?» domandò una delle signore. «È stata una decisione saggia. È spiacevole per le donne viaggiare da sole». Ora, guardando al di sopra della testa di Mizzi, Axel scorse Miss Rabe in cima alle scale. «Sembra un vecchio garbato» disse la signora. «Come si chiama?». «Frantz» disse Mizzi.

Tutti accorsero per vedere partire Mizzi. La sua carrozza era colma di fiori. Axel chiudeva il corteo in una carrozza con tutto il bagaglio. Aveva già preso i biglietti e riservato i posti per le due signore, e adesso le aiutò a salire sul treno. Una bambina che alloggiava nell'albergo e che aveva fatto amicizia con Mizzi scoppiò in lacrime e le diede una rosa bellissima, enorme. Mizzi si chinò a baciare la piccola, coi capelli che le spiovevano sul viso, e si appuntò la rosa sul seno. Dal finestrino del proprio scompartimento Axel vide lo sventolio dei fazzoletti bianchi mentre il treno lasciava lentamente Baden-Baden.

Per tutto il giorno egli si mosse e parlò con pacatezza, come un uomo che sappia di essere lo strumento del destino. Anche la prossima separazione da Mizzi, che egli sentiva come un dolore fisico, sembrava stranamente fortificarlo, e confermarlo nei suoi propositi. Conversò un poco con i suoi compagni di viaggio, e aiutò una giovane donna con un neonato e due ceste pesanti. Un operaio gli diede un giornale e gli tenne un'animata concione politica.

Mizzi lo guardò due volte. Quando il treno si fermò in una piccola stazione, ella scese a far quattro passi con uno dei suoi cavalieri di Baden-Baden, che la riparava con l'ombrello. L'altro rimase accanto allo sportello della vettura con Miss Rabe, che non aveva voluto avventurarsi sotto quella pioggia fitta. Accanto allo steccato c'erano dei bambini che vendevano frutta. L'accompagnatore di Mizzi corse a comprarne, porgendo rapidamente l'ombrello ad Axel. Così i due si ritrovarono l'uno accanto all'altra e, per così dire, soli. Mizzi non stornò lo sguardo, anzi, lasciò che i suoi occhi gli dicessero quello che pensava di lui. Axel trasalì sotto quello sguardo. Era come se lei lo avesse schiaffeggiato, pensò. La ragazza lo avrebbe ucciso, se avesse potuto, perché era furibonda e impavida, senza alcun timore. Ma a impedirle di parlargli in tono concitato, e persino di guardarlo per più che un secondo o due, c'era un simbolo sacro, più forte di lei: la coccarda coi suoi colori sul cappello che lui aveva in testa. Quando Miss Rabe la chiamò, ella permise che lui le camminasse accanto, reggendo l'ombrello, lungo tutto il marciapiede.

Durante quel percorso, un centinaio di passi, il rap-

porto tra Axel e Mizzi maturò e si fissò definitivamen-
te. Quando si fermarono, fu gettato nel suo ultimo
e inalterabile stampo. La figura di Axel Leth era scomparsa e Frantz, il domestico, ne aveva preso il posto.

Axel se ne rese conto e capì, stringendo l'ombrello in pugno − con venerazione, perché adesso era
in livrea − che la dipendenza del padrone di schiavi
dagli schiavi è potente come la morte e crudele come la tomba. Mentre stringe il suo parapioggia, lo
schiavo stringe nella propria mano la vita del suo padrone. Axel Leth, del quale Mizzi era innamorata, poteva tradirla; questo l'avrebbe irritata, forse perfino
rattristata, ma nonostante tutta la sua collera e la sua
malinconia lei sarebbe stata ancora la medesima persona. La sua stessa esistenza, invece, confidava nella
lealtà di Frantz, il suo servo, e nella sua devozione,
nel suo consenso e nel suo aiuto. Un suo tradimento
avrebbe spezzato l'integrità del suo essere. Se non fosse stata sicura in qualsiasi momento che Frantz era
pronto a morire per lei, non poteva vivere. Se nella
sua stessa casa, continuava a ragionare Axel tra sé e
sé, un innamorato la tediava, o se un adoratore gelo-
so le faceva una scena, bastava che lei chiamasse
Frantz e gli chiedesse di accompagnare l'ospite alla
porta, e lo scalmanato pretendente, che avrebbe sfi-
dato un padre e un marito, sarebbe rimasto sopraffatto davanti al potere di Frantz, e l'avrebbe seguìto
senza dir parola.

Tornato nella propria vettura Axel pensò: «Se adesso ci fosse un incidente ferroviario, lei penserebbe
prima di tutto alla mia salvezza».

A Stoccarda le due signore si affidarono completamente al loro vecchio domestico. Lui le accompagnò all'albergo, e il portiere lo riconobbe subito e gli
diede le chiavi.

Ma ora che la comprensione tra loro tre si era sta-
bilita e confermata, Axel intuì anche il motivo imme-
diato dell'agitazione delle sorelle e del timore che avevano di lui. Erano convinte che lui volesse seguirle

155

sino alla fine del viaggio, braccarle, per così dire, fin nella loro tana. Loro viceversa avevano deciso di andarsene via al mattino presto, senza che nessuno ne sapesse nulla, e tremavano come due uccellini presi al laccio nel vedere minacciata la loro libertà di scomparire. Ma quell'idea non gli aveva nemmeno sfiorato la mente, e gli dispiacque che loro lo giudicassero così male. Sicché, dopo aver fatto portar su il loro bagaglio ed essersi accertato che fosse tutto a posto, domandò rispettosamente a Miss Rabe se avesse altri ordini da dargli, perché in caso contrario lui sarebbe partito quella sera stessa per tornare nella loro residenza, in modo da poter accogliere le signore al loro arrivo. Mentre lei lo congedava, a lui non sfuggì il profondo sollievo che le si diffuse sul volto. Mizzi in quel momento gli volgeva le spalle, ma egli sentì che anche lei era scossa da una grande emozione; tuttavia non si girò, non disse una sola parola.

Axel si fermò giù nell'atrio, da solo − e da quella sera per lui l'atrio fu sempre la stanza centrale di un albergo, il luogo dove tutto andava avanti. Aveva assolto il suo compito, se ne sarebbe dovuto andare. Ma non era possibile che tutto finisse così, pensava; doveva esserci ancora qualcosa, una parola o uno sguardo; doveva vederla ancora una volta, quando sarebbe scesa per la cena. Mentre la gente entrava nella sala da pranzo, lui gettò uno sguardo attraverso la porta e notò con piacere che sul loro tavolo c'erano dei fiori. Nell'atrio c'erano anche i due gentiluomini di Baden-Baden; avrebbero cenato nella stessa sala delle due signore, benché non avessero osato chiedere di poterle raggiungere al loro tavolo. Stavano aspettando di scortarle. Finalmente le due sorelle scesero le scale, e Axel pensò che, nonostante tutte le loro sventure, apparivano stranamente, pateticamente felici e disinvolte, in armonia con la vita. Entrarono nella sala, soddisfatte. Adesso, dunque, lui l'aveva vista ancora una volta, e poteva avventurarsi sotto la pioggia.

Stava già aprendo la porta d'ingresso quando la voce limpida e sommessa di Mizzi lo chiamò. «Frantz» disse. Era uscita dalla sala da pranzo e si era fermata in mezzo all'atrio. Adesso in lei non c'era né turbamento né fastidio. Nonostante le sue vesti, appariva così adulta, assolutamente eroica, come una martire. «Ecco la lettera, Frantz» disse, e gli porse una busta. Quando lui la prese, le loro dita si sfiorarono. Molte volte lui le aveva baciato la mano, molte volte l'aveva tenuta stretta a sé ballando il valzer, ma nessun contatto fra loro era mai stato significativo come quel fuggevole sfiorarsi di un istante.

Dall'albergo Axel andò direttamente nei locali del truccatore, dove aveva lasciato i suoi abiti. Il vecchio non c'era, ma sua moglie, con mano abile, lo aiutò a svestirsi e a struccarsi, domandandogli con discrezione se avesse poi vinto la scommessa. Sì, disse lui, l'aveva vinta. Quando la penosa operazione fu terminata, lei lo fece voltare verso lo specchio. Ecco di nuovo Axel Leth, quale era stato prima, di nessuna importanza per nessuno al mondo, e Frantz scomparso per sempre. Dove sarebbe andato Axel Leth? Poteva andare dovunque! Ma andò a Francoforte, spinto da un vago rispetto per la verità.

Quando si era fatto impacchettare gli abiti di Frantz, ne aveva tolta la busta. Anche la lettera apparteneva a Frantz, e lui non aveva un vero diritto di aprirla, ma poteva darsi che contenesse un messaggio per Axel Leth, un messaggio affidato a Frantz. Dentro c'era una rosa, un po' appassita, ma ancora vellutata e umida, la rosa che la bimba aveva data a Mizzi alla stazione.

Quando Axel tornò a Baden-Baden, tutti rimpiangevano ancora un poco Mizzi, anche se i nuovi arrivi avrebbero presto cancellato quella malinconia. Egli decise che la sua cura era terminata e stabilì il giorno della sua partenza per la Danimarca. La vecchia signora inglese era la più fedele tra gli amici di Mizzi, e ben due volte chiese ad Axel di accompagnarla nella sua passeggiata per parlargli della fanciulla. Era convinta che lui avesse chiesto la sua mano e fosse stato rifiutato, e ora gongolava nel girargli il coltello nella ferita. Faceva le lodi della ragazza, la definiva una gran dama sul punto di sbocciare, una fanciulla educata secondo gli alti princìpi del tempo antico, assolutamente incontaminata, una rosa, un giovane cigno. Vista l'attuale situazione politica e l'atteggiamento ribelle dei giovani, non si poteva davvero giurare che tra cent'anni sarebbero ancora esistite al mondo delle vere signore come quella, degne dell'adorazione degli uomini, e allora l'uomo, povera creatura incostante, che fine avrebbe fatta? E che carnagione! Che belle gambe!

Una volta, nella solitudine della terrazza, Axel pianse sulla vanità del mondo. Tuttavia conservò la sua fatalistica, rassegnata disposizione d'animo.

Due giorni dopo il suo ritorno andò a passeggio fino a una cascata tra le colline. Dopo una settimana di pioggia il tempo era ancora grigio, i sentieri tra gli alberi erano inzuppati, lo scroscio della cascata era come un canto, un'elegia, la voce dei boschi silenti e fradici, e l'odore dell'acqua era di una freschezza quasi dissetante. Axel sedette e pensò a Mizzi.

Che cosa aveva in serbo l'avvenire per le due sorelle, pensò, che erano state così integre da smentire la vita, le fautrici di un ideale, sempre in fuga da una realtà ottusa, le nobili, sublimi dame che erano incapaci di vivere senza schiavi? Perché nessuno schiavo, rifletté Axel, poteva sospirare e struggersi per la propria liberazione più di quanto loro non sospirassero e non si struggessero per i loro schiavi; e la libertà per gli schiavi non sarebbe mai potuta essere un'essenziale condizione di esistenza, il vero afflato della vita, più di quanto per le due sorelle lo fossero gli schiavi.

Molto probabilmente l'anno successivo si sarebbero scambiate le parti; Lotti sarebbe stata la padrona di schiavi e Mizzi la schiava. Lotti si sarebbe potuta trasformare in una gran dama invalida, immobilizzata su una poltrona a rotelle, perché era una parte che si poteva recitare senza l'ausilio di gioielli e di piume, della cui mancanza, quel pomeriggio nel bosco, Mizzi si era tanto rammaricata. E Mizzi sarebbe stata la sua accompagnatrice, modesta nella semplice uniforme da infermiera, paziente di fronte ai capricciosi sbalzi di umore della sua padrona. Era un sollievo pensare che in tal caso avrebbero potuto ancora piangere tra i boschi, l'una nelle braccia dell'altra, e baciarsi come sorelle.

Rimase a fissare la cascata. Il flusso limpido, che pareva una colonna di luce tra il musco e i sassi, conservava inalterati, per tutte le ore del giorno e della notte, i suoi nobili contorni. Proprio dal centro della colonna scaturiva un'altra cascatella, là dove l'acqua scrosciante batteva su un sasso. Anche quella spiccava immutabile, come una fresca fenditura nel marmo della cateratta. Se fosse tornato dopo dieci anni, l'avrebbe trovata identica, con la stessa forma, come un'opera d'arte armoniosa e immortale. Tuttavia, ad ogni secondo nuove molecole d'acqua si scagliavano oltre l'orlo di roccia, irrompevano nel precipizio e scomparivano. Era una corsa, un turbine, un'incessante catastrofe.

Nella vita, egli pensò, esistono fenomeni analoghi? C'è un corrispondente, paradossale modo di essere, un equilibrato, classico, statico avventarsi e fuggire? In musica esiste, e si chiama Fuga:

D'un air placide et triomphant,
Tu passes ton chemin, majestueuse enfant.

IL BAMBINO CHE SOGNAVA

Nella prima metà del secolo scorso viveva nel Sealand, in Danimarca, una famiglia di contadini e pescatori che, dal loro luogo di origine, venivano chiamati Plejelt e che, qualunque cosa facessero, sembravano incapaci di cavarsela. Un tempo avevano posseduto un po' di terra qua e là, e barche da pesca, ma
avevano sempre finito col perdere tutto, e ogni nuova iniziativa era andata a catafascio. Riuscivano per
un pelo a tenersi alla larga dalle prigioni danesi, ma
si abbandonavano senza ritegno a tutti quei peccati
e quelle debolezze che gli esseri umani possono concedersi senza violare la legge: vagabondaggio, ubria-
chezza, gioco d'azzardo, figli illegittimi e suicidio. Di
loro il vecchio giudice distrettuale diceva: «Quei Plejelt non sono cattivi, in fondo; ne ho avuti di peggio.
Sono prestanti, sani, simpatici, persino dotati, a modo loro. Ma non hanno imparato a vivere, questo è
il guaio. E se non si sbrigano a mettercisi d'impegno,
non so proprio come finiranno, se non divorati dai
topi».

Lo strano fu che — come se questa triste profezia
fosse giunta all'orecchio dei Plejelt e li avesse spaven-

tati a morte − negli anni successivi parve per l'appunto che ci si fossero messi d'impegno. Uno di loro si imparentò con una rispettabile famiglia contadina, un altro ebbe un colpo di fortuna nella pesca delle aringhe, un terzo fu convertito dal nuovo parroco e ottenne l'incarico di campanaro. Soltanto una delle figlie non sfuggì al destino del clan, ma anzi parve accumulare sul proprio capo tutto il fardello di colpe e di sfortuna della sua tribù. Durante la sua breve, tragica vita, il destino la trascinò dalla campagna a Copenaghen, e là, non ancora ventenne, ella morì nella più nera miseria, lasciando solo al mondo il suo figlioletto. Il padre del bambino, che in questo racconto non ha altro motivo di comparire, le aveva dato cento talleri. E questi cento talleri la madre morente li affidò, insieme col bambino, a una vecchia lavandaia, orba da un occhio, che si chiamava Madame Mahler e nella cui casa lei aveva abitato. Da vera Plejelt qual era, pregò Madame Mahler di aver cura del suo bimbo finché duravano i soldi, contentandosi di un temporaneo sollievo.

Alla vista di quel denaro, sul volto di Madame Mahler fiorirono due rose; fino a quel momento non aveva mai visto cento talleri tutti in una volta. Nel guardare il bambino sospirò profondamente; poi si prese sulle spalle anche quell'incarico, insieme con tutti gli altri fardelli che la vita vi aveva già accumulati.

In questo modo il bambino, che si chiamava Jens, ebbe i primi contatti col mondo, e con la vita, nei quartieri poveri della vecchia Copenaghen, in un cortile nero come un pozzo, un labirinto di sudiciume, di sfacelo e di cattivi odori. A poco a poco prese coscienza anche di se stesso, e di qualcosa di eccezionale nella sua esistenza. C'erano altri bambini, nel cortile, una vera folla di bambini; ed erano tutti pallidi e sporchi come lui. Ma sembrava che tutti appartenessero a qualcuno; tutti avevano un padre e una madre; c'era, per ciascuno di loro, un gruppo di altri bimbi laceri e schiamazzanti che essi chiamavano fratelli e sorelle, e che li spalleggiavano nelle risse in cortile; facevano chiaramente parte di un tutto. Egli cominciò a meditare sull'atteggiamento speciale che il mondo aveva verso di lui, e sul motivo che lo provocava. Qualcosa in quell'atteggiamento era come l'eco di una sensazione del suo cuore: la sensazione che in realtà lui non apparteneva a quel luogo, ma a qualche altro posto. Di notte faceva sogni caotici, multicolori; durante il giorno i suoi pensieri continuavano a indugiare in quei sogni, che talvolta lo facevano ridere da solo, come il tintinnio di una campanella, e nel sentirlo Madame Mahler crollava il capo, convinta che fosse un po' debole di mente.

In casa di Madame Mahler capitava talvolta una visitatrice, un'amica d'altri tempi, una vecchia sarta dal viso bruno e schiacciato e con la parrucca nera. Tutti la chiamavano Mamzell Ane. Da giovane aveva fatto lavori di cucito in molte case signorili. Portava un fiocco rosso al collo, e si atteggiava a giovinetta, con mille vezzi e mossette civettuole. Ma nel suo petto incavato albergava anche una grandezza d'animo che le consentiva di infischiarsene della sua attuale miseria nel ricordo dello splendore che i suoi occhi avevano contemplato in giorni lontani. Madame Mahler era una donna di scarsa immaginazione; solo con riluttanza prestava orecchio agli interminabili, sublimi soliloqui della sua amica. Dopo un poco, Mamzell Ane cercava comprensione nel piccolo Jens. Davanti alla seria attenzione del bimbo la sua fantasia metteva le ali; ed ella rievocava ed esaltava la magnificenza dei rasi, dei velluti e dei broccati, delle nobili sale e delle scalee marmoree. Alla luce di innumerevoli candele, la padrona di casa veniva abbigliata per un ballo; suo marito, con una decorazione sul petto, entrava per offrirle il braccio, mentre la carrozza e la pariglia aspettavano in strada. Nella cattedrale si celebravano grandi matrimoni, e anche funerali, con tutte le dame vestite di nero come magnifiche, tragiche colonne. I bambini chiamavano i genitori Papà e Mam-

ma; avevano bambole e cavalli di legno con cui giocare, pappagalli parlanti in gabbie dorate, e cani ai
quali si insegnava a camminare sulle zampe di dietro. La mamma li baciava, e dava loro chicche e tanti
nomignoli affettuosi. Le stanze, ben calde dietro le
tende seriche, erano colme anche d'inverno del profumo di fiori che si chiamavano eliotropio e olean-
dro, e i lampadari di cristallo che pendevano dal soffitto avevano anch'essi la forma di splendidi fiori tra
le fronde.

Nella mente del piccolo Jens, l'idea di questo mondo così augusto e radioso si intrecciava con quella del
proprio inesplicabile isolamento nella vita, per con-
fluire poi in un sogno, una fantasia immensa. Lui era
così solo nella casa di Madame Mahler perché la sua
vera casa era una di quelle dimore dei racconti di
Mamzell Ane. Nelle giornate interminabili in cui Madame Mahler se ne stava davanti alla sua tinozza o
portava il bucato in città, lui vagheggiava, giocando-
ci, l'immagine di questa casa e delle persone che ci
vivevano e lo amavano con tanto trasporto. Mamzell
Ane, dal canto suo, notò l'effetto che la sua epopea
faceva sul bimbo, si rese conto di avere finalmente
trovato l'ascoltatore ideale, e fu ancor più ispirata da
questa scoperta. Il rapporto tra i due si trasformò in
una specie di storia d'amore; per la propria felicità,
per la propria esistenza stessa, Jens e Mamzell Ane
avevano bisogno l'uno dell'altra.

Mamzell Ane era una rivoluzionaria, sia per scelta
spontanea, sia per una qualche rudimentale, ardente e utopistica visione del suo cuore casto e orgoglioso,
perché aveva sempre vissuto tra gente sottomessa e
irriflessiva. Per lei il significato e il fine dell'esistenza
erano la grandiosità, la bellezza e l'eleganza. Per nessuna ragione al mondo avrebbe voluto che scompa-
rissero dalla terra. Ma le sembrava crudele e scandaloso che tanti uomini e tante donne dovessero vivere
e morire senza questi sublimi valori umani − proprio così, senza nemmeno conoscerli −, che doves-

sero essere poveri, deformi e malvestiti. Tutti i giorni ella aspettava con ansia quel giorno di giustizia in cui si sarebbero capovolte le sorti, e gli umiliati e offesi sarebbero finalmente entrati nel loro paradiso di bellezza e di eleganza. Ciò nonostante, ora faceva di tutto per non riversare nell'anima del bambino neanche una stilla della sua amarezza e della sua ribellione. Perché via via che la loro amicizia cresceva, lei in cuor suo acclamava il piccolo Jens legittimo erede di tutta la magnificenza per la quale lei aveva pregato invano. Lui non avrebbe dovuto lottare per ottenerla; tutto era suo di diritto, e gli sarebbe caduto in grembo spontaneamente. Forse l'esperta e ispirata zitella aveva notato anche come il ragazzo non avesse la minima inclinazione per l'invidia e il rancore. Nelle loro lunghe, felici conversazioni lui accettava il mondo di Mamzell Ane serenamente e senza timori, proprio − non fosse stato per il fatto che lui di quel mondo non aveva nulla − come lo accettavano i bambini felici che vi erano nati.

Per un breve periodo della sua vita, Jens fece partecipi della propria felicità gli altri bambini del cortile. Lui, spiegava, non era affatto quel deficiente a malapena tollerato dalla vecchia Madame Mahler; era invece il favorito della fortuna. Aveva un papà e una mamma e una bella casa con dentro questo e quest'altro, e una carrozza, e i cavalli nella scuderia. Era viziato, e poteva avere tutto quello che chiedeva. Per strano che possa sembrare, i bambini non risero di lui, né in seguito lo tormentarono col loro scherno. Avevano quasi l'aria di credergli. Solo che non potevano comprendere né seguire le sue fantasie; non ci fecero troppa attenzione, e dopo un po' se ne disinteressarono completamente. Così Jens smise di dividere col mondo il segreto della propria felicità.

Tuttavia alcune delle domande fattegli dai bambini gli avevano dato molto da pensare, tanto che egli domandò a Mamzell Ane − perché ormai tra loro la confidenza era assoluta − com'era accaduto che lui avesse perso ogni contatto con la sua famiglia e fosse finito in casa di Madame Mahler. Mamzell Ane trovò difficile rispondergli; quel fatto non riusciva a spiegarselo nemmeno lei. Concluse che doveva essere una delle tante conseguenze della confusione e della corruzione del mondo. Dopo averci pensato sopra ben bene, ella gli diede − solennemente, al modo di una Sibilla − una spiegazione. Non era per nulla insolito, disse, né nella vita né nei romanzi, che un bambino, specie un bambino di elevata e prospera condizione sociale e teneramente amato dai propri genitori, sparisse misteriosamente e si perdesse. E dette queste parole si fermò di colpo, perché perfino alla sua anima impavida e provata dalla sorte quell'argomento pareva troppo tragico per soffermarcisi oltre. Jens accettò la spiegazione con lo stesso spirito con cui gli era stata data, e da quel momento si vide come quel malinconico, ma non straordinario fenomeno che è un bambino scomparso e perduto.

Ma quando Jens aveva sei anni Mamzell Ane morì, lasciandogli i suoi pochi beni terreni: un consunto ditale d'argento, un bel paio di forbici e una seggiolina nera con delle rose dipinte sopra. Per Jens quegli oggetti avevano un valore immenso, e ogni giorno li contemplava con aria grave. Ma proprio nello stesso periodo Madame Mahler constatò che i cento talleri si stavano esaurendo. Era rimasta offesa dal grande interesse che la sua amica aveva riversato sul bambino, e aveva deciso di rifarsi. Da quel momento Jens l'avrebbe aiutata nel suo lavoro di lavandaia. Il bambino quindi scoprì che la sua vita non gli apparteneva più, e il ditale, le forbici e la sedia furono trasferiti nella stanza di Madame Mahler, unici resti, o uniche prove tangibili, dello splendore che lui e Mamzell Ane avevano conosciuto e condiviso.

Mentre ad Adelgade succedevano questi avvenimenti, a Bredgade, in una casa lussuosa, viveva una giovane coppia di sposi che si chiamavano Jakob e Emilie Vandamm. I due erano cugini; lei infatti era l'unica figlia di uno dei più grossi armatori di Copenaghen, e lui il figlio della sorella di questo magnate − tanto che, non fosse stata donna, col tempo la giovane dama sarebbe diventata il capo della ditta. Il vecchio armatore, che era vedovo, abitava i due lussuosi piani inferiori della casa insieme con la sorella, vedova anch'essa. La famiglia era molto unita e i due giovani erano stati fidanzati sin da bambini.

Jakob era un giovanotto grande e grosso, d'intelligenza pronta e di indole tranquilla. Aveva molti amici, ma nessuno di questi avrebbe potuto contestare il fatto che a soli trent'anni stava diventando grasso. Emilie non era una bellezza classica, ma aveva una figura estremamente aggraziata ed elegante, e la vita più sottile di tutta Copenaghen; era flessuosa e morbida nell'andatura e in tutti i suoi movimenti, e aveva la voce sommessa e modi gentili e riservati. Quanto alle sue qualità morali, era la degna discendente di una lunga stirpe di capaci e onesti mercanti: retta, assennata, leale e un tantino ipocrita. Dedicava molto del suo tempo alle opere di carità, nelle quali faceva una minuziosa distinzione tra i poveri meritevoli e i poveri immeritevoli. Dava ricevimenti sontuosi ed eleganti, ma invitava solo le persone del suo ambiente. Un suo vecchio zio, che aveva girato il mondo ed era un ammiratore del bel sesso, alla domenica, a pranzo, la stuzzicava dall'altro capo del tavolo. C'era, affermava il gentiluomo, un che di squisitamente piccante nel contrasto tra la flessuosità del suo corpo e la rigidezza della sua mente.

C'era stato un tempo in cui, all'insaputa di tutti, il suo corpo e la sua mente si erano sentiti all'unisono. Quando Emilie aveva diciott'anni, e Jakob era imbarcato su una nave che solcava i mari della Cina, ella si era innamorata di un giovane ufficiale di marina che si chiamava Charlie Dreyer e che tre anni prima, quando aveva soltanto ventun anni, si era distinto nella guerra del 1849, tanto da ottenere una decorazione. Emilie, allora, non era fidanzata ufficialmente col cugino. E non credeva proprio che a Jakob si sarebbe spezzato il cuore, se lei avesse sposato un altro. Tuttavia aveva degli strani, improvvisi timori; l'intensità dei propri sentimenti la sgomentava. Quando, in solitudine, meditava sulla situazione, il sentirsi così totalmente alla mercé di un'altra persona le sembrava indegno di lei. Ma non appena rivedeva Charlie tornava subito a dimenticare le proprie paure, e non finiva mai di stupirsi che la vita avesse in sé tanta dolcezza. La sua migliore amica, Charlotte Tutein, una volta che si svestivano insieme dopo un ballo le disse: «Charlie Dreyer fa la corte a tutte le ragazze carine di Copenaghen, ma non intende sposarne nessuna. Credo che sia un vero dongiovanni». Emilie sorrise allo specchio. Il cuore le si inteneriva al pensiero che Charlie, giudicato così male da tutti, soltanto lei lo conosceva com'era davvero: leale, fedele e sincero.

La nave di Charlie era sul punto di partire per le Indie Occidentali. La sera prima della partenza egli si recò alla villa del padre di Emilie per congedarsi dalla famiglia, e vi trovò la fanciulla, sola. I due giovani passeggiarono nel giardino; c'era la luna. Emilie colse una rosa bianca, rorida di rugiada, e gliela diede. Mentre, appena fuori del cancello, si stavano salutando, egli le afferrò tutt'e due le mani, se le strinse contro il petto, e in un solo, appassionato, ardente sussurro la supplicò, dal momento che nessuno lo avrebbe visto tornare indietro al suo fianco, di farlo rimanere con lei quella notte, sino al mattino dopo, quando sarebbe partito per una metà così lontana.

Ai giovani delle generazioni più tarde probabilmente sarà quasi impossibile capire o rendersi conto dell'orrore e del disgusto che l'idea, anzi la parola stessa della seduzione destava nell'animo delle giovani fanciulle di quell'epoca lontana. Emilie non sarebbe potuta essere più atterrita e sconvolta se avesse scoperto che lui si proponeva di tagliarle la gola.

Egli dovette ripetere la sua proposta prima che lei

capisse, e non appena capì le parve che la terra le si aprisse sotto i piedi. Per lei fu come se l'unico uomo tra tutti, quello che lei amava e di cui aveva fiducia, volesse gettarle addosso l'onta suprema, volesse travolgerla nel disastro e nella vergogna, le chiedesse di tradire la memoria di sua madre e tutte le vergini del mondo. Gli stessi sentimenti che provava per lui la rendevano sua complice in quel crimine, ed ella si rese conto che era perduta. Charlie la sentì barcollare, e la prese tra le braccia. Con un soffocato grido di angoscia lei si sottrasse all'abbraccio, fuggì via, e con tutta la sua forza spinse il pesante cancello di ferro; glielo sprangò in faccia come se fosse la gabbia di un leone infuriato. Da quale parte del cancello era il leone? Le forze la abbandonarono; ella si aggrappò alle sbarre, mentre dall'altra parte della cancellata il disperato, infelice amante vi si appoggiava contro, annaspava tra una sbarra e l'altra per afferrare le sue mani, le sue vesti, e la implorava di aprirgli. Ma lei indietreggiò e fuggì in casa, nella sua camera, dove però non riuscì a trovare che la disperazione nel suo cuore, e un vuoto penoso in tutto il mondo all'intorno.

Sei mesi dopo Jakob tornò a casa dalla Cina, e tra l'esultanza delle famiglie fu festeggiato il loro fidanzamento. Un mese più tardi ella venne a sapere che Charlie era morto di febbre a St. Thomas. Prima ancora che avesse compiuto vent'anni Emilie era sposata e padrona della sua bella casa.

Molte fanciulle di Copenaghen si sposavano allo stesso modo − *par dépit* −, e allora, per non perdere il rispetto di se stesse, negavano quel loro primo amore e dei pregi dei mariti facevano una vera questione d'onore, l'unica che per loro esistesse, al punto che non sapevano più distinguere tra verità e menzogna, perdevano il loro equilibrio morale e vagolavano attraverso la vita senza nessuna presa sulla realtà. A Emilie fu risparmiato questo destino per l'intervento, chiamiamolo così, dei vecchi Vandamm, i suoi antenati, e per l'istinto e i princìpi del sano commercio che da loro si era trasmesso nel sangue della loro discendente. I suoi vecchi, quei saldi e risoluti mercanti, non avevano mai chiuso gli occhi quando redigevano i loro bilanci; nei tempi avversi, avevano fermamente guardato in faccia la bancarotta e la rovina; erano i leali, inflessibili servi dei fatti. Così, adesso, anche Emilie fece l'inventario dei profitti e delle perdite. Aveva amato Charlie; egli era stato indegno del suo amore; e lei non doveva mai più amare nessuno allo stesso modo. Si era trovata sull'orlo di un abisso, e soltanto la grazia di Dio aveva impedito che ora ella fosse una donna perduta, scacciata dalla casa paterna. Il marito che aveva accettato era una brava persona, e un capace uomo d'affari; era anche grasso, infantile, diverso da lei. Dalla vita, ella aveva avuto una casa che le piaceva e una posizione sicura e armonica in seno alla sua famiglia e nella società di Copenaghen; era molto grata di questi doni, e non li avrebbe mai messi in pericolo. In quel momento della sua vita, e con tutta la forza della sua giovane anima, ella abbracciò un credo che le imponeva la più fanatica e ferma sincerità. Gli antichi Vandamm avrebbero potuto applaudirla, o avrebbero potuto giudicare eccessivo il suo codice; loro avevano accettato di correre dei rischi, quand'era necessario, e ben sapevano che nel commercio è pericoloso schivare il pericolo.

Jakob, dal canto suo, era innamorato della moglie e la apprezzava più di qualunque gioiello. Anche per lui, come per gli altri giovanotti che appartenevano alla borghesia rigorosamente virtuosa di Copenaghen, la prima esperienza amorosa era stata volgarissima. Ma egli aveva conservato l'ingenuità del cuore, e l'aspirazione a una vita limpida e proba, aggrappandosi a un ideale più puro di femminilità, rappresentato soprattutto dalla giovane cugina che doveva sposare, l'innocente fanciulla bionda che aveva lo stesso sangue di sua madre ed era stata educata come lei. Aveva portato quell'immagine con sé ad Amburgo e ad Amsterdam, e la caratteristica della sua indole, che la moglie definiva infantilismo, l'aveva spinto ad agghindarla come una bambola o un'immagine sacra; laggiù in Cina essa era divenuta estremamente eterea e romantica, e lui soleva ripetersi alcune frasi che aveva sentito dire dalla fanciulla, e rievocarne la voce dolce e sommessa. Adesso era felice di trovarsi di nuovo in Danimarca, sposato e in casa propria, e di constatare che la moglie era perfetta come l'immagine che lui ne aveva. Talvolta sentiva un vago desiderio di trovare in lei un accenno di debolezza, o un saltuario bisogno di ricorrere alla sua forza, quella forza che per il momento serviva solo a farlo apparire più goffo accanto alla delicata figuretta della moglie. Le dava tutto ciò che voleva, ed era tanto orgoglioso della sua superiorità che le lasciava tutte le decisioni che riguardavano la casa e la vita mondana. Solo nelle opere caritatevoli accadeva che marito e moglie non fossero d'accordo e che Emilie, giudicandolo troppo credulone, gli facesse qualche predica. «Sei veramente assurdo, Jakob» gli diceva. «Tu credi a tutto ciò che ti dice questa gente — non perché non puoi farne a meno, ma perché in realtà desideri con tutta l'anima di crederci». «Tu non desideri credere a ciò che ti dicono?» le domandava lui. «Non vedo proprio come si possa desiderare di credere o di non credere» rispondeva lei. «Io desidero accertare la verità. Se una cosa non è vera,» soggiungeva «a me poco importa sapere che cos'altro sia».

Jakob si era appena sposato quando, un giorno, ricevette una lettera da una postulante a cui era stato rifiutato un favore, una domestica che in precedenza aveva servito in casa del suocero, la quale lo informava che mentre lui era in Cina sua moglie aveva avuto una relazione con Charlie Dreyer. Lui sapeva che questa era una menzogna, quindi strappò la lettera e non ci pensò più.

Non avevano figli. Questa per Emilie era una grave afflizione; sentiva che stava mancando ai propri doveri. Dopo cinque anni di matrimonio, Jakob, assillato dalle continue sollecitazioni della madre, e col chiodo fisso dell'avvenire dell'azienda, suggerì alla moglie che avrebbero dovuto adottare un bambino per garantirne il futuro. Emilie, sdegnata, respinse con veemenza quell'idea; ai suoi occhi aveva tutta l'aria di una commedia, e le ripugnava gravare l'azienda di suo padre di un erede per finta. Jakob le fece una dissertazione sugli Antonini, ma con scarsi risultati.

Quando però, sei mesi dopo, lui tornò sull'argomento, con sua grande sorpresa ella scoprì che non le riusciva più tanto ostico. Senza saperlo, forse lo aveva accolto nella propria mente e aveva lasciato che vi mettesse radici, perché ormai le appariva familiare. Ascoltò il marito, lo guardò, ed ebbe un empito di affetto per lui. «Se è questo che desidera da tanto tempo,» pensò «non devo oppormi». Ma in cuor suo, in modo chiarissimo e freddo, e sgomenta della propria freddezza, sapeva la ragione vera di tanta indulgenza: la consapevolezza profonda che non appena avessero adottato un bambino lei non avrebbe più avuto l'obbligo di dare un erede all'azienda, un nipote al padre, un figlio al marito.

Furono proprio le loro piccole divergenze a proposito dei poveri meritevoli e immeritevoli a invischiare la giovane coppia di Bredgade negli eventi narrati in questo racconto. D'estate essi vivevano nella villa del padre di Emilie sullo Strandvej, e Jakob andava e veniva dalla città in calessino. Un giorno decise di approfittare dell'assenza di sua moglie per far visita a un mendicante indubbiamente indegno, un vecchio capitano di lungo corso che un tempo aveva prestato servizio su una delle sue navi. Si addentrò nei meandri della città vecchia, dove era difficile passare in carrozza, e dove comunque essa costituiva uno spettacolo così eccezionale che la gente si riversava fuori dalle sue tane per ammirarla. Nell'angusto vicolo di Adelgade un ubriaco agitò le braccia davanti al cavallo che, spaventato, fece uno scarto e scaraventò a terra un bambino che spingeva una pesante carriola carica di bucato. La carriola e il bucato finirono miseramente nel rigagnolo. Subito si raccolse sul posto una piccola folla, che però non espresse né sdegno né partecipazione. Jakob ordinò al cocchiere di mettere il bambino sul sedile. Il piccolo era sporco di fango e di sangue, ma non era ferito gravemente, e nemmeno spaventato. Aveva l'aria di prendere quell'incidente come un'avventura, o come se fosse capitato a un altro. «Perché non ti sei scostato, sciocchino?» gli domandò Jakob. «Volevo vedere il cavallo» rispose il bambino, e soggiunse: «Ora lo vedo benissimo, da qui».

Da uno degli astanti, che pagò perché riportasse la carriola a casa, si fece dire dove abitava il bambino e lo riaccompagnò lui stesso. Lo squallore della casa di Madame Mahler, e la stessa ottusa, cieca insensibilità della donna lo colpirono sgradevolmente; eppure non era certo la prima volta che entrava in una casa di povera gente. Ma qui egli rimase colpito da una strana incongruità tra quel cortile e il bambino che ci viveva. Era come se Madame Mahler, senza saperlo, ospitasse, e bistrattasse, un piccolo, mansueto animale selvatico, o un elfo. Nel tornare alla villa, Jakob pensò che il bambino gli aveva ricordato sua moglie; aveva un modo di fare riservato, disinteressato, si poteva dire, dietro il quale si indovinavano una forza e una resistenza incorruttibili e a tutta prova.

Quella sera Jakob non parlò dell'episodio, ma successivamente tornò in casa di Madame Mahler per informarsi del bambino, e dopo qualche tempo raccontò l'avventura alla moglie, e un po' timidamente, quasi per scherzo, le suggerì che avrebbero dovuto prendere con loro quel bambino abbandonato e così grazioso.

E quasi per scherzo lei accettò quell'idea. Era meglio così, pensò, piuttosto che adottare un bambino di cui conosceva i genitori. Da quel giorno, talvolta era proprio lei a soffermarsi su quell'argomento quan-

do non riusciva a trovare nient'altro su cui intrattenere il marito. Consultarono l'avvocato di famiglia,
e incaricarono il loro vecchio medico di visitare il
bambino. Jakob fu sorpreso e grato dell'arrendevo-
lezza di sua moglie. Ella lo ascoltava con gentile interesse quando le esponeva i suoi progetti, e talvolta
arrivava persino ad esprimere le proprie idee sull'e-
ducazione.

Negli ultimi tempi Jakob aveva trovato l'atmosfera
familiare sin troppo perfetta, e si era concesso un'avventura in città. Ora si accorse di averne abbastanza
e la troncò. Fece ad Emilie dei regali, e accettò che
lei dettasse le proprie condizioni per adottare il piccolo. Ed Emilie gli disse che avrebbe potuto portare
il bambino in casa il primo di ottobre, al loro ritorno in città dalla campagna, ma che lei si sarebbe riservata la decisione definitiva sino ad aprile, dopo sei
mesi che il bambino viveva con loro. Se per quella
data non lo avesse ritenuto idoneo ai loro progetti,
lo avrebbe affidato a qualche onesta e caritatevole famiglia alle dipendenze della ditta. E sino ad aprile
loro per il bambino sarebbero stati soltanto lo zio e
la zia Vandamm.

Alla famiglia non parlarono del progetto, e questa
circostanza accrebbe il nuovo sentimento di camera-
tismo che si era stabilito tra loro. Come sarebbe stato diverso, si disse Emilie, se lei avesse aspettato un
bambino nel modo ortodosso delle donne. C'era davvero qualcosa di pulito e di decoroso nel sistemare
le cose di natura a proprio criterio. «E anche» mormorò a se stessa, lasciando scorrere lo sguardo sullo
specchio «nel conservare la linea».

Allorché poi venne il momento di prendere contatto con Madame Mahler, tutto si concluse facilmente. Lei non era davvero tipo da contrastare i voleri
dei superiori; e, sia pur vagamente, stava già prendendo in considerazione i suoi futuri rapporti con
una famiglia, che doveva di certo mettere insieme un
bel po' di biancheria da lavare. Soltanto la prontezza

con cui Jakob le restituì le somme spese in passato per il bambino le lasciarono in cuore l'eterno rimpianto di non aver chiesto di più.

All'ultimo momento Emilie fece un altro patto. A prendere il bambino sarebbe andata lei sola. Era importante che il rapporto tra il piccolo e lei si stabilisse opportunamente sin dal principio, e in quella occasione non si fidava del senso dell'opportunità di Jakob. Così, quando tutto fu pronto per accogliere il bambino nella casa di Bredgade, soltanto Emilie si recò in carrozza ad Adelgade per prenderne possesso, con la coscienza a posto nei confronti dell'azienda e del marito, ma già un po' stanca di tutta la faccenda.

Nella strada, nei pressi della casa di Madame Mahler, una folla di bambini scarmigliati stava chiaramente aspettando l'arrivo della carrozza. Fissarono Emilie, ma distolsero subito gli occhi non appena lei li guardò a sua volta. Mentre sollevava la sua ampia gonna di seta e passava in mezzo a quella marmaglia per attraversare il cortile, fu presa dallo scoramento. Il suo bambino era come loro? Anche lei, come Jakob, era stata molte volte nelle case della povera gente. Era uno spettacolo triste, ma non poteva essere altrimenti. «I poveri li abbiamo sempre con noi». Ma quel giorno, poiché un bimbo di quell'ambiente doveva entrare nella sua casa, per la prima volta lei si sentì personalmente coinvolta nel bisogno e nella miseria del mondo. Fu sopraffatta da un nuovo e profondo senso di disgusto e di orrore, e un istante dopo da una nuova, più profonda pietà. Combattuta tra questi due stati d'animo entrò nella stanza di Madame Mahler.

Madame Mahler aveva lavato il piccolo Jens e gli aveva lisciato i capelli con l'acqua. Un paio di giorni prima gli aveva anche frettolosamente detto come stavano le cose, informandolo della sua ascesa nella scala sociale. Ma poiché era una donna priva di immaginazione, e per giunta persuasa che il bambino fosse mezzo ebete, non si era davvero presa la briga di spiegargli bene la faccenda. Il bambino aveva accolto la notizia in silenzio; domandò soltanto come avessero fatto suo padre e sua madre a trovarlo. «Oh, all'odore» gli disse Madame Mahler.

Jens aveva comunicato quella novità agli altri bambini della casa. L'indomani, li informò, il suo papà e la sua mamma, in tutta la loro magnificenza, sarebbero venuti a prenderlo per portarlo via con loro. E lo fece meditare il fatto che quell'evento suscitasse tanta emozione in quello stesso mondo del cortile che aveva accolto con indifferenza le sue fantasticherie in proposito. Per lui, quella realtà e le sue fantasticherie erano la stessa cosa.

Era salito in piedi sulla seggiolina di Mamzell Ane per guardare fuori della finestra ed assistere all'arrivo della madre. Era ancora in piedi lassù quando entrò Emilie, e inutilmente Madame Mahler fece un gesto perché scendesse. La prima cosa che Emilie notò del bambino fu che non stornava lo sguardo dal suo, ma la fissava dritto negli occhi. Non appena la vide, un'espressione luminosa ed estatica gli si diffuse sul volto. Per un momento i due si guardarono.

Il bambino aveva l'aria di aspettare che lei gli rivolgesse la parola, ma poiché Emilie rimaneva in silenzio, indecisa, parlò lui. «Mamma,» disse «sono contento che tu mi abbia trovato. Ti aspettavo da tanto tempo!».

Emilie diede un'occhiata a Madame Mahler. Quella scena era stata forse predisposta per commuoverla? Ma il viso ottuso e inespressivo della vecchia la convinse che non era così, e lei tornò a guardare il bambino.

Madame Mahler era una donna grande e grossa. La stessa Emilie, in crinolina e con un ampio mantello, occupava un bel po' di spazio. Il bambino era di gran lunga la figura più piccola nella stanza, ma in quel momento la dominava, come se ne avesse preso il comando. Si teneva ben diritto, con la stessa espressione radiosa: «Ora sto per tornare a casa con te» disse.

Vagamente, con stupore, Emilie si rese conto che

176

per il bambino l'importanza di quel momento non consisteva nella fortuna che era toccata a lui, ma nella tremenda felicità e nell'appagamento che egli le concedeva. E una strana idea, che non avrebbe nemmeno saputo spiegare a se stessa, le attraversò la mente. «Nella vita,» pensò «questo bambino è solo come me». Gli si avvicinò con aria grave e gli disse qualche parola gentile. Il bimbo protese la mano e le toccò delicatamente i lunghi, serici capelli inanellati che le ricadevano sul collo. «Ti ho riconosciuta subito» le disse con orgoglio. «Tu sei la mia mamma che mi vizia. Ti riconoscerei tra tutte le signore, da questi tuoi bei capelli lunghi». Fece scorrere dolcemente le dita lungo la spalla e il braccio di Emilie, e tastò la sua mano guantata. «Oggi hai tre anelli» disse. «Sì» disse Emilie con la sua voce sommessa. Un rapido, trionfante sorriso gli illuminò il volto. «E adesso mi baci, mamma» disse, e divenne pallidissimo. Emilie ignorava che tutta quell'emozione nasceva dal fatto che non era mai stato baciato. Obbediente, stupita di se stessa, si chinò e gli diede un bacio.

L'addio di Jens a Madame Mahler fu a tutta prima un po' cerimonioso, per due persone che si conoscevano da tanto tempo. Perché lei già lo vedeva come una creatura nuova, il figlio di gente ricca, e gli strinse la mano controvoglia, con espressione fredda. Ma Emilie disse al bambino che prima di andar via doveva ringraziare Madame Mahler che si era presa cura di lui fino a quel momento, e lui lo fece di buon grado e con molta disinvoltura. E anche stavolta, come già era accaduto alla vista del denaro al loro primo incontro, le gote vizze e pelose della vecchia si fecero di fiamma come quelle di una giovanetta. Era stata ringraziata così di rado, nella sua vita! Appena giunto in strada lui si fermò di colpo. «Guarda i miei cavalli belli grassi!» esclamò. Emilie salì in carrozza, sconcertata. Chi mai, dalla casa di Madame Mahler si stava portando a casa sua?

E una volta arrivata, mentre accompagnava il bam-

bino su per le scale e di stanza in stanza, il suo stupore crebbe. Raramente le era accaduto di sentirsi così
insicura. Nel bambino, dovunque lo portasse, c'era
sempre l'estasi del riconoscimento. Talvolta arrivava
persino a nominare e a cercare cose di cui lei aveva
un vago ricordo dalla propria infanzia, o altre di cui
non aveva mai sentito parlare. La cagnetta che aveva
portata con sé dalla vecchia casa abbaiò contro il piccolo. Lei la prese in braccio, nel timore che lo mor-
desse. «Ma no, mamma,» gridò lui «non mi morde
mica, mi conosce bene». Poche ore prima – sì, pensò, fino al momento in cui, nella stanza di Madame
Mahler, aveva baciato il bimbo – lo avrebbe sgrida-
to: «Vergogna, questa è una bugia!». Ora non disse
niente, e un attimo dopo il bambino si guardò intorno e le domandò: «Il pappagallo è morto?». «No,» rispose lei stupefatta «non è morto; è nell'altra stanza».
   Si rese conto che star sola col bambino la spaventava, ma che la spaventava anche la presenza di una
terza persona. Allontanò la bambinaia. Ormai era l'o-
ra del ritorno di Jakob, e lei, con una sorta di trepi-
dazione, tendeva l'orecchio per sentire i suoi passi sulle scale. «Chi stai aspettando?» le domandò Jens. Per
un istante lei non seppe con quale epiteto chiamare
Jakob. Poi, imbarazzata, rispose: «Mio marito». Quando entrò nella stanza, Jakob trovò la madre e il piccolo intenti a guardare insieme un libro illustrato. Il
bambino lo fissò: «Dunque sei tu il mio papà!» proruppe. «L'avevo immaginato sin dal primo momento. Ma non potevo esserne proprio sicuro, no? Allora non mi hai trovato all'odore. Mi sa che è stato il
cavallo a ricordarsi di me». Jakob guardò la moglie;
lei teneva gli occhi sul libro. Ma da un bambino lui
non si aspettava certo discorsi logici, e ben presto si
misero a giocare insieme e Jens ruzzolava in giro per
la stanza. Nel bel mezzo di un gioco, il piccolo puntò
le mani contro il petto di Jakob. «Non ti sei messo
la tua decorazione» disse. Dopo un istante Emilie uscì
dalla stanza. Pensò: «Ho accettato di esaudire il desi-

derio di mio marito, ma a quanto sembra dovrò portarne il peso da sola».

Jens prese possesso del palazzo di Bredgade, e lo sottomise completamente, non certo con la forza o con la potenza, ma nella veste di quel personaggio affascinante e irresistibile, forse il più affascinante e irresistibile che esista al mondo: il sognatore i cui sogni si avverano. La vecchia casa si innamorò un poco di lui. Tale è sempre il destino dei sognatori, quando hanno a che fare con persone appena un po' sensibili alla magia dei sogni. Il più rinomato tra loro, il figlio di Rachele, subì molte avversità e fu persino gettato in prigione per questo. Tranne che nelle proporzioni, Jens non somigliava affatto ai ritratti classici di Cupido; eppure era evidente che l'armatore e sua moglie, senza saperlo, si erano presi in casa un amorino. Lui aveva le ali ed era alleato con le dolci e spietate forze della natura, e il rapporto con ogni membro della famiglia diventava una specie di aerea storia d'amore. Proprio per la forza di quel magnetismo Jakob aveva scelto il bambino come erede dell'azienda sin dal loro primo incontro, ed Emilie aveva paura di star sola con lui. Nemmeno il vecchio magnate e i servitori della casa sfuggirono al loro destino − proprio come a suo tempo non gli era sfuggito Putifarre, capitano della guardia in Egitto. Prima ancora di sapere dove fossero, avevano posto nelle sue mani tutto quello che possedevano.

Una delle conseguenze di questa particolare malia fu che tutti erano spinti a vedersi con gli occhi del sognatore e costretti a vivere uniformandosi a un ideale, e che per questa loro più alta esistenza dipendevano a poco a poco da lui. La casa subì una grande trasformazione, nel periodo che Jens vi trascorse, ed era diversa da tutte le altre case della città. Divenne una specie di Olimpo, la dimora degli dèi.

Il bambino, con la stessa ridente arroganza, era orgoglioso tanto del vecchio armatore, che dominava le acque dell'universo, quanto della incrollabile, protettiva bontà di Jakob e della serica raffinatezza di Emilie. La vecchia governante, che prima si era lamentata spesso della propria sorte, ora si era tramutata in una onnipotente e benevola guardiana dell'umano benessere, una Cerere in cuffia e grembiule. E per lo stesso arco di tempo il cocchiere, un personaggio monumentale, si innalzò fino al cielo al di sopra della folla, e sommando nella propria persona il vigore dei due cavalli bai, trottava maestoso per Bredgade su otto zoccoli ferrati e strepitanti. Soltanto dopo che Jens era andato a letto, quando, immobile e zitto, col viso affondato nel cuscino, stava esplorando nuovi pascoli di sogno, soltanto allora la casa riprendeva l'aspetto di una solida, razionale dimora di Copenaghen.

Jens, lui, era ignaro del suo potere. Poiché la sua nuova famiglia non lo rimproverava mai e non trovava mai niente da ridire su di lui, non gli era nemmeno passato per la mente che lo osservassero. Non aveva preferenze per l'uno o per l'altro; tutti erano personaggi del quadro che lui si faceva delle cose, e là dovevano incastonarsi al proprio posto. Osservava piuttosto, con acuta perspicacia, i rapporti che c'erano tra loro. Un particolare e ricorrente fenomeno della sua vita quotidiana non cessava mai di divertirlo e di renderlo contento: che Jakob, così grande e grosso, fosse tanto riguardoso e sottomesso nei confronti della sua esile moglie. Nel mondo che aveva conosciuto sino allora, la corpulenza era tenuta in grande considerazione. Quando, in seguito, Emilie ripensava a quel periodo, le pareva che a volte il bambino stesso avesse creato l'occasione per il manifestarsi di quell'atteggiamento, per battere poi le mani felice e trionfante, se così si può dire, come se quel piacevole stato di cose fosse dovuto alla sua personale abilità. Ma in altri casi gli mancava completamente il senso delle proporzioni. Nel suo salottino Emilie aveva un acquario con dei pesci rossi, davanti al quale Jens passava ore e ore muto come i pesci, e dalle sue osservazioni lei capì che gli sembravano enormi — una preda eccezionale, se si fosse riusciti a prenderli, e perfino pericolosi per la cagnetta, se per disgrazia fosse caduta nella vasca. E il bambino pregò Emilie di lasciare aperte le tende di quella finestra, di notte, perché i pesci, quando le persone dormivano, potessero guardare la luna.

Per Jakob, nei rapporti col bambino, ci fu un momento di amore infelice, o per lo meno di ironia della sorte, e non era nemmeno la prima volta che gli toccava di subire quella malinconica esperienza. Sin da quando era bambino lui stesso, aveva sempre desiderato di proteggere le creature più deboli di lui, e di dare man forte e rendere giustizia a tutti gli esseri fragili e indifesi che lo circondavano. Erano proprio la fragilità e la debolezza in sé e per sé a ispirargli un empito di affetto e un'ammirazione che rasentava l'idolatria. Ma nella sua indole c'era una certa incoerenza, quale spesso si incontra nei rampolli delle famiglie di antico ceppo e molto ricche, i quali hanno ottenuto troppo facilmente tutto quel che volevano, e finiscono col desiderare l'impossibile. Amava infatti anche il coraggio; il valore lo incantava dovunque ne vedesse un esempio, e le persone piagnucolose che si aggrappavano agli altri, specie se erano donne, gli davano un lieve senso di disgusto e di ripugnanza. Poteva sognare di difendere e di guidare sua moglie, ma al tempo stesso il sorriso freddo e tollerante con cui ella accoglieva ogni tentativo del genere da parte sua era uno dei tratti più ammalianti che trovava in lei. Sicché egli si trovava in certo qual modo nella triste e paradossale situazione del giovane innamorato che adora appassionatamente la verginità. Ora imparò che proteggere Jens era ugualmente impossibile. Non già che il bambino rifiutasse la sua protezione o ne sorridesse, come faceva Emilie; ne sembrava perfino grato, ma la accettava come se fosse parte di un gioco o di uno scherzo. Talché, quando erano a passeggio insieme e Jakob, temendo che lui fosse stanco, se lo metteva a cavalcioni sulle spalle, Jens pensava che l'omaccione volesse giocare a fingersi cavallo o elefante, proprio come lui voleva giocare a fingersi soldato di cavalleria o *mahout*.

Emilie rifletteva con tristezza che in casa era lei l'unica persona a non amare il bimbo. Con lui si sentiva insicura, anche quando era incondizionatamente accettata come la madre bellissima e perfetta, e se appena appena ricordava che soltanto poco tempo prima aveva progettato di allevare il piccolo a sua immagine e somiglianza e aveva preso perfino qualche appunto sull'educazione, si vedeva come un personaggio comico. Per risarcirlo di quella mancanza di affetto, portava Jens con sé quando faceva due passi o usciva in carrozza, ai giardini e allo zoo, gli spazzolava i folti capelli e lo agghindava come una bambola. Stavano sempre insieme. Talvolta la divertiva la gioia strana, dignitosa e piena di grazia con cui il bimbo accoglieva tutto ciò che lei gli mostrava, e poi, l'istante dopo, come già era accaduto nella stanza di Madame Mahler, si rendeva conto che per quanto generosa potesse essere nei suoi riguardi, il donatore sarebbe sempre stato lui. Le cognate e le giovani amiche sposate, distinte signore con prole, si stupivano nel vederla così presa da quel trovatello − e poi, quando meno se lo aspettavano, accadeva che una freccia squisita centrasse in pieno anche il loro serico petto, e allora cominciavano a parlare tra loro del delizioso fanciullo di Emilie, con un tono di tenera canzonatura come se stessero parlando di Cupido. Le chiedevano che lo portasse a giocare coi loro bambini. Ma Emilie declinava quegli inviti, ripetendo a se stessa che prima doveva essere ben sicura che lui sapesse comportarsi bene. A Capodanno, pensava, avrebbe dato lei stessa un ricevimento di bambini.

Jens era andato a stare dai Vandamm in ottobre, quando gli alberi nei parchi erano dorati e purpurei. Poi il brivido di gelo nell'aria spinse tutti a chiudersi in casa, e si cominciò a pensare al Natale. Si sarebbe detto che Jens sapesse tutto sull'albero di Natale, sull'oca con le mele arrostite e sulla solenne e gioiosa consuetudine di andare in chiesa la mattina di Natale. Ma gli succedeva di confondere queste feste con altre della stessa stagione, e allora se ne usciva a dire che tra poco tutti si sarebbero mascherati, come fanno i bambini a carnevale. Era come se, visti dal centro di quel suo mondo giocoso e felice, i vari elementi che lo costituivano apparissero molto meno chiari che visti di lontano.

E via via che le giornate si accorciavano e la neve copriva le strade di Copenaghen, nel bimbo ci fu un cambiamento. Non era avvilito, ma stranamente raccolto e compatto, come se stesse spostando il centro di gravità del proprio essere, e ripiegasse le ali. Rimaneva a lungo accanto alla finestra, così immerso nei propri pensieri che non sempre udiva quando lo chiamavano, colmo di una conoscenza che quel mondo non poteva condividere.

Perché in quei primi mesi d'inverno fu chiaro che egli non era proprio il tipo di creatura a cui ciò che il mondo chiama fortuna può dare una perenne tranquillità. L'essenza della sua natura era il desiderio. Le tiepide stanze dai tendaggi di seta, i dolciumi, i giocattoli e i vestiti nuovi, la bontà e la sollecitudine del suo papà e della sua mamma erano tutte cose importantissime, perché dimostravano che le sue visioni erano vere; avevano un immenso valore in quanto davano corpo ai suoi sogni. Ma in sé e per sé non significavano quasi nulla per lui, e non avevano alcun potere di trattenerlo. Lui non era né un gaudente né un lottatore. Era un Poeta.

Emilie cercava di farsi dire da lui che cosa avesse nella mente, ma non otteneva nulla. Poi, un giorno, Jens si confidò spontaneamente.

«Sai, mamma,» le disse «in casa mia le scale erano così buie e piene di buchi che per salirle bisognava andare a tentoni, e anzi era meglio addirittura camminare a quattro gambe. C'era una finestra rotta dal vento, e sotto, sul pianerottolo, c'era sempre un mucchio di neve alto quanto me». «Ma quella non è casa tua, Jens» disse Emilie. «Casa tua è questa». Il bambino si guardò intorno. «Sì,» disse «questa è la mia casa bella. Ma ho un'altra casa che è tutta buia e sudicia. Tu la conosci, ci sei stata. Quando c'era il bucato steso, bisognava camminare a zigzag in quella grande soffitta, altrimenti quei lenzuoli enormi, fradici e freddi ti acchiappavano proprio come se fossero vivi». «Non tornerai più in quella casa» disse lei. Il bambino la guardò a lungo, con aria grave, e dopo un istante disse: «No».

Ma ci tornava. Lei poteva, manifestandogli l'orrore e il disgusto che quella casa le ispirava, impedirgli di parlarne, come i bambini di laggiù, con la loro indifferenza, non lo avevano fatto parlare della sua casa felice. Ma quando lo trovava muto e pensieroso accanto alla finestra, o fra i suoi giocattoli, lei sapeva che la sua mente era tornata lì. E ogni tanto, dopo che avevano giocato insieme e la loro intimità sembrava particolarmente sicura, lui riprendeva il discorso. «Nella stessa strada di casa mia,» le disse una sera mentre stavano seduti l'uno accanto all'altra sul divano davanti al camino «c'era una vecchia pensione, dove quelli che avevano un sacco di soldi potevano dormire nei letti, mentre gli altri dovevano dormire in piedi, con una corda sotto le braccia. Una notte scoppiò un incendio e bruciò tutto. Allora quelli che stavano a letto riuscirono appena a infilarsi i calzoni, ma quelli che dormivano in piedi, pensa, furono loro i fortunati; uscirono subito. C'è stato un uomo che ci ha fatto sopra una canzone, sai?».

Ci sono dei giovani alberelli che quando vengono piantati hanno radici esili e contorte, e non riusciranno mai ad attecchire. Possono buttar fuori una profusione di foglie e di gemme, ma sono destinati a morir presto. Così era per Jens. Aveva proteso i suoi piccoli rami verso l'alto e sui lati, si era ottimamente nutrito del piatto del camaleonte, mangiando l'aria infarcita di promesse, e intanto aveva dimenticato di mettere le radici. E adesso era giunto il momento in cui, per legge di natura, la vivida, rigogliosa messe di fiori doveva inevitabilmente appassire, disseccarsi e andar perduta. Se la sua immaginazione avesse trovato nuovi pascoli, può anche darsi che per un poco egli ne avrebbe tratto nutrimento, tardando così la propria fine. Due o tre volte, per divertirlo, Jakob gli aveva parlato della Cina. Quel mondo strano e remoto aveva affascinato la mente del bambino. Egli si soffermava a contemplare con immensa eccitazione le figure dei cinesi col codino, dei draghi e dei pescatori coi pellicani, e fantasticava sui bizzarri nomi di Hongkong e di Yangtzekiang. Ma gli adulti non capirono l'importanza della sua nuova avventura fantasiosa e così, per mancanza di sostentamento, il nuovo, fragile ramo finì col languire.

Poco tempo dopo il ricevimento per i bambini, al principio dell'anno nuovo, il piccolo cominciò a impallidire e a reclinare il capo. Il vecchio medico venne a visitarlo e gli somministrò delle medicine del tutto inutili. Era un sereno, incessante declino: la pianta stava morendo.

Quando Jens fu messo a letto e stava, per così dire, legittimamente abbandonando la presa sul mondo della realtà, la sua fantasia prese l'abbrivo e se lo trascinò dietro, come la velatura di una piccola barca dalla quale si getti in mare la zavorra. Adesso, intorno a lui, c'era sempre qualcuno che ascoltava con aria grave ciò che diceva, senza interromperlo né contraddirlo. Questo felice stato di cose lo mandava in estasi. Per il sognatore, quel letto di malato diventò un trono.

Emilie stava tutto il tempo seduta al suo capezzale, tormentata da un senso di impotenza che talvolta, di notte, la spingeva a torcersi le mani. Per tutta la vita si era sforzata di distinguere il bene dal male, il giusto dall'ingiusto, la felicità dall'infelicità. E adesso, rifletteva con sgomento, era nelle mani di un essere, molto più piccolo e più debole di lei, che tra queste cose non faceva alcuna differenza, che accoglieva la luce e la tenebra, il piacere e il dolore con lo stesso spirito di coraggiosa, gaia approvazione e amicizia. Questo fatto, si diceva Emilie, escludeva la possibilità che al capezzale del suo bimbo ammalato ci fosse bisogno del suo conforto e della sua consolazione; spesso pareva che esso abolisse addirittura la sua esistenza.

Nella confraternita dei poeti, Jens era un umorista, un favolatore comico. In ogni singolo fenomeno della vita, ad attirarlo e ispirarlo era il momento stravagante e farsesco. Alla giovane donna seria e pallida quelle fantasie parevano un sacrilegio, in una stanza di morte; ma dopo tutto quella era la stanza di Jens.

«Oh, c'erano tanti topi, mamma,» diceva il bimbo «tanti topi. Tutta la casa ne era piena. Andavi a prendere un pezzetto di lardo sulla mensola e paff! un topo ti saltava addosso. Di notte mi zampettavano sulla faccia. Metti il viso vicino al mio e ti faccio sentire che effetto faceva». «Qui non ci sono topi, tesoro» diceva Emilie. «No, neanche uno» riconosceva lui. «Quando non starò più male andrò laggiù a prendertene uno. Ai topi piacciono le persone, più di quanto alle persone piacciano i topi. Perché loro pensano che siamo buoni, saporiti da mangiare. C'era un vecchio attore che viveva nel solaio. Da giovane recitava, e aveva viaggiato molto. Adesso dava dei soldi alle ragazzine perché lo baciassero, ma loro non volevano baciarlo, dicevano che non gli piaceva il suo naso. Era un naso strano, sai − tutto schiacciato all'ingiù. E quando loro gli dicevano di no, lui piangeva e si torceva le mani. Ma si ammalò e morì, e nessuno se ne accorse. Però quando finalmente entrarono in casa sua, pensa, mamma − i topi gli avevano mangiato il naso! nient'altro, solo il naso! La gente invece non mangia i topi nemmeno se ha proprio fame. Giù in cantina c'era un ragazzo grasso che catturava i topi in tanti modi strani, e poi li cucinava. Ma la vecchia

Madame Mahler diceva che lei lo disprezzava per questo, e i bambini lo chiamavano Mastica-topi».

Poi tornava a parlare della casa di Emilie. «Mio nonno» diceva «ha i calli, i peggiori calli di Copenaghen. Quando gli fanno proprio male lui geme e sospira. Dice: "Ci saranno molte burrasche nel mare della Cina. È una maledetta faccenda; le mie navi affonderanno". Così, vedi, io penso che i marinai diranno: "C'è una burrasca in questo mare; è una maledetta faccenda; la nostra nave sta affondando". Ora è tempo che il nonno, a Bredgade, vada a farsi togliere i calli».

Soltanto negli ultimi giorni della sua vita Jens parlò di Mamzell Ane. Essa era stata, per così dire, la sua Musa, l'unica persona che conoscesse l'uno e l'altro dei suoi mondi. Mentre la rievocava, il suo modo di esprimersi cambiò; si mise a declamare in tono maestoso, solenne, come se parlasse di una forza elementare, nota inevitabilmente a tutti. Se Emilie avesse prestato attenzione a quelle fantasie, forse molte cose le si sarebbero chiarite. Ma ella disse: «No, non la conosco, Jens». «Oh, mamma, ma lei ti conosce bene!». E soggiunse: «Ha cucito lei il tuo abito da sposa, tutto di raso bianco. È stato un lavoro lungo con tutte quelle guarnizioni! E il mio papà» continuò il bambino, e rideva «è venuto nella tua stanza, e sai che cos'ha detto? Ha detto: "La mia rosa bianca"». Tutt'a un tratto si ricordò delle forbici che Mamzell Ane gli aveva lasciate, e le voleva, e quella fu l'unica volta che Emilie lo vide impaziente e irritato.

Per la prima volta in tre settimane ella uscì e andò personalmente in casa di Madame Mahler per informarsi di quelle forbici. Lungo la strada la potente, enigmatica figura di Mamzell Ane prese ai suoi occhi l'aspetto di una Parca, di Atropo stessa, con le forbici in mano, pronta a recidere il filo della vita. Ma nel frattempo Madame Mahler aveva venduto le forbici a un sarto che conosceva, e negò recisamente l'esistenza tanto delle forbici quanto di Mamzell Ane.

L'ultimo mattino di vita del bimbo, Emilie posò sul letto la sua cagnetta, che gli era stata fedele compagna di giochi. Allora quel piccolo muso nero e quel corpicino tutto rattrappito parvero ricordargli il volto della sua amica. «È lei!» gridò.

La suocera di Emilie e persino il vecchio armatore erano venuti tutti i giorni a vedere il malato. Tutta la famiglia Vandamm si raccolse in lacrime intorno al letto quando, alla fine, come un piccolo ruscello che si getti nell'oceano, Jens si abbandonò alla sconfinata, definitiva unicità del sogno, e se ne lasciò sommergere.

Morì alla fine di marzo, con qualche giorno di anticipo su quello che Emilie aveva fissato per decidere se egli fosse degno di entrare nella famiglia Vandamm. Il suo vecchio padre stabilì all'improvviso che doveva essere sepolto nella tomba di famiglia — irregolarmente, perché non era stato ancora adottato in modo legale. Così il bambino fu deposto dietro una pesante cancellata di ferro battuto, nella più bella tomba che un Plejelt avesse mai avuta.

Nei giorni successivi la casa di Bredgade parve come rattrappirsi, e i suoi abitanti con essa. Erano tutti un po' storditi, come dopo una caduta, e presi da un triste senso di sfiducia. Nelle prime settimane dopo il funerale di Jens, la vita parve a tutti loro stranamente insulsa, una fatica dolorosa, priva di significato. I Vandamm non erano abituati ad essere infelici, e non erano preparati al senso di perdita in cui la morte del piccolo li aveva lasciati. Jakob aveva l'impressione di aver abbandonato un amico che in fondo si era affidato con animo gioioso alla sua forza. Ora di quella forza nessuno sapeva che farsene, e lui si vedeva come uno scherzo di natura, il fantoccio impagliato di un colosso. Ma nonostante tutto questo, dopo un poco ci fu anche, nei sopravvissuti — come sempre alla morte di un idealista —, un vago senso di sollievo.

Di tutti i Vandamm, soltanto Emilie mantenne la

sua statura, per così dire, e il suo senso delle proporzioni. Si può dire perfino che quando la casa rovinò dal suo mondo nelle nuvole, fu lei a puntellarla e a sostenerla. Prendere il lutto per un bambino che non era suo le era parsa un'ostentazione, e pur rinunciando ai balli e ai ricevimenti della stagione mondana di Copenaghen, continuava tranquillamente a dedicarsi come sempre ai suoi compiti domestici. Il padre e la suocera, intristiti e sperduti nella vita di tutti i giorni, si appoggiavano a lei per averne sostegno, e poiché in casa era la più giovane, e sotto certi aspetti pareva loro simile al bambino che se n'era andato, riversavano su di lei la tenerezza e la sollecitudine che prima avevano dedicate al piccolo, e che adesso rimpiangevano di non avergli date con più larghezza. La vedevano così pallida, dopo le lunghe veglie al capezzale del malato, che confabulavano tra loro e con Jakob alla ricerca di qualche svago che la distraesse.

Ma dopo qualche tempo Jakob rimase colpito, e spaventato, dal suo silenzio. A tutta prima si sarebbe detto che ella non ritenesse necessario parlare, tranne che per impartire qualche ordine in casa; e dopo fu come se avesse dimenticato o perduto la facoltà di esprimersi. I timidi tentativi che lui fece per incoraggiarla parvero sorprenderla e sconcertarla a tal punto che gli mancò il coraggio di insistere.

Un paio di mesi dopo la morte di Jens, Jakob condusse la moglie a fare una passeggiata in carrozza sulla strada che da Copenaghen porta a Elsinore, lungo il Sund. Era una bella giornata di maggio, mite e limpida. Quando arrivarono a Charlottenlund lui le propose di attraversare il bosco a piedi, mentre la carrozza sarebbe andata ad aspettarli dall'altra parte. Così scesero davanti al cancello del parco, e per un momento seguirono con lo sguardo la carrozza che si allontanava lungo la strada.

Entrarono nel bosco, in un mondo verde. I faggi erano germogliati già da tre settimane, e la prima trasparenza diafana e misteriosa degli inizi di maggio era ormai finita. Ma il fogliame era ancora così tenero che il verde di quel mondo frondoso era più vivido all'ombra. Più tardi, dopo il colmo dell'estate, all'ombra il bosco sarebbe apparso quasi nero, e splendidamente verde sotto il sole. Ora, là dove i raggi filtravano attraverso le chiome degli alberi, il terreno era incolore, sbiadito, come incipriato da uno spolverio di sole. Ma dove il bosco era immerso nell'ombra, splendeva e scintillava come una miriade di cristalli e di gemme verdi. Ormai gli anemoni erano appassiti e morti; la bella erba tenera era già alta. E nel cuore della foresta l'asperula era tutta fiorita; la messe di minuscoli fiori bianchi a forma di stella sembrava fluttuare, a poco più di un palmo dal suolo, intorno alle nodose radici dei vecchi faggi grigiastri, come la superficie di un lago latteo. Era piovuto, durante la notte; sul sentiero angusto i profondi solchi del carro dei boscaioli erano inzuppati d'acqua. Ogni tanto, lungo i bordi del sentiero, il globo grigio e nebuloso di un soffione appassito coglieva un raggio di sole; il fiore dei campi era venuto a far visita al bosco.

Camminavano lentamente. Si erano appena inoltrati nel bosco quando tutt'a un tratto udirono il cuculo, vicinissimo. Rimasero immobili ad ascoltare, poi ripresero il cammino. Emilie lasciò il braccio del marito per raccogliere dalla strada il guscio di un piccolo uovo d'uccello di un pallido azzurro, spezzato in due; cercò di far combaciare le due metà, e le tenne sul palmo della mano. Jakob prese a parlarle di un viaggio in Germania che aveva in animo di fare con lei, e dei luoghi che avrebbero dovuto vedere. Ella ascoltava docile, senza dir nulla.

Erano giunti sul limitare del bosco. Dal cancello potevano spaziare con lo sguardo sull'ampia distesa del panorama. Dopo la verde oscurità della foresta, il mondo di fuori appariva incredibilmente scolorito, come se la luce abbagliante del mezzogiorno lo avesse calcinato. Ma dopo un poco i colori dei campi, dei prati e dei radi boschetti si precisarono all'occhio, uno per uno. C'era un tenue azzurro nel cielo, e tenui cumuli bianchi di nuvole si innalzavano lungo l'orizzonte. La segale ancora verde stava per spigare; dove le dita della brezza la sfioravano, correva in lunghe, lente ondate sul terreno. I casolari dal tetto di paglia emergevano sulla terra fluttuante come isole quadrate, bianche di calce; tutt'intorno le siepi di lillà protendevano il loro chiaro fogliame e, in cima, grappoli di pallidi fiori. Udirono in lontananza il rumore di una carrozza, e sulle loro teste il cinguettio incessante di innumerevoli allodole.

Sul bordo della foresta c'era un albero abbattuto dal vento. Emilie disse: «Sediamoci un momento qui».

Si sciolse i nastri del cappello e se lo posò in grembo. Dopo un momento disse: «Voglio parlarti di una cosa» e fece una lunga pausa. Durante tutta quella conversazione nel bosco continuò a fare così, concedendosi un lungo silenzio prima di ogni frase − non proprio come se dovesse raccogliere le idee, ma come se trovasse faticoso o inadeguato il parlare stesso.

Disse: «Il bambino era mio figlio». «Che cosa stai dicendo?» le domandò Jakob. «Jens era mio figlio» disse lei. «Ti ricordi di avermi detto che quando l'hai visto per la prima volta hai pensato che mi assomigliava? Mi assomigliava davvero; era mio figlio». Adesso Jakob avrebbe anche potuto spaventarsi, e credere che lei fosse uscita di mente. Ma da ultimo, per lui, le cose erano accadute in modo inaspettato; era preparato all'assurdo. Così rimase tranquillamente seduto sul tronco, e fissò lo sguardo sui giovani arboscelli di faggio nel terreno. «Mia cara,» le disse «mia cara, tu non sai quello che dici».

Ella rimase per un po' in silenzio, come se fosse dispiaciuta che lui avesse interrotto il corso dei suoi pensieri. «Lo so, per gli altri è difficile capire» disse infine, in tono paziente. «Se Jens fosse ancora qui, forse potrebbe fartelo intendere meglio di quanto possa riuscirci io. Ma cerca di capirmi» continuò. «Ho pensato che dovevi saperlo. E se non posso parlare con te, non posso parlare con nessuno». Disse questo con una sorta di grave preoccupazione, come se davvero fosse minacciata dalla totale incapacità di parlare. Lui ricordò quanto, nelle ultime settimane, si fosse sentito addosso il peso del silenzio della moglie, e avesse cercato di farla parlare di qualcosa, di qualunque cosa. «No, mia cara,» disse «parla, non ti interromperò». In tono sommesso, come se gli fosse grata di quella promessa, lei cominciò:

«Era figlio mio e di Charlie Dreyer. Tu una volta hai incontrato Charlie in casa di papà. Ma è diventato il mio amante quando tu eri in Cina». A queste parole Jakob ricordò la lettera anonima che aveva ricevuta in passato. Mentre gli tornava alla mente lo sdegno con cui aveva respinto quella calunnia e la pena che si era data perché la moglie non ne sapesse nulla, gli parve ben strano che dopo cinque anni dovesse sentirsi ripetere la stessa cosa dalle sue stesse labbra.

«Quando lui mi chiese di essere sua» disse Emilie «fui per un momento in grave pericolo. Perché non avevo mai parlato di queste cose con un uomo. Soltanto con zia Malvina e con la mia vecchia bambinaia. E le donne, per qualche ragione che non so, ritengono che una simile richiesta sia indegna ed egoistica da parte di un uomo, e insultante per una donna. Perché ci permettete di pensare questo di voi? Tu che sei un uomo, tu lo sai che me lo ha chiesto spinto dal suo amore e dal suo grande cuore, per magnanimità. Aveva dentro di sé più vita di quanta gliene occorresse. Ha voluto darmela. Era la vita stessa; sì, lui mi ha veramente offerto l'eternità. E io, con tutti gli insegnamenti sbagliati che avevo ricevuti, io come niente avrei potuto respingerlo. Anche adesso, quando ci ripenso, ho paura, come della morte. Eppure non dovrei aver paura, perché so con certezza che se tornassi a vivere quel momento, mi comporterei anche oggi come allora. E fui salva dal pericolo. Non lo mandai via. Lasciai che tornasse indietro con me attraverso il giardino – perché eravamo già davanti al cancello — e che rimanesse con me tutta la notte sino al mattino dopo, quando partì per andare così lontano».

Fece di nuovo una lunga pausa, poi continuò: «Ciò nonostante, per via del dubbio e della paura della gente che avevo in cuore, io e il mio bambino dovemmo subire molte prove. Se fossi stata una ragazza povera, con soltanto cento talleri al mondo, sarebbe stato meglio, perché saremmo rimasti uniti. Sì, abbiamo subìto molte prove.

«Quando ho ritrovato Jens e l'ho portato a casa con me,» riprese dopo una pausa «non lo amavo. Tutti voi lo amavate, soltanto io non lo amavo. Era Charlie che amavo. Tuttavia stavo con Jens più di tutti voi. Lui mi diceva molte cose che nessuno di voi ha sentite. Ho visto che non avremmo potuto trovare un altro come lui, che nessun altro era così saggio». Non sapeva che stava citando le Scritture, proprio come non si era reso conto di citarle il vecchio armatore quando aveva disposto che Jens fosse sepolto nel campo dei suoi padri e nella grotta che ivi si apriva — la magia del bambino morto giocava di questi tiri. «Ho imparato molto da lui. Era sempre sincero, come Charlie. Era così sincero che mi faceva vergognare di me stessa. Alle volte mi sembrava che da parte mia fosse ingiusto insegnargli a chiamarti papà.

«Da quando si è ammalato,» disse «io avevo in mente una cosa sola: che se fosse morto, finalmente avrei potuto prendere il lutto per Charlie». Prese il cappello, lo tenne tra le mani, fissandolo, poi tornò a posarselo in grembo. «E poi,» disse «alla fine non ci sono riuscita». Fece una pausa. «Tuttavia, se l'avessi detto a Jens, lui ne sarebbe stato contento; ne avrebbe riso. Mi avrebbe detto di comprare dei grandi mantelli neri, e dei lunghi veli».

Era una fortuna, pensò Jakob, che le avesse promesso di non interrompere il suo racconto. Perché se Emilie avesse voluto che parlasse, lui non avrebbe trovato una sola parola da dire. Adesso, arrivata a questo punto della storia, lei tacque a lungo, tanto che

Jakob, per un momento, credette che avesse finito, e a quell'idea fu sopraffatto da una sensazione soffocante, come se tutte le parole dovessero restargli conficcate in gola.

«Credevo» ricominciò lei tutt'a un tratto «che avrei dovuto soffrire, e soffrire moltissimo, per tutto questo. Ma non è stato così. C'è una grazia, nel mondo, di cui non sappiamo niente. Il mondo non è un luogo spietato o crudele, come dice la gente. Non è nemmeno giusto. Tutto ti è perdonato. Non si possono offendere le belle cose del mondo, né ferirle; sono troppo forti. Non potevi offendere né ferire Jens; nessuno poteva farlo. E ora, dopo che è morto,» disse «capisco tutto».

Rimase di nuovo immobile, seduta con eleganza sul tronco d'albero. Per la prima volta da quando aveva cominciato a parlare si guardò intorno; il suo sguardo percorse lentamente, quasi come una carezza, lo sfondo della foresta.

«È difficile spiegare che cosa si prova quando si capiscono le cose» disse. «Non sono mai stata brava a trovare le parole, non sono come Jens. Ma da quando è arrivato il mese di marzo, da quando è cominciata la primavera, mi è parso di capire perfettamente perché le cose succedevano, perché, per esempio, tutto fioriva. E perché sono giunti gli uccelli. La generosità del mondo; e anche la bontà di mio padre, e la tua bontà! Mentre passeggiavamo nel bosco, oggi, ho pensato che, dal tempo della mia infanzia, soltanto adesso ho recuperato la vista, e il senso dell'olfatto. Tutte le cose qui intorno mi dicono, spontaneamente, che cosa rappresentano». S'interruppe, mentre lo sguardo le si faceva più fermo. «Rappresentano Charlie» disse. Dopo una lunga pausa soggiunse: «E io, io sono Emilie. E anche questo, nulla può cambiarlo».

Fece un gesto, come se volesse infilarsi i guanti che aveva lasciati nel cappello, ma poi tornò a posarli e rimase immobile come prima.

«Ora ti ho detto tutto» concluse. «Ora tocca a te decidere che cosa dobbiamo fare.

«Papà non lo saprà mai» disse piano, con aria pensosa. «Nessuno di loro lo saprà mai. Tu soltanto. Ho pensato, se me lo permetterai, che tu ed io, quando parleremo di Jens...». Fece una breve pausa, e Jakob pensò: «Non aveva mai parlato di lui sino ad oggi» — «potremmo parlare anche di tutte queste cose.

«In una cosa soltanto» disse lei lentamente «io sono più saggia di te. Io so che sarebbe meglio, molto meglio, e più facile per tutti e due, se tu mi credessi».

In ogni circostanza, Jakob era abituato a fare un rapido riepilogo e a prendere le sue decisioni in base a quello. Quando lei tacque, si concesse un momento per fare così anche stavolta.

«Sì, mia cara,» disse poi «è proprio vero».

ALKMENE

La tenuta di mio padre era situata in una zona isolata dello Jütland ed io ero figlio unico. Quando morì mia madre, lui non si curò di mandarmi a scuola, ma non appena ebbi sette anni mi prese un precettore.

Il mio precettore si chiamava Jens Jespersen; aveva studiato teologia ed era, credo, l'uomo più onesto che abbia mai conosciuto. Era figlio di un povero parroco di campagna; aveva dovuto lavorare duramente per mantenersi all'Università di Copenaghen, e i professori avevano riposto in lui molte speranze. Ma quegli anni di studio avevano minato la sua salute, e proprio per questo erano già cinque anni che aveva lasciato la città e si era messo a fare l'insegnante in campagna.

Sotto la sua guida mi interessai ai libri più di quanto avrei mai creduto possibile, e le lezioni mi piacevano quanto la compagnia dei nostri guardacaccia e dei nostri stallieri. E così riuscii ad imparare qualcosa sia di matematica e dei classici, sia di cavalli e di selvaggina.

Due anni più tardi mio padre si recò in una stazione termale e mi portò con sé, lasciandomi poi in un collegio nel Holstein; ma dopo altri due anni venne a riprendermi. Durante la mia assenza, il parroco delle nostre terre, un vecchio beone, era passato a miglior vita, e mio padre aveva offerto quel beneficio al mio antico precettore. Così adesso lui abitava nella canonica, e aveva preso in moglie la ragazza con la quale era fidanzato da cinque anni. E io, per continuare i miei studi, andavo tutti i giorni a cavallo fino a casa loro. Capitava anche che mi ci fermassi una o due notti.

La canonica era un vecchio edificio fatiscente e i suoi abitanti erano poveri, trattandosi di un beneficio molto esiguo; il mio maestro, poi, aveva ancora da pagare certi grossi debiti dei tempi dell'università. Tuttavia era una casa piena di gioia, perché il loro era un matrimonio molto felice. La moglie del parroco si chiamava Gertrud. Aveva dodici anni meno del marito, ma dodici anni più di me, tanto che in certi momenti sembrava coetanea del maestro e in altri dell'allievo. Era una ragazza robusta, e i parrocchiani non la trovavano carina perché aveva la faccia larga e, d'estate, il sole le faceva venir fuori un mucchio di efelidi, rendendola tutta maculata come un uovo di tacchino. Ma aveva gli occhi limpidi e luminosi − al punto che pensai a lei, quando in Omero lessi della vergine Criseide dal lucente sguardo − e folti capelli rossicci. Ricordo ancora la prima volta che capii quanto mi piacesse. Fu una sera d'estate, parecchi giovani del vicinato si erano riuniti nella canonica, e si stava giocando a nascondino per tutta la casa. Io mi ero nascosto in un piccolo ripostiglio in soffitta. All'improvviso vidi entrare la moglie del parroco, che senza accorgersi della mia presenza si appiattò contro l'uscio. Rimase là, trafelata dopo la corsa su per le scale, e si mise un dito sulle labbra. Poi, dopo un attimo, forse le venne in mente un nascondiglio migliore, perché uscì in tutta fretta dalla soffitta e scomparve. Trovai molto carino che si comportasse in modo così semplice e gaio mentre credeva di esser sola.

Un'estate avemmo alla canonica un ospite di riguardo, un signore che era amico del parroco sin dai lontani giorni dell'università, e che adesso era professore al Teatro Reale dell'Opera o al Teatro di Danza di Copenaghen, non ricordo se l'uno o l'altro. Venne anche in visita al castello e si mise a suonare il nostro vecchio pianoforte, affascinando mio padre come affascinava tutti. Una volta rimanemmo soli in una stanza della canonica; lui era accanto alla portafinestra aperta del giardino e guardava la moglie del parroco che si aggirava sotto gli alberi, intenta a raccogliere le mele. «È davvero esilarante» disse, più a se stesso che a me «che i bravi parrocchiani di Hover considerino quella giovane donna del tutto priva di attrattive. La sua testa è modellata piuttosto rozzamente, questo è vero. Ma se vivesse nell'alta società, dove le signore sono più generose nel mostrare le proprie grazie, sarebbe l'idolo del sesso forte e l'invidia di quello debole. Perché in vita mia non mi era mai accaduto di posare gli occhi su una simile Venere incarnata. Diamine, eclissa perfino Henrietta Hendel-Schutz nelle sue *Morgenscenen*. Ma in quel caso,» continuò «sarebbe ancora una moglie modello per il nostro devoto parroco? Alle donne con la faccia insignificante e con un corpo divino la virtù deve apparire talvolta stranamente paradossale». Forse questo era un discorso un po' fatuo per le orecchie di un bambino, ma io non ricordo che a me lasciasse quest'impressione. Direi piuttosto che le parole del professore mi fecero capire il perché stessi così bene in compagnia di Gertrud.

Ma l'anno successivo la felice famiglia del parroco fu sovrastata da un'ombra cupa e orribile. La gentile padrona di casa appariva di tanto in tanto pallidissima, con gli occhi arrossati dalle lacrime, come impietrita, ed evitava il marito quasi fosse presa dalla paura o dall'odio. Ero preoccupato e addolorato da un simile spettacolo. Mi pareva perfino che il parroco non le dimostrasse tutta la sollecitudine che lei avrebbe meritata in quelle avversità, e la situazione mi riusciva misteriosa e insieme triste.

Un giorno ero nello studio della canonica, e il parroco mi stava spiegando un capitolo del Genesi. Quando recitò il verso nel quale Rachele dice a Giacobbe: «Dammi dei figli, altrimenti morirò» lui posò il libro e disse: «Rachele era una brava donna, ma non aveva molta pazienza né col marito né col Signore. In questa casa, Vilhelm, tu hai visto quanto sia crudele per una donna la condanna alla sterilità. Il mio cuore sanguina per mia moglie, e tuttavia temo di non avere sufficiente compassione cristiana, e di non conoscere abbastanza la natura delle donne. Perché lei ha più fervore cristiano di me, e ciò nonostante si adira e infierisce contro il Signore, e si rifiuta di chinare il capo alla Sua volontà. Io non credo proprio che sarei mai capace di soffrire in modo così terribile e con tanta persistenza per una disgrazia di cui fossi del tutto innocente. Ma lo sa solo Iddio» soggiunse poi gravemente, con le mani intrecciate. «È saggio colui che può dire di se stesso: Di una cosa simile non sarei mai capace». Queste sue ultime parole mi rimasero impresse, e mi tornarono alla mente più tardi, in un momento triste e cruento.

E dopo un po' disse ancora, con un lieve sorriso: «Quel brav'uomo di Giacobbe, comunque, nella comunità ebraica era nella posizione di poter dimostrare a sua moglie che lui non aveva nessuna colpa».

Così seppi finalmente quali fossero le pene di Gertrud. Tuttavia la situazione mi parve un po' enigmatica, perché non riuscivo a capire che qualcuno potesse desiderare dei figli a tal punto da morire perché non ne aveva.

A quei tempi la posta arrivava soltanto due volte al mese, e una lettera era un avvenimento eccezionale. Un giorno di ottobre il parroco ricevette una lettera da Copenaghen. Se la rigirò tra le mani, mi disse che era di quel professore suo amico e si domandò che cosa mai lo avesse spinto a scrivergli. Ma dopo che la ebbe letta due volte da cima a fondo, mi disse: «Nel pomeriggio ti lascio libero, perché questa lettera mi dà tanto da pensare che come insegnante varrei ben poco». Alcuni giorni dopo ci trovammo da soli nella stalla per curare una mucca malata, perché il parroco diceva sempre che con le bestie io avevo la mano felice, mentre lui non ne capiva nulla. Dopo aver provveduto alla mucca lui rimase assorto nei propri pensieri, poi, nella penombra della stalla, mi disse ciò che lo preoccupava. «Tua madre, Vilhelm,» mi disse «doveva essere davvero una donna di buonsenso, perché tu sei molto equilibrato, e l'equilibrio non l'hai certo ereditato dal castellano. Ora voglio dirti una cosa che non ho confidato ad anima viva. Le Scritture sostengono che la saggezza si può trovare sulle labbra dei fanciulli».

Il professore, mi disse, gli aveva scritto che per uno strano caso gli era stata affidata una bambina di sei anni, la quale si trovava in circostanze singolari e tragiche al punto che avrebbe potuto benissimo chiamarsi Perdita come l'eroina della tragedia di Shakespeare. Sulle origini della piccola lui era obbligato a mantenere il segreto. Non c'era da stupirsi, egli scriveva, che la vista di una bambina senza casa e senza amici gli avesse richiamato alla mente l'immagine della felice dimora del suo amico, dove non mancava che un bimbo. Ma non intendeva davvero fare opera di persuasione presso il parroco perché si prendesse in casa la bambina; date le particolari circostanze, sarebbe stato persino sconveniente. Dichiarava soltanto che se un brav'uomo, o una brava donna, avesse avuto pietà di lei e l'avesse cristianamente accolta come una figlia, non avrebbe dovuto subire alcuna ingerenza da parte dei congiunti e dei conoscenti della piccola. «E sento il dovere di aggiungere un'ultima cosa» concludeva la lettera. «Se questa bambina non riuscirà a trovare un asilo, il suo destino, per forza di cose, sarà estremamente incerto e pieno di pericoli, e francamente non conosco nessuna creatura che corrisponda in modo più assoluto e patetico all'immagine proverbiale del tizzone che bisogna strappare dal fuoco». E gli comunicava il nome della bambina: Alkmene.

Dopo aver ascoltato tutto questo, gli dissi che sembrava un racconto preso da un libro. «Sì» rispose il parroco. «E molto probabilmente lo è. Perché il mio vecchio amico è un uomo di pochi scrupoli. Può darsi che una di quelle damigelle che cantano e ballano a Copenaghen abbia chiesto il suo aiuto per liberarsi di una figlia scomoda, e lui ci si mette d'impegno: inventa, mistifica, piange persino, per giocare un tiro al suo amico sempliciotto, il parroco del villaggio. E Alkmene, poi,» continuò «sarà davvero questo, il nome della bambina? Quand'ero un giovane studente e sognavo di diventare un poeta, scrissi un'epopea che si intitolava *Alkmene*, e lui lo sa bene, perché gliela lessi». Io dissi, citando l'*Iliade*: «Né Alkmene di Tebe...». «Che mi generò Eracle, un figlio dal cuore fedele» concluse per me il parroco. «Sì. Vuole riportarmi sull'Olimpo.

«Vilhelm,» disse dopo una pausa «voglio raccontarti una cosa di cui non credo potrei mai parlare a un adulto. È assurda e ti farà ridere, ma per me, un tempo, è stata terribilmente seria. Ho detto a tutti di aver lasciato Copenaghen per motivi di salute. Ma non è stato soltanto per questo. Me ne andai perché laggiù ero caduto in tentazione, proprio così, in peccato. Non si trattava di vizio, e nemmeno di debolezza, ma di quella più grave malvagità che perse gli angeli. Lavoravo troppo, a Copenaghen, e non mangiavo abbastanza, e non avevo svaghi di sorta. Me ne stavo tutto solo coi miei libri, e per mesi non dicevo una parola ad anima viva. E andò a finire che mi convinsi che il Signore mi avesse prescelto per fare nobili cose; eh già, mi convinsi che tutto ciò che il Signore compiva nel mondo intero fosse fatto per la mia anima e per il mio destino. Quando morì il vecchio re pazzo io pensai: "In che modo il Signore vuole che questo fatto mi riguardi personalmente?"; e quando, più tardi, l'imperatore Napoleone fu sconfitto dai russi a Mosca, io mi dissi: "Ora è scomparso l'uomo che avrebbe distolto gli occhi del mondo dalle grandi imprese che il Signore vuole che io compia". Fortunatamente, mi resi conto del mio stato prima che fosse troppo tardi. Con vero orrore, capii che ero sull'orlo della pazzia e che dovevo salvarmi a qualunque costo, anche sacrificando i miei studi. Quando, qui, tornai a vivere in campagna, tra persone semplici e buone, la mia mente ritrovò il suo equilibrio. E più tardi la mia cara moglie mi rimise in sesto. Ma la vecchia tentazione è tornata ad assalirmi anche qui, Vilhelm, perfino qui. Quando sedevo accanto al letto di morte dei miei parrocchiani, e ascoltavo la loro confessione – e alle volte questi contadini ti rivelano delle cose atroci –, e quando a rigore avrei dovuto preoccuparmi soltanto dell'anima dei poveri peccatori, io invece mi domandavo: "Perché il Signore mette queste cose sulla mia strada? Vuole mettere alla prova la mia fede, ponendola di fronte alle forze delle tenebre?".

«Ebbene, questo mio vecchio amico, tanto tempo fa, ha indovinato quasi tutta la storia. Una volta mi dimostrava molto interesse, e aveva fiducia nelle mie capacità; fu molto deluso quando fuggii da Copenaghen. Questa sua lettera, adesso, non è forse una piccola vendetta, o una beffa? Mi richiama alla memoria la grande città, e l'ambiente del teatro, che un tempo significava molto per me. Lo stesso nome di Alkmene riecheggia il mondo greco, con i suoi dèi e le sue ninfe, e la mia antica ambizione di esser poeta. In questi ultimi giorni ho riflettuto, come facevo una volta nella mia soffitta: Che cosa mi sta facendo il Signore? Giudica forse che la mia vita sia stata troppo facile, e che io abbia bisogno della tentazione? Sì, mi sono imbattuto di nuovo in quel giovane studente tormentato e stravolto che dieci anni fa percorreva le strade di Copenaghen. E sono di continuo perfettamente consapevole che dovrei occuparmi di ben altro, per esempio della felicità di mia moglie. E soprattutto, forse, del destino di quella povera bambina, Alkmene».

Non ricordo di aver fatto commenti al discorso del parroco. Mentre lui parlava, mi passò per la mente che anch'io ragionavo proprio nel modo che lui aveva descritto. Ma mentre da parte sua era una cosa assurda, da parte mia era legittimo, perché io ero il figlio del castellano e, almeno qui a Nørholm, ogni cosa veniva fatta per il mio bene e nel mio interesse. Quella notte sognai la piccola Alkmene. La incontravo in un campo, e la A maiuscola del suo nome splendeva come l'argento.

Una quindicina di giorni dopo la moglie del parroco mi buttò le braccia al collo e mi disse che lei e il marito avevano deciso di accogliere in casa come una figlia una bambina di Copenaghen — e me lo disse proprio come se mi stesse confidando di essere incinta. Delle segrete e misteriose origini della bimba non disse nulla. Più tardi spiegò ad alcuni amici che era figlia di una sua cugina, rimasta vedova di un ufficiale, e sono convinto che quella cugina esistesse veramente.

Passò qualche tempo prima che si trovasse un modo conveniente di far viaggiare la piccola. Il parroco, scherzando, disse che quei mesi erano il periodo di gravidanza della moglie. Lei era molto felice e gentile con tutti noi, ma, spesso, stranamente turbata. Tutte le volte che eravamo soli mi parlava della bambina, e si immaginava che per me sarebbe dovuta essere come una sorellina. «E dimmi, Vilhelm,» concludeva poi in un sussurro «ti piacerebbe venire a prendere la tua futura sposa nella canonica di Hover?». L'idea mi sembrava ridicola, e se la bambina fosse stata veramente sua figlia, nemmeno a Gertrud sarebbe mai passata per la testa. Dopo l'arrivo di Alkmene, in ogni caso, non tornò più sull'argomento, perché a quel punto, e di questo sono convinto, non avrebbe mai potuto sopportare che lei la lasciasse nemmeno per sposare il figlio del re.

Finalmente, verso la fine di dicembre, da Copenaghen la bambina fu condotta a Vejle, e il parroco andò a prenderla. Io quel giorno ero andato alla canonica per farmi dare alcuni libri. Mentre ero là si alzò un gran vento, e dopo un poco si scatenò una tale tormenta che mi costrinse a fermarmi per la notte. Di tanto in tanto Gertrud ed io uscivamo per guardare la bufera. La neve cadeva fitta fitta; il vento la trascinava sul terreno come un fumo, e i gradini di pietra ne erano così colmi che riusciva difficile aprire la porta. Era la prima volta che Gertrud ed io ci trovavamo soli in casa. Ella cominciò a parlarmi della sua infanzia. Suo padre, mi disse, era un grosso mercante di bestiame che viveva nelle regioni occidentali; lavorava duramente, e aveva guadagnato bene fino al giorno in cui, nella crisi economica del 1813, non aveva perso tutto il suo denaro. Quando gli fu detto che tutti i suoi risparmi non valevano più che cinquanta talleri, il mercante si sentì spezzare il cuore; e da allora cadde nella malinconia. Sua moglie, per mandare avanti la famiglia, cominciò ad allevare pecore, e Gertrud, che era la maggiore di nove figli e aveva allora undici anni, divenne il suo braccio destro. Era una vita dura. «Ma su questa terra» disse Gertrud «cosa si può trovare di meglio del duro, onesto lavoro al quale Dio ci ha destinati? Mai, mai dovremmo dubitarne!». Il cuore di Gertrud era ancora con le sue pecore. Fu presa dal desiderio di insegnarmi tutto ciò che sapeva su di loro, e in quella notte di tormenta, mentre aspettavamo, imparai un mucchio di cose sugli agnelli, come nascono, come si tosano e via dicendo.

Subito dopo mezzanotte sentimmo la sonagliera della slitta e corremmo ad aprire la porta ai viaggiatori, che scesero con difficoltà dal veicolo tutto bianco di neve. Da quando avevano lasciato Vejle, la neve li aveva bloccati ben sette volte. Il parroco portò la bambina in casa e la posò sul pavimento accanto alla stufa. Era imbacuccata in un ampio mantello. Quando lui le tolse il berretto, le si sollevarono sul capo anche i capelli, corti e biondi, come un'aureola di fiamma, e io ricordai quel che aveva scritto il professore a proposito del tizzone che bisognava strappare dal fuoco. E pensai pure che il mio buon precettore e sua moglie non avrebbero mai potuto generare una figlia di così straordinaria, singolare e nobile bellezza. Il suo visino, dalle sopracciglia splendidamente arcuate, era candido come il marmo per il freddo e per la stanchezza. Gertrud le si inginocchiò davanti, le chiuse le mani tra le proprie per scaldargliele e le diede dei buffetti sulle guance. Era tutta rosata dall'emozione, tremava e sorrideva. «In viaggio hai avuto molto freddo, agnellino mio?» le domandò. La pallida bimba non fece un solo movimento; rimase lì ferma, eretta, e osservò la stanza e le persone che vi si trovavano con gli occhi spalancati, gravi e limpidi. «E dimmi, come ti chiami, pulcino mio?» continuò Gertrud. «Alkmene» disse la bimba.

Dopo averle fatto bere una tazza di latte caldo, la prese tra le braccia e la portò nella camera da letto. Attraverso la porta la sentimmo chiacchierare con la bambina e vezzeggiarla, e una o due volte ci giunse pure la voce sommessa e chiara della piccola. Dopo un poco Gertrud si fece sulla soglia, non riusciva a parlare perché stava piangendo. «Oh, Jens,» disse infine al marito «non ha nemmeno la camicia!». Poi tornò a chiudere la porta. Il parroco stava facendo scaldare sulla stufa un bricco di caffè col rum. «Quella vecchia volpe» mi disse, e rise. «Legge nel cuore delle donne come in un libro. Capacissimo di averle tolto di dosso la camicia con le sue stesse mani, per intenerire il cuore della mia povera moglie».

Quel Natale, poiché avevo ormai quattordici anni, mio padre mi regalò un fucile. Tutti i giorni me ne andavo a caccia, seguendo le orme della selvaggina sulla neve, e alla canonica andavo soltanto per le mie lezioni, sicché non vedevo più molto spesso il parroco e la sua famigliola. Ma quando Gertrud riusciva a catturarmi, non la finiva più di parlare di Alkmene. In principio la chiamavano Alkmene, ma a Gertrud quel nome sembrava troppo esotico e così lo abbreviarono in Mene, che fu il diminutivo con cui tutti finirono col chiamare la bambina. Quell'estate alla canonica ci fu un convegno di religiosi, e ricordo che un vecchio parroco di Randers, sentito quel nome, proruppe: «Mene mene tekel upharsin!».[1] Ma né il parroco né sua moglie gradirono lo scherzo.

A Gertrud, la bambina apparve straordinaria fin dal principio; tutto ciò che faceva la incantava. Quando mi parlò della piccola, la prima cosa che mi disse fu che sembrava assolutamente impavida. Non aveva paura né del toro né del papero; anzi, erano proprio quelli gli animali che le piacevano di più. E si inerpicava su per la scala a pioli fin sul tetto del granaio, quando lo stavano riparando dopo la bufera. Questo lato del suo carattere angustiava Gertrud e insieme col fatto che la piccola non avesse nemmeno la camicia metteva le ali alla sua fantasia; si immaginava che ella fosse stata così derelitta da non conoscere i pericoli della vita. E forse aveva colpito nel segno. Così, da buona madre, pensò che il suo primo dovere fosse quello di insegnare alla figlia la paura, proprio come nelle fiabe. Poi mi confidò che Mene non distingueva il vero dal falso. Non che raccontasse bugie per tornaconto personale, ma vedeva le cose in modo diverso dagli altri, spesso straordinariamente diverso. Se fosse stata sola con la bambina forse Gertrud non se ne sarebbe preoccupata, perché come tutti i contadini amava le invenzioni e le favole, ma sapeva che il marito giudicava queste cose ben diversamente, e con pazienza e perseveranza si sforzava di correggere i difetti della piccola. Alkmene era anche

1. Riferimento a *Daniele*, 5, 25 [*N.d.T.*].

terribilmente prodiga; era trascuratissima con le proprie cose e spesso perdeva o addirittura regalava ciò che Gertrud, con grande difficoltà, aveva raggranellato per lei. Gertrud ne restava scandalizzata e ferita; se la prendeva molto a cuore, e talvolta non poteva fare a meno di pensare che la bambina fosse pazza. Ma c'era anche qualcos'altro che la colpiva: aveva visto, o sentito dire, che le persone eccezionali si comportano proprio a quel modo.

Quando a primavera presi a frequentare la canonica più spesso, vi trovai un'atmosfera idillica, di quelle di cui si legge nei libri. Credo che per la mia amica Gertrud quell'anno e il successivo siano stati i più felici della sua vita. La bambina chiamava il parroco e la moglie papà e mamma, e dopo un pòco parve che avesse dimenticato del tutto la sua vita di prima, e pensasse di esser nata e di aver sempre vissuto nella canonica. Gertrud non la perdeva d'occhio neppure per un istante, e Mene, a sua volta, benché non le piacessero le troppe carezze e moine, le girava sempre intorno come fanno i cerbiatti con la cerva. Come se si fosse formata alla scuola del professore, manifestava una vera adorazione per la bellezza di Gertrud. Ne parlava di continuo, infilava perline per farne collane da regalarle, e d'estate intrecciava fiori in centinaia di ghirlande per i suoi bei capelli. Prima di allora, nessuno aveva mai ammirato Gertrud per il suo aspetto; né credo che il parroco si fosse mai dimostrato un innamorato immaginoso. Questo corteggiamento così solenne e grazioso fu per lei una cosa del tutto nuova, e sebbene con noi ne ridesse, mi resi conto che in realtà ne era felice e incantata. Il parroco insegnò alla bambina a leggere e a scrivere, perché non aveva la benché minima istruzione. Constatò che imparava con facilità, e così, sotto ogni rispetto, tutti e tre erano felici di stare insieme.

Benché io in principio ridessi di tutto quell'affaccendarsi intorno a una bimbetta di Copenaghen, ben presto Alkmene ed io finimmo col passare insieme molto del nostro tempo. Tutto cominciò quando lei mi chiese di farla venire a caccia e a pesca con me. Era come avere accanto un cagnolino sveltissimo, tanto era pronta a scattare e a scorgere tutto in un battibaleno. Così mi accorsi che la bambina così impavida aveva paura di fronte alla morte. La prima volta che raccolsi un uccellino morto, ancora caldo nelle mie mani, lei si sentì mancare per l'orrore e il disgusto. Però non le faceva alcuna impressione prendere i serpenti con le mani nude. E aveva una vera passione per tutti gli uccelli selvatici, e imparò a riconoscerne i nidi e le uova. Allora, d'estate, era divertente sentirla rispondere nei boschi alla tortora e al cuculo, imitando i loro versi.

Tra noi, dunque, si stabilì un'amicizia che ritengo insolita tra un ragazzo grande e una bambina piccola. Era un legame molto simile a quello tra fratello e sorella, proprio come se l'era augurato la moglie del parroco, eppure, credo, non esattamente secondo i suoi desideri. Quando Gertrud aveva parlato della bambina come di una possibile moglie per me, quell'idea mi era parsa comica. Sebbene avessi soltanto quattordici anni, capivo abbastanza il mondo per decidere che la figlia di un parroco non era una compagna adatta a me. Qualcuno potrebbe supporre che in seguito, quando crescendo lei divenne così graziosa, io abbia sognato in cuor mio di sedurre la dolce fanciulla della canonica. Ma quell'idea era lontana dalla mia mente quanto l'idea del matrimonio. La nostra amicizia fu sempre castissima, e non ricordo di averle mai nemmeno sfiorato la mano. Litigavamo aspramente, alle volte, proprio come si litiga tra amici o tra fratelli e sorelle, quantunque nessuno dei due avesse mai il minimo bisticcio in famiglia; e una volta, trasportata dall'ira, lei arrivò perfino a scagliarmi un sasso. Ma il nostro rapporto si distingueva soprattutto per una profonda, tacita comprensione che gli altri non potevano nemmeno sospettare. Sembravamo tutti e due consapevoli di essere uguali, in un mondo diverso da noi. Più tardi, per spiegarmi questa sorta di complicità, ho dato per scontato che noi eravamo, in quell'ambiente, le uniche due persone di sangue nobile, e che probabilmente il suo era, e di gran lunga, il più nobile. E proprio per questo, tra l'altro, la nostra era un'amicizia soprattutto dei boschi e dei campi; una volta tornati in casa essa subiva un'interruzione, o diventava segreta.

Un particolare curioso della nostra amicizia era che Alkmene comparisse tanto spesso nei miei sogni, anche quando durante il giorno non avevo minimamente pensato a lei. E spesso nei miei sogni lei spariva e la perdevamo. Si potrebbe credere che questi sogni avessero finito con l'ispirarmi la paura concreta di perderla. E invece no; mi convincevano, al contrario, e a mio rischio e pericolo, che anche quando sembrava scomparsa per sempre, sarebbe sicuramente tornata alla prima luce del giorno.

Mene conservò da fanciulla la stessa incantevole grazia che aveva da bambina. Anche se si limitava ad alzare un braccio per lisciarsi i capelli, si restava a guardarla a bocca aperta, tanto quel movimento era leggiadro e impeccabile. E quando correva nei boschi mi ricordava un capriolo, o un pesce che balzi in un torrente. In seguito, nei più grandi teatri, ho visto molte ballerine famose, ma ai miei occhi nessuna di loro poteva competere, per l'armoniosa eleganza del gestire, con la fanciulla della canonica. Di questo suo dono io mi ero accorto sin dall'inizio, ma non credo che gli altri l'avessero notato; per Gertrud, quella non era che un'altra prova della universale superiorità di Alkmene. Mio padre, tuttavia, disse qualcosa a quel proposito. Alla canonica, però, era proibita ogni specie di danza, e per Gertrud l'arte della danza era in qualche modo collegata col teatro e con i primi anni della bimba, dei quali era gelosa al punto che non voleva pensarci né sentirne parlare. Così ad Alkmene non fu mai consentito di ballare. Ma il parroco le insegnò molte altre cose. Per qualche tempo si mise perfino a insegnarle il greco, che la piccola, mi disse, apprendeva con straordinaria prontezza. Riusciva a recitare a memoria diversi brani tratti da tragedie e commedie greche.

Negli anni successivi, Alkmene tentò per ben due volte di fuggire dalla canonica. La prima volta fu in un giorno di marzo, quando la neve si era appena dileguata; lei s'incamminò attraverso i campi diretta a sud, e aveva già percorso più di dodici miglia quando il mandriano del parroco, incaricato di cercarla da quella parte, riuscì a raggiungerla e a riportarla a casa; Gertrud aveva temuto che la bambina fosse annegata; la sua disperazione era straziante. Ora se la stringeva al petto, la fissava, e continuava a domandarle: «Perché sei scappata? Perché ci hai lasciati?». Ma non ebbe risposta.

Due anni dopo, quando aveva undici anni, la bambina fuggì di nuovo, e questa volta i genitori si spaventarono ancora di più. Perché nel villaggio si era fermata per qualche tempo una tribù di zingari; se n'erano andati coi loro carrozzoni la sera prima, attraversando la brughiera a ovest delle terre di mio padre, ed era chiaro che Mene li aveva seguiti. Quella gente aveva una cattiva fama nella zona; si diceva che l'anno prima avessero ucciso un venditore ambulante. Quella volta fui proprio io ad inseguirla e a riportarla a casa. A quell'epoca le mie lezioni col parroco erano ormai finite. Avevo anche viaggiato, ma andavo ancora abbastanza spesso alla canonica.

Era una caldissima giornata di mezza estate; sulla brughiera grandi miraggi si libravano nel fremito incessante dell'aria. Due volte credetti di aver visto la ragazza nel vasto paesaggio intorno a me, ma tutt'e due le volte non era che un mucchio di torba. Finalmente scorsi in lontananza la sua figuretta. Camminava rapida; dopo un po' si mise a correre. Mi venne da ridere, perché la seguivo a cavallo ed ero sicuro che non poteva sfuggirmi. Tuttavia in quell'immagine c'era anche qualcosa di triste. Quando la raggiunsi non la fermai, ma per un tratto continuai a cavalcare al suo fianco. Lei seguitò a camminare frettolosa. Era a testa nuda, pallidissima, e il sudore le bagnava il viso. Non riusciva a gareggiare col cavallo. Quando una capinera sbucò dall'erica davanti ai suoi piedi e spiccò il volo con un grande strepito d'ali lei cadde e rimase immobile al suolo. Mi fece una gran pena. Credetti che avrebbe pianto. «Dammi il tuo cavallo, Vilhelm,» mi scongiurò «così posso ancora raggiungerli». «No,» le risposi «devi tornare indietro. Ma tu monterai a cavallo, e io andrò a piedi». Lei non disse più una parola, e io l'aiutai a montare in sella.

Era una giornata serena. Mi misi a cantare, e dopo un poco Alkmene unì alla mia la sua limpida voce. Cantammo molte canzoni, e alla fine anche un vecchio canto popolare che parla di una madre che piange il figlio morto. Io le dissi: «Quando scappi, sciocchina, i tuoi si prendono un bello spavento». «Perché non vogliono lasciarmi andar via?» ribatté lei. Cantai un'altra strofa e poi le dissi: «Le persone non sono tutte uguali. Guarda mio padre; trova sbagliato tutto quello che faccio, e la mia presenza lo infastidisce. Ma i tuoi ti vogliono bene, e ti trovano meravigliosa, se soltanto accetti di restare con loro». Stavolta Alkmene rimase zitta a lungo; poi mi domandò: «Vilhelm, che ne è dei figli che non vogliono essere amati?».

Tornammo tardi. Sebbene il cielo fosse ancora pieno di luce, era sorta la luna estiva. Quando raggiungemmo la proprietà di mio padre, attraversammo un campo di orzo. Le spighe vi spuntavano in mucchi sparsi, ma tutto il campo era disseminato a tal punto di calendule gialle, da dare l'impressione che la luna vi si specchiasse come in un lago.

Prima che io uscissi, Gertrud aveva fatto promettere al marito che questa volta avrebbe dato alla bambina una bella lezione, ma non appena la riebbero con loro fu tutto dimenticato. La madre, però, ancora pallidissima per lo spavento, non riusciva a darsi pace. Diceva: «Tu vuoi più bene a quella gente malvagia che a noi, preferiresti stare con loro piuttosto che con tuo padre e tua madre. Non lo sai che ti avrebbero uccisa e divorata?». Alkmene la guardò, con i limpidi occhi spalancati. «Mi avrebbero divorata?» disse. Gertrud credette che si stesse beffando di lei. «Oh, che bambina senza cuore!» proruppe.

Quando per Mene arrivò il tempo di fare la cresima, i suoi genitori adottivi si trovarono di fronte a due problemi. Prima di tutto, il parroco si rese conto di non aver mai visto il certificato di battesimo della bambina; quindi non poteva essere sicuro che fosse stata effettivamente battezzata. Scrisse al professore, ma la risposta si fece attendere a lungo, perché il vecchio aveva lasciato Copenaghen per ricoprire un alto ufficio in una corte tedesca. La risposta, comunque, finì con l'arrivare, ma in essa il professore si limitava a rassicurarli, sul proprio onore, che la bambina era stata battezzata. A questo punto il parroco non sapeva se dovesse cresimare la ragazza senza più indugi, o se non dovesse prima battezzarla, in forma privata, in modo da eliminare ogni possibilità di dubbio. Sua moglie mi disse che quel dilemma gli tolse il sonno per molte notti. Lui mi confidò: «Alcuni teologi sostengono che il battesimo non è che un simbolo. Iddio ci assista, i simboli sono potenti! E non è escluso che anch'io a volte abbia trattato con troppa leggerezza dei grandi simboli». Fu proprio allora che smise di insegnare il greco alla ragazza. Alla fine, comunque, seguì il consiglio della moglie e cresimò Mene con gli altri bambini della parrocchia.

Ma al corso di catechismo Mene incontrò altre ragazzine, e ascoltò i loro discorsi. E a questo punto il parroco e sua moglie sospettarono, da certi indizi, che ella avesse saputo di non essere figlia loro. Alkmene non ne parlò affatto; ma qualcuno aveva sorpreso i discorsi delle bambine. Il parroco valutò bene la questione, e un giorno ne parlò con la moglie in mia presenza — sicuramente perché lo sgomentava l'idea di affrontare l'argomento a quattr'occhi – e le disse che intendeva essere franco con la ragazza e dirle tutta la verità. Subito Gertrud lo rimbeccò aspramente. Da quando era arrivata Mene, non l'avevo più vista accanirsi così contro di lui. Era come se avesse dimenticato di non essere la vera madre della piccola, e ora incolpasse il marito di volerla deliberatamente privare della figlia. «Non si tratta di questo,» disse il parroco «ma io dovrò posare la mia mano sul capo della bimba nel nome del Signore. Che cosa accadrà se in quel momento lei saprà in cuor suo che la sto ingannando?». Gertrud gli tenne testa. «E tu vuoi strapparmela del tutto?» gridò. «Ma allora non ti sei accorto che lei già mi odia e mi teme? Se adesso le dici che non sono sua madre, non avrò più modo di tenerla; mi disprezzerà con tutta l'anima e mi volterà le spalle!». Di fronte a questa accusa il parroco non aprì bocca. Ma mentre Gertrud parlava, ci eravamo resi conto tutti e due che aveva ragione. Negli ultimi due anni Alkmene era cambiata e si era inasprita contro la madre; talvolta la trattava con una strana diffidenza, una ribelle ostilità. Infine il parroco si decise a dire: «Cara moglie, forse sarebbe stato meglio se non avessimo mai accettato questo fardello e ce ne fossimo rimasti tranquilli nella nostra canonica, da bravi coniugi attempati e senza figli». Gertrud lo fissava, sconcertata. «Ma poiché abbiamo messo mano all'opera,» continuò il parroco «adesso dobbiamo portarla a termine, secondo il nostro discernimento». Gertrud cominciò a piangere. «Fa' come meglio credi» disse, e uscì dalla stanza.

Ma mentre andavo via la trovai che mi stava aspettando. Mi prese la mano, mi fissò negli occhi e mi disse: «Vilhelm, tu sei amico di mia figlia. Vuoi farmi un grosso piacere? Tienila d'occhio, mio buon Vilhelm. Quando suo padre le avrà parlato, sta' con quella povera bambina e guarda un po' come la prende, e poi riferiscimi quello che ti dice. Perché, Dio mi assista, lei a me non dirà nulla». Mi sentii rattristato e commosso nel vedere Gertrud costretta a chiedermi aiuto a quel modo, perché sino a quel momento era stata convinta di essere la sola a capire e conoscere sua figlia. Sicché le promisi che avrei fatto quel che mi chiedeva.

Ma circa due settimane dopo ella mi disse: «Dio è misericordioso, Vilhelm, o forse Jens è veramente un saggio. Da quando le ha detto tutto la bambina è cambiata, non te ne sei accorto? È tornata a me, e mi tratta con tenerezza come quand'era piccola. E questo mi fa sentire giovane. Oggi mi sono guardata nello specchio. Puoi anche ridere, ma quella che ho visto era la faccia di una donna giovane. Il perché non lo so, ma ho la certezza che questo tenerissimo accordo che c'è tra noi durerà per tutta la vita». Nonostante la preghiera che mi aveva rivolta in precedenza, si dimenticò di domandarmi che cosa mi avesse detto Alkmene. «Ma non è strano» soggiunse dopo un momento «che non abbia domandato nulla dei suoi veri genitori? Lei non lo sa che non saremmo stati in grado di risponderle».

Con me Alkmene non parlò mai di quella rivelazione, ma penso che nel corso del loro colloquio il parroco avesse accennato al professore, perché un giorno lei mi domandò se lo conoscessi. Le dissi che lo avevo visto. «Vorrei vederlo anch'io, un giorno o l'altro» mi rispose Alkmene.

Gertrud lamentava con me che la ragazza badasse così poco a quello che indossava, e trascurasse il vestito della festa, che le aveva fatto lei, alla stessa stregua degli abitucci un po' sbiaditi di tutti i giorni. Ma un bel giorno la fanciulla sentì la nostra vecchia governante parlare delle belle vesti di mia madre, che erano tutte riposte sotto chiave in una grande cassapanca in soffitta, perché mio padre non voleva vederle, e nemmeno che le indossasse qualcun'altra. Allora mi assillò tanto che un giorno, durante un'assenza di mio padre, mi decisi a far saltare la serratura della cassapanca e a tirarne fuori gli abiti. Lei li spiegò l'uno dopo l'altro, e rimase a lungo seduta a contemplarli; infine mi chiese di regalargliene uno. Era un abito di pesante seta verde a disegni gialli. A ripensarci adesso, mi sembra un po' come un tiglio in fiore. Mi misi a ridere, e le domandai se volesse indossarlo per andare in chiesa. In chiesa no, mi rispose, ma un giorno o l'altro l'avrebbe indossato.

Passò un po' di tempo, e una sera di giugno in cui Gertrud aveva appena sfornato il pane, Alkmene le domandò se poteva uscire con me — che ero a casa in vacanza — per portarne un po' alla vecchia signora Ravn, che era la vedova del parroco di prima e abitava all'altro capo del villaggio. Ma non appena fummo in strada lei mi disse che non aveva la minima intenzione di andare dalla signora Ravn, voleva, invece, mettersi la sua veste di seta e passeggiare con me nel bosco e tra i campi. Teneva l'abito in una casupola poco lontana, presso una donna che in passato era a servizio della canonica, ma era stata mandata via perché beveva. Entrò in quella casa, e poco dopo ne uscì con indosso l'abito verde e giallo. Non si era fermati i capelli sul capo, non si era nemmeno lavate le mani, eppure credo di non aver mai visto persona più regale e disinvolta di lei, quale mi apparve in quel momento.

Ci inoltrammo nei boschi, ed ella non parlò molto. La sua veste era un po' troppo lunga, e lei la lasciava strascicare per terra. Le raccontai del nuovo cavallo che avevo appena comprato, e di un litigio che avevo avuto con mio padre. Se qualcuno ci avesse incontrato, chi sa quanto avrebbe riso nel vedere, su un sentiero nel bel mezzo della foresta, una ragazza vestita con tanto lusso. Eppure sembrava una cosa naturale che lei fosse lì vestita in quel modo. Il bosco era fresco. Nei punti dove il sole al tramonto riusciva a penetrare, il fogliame era tutto verde e giallo come il suo abito, e la seta frusciava a ogni passo con un suono lieve come il pigolio sommesso di un uccello ancora desto su un ramo. Lungo il sentiero ci imbattemmo in una volpe, ma non incontrammo esseri umani.

Il sole sfiorava l'orizzonte, quando dal bosco uscimmo nei campi. In quel punto c'era un colle altissimo. Ci inerpicammo fin sulla sua cima, e di là si poteva spingere lo sguardo da tutti i lati sulla pianura dorata e sulla brughiera, che si dispiegavano sotto di noi in tutta la loro magnificenza. Alkmene rimase immobile ad ammirare il paesaggio. Il suo viso era limpido e radioso come l'aria. Dopo un po' fece un gran sospiro di beatitudine, e io mi dissi che le ragazze sono davvero ridicole, se per farle felici basta condurle in cima a un colle con indosso un vestito di seta. Più tardi ci sedemmo e mangiammo il pane che Gertrud ci aveva dato per la vecchia vedova. Era ancora caldo. Da allora, quando gusto del pane fresco, mi torna sempre il ricordo di quella serata e di quel colle.

Quando tornammo alla canonica, dopo che Alkmene si era fermata nella casupola per rimettersi il suo vestito di tutti i giorni, trovammo Gertrud che, con gli occhiali sul naso, rammendava a lume di candela un gran mucchio di calze bianche della figlia. Ne aveva già rammendate molte, ma io pensai che se doveva finirle tutte sarebbe rimasta alzata sino a tarda notte. Ci sorrise e ci chiese notizie della signora Ravn. Alkmene si fermò alle sue spalle e guardò lei e poi le calze, e mi parve di vederla impallidire. «Lascia che ti aiuti a rammendare, mamma» disse. «No, piccola mia» le rispose Gertrud, e spense la candela con le dita. «Oggi hai camminato molto, ed è meglio che tu vada a letto».

Nell'autunno di quell'anno mi successe una cosa che era destinata ad avere una certa influenza sulla mia vita. Una ragazza del villaggio, una certa Sidsel, che tra l'altro era figlia della donna nella cui casa Alkmene teneva il suo vestito di seta, ebbe un bambino che morì, e del quale mi attribuì la paternità. Io non ero affatto convinto che le cose stessero proprio così, dal momento che lei non era certo un modello di

217

virtù. Ma in paese non si parlava d'altro. Mio padre mi disse: «Il bambino è morto, e Sidsel è promessa al guardacaccia. Ma non ti illudere di poterti comportare come un idiota nel tuo stesso villaggio, mentre aspetti che la ragazzina della canonica sia abbastanza grande per te. Andrai a stare per sei mesi da tuo zio a Rugaard, nel Djursland. Sua figlia ha due anni più di te, e un giorno sarà molto ricca. Là, comunque, potrai imparare un po' di agricoltura; e sarebbe ora che te la facessi entrare bene in testa!». Questa conclusione della predica era quanto mai ingiusta nei miei confronti, perché mio padre aveva sempre riso di me, chiamandomi contadino, tutte le volte che avevo dimostrato un certo interesse per il lavoro agricolo nella nostra proprietà, che a quel tempo era in pessime condizioni.

Non m'importava di dover andar via, ma mi domandavo che cosa pensassero di me alla canonica. Il parroco doveva essere terribilmente deluso, perché aveva passato la vita a predicare contro la dissolutezza dei suoi parrocchiani, e visto che mi aveva avuto come allievo per tanto tempo, aveva finito col considerarmi opera sua. Gertrud avrebbe potuto perdonarmi, perché in campagna c'era nata e sapeva come ci si vive; ma avrebbe fatto di tutto perché Mene non venisse a conoscenza di quell'episodio, e probabilmente avrebbe cercato di tenerla lontana da me.

Un pomeriggio in cui mio padre si trovava a Vejle, andai nella biblioteca della nostra casa a prendere alcuni libri; tutt'a un tratto sentii spalancarsi la porta e vidi Alkmene sulla soglia. La nostra biblioteca dà verso nord; lei aveva il sole alle spalle, e i suoi capelli splendevano come una fiamma. Mi domandò: «È vero quello che dicono di te e di Sidsel?». Nel vederla rimasi stupito, perché fino a quel momento non era mai venuta al castello da sola. Ma la sua domanda era stata così perentoria che fui costretto a risponderle. «Sì» mi decisi a dire. «Come osi, Vilhelm!» gridò lei. Devo dire che, per quanto possa sembrare strano, da qualche tempo provavo un certo risentimento verso la ragazza, come se avesse colpa lei di quel che mi era successo. Ora, quando cominciò a parlarmi proprio come gli adulti, mi sentii un peso sul cuore e la pregai di lasciarmi in pace. Ma lei non mi ascoltava; entrò nella stanza, col viso infiammato dal turbamento. «Come osi?» tornò a gridare. Allora mi ricordai che in genere si poteva prendere alla lettera tutto quel che diceva, e mi resi conto che mi stava facendo una domanda perché io le dessi una spiegazione, proprio come faceva sempre. Non potei trattenermi dal ridere. «Forse» le dissi «non ci vuole poi tanto coraggio come può sembrare a una ragazza». Lei mi guardò con aria grave e altera. «Adesso andrai all'inferno, lo sai anche tu, no?» mi disse. «È proprio lì che tutti mi mandano» le risposi. «Mio padre mi ha cacciato di casa; i tuoi genitori non vogliono parlarmi. Almeno tu ed io, Alkmene, potremmo restare amici per il poco tempo che ci rimane». «Tuo padre ti ha cacciato via?» mi domandò. «Non hai più una casa? Allora verrò con te. Andremo insieme per le strade maestre. E poi,» soggiunse, e tirò un gran respiro «farò qualcosa, così non dovremo chiedere l'elemosina. Imparerò a ballare». «No,» dissi io «vado da mio zio a Rugaard». A questo ella divenne pallidissima. «Vai da tuo zio?» disse. «Credevo che ti avessero buttato in mezzo alla strada. Credevo che nessuno avesse mai fatto niente di così brutto come quello che hai fatto tu». Io cominciai a sentire che le cose stavano un po' migliorando. «Diamine,» le dissi «tu che hai letto tante storie sugli dèi della Grecia, saprai che non è davvero la prima volta che al mondo succedono certe cose». «No,» ribatté lei «non mi lasceranno più leggere quei libri. Non mi diranno niente. Che cosa devo fare, adesso?». In quell'istante vidi con chiarezza che eravamo l'uno dell'altra, e fui sul punto di dirle: «Mi aspetterai fino a che non torno, Alkmene? Allora nessuno potrà più dividerci». Ma pensai che era ancora tanto giovane, e poi non mi pareva il momento giusto per certe cose. Lei mi stava davanti e si torceva le mani. «Mi scriverai?» disse, ma si interruppe subito: «No, soltanto nei libri la gente riceve delle lettere. Ma se fai qualcos'altro di terribile, me lo scriverai?». «Tornerò tra sei mesi» le dissi. «Non dimenticarmi, Alkmene». «No,» disse lei «io non posso dimenticarti. Tu sei il mio unico amico. Non dimenticarti di Alkmene, Vilhelm». E detto questo andò via, improvvisamente com'era venuta. Qualche giorno più tardi partii per Rugaard.

Non scriverò niente della mia vita a Rugaard, perché questo racconto parla solo di Alkmene. Le residenze di campagna, nel Djursland, sono vicine l'una all'altra. Conobbi molti giovani della mia età, e non mi succedeva spesso di pensare alle persone o agli eventi di casa mia. Ma anche laggiù Alkmene compariva nei miei sogni.

Ero a Rugaard da tre mesi quando ricevetti una lettera di mio padre che si lamentava della sua gotta e mi diceva di tornare a casa. Sul momento non me ne curai troppo, ma poi mi arrivò un'altra lettera dello stesso tenore, e così tornai a casa.

La prima domanda di mio padre fu se a Rugaard avessi fatto la corte a mia cugina. Quando gli dissi di no parve contento, e si stropicciò le mani. «Qui dalle nostre parti stanno succedendo un mucchio di cose,» disse «e alla canonica ci sono stati dei grossi cambiamenti». Gli domandai che cosa intendesse dire, ma lui mi rispose: «Sarà meglio che tu vada a scoprirlo da solo. Quelli sono sempre stati grandi amici tuoi». Sicché l'indomani andai alla canonica.

Il parroco era solo in casa; la moglie e la figlia erano andate a far visita a un malato. Lo trovai cambiato, proprio come aveva detto mio padre. Era serio, tutto assorto nei suoi pensieri, e io mi dissi che in quei lontani giorni di cui mi aveva parlato doveva avere avuto proprio quell'aspetto. Aveva dimenticato del tutto il triste episodio di Sidsel e mi salutò affettuosamente. Parlammo per un poco del più e del meno, poi mi disse: «È giusto che tu sappia, Vilhelm, che cosa è successo qui, nella vecchia canonica» e mi raccontò tutto.

Poco dopo la mia partenza, gli aveva scritto il suo amico, il vecchio professore, per informarlo che la sua figliola adottiva era venuta in possesso − per quali vie, come al solito, lui non poteva o non voleva dirlo − di una grossa eredità, proprio come se le fosse toccato di ricevere un dono prodigioso da quell'Aladino del nostro immortale Oehlenschlager. Per lealtà − il professore aveva la mania della lealtà − e per non tradire il loro patto iniziale, lui non avrebbe insistito, lasciando che fosse l'amico a decidere se, per il bene della ragazza, doveva accettare o rifiutare quella fortuna.

Il parroco mi disse che prima di prendere la sua decisione aveva meditato molto a lungo. «Ed è veramente strano» osservò «che per tutto quel che riguarda nostra figlia, mia moglie ed io non siamo mai dello stesso parere. Gertrud quel denaro non voleva accettarlo. Ora, se si fosse trattato di una somma meno ingente, può anche darsi che sarebbe stato l'inverso: magari lei sarebbe stata felice di sapere che la ragazza aveva un avvenire sicuro, mentre io avrei preferito che rimanesse com'è ora, una ragazza delle nostre condizioni, la figlia di un parroco di campagna. Così, invece, tutto quel denaro spaventa la mia povera moglie». E a quel punto il parroco mi precisò la cifra: si trattava di oltre trecentomila talleri. «Gertrud si è ficcata in testa che una somma simile deve per forza avere un'origine demoniaca. Ed è diventato diverso anche per me».

Per un poco rimase pensieroso. «Io non ho mai avuto un desiderio sfrenato di denaro» disse. «Esso non ha fatto parte dei miei sogni nemmeno quand'ero giovane. Ho desiderato altre cose e le ho chieste nelle mie preghiere, ma l'oro non mi ha mai tentato. In questo caso, però, assume un altro aspetto; diventa un simbolo. Io l'ho visto» continuò. «Sono andato a Co-

penaghen, e là, nella banca, mi hanno mostrato l'o-
ro. L'ho toccato. Giace lì addormentato, in attesa della
mano che dovrà tramutarlo in realtà. Quanto bene
si può fare al mondo, con una fortuna simile? Bada,
Vilhelm,» disse «che io non ignoro il potere di Mammone. Mentre lo toccavo, sapevo bene il pericolo che
c'è nell'oro. Ma se dev'esserci un duello tra Dio e
Mammone, potrei forse rifiutare di assumermi la di-
fesa del Signore?».

Domandai al parroco se Alkmene fosse al corrente della fortuna che le era capitata. Sì, mi rispose, glie-
l'aveva detto. Era ancora una bambina; non ne era
rimasta molto colpita; dalla sua reazione, si sarebbe
detto che lo sapesse da sempre. E adesso per lui il lavoro era ancora più sacro, perché vi si prodigava nel-
l'interesse di una bambina. A dire il vero, proseguì,
lui l'aveva sempre saputo che grazie ad Alkmene
avrebbe potuto dedicarsi a qualche nobile compito.
«E quando sarò morto» disse «continuerò a vivere nelle opere buone della piccola, perché in lei, Vilhelm,
c'è una forza immensa».

Questo suo discorso mi diede molto da pensare. E
mi fece anche un po' ridere. Non potei fare a meno
di considerare che forse conoscevo Alkmene meglio
di quanto non la conoscesse il padre.

Non appena tornai a casa, mio padre mi assillò di
domande su quella visita, e io gli riferii la maggior
parte di ciò che mi aveva detto il parroco. «E tu hai
chiesto la mano della ragazza?» mi domandò lui. «No»
gli risposi. «Sei uno stupido» dichiarò mio padre.
«Una fortuna come quella compensa l'oscurità della
sua nascita; in un certo senso, getta su di essa una nuova luce. Non è così assurdo che in cambio tu le dia
il tuo nome». Poiché non rispondevo, cominciò a de-
cantare le virtù della ragazza, come un mercante di
cavalli decanterebbe una giumenta, e la scoperta che
l'aveva osservata con molta attenzione mi sorprese,
perché ero convinto che non si fosse mai curato della figlia del parroco. Alla fine, benché non avessi certo

l'abitudine di fargli le mie confidenze, gli dissi che mi sarebbe parso estremamente inelegante chiedere la mano di Alkmene subito dopo aver saputo che era ricca, dal momento che prima non avevo mai dimostrato d'essere disposto a farlo. Mio padre mi ripeté che ero uno stupido, e via via che la discussione andava avanti montò su tutte le furie. Finì col dichiarare che se ero così idiota da non cogliere quell'occasione, la mano della ragazza l'avrebbe chiesta lui.

Mi vergogno di dire che lo fece davvero, e in modo stupidissimo. Fece attaccare il tiro a quattro, che usavamo di rado, e si recò alla canonica per chiedere la mano di Alkmene. Che cosa sia avvenuto nel corso della sua visita io non lo so. Arrivo persino a dubitare che mio padre sia riuscito a chiarire al parroco e a sua moglie il motivo per il quale era andato a trovarli. Ma nonostante quell'insuccesso, non la finiva più di elencarmi tutte le migliorie e gli abbellimenti che si sarebbero potuti fare nella nostra tenuta col denaro della ragazza. E con tutte queste storie mi stancò e mi irritò a tal punto che ripartii senza aver rivisto né Gertrud né Alkmene.

In seguito, la prima notizia che ricevetti da casa fu che il parroco era morto. Già da molti anni la sua salute era precaria; il viaggio a Copenaghen nel cuore dell'inverno l'aveva spossato. Laggiù si era preso un raffreddore che era degenerato in polmonite. Al funerale fui colpito dal profondo dolore di tutti i suoi parrocchiani. Gertrud, angosciata e afflitta, mi raccontò quanto il marito fosse stato paziente durante la malattia, e come tutt'a un tratto, sul letto di morte, le avesse gridato che ora capiva le vie del Signore, proprio come se avesse avuto una splendida rivelazione. Poi mi fece vedere un giornale che le avevano spedito da Copenaghen. C'era una necrologia del marito, in cui si parlava in tono così encomiastico del suo carattere, della parte che − se soltanto fosse stato ambizioso − avrebbe potuto rappresentare sulla scena del mondo, e dei talenti che aveva dimostrati da giovane, da lasciare sorpreso perfino me, che pure avevo di lui un'opinione così alta. L'articolo non era firmato, ma fui d'accordo con Gertrud che doveva averlo scritto il suo vecchio amico professore.

Gertrud, alla quale era concesso di vivere alla canonica ancora per un anno, dopo alcuni mesi andò per qualche tempo da una sua sorella malata. Mio padre, in quel periodo, era andato a Pyrmont a curarsi la gotta. Sicché anche Alkmene era sola nella canonica, come io ero solo al castello. E un giorno mi mandò un messaggio in cui mi pregava di andarla a trovare.

Adesso aveva quindici anni, era alta per la sua età, ma esile, e somigliava ancora molto alla bimba che tanti anni prima era arrivata alla canonica. Mi disse: «Vilhelm, ti ricordi di avermi promesso, tanto tempo fa, che se mai ti avessi chiesto un grande favore tu me lo avresti fatto?». Me ne ricordavo, e le domandai che cosa voleva che facessi. «Voglio andare a Copenaghen,» mi disse «e tu devi accompagnarmici. Dobbiamo andarci adesso, mentre mia madre è via. Ma voglio fermarmi laggiù soltanto un giorno». Non era davvero un'impresa facile. Tra andare e tornare, saremmo stati via una settimana, e nessuno doveva saperne nulla. Ma Alkmene era decisa a partire, e dal momento che una volta le avevo fatto quella promessa, ora non potevo rifiutarmi di aiutarla. Del resto, non nascondo che quel viaggio avventuroso mi attirava. Sicché feci quel che lei mi chiedeva. Ella andò da certi amici a Vejle, e là ci incontrammo una mattina presto, alla fermata della diligenza. Per fortuna, tra i passeggeri non incontrammo, né a Vejle né altrove, persone di conoscenza.

Era maggio. La campagna che attraversavamo cominciava a rivelare il suo tenero verde; i boschi offrivano un'ombra soave e delicata. Le prime ore del mattino erano fresche e rugiadose, ma il cielo era già percorso dalle allodole. Quando ci fermammo a Sorø, in quella serata di primavera udimmo l'usignolo.

Adesso, quando ripenso a quel viaggio, sono convinto che ormai dovevo aver deciso in cuor mio di sposare Alkmene, se lei mi avesse voluto, perché feci di tutto per difendere la sua reputazione. Dovunque andassimo, io dichiaravo che quella graziosa ragazza era mia sorella, e nulla nel nostro comportamento poteva indurre la gente a dubitare delle mie parole. Ma il mio cuore era colmo di un piacere e di un entusiasmo non propriamente fraterni. Mi dicevo che sino a quel momento non ero mai stato felice, e fantasticavo che in futuro avremmo spesso viaggiato insieme. Ella si beava del continuo mutare del paesaggio con la gioia di una bambina. E il secondo giorno, quando attraversammo la Grande Cintura sotto un bel sole e con una lieve brezza, alla vista del mare si sentì travolgere dallo stupore e dall'esultanza. A darmi un lieve senso di disagio era soltanto il mistero che circondava la nostra missione, e talvolta qualcosa nel suo viso.

Ero stato più di una volta a Copenaghen. Avevo prenotato prima ancora di arrivare l'albergo nel quale ci saremmo fermati. Era un posto tranquillo. Arrivammo in città nel pomeriggio. Lei guardava la gente che affollava le strade e gli abiti delle donne, ma non parlò molto.

La sera, dopo aver cenato in albergo, la pregai di dirmi perché mai fosse venuta a Copenaghen. Lei allora tirò fuori dalla borsa il giornale che, dopo la morte del parroco, Gertrud mi aveva fatto vedere, e mi disse: «Sono venuta per questo». Sull'ultima pagina, un trafiletto annunciava che un assassino famoso, un certo Ole Sjaelsmark, sarebbe stato giustiziato, mediante decapitazione, sul prato pubblico a nord di Copenaghen. Il giornale precisava il giorno e l'ora dell'esecuzione, che a quanto vidi doveva aver luogo l'indomani, e diceva che vi si poteva assistere.

Mentre leggevo queste notizie, mi sentii invadere da una paura immensa. Vidi e capii con chiarezza che le forze tra le quali mi ero aggirato erano più possenti e più formidabili di quanto non avessi creduto, e che tutto il mio mondo stava forse per sprofondare sotto i miei piedi. Dissi alla ragazza: «Dev'essere uno spettacolo orribile. Molte persone sostengono che è un uso barbaro lasciare che la folla si diverta ad assistere ai patimenti e alla morte di un uomo, per quanto atroci siano i misfatti che ha commessi». «No,» rispose lei «non è un divertimento. È un monito per tutti coloro che forse stanno per commettere gli stessi misfatti, e che nient'altro riuscirebbe a dissuadere. Veder morire quell'uomo li tratterrà dal diventare come lui. Una volta,» continuò «mio padre mi lesse una poesia che parlava di una ragazza alla quale mozzarono la testa. Ricordo ancora le sue parole. Diceva così:

Ora su ogni testa ha tremato
la lama che sta tremando sulla mia.

«Perché soltanto Dio sa tutto» disse. «E chi può affermare di se stesso: io di queste colpe non avrei mai potuto macchiarmi?».

Al mattino presto, Alkmene ed io ci recammo in carrozza sul luogo dell'esecuzione, che era molto lontano. Intorno al patibolo si era già raccolta una gran folla, composta soprattutto di gente rozza e di popolani, ma tra questi c'erano molte donne, e alcune avevano portato persino i propri figli. Mentre ci facevamo strada tra la ressa, tutti guardavano la fanciulla graziosa e pallidissima che si teneva aggrappata al mio braccio. Ma poi tornavano a fissare il punto dove, là in mezzo, si ergeva il terribile palco, sul quale erano già in attesa il boia e il suo aiutante.

Quando il carro che portava il condannato e il cappellano cominciò ad avanzare lentamente, sovrastando le teste della folla, Alkmene fu presa da un tremito così violento che le misi un braccio intorno alle spalle, e sebbene fossi io pure triste e sconvolto, quel gesto mi diede una gioia soave. L'assassino era seduto con la faccia verso di noi. Per un attimo ebbi l'impressione che i suoi occhi stessero cercando il volto della ragazza. Il cappellano salì sul patibolo con lui e là gli prese la mano e gli parlò; poi lo fece inginocchiare davanti al ceppo e si ritrasse per lasciare il suo posto al boia. Un attimo dopo la scure si abbatté.

Temetti che Alkmene cadesse al suolo, ma riuscì a reggersi in piedi. Ora la folla si accalcava intorno al patibolo, molti immergevano dei pezzetti di stoffa nel sangue, che il popolino ritiene un rimedio sicuro contro il mal caduco, ma noi andammo via.

Quella notte non avevo dormito, e l'atroce spettacolo mi aveva fatto drizzare i capelli sul capo. Sorreggevo la fanciulla, ma non riuscii a dirle nemmeno una parola. Mentre ci allontanavamo da quel luogo, e la luce del giorno si faceva via via più chiara, ricordai come durante il viaggio avessi progettato di far visitare la città ad Alkmene, e risi all'idea di quanto ero ridicolo, un vero idiota. Però le dissi che prima di partire − perché le avevo promesso che ci saremmo rimessi in viaggio quella sera stessa − dovevamo vedere almeno il palazzo reale. E una volta riportata la carrozza al noleggio, vi andammo a piedi. Non potevo fare a meno di notare con quanta disinvoltura ella camminasse per la strada, e che portamento nobile ed elegante avesse, ad onta del vestito e della cuffietta da campagnola. E quando ci fermammo di fronte al palazzo, e lei lo contemplò con occhi gravi, io mi dissi che era nata per vivere in una dimora come quella.

Mentre eravamo là fermi, ci passò accanto un vecchio con un grande mazzo di fiori in mano; fissò la ragazza, e poi, dopo aver fatto qualche passo, tornò indietro per guardarla di nuovo. Io lo riconobbi, quantunque fosse molto vecchio e curvo, e anche tutto imbellettato e coi capelli tinti: era il professore. Mi accorsi che ci seguì per tutta la strada, tenendosi a una certa distanza, e quando entrammo nell'albergo lui rimase fermo là fuori, e guardava le finestre. Pensai: «Ora andrà a consegnare il suo mazzo di fiori alla persona a cui è destinato, chiunque essa sia, e poi tornerà qui. Ma allora, come ho promesso ad Alkmene, noi ce ne saremo già andati».

All'albergo caso volle che incontrassi un tale che conoscevo, il quale mi disse che c'era una nave che partiva per Vejle quella sera stessa. Viaggiare per mare sarebbe stato più semplice, pensai, e poi non avevo proprio voglia di percorrere al ritorno la stessa strada che avevamo fatto all'andata. Così, quando lasciammo l'albergo, ci dirigemmo verso il porto.

Era una bella sera primaverile, e mentre risalivamo il Sund soffiava dal sud una lieve brezza. Stavamo seduti sul ponte e guardavamo la costa; vedemmo accendersi alcune luci tanto sulla costa danese quanto su quella svedese, e rimanemmo là seduti per quasi tutta quella chiara nottata. Alkmene si era tolta la cuffia e si era messa sul capo un fazzoletto. Avevamo appena superato Elsinore e il castello di Kronborg quando spuntò la luna.

Le dissi: «Avevo pensato che tu ed io saremmo potuti restare insieme per tutta la vita, Alkmene». «Avevi pensato questo?» disse lei. «Ormai è tardi per parlare di certe cose». «Veramente, non c'è mai stato nulla che mi facesse dubitare di una simile possibilità» dissi io. «No,» rispose lei «ora ho imparato che ci sono molti modi di vedere le cose. Tu, tu parli della mia vita adesso. Ma prima, quand'era il momento giusto, non hai cercato di salvarla». «Voglio farti una domanda» le dissi. «Non l'hai forse saputo sempre che ti amavo?». «Mi amavi?» disse lei. «Tutti amavano Alkmene. Ma tu non l'hai aiutata. E tu non l'hai saputo sempre che erano tutti contro di lei, tutti quanti?». Meditai un momento su quelle parole. «Per me era uno scherzo,» dissi «una cosa per ridere. No, credo addirittura di averli compianti un pochino. Non mi è mai passato per la testa che non fossi tu la più forte». «Già, ma non era così» ribatté lei. «I più forti erano loro. E non poteva essere altrimenti, visto che erano così buoni, e che avevano sempre ragione. Alkmene era sola. E da quando morirono, e la fecero assistere alla loro morte, lei non ha più potuto farcela contro di loro. Non ha visto altra via d'uscita se non quella di morire anche lei». Stava seduta molto ferma, e sembrava molto piccola sul ponte della nave. «E tu,» mi domandò «nemmeno adesso riesci a dire "Povera Alkmene"?». Io tentai di farlo, ma non mi fu possibile. «Ti ricorderai» riuscii infine a domandarle «che ti sono amico?». «Sì,» disse lei «ricorderò sempre che mi hai portata a Copenaghen, Vilhelm. Sei stato molto buono».

La riaccompagnai a casa due giorni più tardi, e alla canonica nessuno sospettò mai che ella non fosse stata tutto il tempo da quei suoi amici a Vejle.

Poco tempo dopo, mio padre mi scrisse pregandomi di raggiungerlo a Pyrmont, perché era ammalato e non se la sentiva di affrontare da solo il viaggio di ritorno. Poiché mi pareva che nulla mi trattenesse a Nørholm, aderii alla sua preghiera. A Pyrmont ricevemmo entrambi una lettera di Gertrud; ci comunicava la sua decisione di lasciare la canonica prima che scadesse il termine concessole. Perché sua figlia aveva acquistato dei terreni nell'ovest, con una piccola fattoria annessa, e avevano l'intenzione di mettere su un allevamento di pecore. Gertrud non se la cavava molto bene a scrivere. Con mio padre usò un tono umile e grato. Ma nella lettera che aveva scritta a me io lessi, tra le righe, la preghiera di chiarirle qualcosa: perché tutto era andato a quel modo? E c'era anche un'angoscia inespressa, come se in cuor suo ella avesse paura di lasciare la sua casa e di andarsene nel mondo sola con la figlia. Non vedevo come avrei potuto rassicurarla. Le risposi, la ringraziai di essere stata per tanti anni così buona con me, e le dissi addio.

In questo racconto su Alkmene mi resta ben poco da aggiungere.

Sedici anni dopo quel nostro viaggio a Copenaghen, una questione di affari mi portò all'ovest, nel distretto dov'era la fattoria di Alkmene. Mi trovavo proprio in quei pressi. Pensai che tanto valeva farle una visita, e presi la strada angusta e accidentata che conduceva alla fattoria.

Mi inoltrai attraverso un paesaggio vasto e malinconico, pieno di brughiere, di paludi e di catene collinose. Era un giorno del tardo agosto; le nuvole incombevano basse; era piovuto, ma verso sera si levò il vento, e il tramonto fu bello. Lungo la strada incontrai un carro stracarico di sacchi, e pensai che forse si trattava della lana di Alkmene. Quando arrivai alla fattoria, vidi che c'era un ampio granaio e diverse stalle, e tutt'intorno un gran numero di pagliai. La casa era un edificio lungo, basso, col tetto di paglia. Era tutto molto in ordine, ma poverissimo. Un vecchio e alcuni bambini continuavano a fissarmi, come se vedere un visitatore fosse una cosa molto rara. Mentre fermavo la carrozza davanti alla porta, dalla stalla uscì una contadina, scalza, con un fazzoletto in testa: era Gertrud.

Era invecchiata. Non aveva più quel suo vitino di vespa e il seno rigoglioso; era massiccia come una catasta di legna. La sua faccia ossuta era color bronzo, come se le sue minute lentiggini si fossero fuse insieme, e le mancava qualche dente. Ma era ancora agile, con gli occhi limpidi, una vecchia contadina schietta e cordiale.

In quella casa solitaria qualunque ospite sarebbe stato il benvenuto, ma Gertrud fu contenta di vedermi come se fossi suo figlio. Era sola, mi disse. Alkmene era andata a Ringkøbing per consegnare un carico di lana e depositare del denaro alla Cassa di Risparmio — probabilmente l'avevo incontrata lungo la strada. Mi portò nella stanza migliore della casa, dove chiaramente nessuno stava mai, e andò a prepararmi il caffè, che prese con aria solenne da una piccola scatola segreta nascosta dietro la cassapanca. Mentre ero solo mi guardai intorno. Tutto era pulito, ma poverissimo. Pensai al passato, e alla ragazza che avevo conosciuto in tempi lontani, e fui invaso da una sorta di terrore.

Mentre prendevamo il caffè, Gertrud e io parlammo dei vecchi tempi. Lei aveva una memoria di ferro per le persone e per i luoghi, ma nel suo ricordo gli avvenimenti si erano un po' offuscati. Confondeva l'ordine nel quale erano accaduti, come se da molto tempo avesse smesso di parlarne, forse perfino di pensarvi. Mi domandò se mi fossi sposato. Io le dissi che ero stato fidanzato con quella mia cugina di Rugaard, ma che dopo la morte di mio padre avevamo deciso di comune accordo di rompere il fidanzamento.

Più tardi andammo alla fattoria a vedere le pecore. Chiese il mio consiglio a proposito di un agnello che stava male, perché ricordava ancora quella volta che alla canonica avevo curato la mucca. Lei e la figlia se la cavavano bene, mi disse, ma nei primi anni avevano fatto un mucchio di errori e si erano lasciate imbrogliare. Adesso i loro greggi erano sempre più numerosi, e tutti i mesi Alkmene andava a Ringkøbing a depositare il denaro in banca. Ma lavoravano ancora duramente, dall'alba alla sera tardi, e non si permettevano sprechi. Il vecchio, che era il loro unico lavorante, era di ben poco aiuto. Gertrud si animò tutta mentre parlava delle sue pecore; le fiorirono due rose sulle guance e cominciò ad esprimersi con un linguaggio ardito e schietto che non le avevo mai sentito usare prima. Pensai che le pecore e la campagna dovevano aver riportato Gertrud ai tempi dell'infanzia e della prima giovinezza, e che in realtà io stavo parlando con la contadinella di cui si era innamorato il mio vecchio maestro. E così sua figlia, per lei, aveva preso il posto della madre, tanto che poteva persino, quando Mene non vedeva, ingannarla con la scatola segreta e il caffè.

Avevo sentito molto parlare della parsimonia di Alkmene. Nel corso di quei sedici anni, la ricchissima donna della fattoria solitaria era diventata, nella zona, una specie di mito, e la gente ne aveva un po' paura; la credevano matta. Tutto ciò che adesso vedevo intorno a me confermava quelle dicerie. Mi resi conto, allora, di quanto fossimo diventati tutti vecchi; il mondo mi sembrava un posto infinitamente triste, e mi ritrovai a domandarmi, con una certa amarezza, ma anche un po' divertito, se Gertrud, con l'innocenza e la solerzia della sua indole, non sarebbe riuscita a trovare qualche lato buono e qualcosa da fare, anche all'inferno.

Le domandai a che cosa sarebbe servito tutto il denaro che mettevano da parte ogni mese. Gertrud liquidò la mia domanda con aria indulgente, come se fossi un bambino. «Per il mio povero padre sarebbe stata una vera fortuna, se avesse avuto quel denaro in banca, non credi anche tu?» mi disse. Quando, dopo un poco, tornai sull'argomento, si sentì in dovere di farmi una piccola predica: «Il mondo è pieno di pericoli, Vilhelm,» mi disse «e che cosa potremmo trovarvi di meglio di quel duro, onesto lavoro al quale il Signore ci ha destinati? Mai, mai dovremmo dubitarne!».

Tuttavia, con la mia domanda, avevo toccato un tasto sul quale forse anche lei, senza dir nulla, aveva riflettuto. Divenne pensierosa, e dopo qualche momento mi confidò che Mene stava risparmiando anche per il suo bene. Era buona con la sua mamma, potevo esserne certo, ma era molto severa con se stessa.

Gertrud mi guardò, e il viso tutto solcato da una rete di rughe sottilissime le si contrasse. Per un attimo due piccole lacrime resero più splendenti i suoi occhi. Mi prese la mano e me la strinse. «E sai una cosa, Vilhelm?» mi disse. «Pensa, non ha nemmeno la camicia!».

IL PESCE

Nel riquadro della finestra che si apriva nel muro spesso un braccio, si vedeva nitida una piccola stella che splendeva nel pallido cielo della notte estiva. La serenità di quella stella rendeva inquieto l'animo del re; egli non riusciva a dormire.

Gli usignoli, che per tutta la sera avevano colmato i boschi del loro canto prorompente ed estasiato, intorno alla mezzanotte tacquero per qualche ora. Non si udiva alcun suono. Ma dagli alberi che circondavano il castello giungeva, attraverso la finestra aperta, il profumo delle fronde fresche e roride, che portava nell'alcova del re tutto il mondo silvestre. La mente del sovrano si aggirava, libera e vagabonda, in quella terra argentea; vide il cervo e il daino che giacevano tranquilli fra i grossi tronchi, e nel pensiero, senza arco né frecce, e senza il minimo desiderio di uccidere, li avvicinò. Qui, forse, stava brucando la cerva bianca, che non era una vera cerva ma una fanciulla dal sembiante di cerva e gli zoccoli d'oro. Più avanti, nel fitto della foresta, il drago dormiva in un valloncello, col terribile collo squamoso nascosto sotto l'ala, e la coda possente che frustava pian piano l'erba umida.

L'animo del re era stranamente commosso e turbato; non si era mai sentito così forte, eppure era avvolto dalla tristezza. Era come se la sua stessa forza gravasse pesantemente su di lui, e lo opprimesse.

Molti pensieri si agitavano nella mente del re, e ora gli tornò il ricordo di come, dieci anni prima, appena diciassettenne, avesse incontrato, nella città di Ribe, l'Ebreo Errante. Era stato Padre Anders, il suo confessore, a informarlo che il criminale, quel vecchio che aveva mille e duecento anni, era giunto a Ribe e aveva cercato di lui. Ma quando il decrepito Aasvero, avvolto nel caffettano nero, tutto curvo, bruno come la terra, gli si era gettato ai piedi con la faccia al suolo, quella terribile collera di cui era colmo il suo cuore contro l'uomo che aveva schernito il Signore lo aveva improvvisamente abbandonato; ed egli era rimasto immobile a fissarlo, sopraffatto dallo stupore. «Sei il calzolaio di Gerusalemme?» gli aveva domandato. «Sì, sì, sono io» aveva risposto l'ebreo, sospirando profondamente. «Un tempo facevo il calzolaio a Gerusalemme, quella grande città. Facevo scarpe e sandali per i ricchi, e anche per i romani. Una volta feci un paio di babbucce per la moglie di Ponzio Pilato, il governatore; avevano le punte tutte tempestate di crisopazi e di diamanti».

Ora il re tornò a sentire, come se il tempo non fosse trascorso e con la stessa intensità di quel giorno a Ribe, l'infinita solitudine del vecchio Errabondo. Ma quella notte tutto si era capovolto e gli appariva reale in un senso nuovo: lui stesso era Aasvero. Quante creature, da allora, erano morte intorno a lui! Prodi cavalieri caduti in battaglia, amici allegri della sua giovinezza scomparsi, belle dame... tutti, tutti si erano dileguati, come motivi suonati su un liuto. Ricordò il buffone del vecchio re, col berretto pieno di campanelle, e come saltasse tutto contento su e giù per il tavolo mentre scimmiottava i grandi signori della Corte. Ormai era morto da molti anni, ed erano molti anni che il re non pensava a lui. Spesso aveva incontrato lo sguardo del cervo braccato e sfinito, quando, raggiuntolo, gli cacciava il coltello nel cuore e lo rigirava nella ferita; dai limpidi occhi dell'animale sgorgavano le lacrime. Ma il re non poteva dire, non sapeva, se lui sarebbe mai morto.

Una lieve brezza, fuori, passava tra l'erba e sulle cime degli alberi. Gli arazzi accanto alla finestra frusciavano gentilmente; nell'oscurità lui non riusciva a distinguere le figure degli uomini e degli animali che vi erano intessute, ma sapeva che si muovevano come se il loro corteo stesse avanzando lungo la parete.

I pensieri del re proseguivano il loro corso, e non trovavano niente di cui rallegrarsi. Egli ricordava come, in passato, il suo cuore fosse stato colmo di gioia all'idea della caccia e delle danze, dei tornei, della vendetta, dei suoi amici e delle donne. Lentamente riandò a tutte queste cose. Ma adesso, dove avrebbe dovuto cercare il vino capace di farlo felice? Nessuna creatura umana aveva il potere di mescerlo per lui. Egli era solo nel suo regno di Danimarca come lo era nel suo sonno, nei suoi sogni. Poco tempo prima aveva combattuto una lunga e aspra guerra contro i suoi potenti vassalli, e aveva gioito al pensiero della loro umiliazione; non era certo stata l'estasi, il miele sulla lingua che aveva assaporato in altri tempi, ma per lui si trattava pur sempre di una partita che valeva la pena di essere giocata. Ora, nel profondo, fresco, tacito abbraccio della notte, davanti a quella stella argentea, le prove di forza coi suoi sudditi, se le si poteva chiamare così, gli apparivano vani passatempi da ragazzo. Le grandi energie dentro di lui esigevano imprese più possenti, e un compito più vasto. Pensò alle donne della sua Corte, le dame dai colli di cigno, che danzavano leggere nelle sale del suo castello. Gli piaceva molto vederle danzare, e sentirle cantare; un tempo aveva trovato diletto nei loro bei corpi, quando giacevano nude tra le sue braccia, ma quella notte il suo cuore non avrebbe trovato pace con nessuna di loro.

Il re soffriva per la propria anima, che egli non riusciva a rallegrare. Quest'amore bruciante che provava per la sua anima apparteneva alla sua giovinezza; gli restituiva il ricordo di tante notti primaverili del passato. A quei tempi non era stato che lo struggimento di un adolescente; ora che conosceva il mondo esso lo pervadeva tutto, come un aspro dolore. La sua anima non aveva un solo amico su tutta la terra. Gli altri esseri umani, i suoi contadini e i suoi baroni, i suoi soldati e i suoi dotti, tutti costoro potevano incontrare i loro pari, nei quali trovare consolazione e gioia, ma chi avrebbe potuto confortare l'anima di un re? Il re rivolse i suoi pensieri al Signore Iddio in cielo. Doveva essere solo come lui, più solo ancora, forse, perché era un re più grande di lui.

Tornò a guardare la stella, così alta, e pura come un diamante. «Ave Stella Maris,» sospirò «Dei mater alma». Tra tutte le dame che avevano percorso le vie della terra, soltanto la Vergine avrebbe capito e apprezzato il suo cuore, e tenuto benignamente nel giusto conto la sua adorazione.

Quel vecchio ebreo, rifletteva, doveva aver visto la Vergine, e se lo avesse interrogato avrebbe potuto descrivergliela. Lui pure, se fosse venuto al mondo tante centinaia di anni prima, avrebbe potuto mettersi in viaggio per la Terra Santa, e forse avrebbe visto Maria coi propri occhi. Il giovane re di Danimarca sarebbe stato, allora, un rivale del vecchio re dei cieli? «No, no, Signore» sussurrò. «Avrei soltanto portato il suo guanto sul mio elmo. Con la lancia resa impotente, avrei soltanto fatto camminare il mio alto destriero grigio, rivestito di maglia di ferro, accanto al suo asino, su quella strada che portava in Egitto. Tu stesso, dall'alto, mi avresti sorriso».

Come sarebbe potuta essere perfetta, pensava il re, la comprensione tra il Signore e lui, come sarebbe potuta essere soave e confortante la loro concordia, se soltanto fossero stati soli sulla terra, senza nessun altro essere umano che offuscasse il loro sentimento con la vanità, l'ambizione e l'invidia. «O Signore,» pensò il re «è tempo che mi distolga da loro, che mi liberi di chiunque impedisca la felicità della mia anima. Non voglio pensare più a null'altro. Salverò la mia anima; la sentirò di nuovo gioire».

In quell'istante fu come se nella notte estiva squillasse una campana che lui solo poteva udire. Le ondate di suono lo avvolsero come il mare avvolge l'uomo che affoga. Il re si inginocchiò sul letto e levò il viso. Sapeva e capiva tutto. Vide che la sua solitudine era la sua forza, perché lui era tutta la terra.

Il suono dileguò. Molto tempo dopo, mentre giaceva immobile con le mani congiunte sul petto, il re vide, dallo sbiancarsi del cielo, che il mattino non era lontano. La stella che aveva contemplata all'inizio della notte si era spostata verso l'alto, raggiungendo la cornice della finestra. Un alito freddo percorreva il mondo, ed egli si tirò la coperta di seta fino al mento; cadeva la rugiada. Udì i primi tre o quattro cinguettii dello zigolo giallo sulla cima di un albero; ben presto altri uccelli si sarebbero uniti a lui; e tra breve avrebbe sentito il cuculo dai boschi. Il re cadde nel sonno.

Al mattino, quando i valletti vennero a svegliarlo e a vestirlo, pioveva. Destandosi, il re aveva nella mente il vecchio schiavo sassone di suo padre, Granze. Forse aveva sognato di lui nel leggero sopore al termine della notte, ed era stato il suono della pioggia a suggerirgli quel sogno, perché aveva ancora nelle orecchie il fruscio delle onde che lambivano i ciottoli. Il padre di questo vecchio schiavo era stato condotto in Danimarca dall'isola di Rugen, quand'era ancora bambino, ed era stato il grande vescovo Assalonne in persona a condurvelo. In tutta la sua vita egli non aveva conosciuto nessuno della sua tribù. Era vecchio come il mare salso, ma per i sassoni, rifletté il re, gli anni non contavano come per i cristiani; essi vivevano per sempre. Vent'anni prima quello schiavo era stato il suo migliore amico. Passavano giornate intere sulla riva del mare, e il sassone gli aveva insegnato a mettere le nasse e ad arpionare le anguille alla luce della torcia. Ora non si vedevano da un pezzo. Ma lui sapeva che il vecchio eremita era ancora vivo, e che abitava in una capanna vicino al mare. Sarebbe andato laggiù, pensò, e l'avrebbe rivisto. Granze era stato il principio della sua vita, come lui lo ricordava; era giusto che adesso, in quella vita, egli facesse un nuovo ingresso. Il sassone conosceva molte cose ignote ai sudditi danesi.

Tutti i pensieri della notte erano presenti nella mente del re; egli era forte, sereno in cuor suo, e tranquillo. Ma alla luce del giorno non si soffermò su quei pensieri. Aveva smesso di meditare, e conosceva la sua strada. Sì, lui stesso era la strada, la verità e la vita.

Il re lasciò che il suo valletto gli mettesse sulle spalle il pesante mantello rosso e azzurro, dalle pieghe sontuose, arabescato di foglie e di uccelli. Ma mentre il paggio gli affibbiava gli speroni, fu portato l'annuncio che il prete Sune Pedersen era appena arrivato da Parigi. Al re questo parve di buon auspicio. Volle vederlo subito. Sune Pedersen apparteneva alla famiglia Hvide, un clan testardo, dal quale venivano molti dei più tenaci oppositori del re. Ma il re e Sune, quand'erano bambini, avevano studiato insieme l'alfabeto. Sune era più piccolo del principe di mezzo palmo, ma gli teneva testa nel tiro all'arco, nell'equitazione e nella falconeria, ed era di mente acuta e pronto ad apprendere. Era un amico leale coi suoi amici, e non aveva paura di nulla. Da cinque anni studiava a Parigi, e ogni tanto il re aveva avuto notizie dei suoi progressi e delle brillanti prospettive che gli si offrivano in quella città.

Sune entrò, con ancora indosso le nere vesti da viaggio, per metà da ecclesiastico e per metà da cavaliere, e piegò il ginocchio davanti al re, che però lo fece alzare e lo baciò sulle guance. Sune Pedersen era un giovane prete elegante e schietto, dalle mani bianche. Sapeva portar bene gli abiti; la bocca piccola, fresca e rossa, era atteggiata a un sorriso semplice e gaio. Aveva una voce melodiosa, e parlava con la sua solita spontaneità danese; ma ogni tanto infilava nel discorso qualche parola francese. Esordì complimentandosi con il re perché aveva tanto abbellito le chiese della Danimarca, e gli porse gli ossequi degli alti prelati di Parigi. Aveva portato al re un dono di Matteo di Vendôme, una reliquia racchiusa in una croce d'oro sbalzato, ma doveva consegnarglielo più tardi, alla presenza dei dignitari della Chiesa di Danimarca.

Mentre stavano conversando, venne il Primo Scrivano del re, che gli consegnò l'elenco dei gentiluomini e dei prelati che aspettavano di vederlo. Il re scorse il foglio con lo sguardo. Quelli erano gli uomini che avevano turbato la pace della sua anima, e che si erano opposti al volere del re di Danimarca. Perché aveva consentito una cosa simile? Sentì un lieve spasimo, come se a un certo punto avesse abbandonato un nobile destriero, lasciando che uno stalliere grossolano lo montasse. Rimase per un poco assorto nei propri pensieri. Quell'elenco catalogava una filza di orgogliose teste danesi. Tuttavia si poteva farle piegare, e potevano anche cadere. Restituì il foglio allo scrivano, ordinandogli di annunciare che per quel giorno non avrebbe ricevuto nessuno; stava per uscire a cavallo. La regina mandò il proprio ciambellano con un messaggio; era sconvolta perché il suo cucciolo prediletto stava male, e pregava il re di andare a vederlo. Egli le fece rispondere che sarebbe andato l'indomani.

Il re invitò Sune ad accompagnarlo. Sune aveva conosciuto Granze, in passato, e sorrise al ricordo. Sorrise anche il re. I ricordi che aveva in comune con Sune, pensò, erano tutti vividi, come se una luce li illuminasse; quelli che riguardavano il sassone appartenevano a giorni più lontani, quando lui a malape-

239

na era consapevole di se stesso o del mondo. Si muovevano debolmente nell'oscurità, e odoravano di alghe e di molluschi. Il sorriso gli rimase sul volto, mentre lui continuava a far vagare i propri pensieri. Se avesse dovuto condannare a morte uno dei due, quale testa sarebbe dovuta cadere – il vecchio e bruno cranio rugoso, o questa giovane testa elegantemente tonsurata? Domandò a Sune se dovesse procurargli una cavalcatura tranquilla. Sune rispose che si sentiva ancora in grado di montare qualunque cavallo delle scuderie reali. Ma aveva portato con sé dei cavalli freschi. Non veniva direttamente dalla Francia; prima si era recato nello Jütland per visitare i suoi congiunti. Il re si accigliò, poi tornò a sorridere. Poco dopo il re e Sune attraversarono sui loro cavalli il cortile del castello e uscirono dall'androne; la sentinella sul cammino di ronda fece squillare il corno. Dietro di loro galoppavano tre staffieri, il servo di Sune e un paggio addetto ai cani, e il re lasciò che il suo segugio preferito, una femmina, Blanzeflor, corresse accanto alla sua staffa.

Attraversarono la foresta. Nei boschi inzuppati di pioggia, le giovani foglie erano ancora tenere e flosce, seriche, sembravano più petali che foglie, e nell'aria balsamica della foresta erano pendule come alghe nell'acqua profonda. Sotto gli alberi frondosi il sentiero era colmo di una luminosità traslucida, e dell'acuta, amara fragranza del fogliame e dei fiori sbocciati sugli aceri e sui pioppi. Sotto la pioggia sottile gli uccelli cantavano in ogni dove; al loro passaggio la palombella tubava sui rami più alti. Tutt'a un tratto una volpe attraversò davanti a loro la strada tortuosa, si fermò un attimo a fissare i cavalieri, la coda a terra, poi guizzò via, come una fiammella rossa si spense tra le felci stillanti.

Il re domandò a Sune Pedersen come si vivesse a Parigi, e Sune, in tono gaio, si diffuse a parlargliene. Lo splendore dell'università, disse, forse non era più lo stesso di cent'anni prima, ai tempi di Abelardo e di Pietro di Lombardia, ma il loro spirito aleggiava ancora su di essa, e se ne irradiava. Finché non si era stati a Parigi, continuò, non si poteva sapere che cosa significasse camminare nella luce, illuminati dalle scienze e dalle arti. E l'indipendenza dell'università era stata inoltre confermata, di recente, dalla bolla papale *Parens Scientiarum*. Poi prese a parlare del re di Francia e della sua Corte. Re Filippo era un formidabile cacciatore. Lo stesso Sune, con un giovane sacerdote suo amico, un nobile inglese, era stato al castello reale di St. Germain e aveva assistito a una caccia. Descrisse per filo e per segno la battuta, i cavalli e i segugi. E le dame francesi, disse, in sella erano ardite quanto gli uomini. Era vero, domandò il re, ciò che si diceva a proposito dell'avvenenza di quelle dame di Francia? Sì, rispose Sune, fin dove poteva giudicare un ecclesiastico, erano belle, nobili, devote e colte, soavi come dolci melodie nel loro modo di parlare e di muoversi. Sopra tutte loro splendeva la giovane regina Maria di Brabante, un candido giglio. Aveva molto ascendente sul re suo marito e, come tutti speravano, sarebbe riuscita ad abbattere lo scandaloso potere di Pierre la Brosse, al quale il re profondeva feudi ed onori. Pierre lo ripagava molto malamente, perché a detta di tutti aveva tentato di avvelenare il giovane principe Luigi, suo primogenito.

«Così va il mondo» commentò il re. «Ammesso che la lealtà esista, è ben raro che possa trovarla un re». «Sì, è proprio vero, mio signore» disse Sune. «Quale lealtà può trovare il re di Francia, fintanto che antepone uno schiavo, il barbiere di suo padre, ai suoi vassalli per diritto di nascita?».

Poi Sune tornò a parlare delle chiese di Parigi. Descrisse al re la Santa Cappella fatta costruire da re Luigi. Era veramente santa e splendida, come il paradiso. Mentre parlava, si sentì pervadere da un senso di tristezza. Interruppe il suo racconto e continuò a cavalcare in silenzio. Questo verde bosco del Sealand, quante volte l'aveva visto nei suoi sogni, e giudicato più incantevole di tutte le cattedrali di Francia! Eppure, adesso che ancora una volta vi si stava inoltrando, sotto quella finissima pioggia, il suo cuore ebbe come un presentimento; egli desiderò con tutta l'anima Parigi, e qualcosa che qui non c'era. Ripeté: «Come il paradiso».

«Ditemi, Sune,» domandò il re «è per volere del Signore che gli esseri umani non riescono ad essere felici, ma devono sempre struggersi per le cose che non hanno, e che forse non esistono? Le bestie e gli uccelli vivono serenamente su questa terra. E dunque, è mai possibile che essa non sia abbastanza buona per le creature umane che Iddio vi ha poste: i contadini che si lamentano della loro sorte crudele, i nobili signori, che non si contentano mai di ciò che hanno, e i giovani preti, che nelle verdi foreste rimpiangono il paradiso? Non potrebbe l'uomo − o almeno, alla fine, un uomo tra tutti − essere in tale concordia col Signore da potergli dire: "Io ho risolto l'enigma di questa nostra vita. Ho fatto mia la terra, e sono felice con essa"?».

«Mio signore,» rispose Sune, e intanto batteva la mano aperta sul collo del suo cavallo «questo è l'eterno lamento del genere umano. Da migliaia di anni gli uomini si sono lamentati col Dio dei cieli: "Tu hai creato la terra, o Signore, e hai creato l'uomo, ma non sai che cosa voglia dire essere uno di noi. Non riusciamo a conciliare le condizioni della terra con la natura dei nostri cuori, quali tu stesso li hai plasmati dentro di noi. Qui non troviamo né la pace, né la giustizia, né la felicità che tanto desideriamo. È un contrasto senza fine, e non possiamo più sopportarlo. Rivelaci, se non altro, che cosa hai in animo di fare del mondo e di noi stessi, rivelaci la soluzione dell'enigma di questa vita". Il lamento giunse all'orecchio del Signore, ed Egli, dopo averlo ponderato ben bene, domandò ai suoi buoni angeli, che hanno l'incarico di aggirarsi dappertutto per osservare quel che fanno gli uomini: "Per il mio popolo della terra la

vita è davvero dura come vogliono farmi credere?".
Gli angeli risposero: "Eh sì, per il tuo popolo della
terra è dura davvero!". Il Signore pensò: "Su quel che
dicono i servi non c'è da fare affidamento. Ma l'uomo mi ispira compassione. Andrò laggiù io stesso per
vedere come stanno le cose". E Dio si fece a immagine e somiglianza dell'uomo, e scese sulla terra. I buoni
angeli ne furono tutti contenti, e si dicevano l'un l'altro: "Guarda, il Signore si è impietosito. Adesso finalmente insegnerà a quei poveri mortali ignoranti e stu-
pidi come si fa, anche laggiù, ad essere fortunati, felici e in armonia come lo siamo noi quassù in cielo.
Adesso, nel percorrere le strade della terra, non ve-
dremo più lacrime". Trascorsero trentatré anni, che
per gli abitanti del paradiso non sono più di un'ora.
E il Signore tornò sul suo trono, e chiamò gli angeli
intorno a sé. Essi accorsero in volo da tutti i punti
cardinali, vogliosi di notizie. Il Signore pareva più giovane di quanto fosse mai apparso loro, risplendente
e grave; quando alzò la mano per parlare, gli angeli
videro che aveva il palmo trafitto. "Eccomi di ritorno dalla terra, miei buoni angeli," disse "e adesso conosco le condizioni e i costumi degli uomini; nessuno li conosce meglio di me. Ho avuto compassione
degli uomini, e ho deciso di aiutarli. Non mi sono dato
pace finché non ho mantenuto la mia promessa. Ora
ho riconciliato il cuore dell'uomo con le condizioni
della terra. Ho insegnato a quella povera e stolta creatura come si fa ad essere ingiuriati e perseguitati; le
ho insegnato come ci si fa staffilare e sputare addosso; le ho insegnato come si fa ad essere crocifissi. Ho
dato all'uomo la soluzione dell'enigma, come mi aveva
chiesto; gli ho affidato la sua salvezza"».
   Sulle prime il re, che cavalcava tutto assorto nei suoi
pensieri, non aveva ascoltato. Man mano che Sune
procedeva nel suo racconto, però, aveva finito col pre-
stargli un ascolto distratto, e aveva riso in cuor suo.
Non invano, pensò, Sune era andato a far visita ai propri congiunti, i suoi grandi vassalli di Møllerup e di

Hald: il giovane, piccolo religioso, il suo compagno di studi, voleva dimostrare al re di Danimarca che l'umiltà è una virtù divina. Così si comportano gli amici: cavalcano al tuo fianco, ma con i propri disegni chiusi nel cuore. La voce di Sune, però, intanto che parlava, era soavemente modulata, controllata e melliflua, gradevole all'orecchio del re. Egli pensò: «No, non farò del male a Sune. Anzi, non permetterò che torni a Parigi, lo terrò qui con me, perché possa raccontarmi queste storie che non odo da nessun altro. Li terrò con me tutti e due, lui e Granze, e mi serviranno entrambi».

«Tuttavia,» disse con aria pensierosa il re non appena Sune ebbe concluso il suo discorso «secondo me il Signore non si è prodigato abbastanza per la condizione dell'uomo. Perché ha frequentato soltanto i falegnami e i pescatori? Dal momento che era venuto quaggiù, avrebbe potuto provare come vive un grande signore, o addirittura un re. Non si può certo dire che abbia una conoscenza approfondita della terra, dal momento che non è montato a cavallo. Possibile che a quel tempo Egli abbia dimenticato d'essere stato Lui stesso a creare il cavallo, il cervo, la spada, la musica soave, la seta?».

Via via che si erano inoltrati nel bosco, gli alberi si erano fatti più bassi e più radi intorno a loro; le querce e gli aceri avevano lasciato il posto alle sottili betulle piegate dal vento. Qua e là nelle radure cresceva l'erica, e la strada finì col trasformarsi in un sentiero sabbioso. Era cessato di piovere. Giunsero sul limitare del bosco e avanzarono a piccolo galoppo in una distesa d'erba su cui si ergevano, sparsi, alcuni nodosi alberi di acacia. Due corvi, che zampettavano tranquilli nell'erba corta, spiccarono il volo davanti ai cavalieri. Una fila di piccole dune irregolari si snodava davanti a loro; essi galopparono in quella direzione, e finalmente scorsero il mare.

Il re tirò le redini del suo cavallo e guardò l'orizzonte. L'ampio, salmastro, umido respiro del mare gli sfiorò il viso e lo avvolse tutto. Era ricolmo dell'odore aspro delle alghe; egli se ne riempì i polmoni, e si domandò perché mai da tanto tempo non fosse più venuto in quel luogo. Per qualche istante non ebbe altro pensiero che il mare.

La giornata era grigia, ma il mondo era colmo, come una campana di vetro, di una vaga luce indistinta, e dell'incessante, melodiosa voce del mare: un possente, cupo scroscio dalle profondità lontane − stranamente irreale in quel giorno senza vento, ma in precedenza c'era stato per tre o quattro giorni un tempo di burrasca − un lieve ciangottio sulla riva, dove le onde si rompevano contro le rocce e la ghiaia. Erano questi i suoni che il re aveva udito nel suo sogno. Lungo tutto l'orizzonte il cielo e il mare giocavano insieme, oscillanti e ingannevoli. Verso occidente il mare era color piombo, più scuro del cielo; a oriente era più chiaro dell'aria, madreperlaceo, come uno specchio luminoso. Ma al nord il mare e il cielo si congiungevano senza traccia di divisione, e diventavano l'universo, lo spazio insondabile. Lontanissima, la luce del sole filtrava attraverso le nuvole amorfe e cieche, e dove toccava il mare, la sua superficie sfavillava come l'argento, quasi innumerevoli banchi di pesci guizzassero sull'acqua. Al largo sul mare, uno stormo di cigni selvatici tracciava una linea bianca, come un perlaceo cuneo che rompesse l'aria attraverso il panorama pallido.

Uno degli uomini del re doveva indicargli la capanna dello schiavo, ma essa era piccola e aveva lo stesso colore della spiaggia. Egli riuscì a individuarla soltanto dal sottile filo di fumo azzurrognolo che si levava dal suo tetto a cono. Davanti alla capanna c'era la barca di Granze, una barca corta, larga, scura, e mentre sorpassavano le dune videro il proprietario di tutto questo, Granze in persona, nell'acqua fino alle ginocchia, che avanzava a fatica verso la riva trascinandosi dietro un grosso peso, un pesce enorme che aveva appena catturato. Quando vide i cavalieri che gli venivano incontro, il vecchio schiavo si fermò e si fece ombra con la mano per fissarli, poi tornò ad occuparsi della sua preda. Si era rimboccata intorno alla vita la sua tunica di pelle di capra, e i giovanotti non riuscirono a trattenere il riso nel vederlo, tanto poco umana era la sua scura, deforme nudità. Finalmente toccò la riva, irsuto, coi piedi piatti, sbuffò come una foca e depose sulla sabbia il pesce enorme che trascinava; poi si lasciò ricadere la tunica sulle gambe. Rimase immobile e attese i visitatori. Mentre stavano avvicinandoglisi, il cavallo di Sune spiccò un piccolo galoppo e precedette il cavallo del re. Granze non guardò il re, ma pose la mano sul piede di Sune.

«Sei proprio tu a venire qui, Sune, congiunto di Assalonne?» disse. «Credevo che fossi morto». «No, non sono ancora morto, per grazia di Dio» disse Sune sorridendo, e placò il cavallo. Granze lo fissava. «Ma c'è mancato molto poco, sette lune fa» disse. «Sì, è vero» disse Sune facendosi serio. Granze tacque un momento, poi ridacchiò. «Una donna ti aveva preparato uno squisito manicaretto,» disse ridendo «condito col veleno per i topi. Ti aveva preso per un topo, piccolo Sune? Se i topi se ne restassero nelle tane che Dio ha fatte per loro, la gente non li avvelenerebbe». Sune era impallidito. Sedeva in sella senza dire una parola.

Il re avvicinò il cavallo al suo vecchio schiavo. La sua veste, l'elsa della spada e la gualdrappa scintillavano d'oro. «Non mi riconosci, Granze, figlio di Gnemer?» domandò allo schiavo. «Sì, ti riconosco, principe Erik,» disse il sassone in tono solenne «benché tu sia più pallido dell'ultima volta. Ti ho riconosciuto non appena sei comparso in cima alla duna». A lungo fissò il re dritto in volto. «Salute a te,» gridò poi «tu sei il benvenuto, signore, quando onori il leale e fedele schiavo di tuo padre venendo a trovarlo. Venite, bevete con Granze. Vi farò bere lo stesso squisito infuso che avete bevuto l'altra volta, e forse anche migliore. E nelle prime ore di stamane ho catturato un grosso pesce. Lo cuocerò per voi. In casa sto affumicando il pesce, ma per voi accenderò il fuoco qui fuori, sulle pietre. Sedetevi e mangiate con Granze ancora una volta».

Entrò nella sua capanna e ne uscì poco dopo portando sulla spalla una pelle di capra, nera e ben ricolma. «Richiama il tuo segugio, padrone» gridò, mentre la cagna lo seguiva e gli fiutava le gambe, e lui saltellava da un piede all'altro, come se stesse attraversando una pozza d'acqua. «È bella, e molto forte. Questa sì che ti aiuta, se vai a caccia di cervi. Ma ai cani dei signori gli schiavi non piacciono». Alzò la pelle nera e unta verso il re, ancora seduto in arcione. «Bevi» gli disse. Il re aveva dimenticato la bevanda fermentata che aveva bevuta tanto tempo prima nella capanna del sassone. Ora il suo sapore gli rievocò subito tutta una serie di immagini di Granze che farfugliava e ballava sotto il suo effetto. Essa gli bruciò la lingua e gli diffuse nelle vene un soave appagamento. Granze porse l'otre a Sune, poi se ne portò alla bocca il beccuccio, buttò all'indietro la testa e vuotò la pelle. «Ora siamo amici» disse. «Ora possiamo anche sognare e progettare piani diversi, ma uguale sarà la nostra orina».

Il re aveva avuto in animo di interrogare Granze sull'avvenire, ma ora non gli parve più necessario. Aveva l'impressione che lui e Granze fossero affini, più che chiunque altro sulla terra − lo schiavo che era stato strappato alla sua terra e non aveva mai più visto la sua gente, e il re, che non trovava eguali intorno a sé. Erano più soli di tutti gli altri, ma anche più saggi; i segreti poteri del mondo li riconoscevano e si piegavano al loro volere.

«Qui sei un uomo potente, Granze,» disse «e fin dove puoi spaziare con lo sguardo il mondo è tuo. In certo qual modo sei un vero santo, come gli eremiti che si ritirano nel deserto, come l'uomo che ristava sulla colonna per adorare Dio. Solo che tu non servi

247

il Signore Iddio, ma i vecchi, neri simulacri di legno che tieni nella tua capanna, e che io ricordo molto bene».

«No, no» disse Granze in fretta, e con lo sguardo cercò l'aiuto di Sune. «Granze è stato battezzato, Granze ha ricevuto gli insegnamenti e non ha dimenticato nulla. So di colei che ha partorito, eppure è rimasta vergine, come le tue finestre di vetro che il sole attraversa e non rompe. E so anche dell'uomo che fu inghiottito e poi vomitato dal pesce. Guarda!» gridò, e con aria solenne si fece il segno della croce. Sune disse in latino: «Anche se tu pestassi uno stolto tra i chicchi di grano in un mortaio, la sua stoltezza non lo abbandonerebbe».

Sune balzò giù dal cavallo e resse la staffa al re. Gli uomini del re smontarono a loro volta, e portarono via i cavalli. Il paggio del re stese un mantello sulle rocce perché lui vi si sedesse.

Granze portò del fuoco in un bacile, della carbonella e un lungo spiedo. Si accoccolò sulla sabbia e preparò il fuoco con grande cura e abilità, e intanto, attraverso il fumo, continuava a osservare i suoi ospiti. Sollevò un pezzo di torba nera, dura e appiccicosa, e disse: «Questo era un albero che cresceva nella terra quando qui intorno non c'era ancora una gallina che deponesse un uovo». «È passato molto, molto tempo,» disse il re «e io non ricordo quell'albero». «No, al tuo posto non lo ricorderei nemmeno io» disse Granze. «Ma per noi sassoni è diverso. Quel che è accaduto al padre di nostro padre, e a quei vecchi che erano già polvere quando sua madre lo allattava, noi lo abbiamo impresso qui nella nostra mente; e lo ricordiamo in qualunque momento. Anche voi avete nel sangue i desideri e le paure dei vostri padri, ma non avete la loro sapienza; essi non avevano capito in che modo trasmetterla al figlio quando lo generavano. Ecco perché ognuno di voi deve ricominciare tutto daccapo, sin dal principio, come un topo appena nato che annaspi nel buio.

«In quei giorni lontani,» raccontò «erano vive molte cose che ora sono inanimate. I vecchi ceppi marciti che il musco ricopre nella foresta e nelle paludi erano in grado di parlare. Io non li ho uditi, ma una notte, mentre percorrevo il sentiero, ne ho sentito uno che russava nel sonno. Nelle notti di plenilunio, le grosse pietre che stanno sul fondo del mare venivano sulla spiaggia, tutte lustre d'acqua, frangiate d'alghe e di molluschi; facevano una gara di corsa lungo la riva, e poi si accoppiavano.

«Gli uomini furono costretti ad abbattere gli alberi dei grandi boschi per procurarsi la terra da coltivare. Ah, era un lavoro duro, quello! Queste mie due mani non l'hanno fatto, eppure ne sono tutte segnate; e la mia mente non dovrebbe esserne segnata anch'essa? I boscaioli si fecero un basso rifugio nel quale dormire, accanto alle radici di un alto abete, ed erano stanchissimi; di notte diventarono minuscoli come topolini intorno al loro focherello. Poi venne la bufera, ristette sulla cima dell'abete e cantò: "Campi di neve, campi di pietre, terra desolata, grigi marosi galoppanti. Il mondo è tanto vasto, è senza fine!". Il canto scivolò giù lungo il tronco dell'abete e gemette: "Sono sazio di fuggire, non ne posso più di lontananza, sono stanco, stanco di vagabondare. Quando finirà la mia corsa?". E tutt'a un tratto la stessa bufera scivolò giù lungo il tronco, cacciò la testa nella capanna e gridò: "Ehi voi, omuncoli! Topi che non siete altro, pidocchi, con un solo mio soffio potrei dispergervi sull'immenso e gelido oceano. Che fine fareste, allora?", e sbuffò cenere e fumo sui loro visi e scomparve».

Il re se ne stava seduto col mento sulla mano, e lo sguardo perduto sull'acqua. Si era tolto il berretto, i suoi lunghi capelli castani ricadevano sulla catena d'oro che portava al collo. La spiaggia si prolungava da una parte e dall'altra, bianca come ossa calcinate, disseminata di conchiglie. Qui non cresceva nulla; qui la terra aveva cessato di vivere e di generare; tutto era nobilmente sterile e desolato. Era la fine del mondo, e il suo principio. Egli pensò alle navi che nel corso dei secoli erano partite dalle coste della Danimarca. Avevano issato vele robuste, le loro tolde scintillavano di lance e di spade. Da qui re Canuto aveva veleggiato verso l'Inghilterra e Valdemaro verso l'Estonia; e il vescovo Assalonne aveva fatto partire le sue navi per castigare i pirati sassoni. Quei canali avevano condotto a grandi battaglie e a grandi conquiste. I trionfi su uomini e nazioni erano stati nobili imprese. Tuttavia, erano ormai cose morte e sepolte. I re, i suoi antenati, erano morti e perfino dimenticati, e nel mormorio delle onde c'era qualcosa di più che un peana: c'era un corso senza fine, l'infinito stesso. Forse il paradiso di cui aveva parlato Sune cominciava dove il mare e il cielo si congiungevano davanti a lui.

La faccia di Granze era diventata color mattone per il troppo bere. Egli disse al re: «Ora ti spiego perché quando ti ho visto apparire ho avuto paura di parlarti. Mentre percorrevi le dune avevi un alone luminoso intorno al capo, come quello che hanno le tue immagini sacre. Da dove ti è venuto?».

Adesso il fuoco bruciava con vigore. Granze se ne allontanò un istante per andare a prendere il grosso pesce. Cacciò le sue grosse dita sotto le branchie e lo sollevò davanti a sé. Il pesce era lungo quasi quanto il suo corpo tarchiato. «Un pesce per un grande signore,» disse «per coloro che hanno un cerchio luminoso intorno al capo. Ha fatto un bel po' di strada per incontrarti». Prese un coltello e lo nettò sulla propria tunica. Posato il pesce sulla sabbia, lo aprì per il lungo e immerse le mani nello squarcio per estrarre le interiora.

Sune disse al re: «Guardate, mio signore. Il sassone non ha davvero dimenticato gli usi dei suoi padri. Sono sicuro che i sacerdoti di Swantewit facevano i loro sacrifici umani proprio allo stesso modo. Ora è felice. C'è qualcosa di strano» soggiunse «negli esseri umani e nelle cose che li rendono felici. Può essere il cibo, o il sangue, o la vista dei loro figli. O anche il ballo, per le donne».

Su quella riva aperta, la voce di Sune non aveva più quel suono armonioso che aveva avuto quando egli era nella stanza del re. C'era in essa una nota tremula, impaziente, come nella voce ineguale di un ragazzo. Granze, reso ardito dal suo liquore, gli ricambiò il sorriso.

Tutt'a un tratto lo schiavo interruppe il suo lavoro e rimase immobile; il suo viso si fece ottuso e inespressivo. Trasse fuori la mano destra, tutta rossa, la sollevò e rimase a fissarla. Ci sputò sopra, se la pulì sulla tunica, e tornò a guardare.

«Oh!» proruppe sorpreso, con la voce cupa come quella di un toro. «Il pesce ha un regalo nel ventre. Ti ha portato un anello attraverso le profondità del mare. Non è dunque vero che Granze ti ha pescato il pesce giusto?». Tornò a sputarsi sulle dita e se le strofinò con cura sulla tunica di pelle di capra.

Sune accorse accanto a lui per prendere l'anello: piegò un ginocchio davanti al re, e glielo porse. «Evviva, re di Danimarca» gridò. «Anche gli elementi vi giurano fedeltà. Vi portano i loro tesori, come un tempo li portarono a re Policrate».

Il re si tolse il guanto ricamato, e lasciò che Sune gli infilasse l'anello al dito. «Ho dimenticato gli insegnamenti dei nostri giorni di scuola» disse. «Com'è la storia di re Policrate?».

«Policrate» disse Sune «era il re di Samo, ed era famoso per la sua fortuna. Quando propose un'alleanza ad Amadis, re dell'Egitto, quest'ultimo, allarmato dalla prosperità di Policrate, mise come condizione che egli la rendesse meno sfarzosa rinunciando a qualcuno dei suoi tesori. Così Policrate gettò in mare un anello a sigillo, il più splendido dei suoi gioielli. Ma l'indomani ebbe in dono un grosso pesce, e nel suo ventre fu trovato l'anello. Quando Amadis venne a saperlo, rifiutò qualunque alleanza con re Policrate».

«E che ne fu di re Policrate?» domandò il re.

«Dopo qualche tempo» continuò Sune «Policrate andò a far visita a Oronte, il governatore di Magnesia. Sua figlia, avvertita da un sogno, l'aveva scongiurato di non andare, ma lui non volle darle ascolto». «E poi?» domandò il re. Sune disse: «A Magnesia re Policrate fu ucciso».

«Ma io» disse il re dopo un momento «non ho accettato di sacrificare al fato, di mettere un freno alla mia fortuna». «No,» disse Sune, sorridendo «il vostro anello è un dono che il destino vi fa spontaneamente; esso vi si sottomette di sua iniziativa. Quando nei libri si scriverà di voi, la vostra sarà una storia tutta diversa». «Allora ditemi,» insistette il re «in nome dell'amicizia che avevate per me da bambino, che significato date voi a questo episodio?». «Mio signore,» disse Sune in tono grave «io so una cosa soltanto: che gli eventi traggono il loro significato dallo stato d'animo degli uomini a cui accadono, e che agli occhi di due uomini nessun evento è il medesimo. Voi siete il mio re e il mio sovrano, ma non siete un mio penitente. E io non conosco l'animo vostro».

Il re rimase qualche poco in silenzio. «Quando Granze ha trovato l'anello e si è messo a gridare» disse poi «stavo pensando a re Canuto di Danimarca. Voi non dimenticate mai nessuna storia, Sune. Ricorderete dunque che il mare non obbedì a re Canuto, quando lui gli diede un ordine». «Sì, conosco quella storia, mio signore» disse Sune. «Fu re Canuto stesso a provocare l'incidente, per svergognare i suoi adulatori e i suoi falsi servi, e mai fu così grande re come in quel momento». «Infatti» disse il re. «Ma se il mare gli avesse obbedito? Se gli avesse obbedito, Sune?».

Ci fu un lungo silenzio.

Egli sollevò la mano. «La pietra di quest'anello» disse «è azzurra come il mare». E tese la mano verso Sune per mostrargliela.

Sune sollevò con rispetto le dita del re, ma poi rimase immobile a fissarle, così a lungo che il re finì col domandargli: «Che cosa state guardando?». Sune lasciò la mano del re, e ritrasse la propria. «Com'è vero che Dio esiste, mio signore,» disse con voce sommessa ma limpida «questa è una cosa così strana che quasi mi manca il coraggio di parlarvene. L'ultima volta che ho visto un anello come questo, era sulla mano di una mia parente, la moglie del vostro Gran Conestabile Stig Andersen». «Sulla sua mano?» disse il re. «Sì,» confermò Sune «in fede mia, sulla sua mano destra». «E qual è il suo nome?» volle sapere il re. «Ingeborg» rispose Sune.

«Ma com'è possibile?» domandò il re. «Questo non lo so, mio signore» rispose Sune. «Ero ospite di suo marito a Møllerup, nella regione di Mols, pochissimo tempo fa, sarà una settimana, non appena giunto dalla Francia. Siamo andati insieme in barca sino a un'isoletta, Hielm, non lontana dalla costa, che appartiene a suo marito. Era una giornata serena, piena di sole, il mare era azzurro, e Ingeborg teneva la mano immersa nell'acqua. Le sue dita erano sottili e levigate; l'anello le stava largo, e io le dissi di badare a non perderlo nell'acqua, perché, le dissi, non ne avrebbe trovato un altro uguale». Il re guardò l'anello e sorrise. «Sicché il pesce di Granze» disse «ha traversato il mare fin dalla regione di Mols».

Dopo un poco disse: «Ho molto sentito parlare dell'avvenenza della vostra congiunta, ma non l'ho mai vista di persona. È davvero così bella?». «Sì, è davvero molto bella» rispose Sune.

Con gli occhi della mente il re vide la barca sull'acqua azzurra, sospinta da una brezza gagliarda, con a bordo il giovane prete tutto nero e la bella dama, vestita di seta e d'oro, con le dita candide che giocavano tra le onde, e sotto di loro, il grande pesce che nuotava nell'ombra color azzurro cupo della chiglia. «Perché avete detto alla vostra congiunta che non ne avrebbe trovato un altro uguale?» domandò a Sune. L'altro rise. «Mio signore,» disse «conosco la mia parente da quando era bambina. Le ho insegnato a giocare a scacchi e a sonare il liuto, e abbiamo scherzato insieme molte volte. Le ho detto, per gioco, che doveva avere molta cura del suo anello, perché non avrebbe trovato un'altra pietra azzurra che fosse così simile ai suoi occhi». Il re disse: «La dama è stata di una cortesia squisita, a mandarmi il suo anello per tramite del pesce. Lo porterò sino al giorno in cui mi si offrirà l'occasione di renderglielo.

«È strano» disse dopo un momento. «Quando le donne molto belle portano dei gioielli, questi si accordano sempre con qualche particolare del loro viso o del loro corpo. Le perle sembrano soltanto un'altra espressione della bellezza del loro collo o del loro seno, i rubini e i granati delle loro labbra, delle punte delle dita e dei capezzoli. E questa pietra azzurra, voi mi dite, è come gli occhi della dama».

Granze era tornato al suo fuoco, ma di là aveva tenuto d'occhio il dialogo tra i due, passando lo sguardo dal viso dell'uno a quello dell'altro. Gridò al re: «Ora il pesce ha nuotato, ed è stato preso, ora è cotto e pronto per essere servito. Non ti resta che mangiarlo; ecco qui il tuo pasto».

Re Erik di Danimarca, detto Glipping, fu assassinato da un gruppo di vassalli ribelli nel granaio di Finnerup, nell'anno 1286. Secondo la tradizione e le antiche ballate, gli assassini erano capeggiati dal Gran Conestabile, Stig Andersen Hvide, che uccise re Erik per vendetta, perché il sovrano gli aveva sedotto la moglie, Ingeborg.

PETER E ROSA

Un anno − è passato un secolo da allora − in Danimarca la primavera giunse in ritardo. Negli ultimi
giorni di marzo, il Sund era gelato e impraticabile dalla costa danese a quella svedese. Seppure nei campi
e sulle strade la neve si scioglieva un po' durante il
giorno, nel corso della notte tornava a gelare; la terra e l'aria erano ugualmente senza speranza e senza
misericordia.

Poi, dopo una settimana di nebbia fredda e umida, una notte cominciò a piovere. Il cielo duro e ine-
sorabile sopra il morto paesaggio si ruppe, si dissol-
se in vita scrosciante e divenne tutt'uno col terreno.
Si sentiva echeggiare dovunque il mormorio incessante della pioggia che cadeva; andò crescendo via
via e si trasformò in un canto. Il mondo, sotto quel-
l'acqua, si diede una scrollata; tutto, nell'ombra, cominciò a respirare, Ancora una volta fu annunciato
ai monti e alle valli, ai boschi e ai ruscelli imprigio-
nati: «Tu tornerai a vivere».

Nella casa del parroco di Søllerød il figlio di una
sua sorella, il quindicenne Peter Købke, se ne stava
seduto al tavolo e leggeva a lume di candela i Padri

della Chiesa, quando, nel fruscio della pioggia, il suo orecchio colse un suono diverso; subito lasciò il libro e andò ad aprire la finestra. Come si fece forte il rumore della pioggia, allora! Ma egli tese l'orecchio alle altre, magiche voci che colmavano la notte. Venivano dall'alto, dall'etere stesso, e Peter alzò il volto verso di esse. La notte era buia, ma quella non era più la tenebra invernale; era impregnata di luminosità, e quando lui la interrogò, essa rispose. E sul suo capo risonava la musica della vita vagabonda dei cieli. Lassù cantavano migliaia d'ali; suonavano limpidi flauti; e più su ancora, molto più su del suo capo, c'era uno scambio di melodiosi segnali. Erano gli uccelli migratori che partivano per il nord.

Egli si soffermò a lungo a pensare a loro; li vide passare ad uno ad uno davanti agli occhi della sua mente. Ecco i lunghi stormi a forma di cuneo delle oche selvatiche, le frotte di germani reali e di alzavole, seguiti dalle volpoche, di cui si aspetta l'arrivo nelle tarde, calde sere di agosto. Tutti i piaceri dell'estate attraversavano il cielo; quella notte si metteva in moto una migrazione di speranza e di gioia, una possente promessa, che si dispiegava in molte voci.

Peter era un cacciatore appassionato, e il suo vecchio fucile era la cosa più cara che possedesse; la sua anima salì sino al cielo per incontrarsi con l'anima degli uccelli selvatici. Lui sapeva bene che cosa c'era nei loro cuori. Ora gridavano: «A nord! A nord!». Trafiggevano la pioggia danese coi loro colli protesi, la sentivano battere nei loro piccoli e limpidi occhi. Si affrettavano verso l'estate nordica di gioco e di mutamento, dove il sole e la pioggia si spartivano l'immensa volta del cielo; andavano verso gli innumerevoli, limpidi laghi senza nome e le bianche notti estive del Nord. Andavano di furia, impazienti di combattere e di fare all'amore. Ancora più in alto, nelle soffitte del mondo, grandi stormi di quaglie, di tordi e di beccaccini stavano migrando. Sulla sua testa passava una così enorme fiumana di desiderio, diretta verso la sua meta, che Peter, ancorato giù al suolo, si sentì dolere tutte le membra. Per un lungo tratto volò con le oche.

Peter voleva andare per mare, ma il parroco lo teneva inchiodato sui libri. Quella notte, davanti alla finestra aperta, lentamente e solennemente egli ripensò al proprio passato e al proprio avvenire, e giurò a se stesso che sarebbe fuggito per diventare marinaio. In quel momento perdonò ai suoi libri, e rinunciò al progetto di bruciarli dal primo all'ultimo. Che si coprano ben bene di polvere, pensò, o che cadano nelle mani di gente polverosa nata per star china su di loro. Lui voleva vivere all'ombra delle vele, su una tolda ondeggiante, e veder sorgere un nuovo orizzonte col sole di ogni mattino. Non appena presa questa decisione, si sentì colmo di una così profonda gratitudine che congiunse le mani sul davanzale. Era stato educato secondo i princìpi della religione; i suoi ringraziamenti erano rivolti a Dio, ma lungo la strada bighellonarono un pochino, come se la pioggia battente li avesse allontanati dal loro percorso. Ed egli ringraziò la primavera, gli uccelli e anche la pioggia.

Nella casa del parroco si facevano grandi prediche sulla morte, tenuta sempre zelantemente in primo piano, e Peter, nel pensare al proprio futuro, prese in considerazione anche la fine del marinaio. La sua mente si soffermò per un poco sulla sua ultima dimora in fondo al mare. Freddamente, con la fronte corrugata, contemplò, per così dire, le proprie ossa sulla sabbia. Le correnti abissali sarebbero passate attraverso i suoi occhi come una fila di limpidi sogni verdi; grossi pesci, balene persino, avrebbero nuotato sopra di lui come nuvole, e un banco di pesciolini l'avrebbe forse sfiorato, in una striscia interminabile, come gli uccelli di quella notte. Sarebbe stato tutto così sereno, pensò, molto meglio che un funerale a Søllerød, con lo zio che predicava dal pulpito.

Gli uccelli sorvolavano il Sund, attraversando le cortine di pioggia grigia. Le luci di Elsinore scintillavano giù in basso, come un frammento della Via Lattea. Un vento salmastro andava loro incontro non appena uscivano sul mare aperto del Kattegat. Nel corso di quella notte, lunghi tratti di mare e di terra, di boschi, di deserto e di acquitrini dileguarono verso sud sotto di loro.

All'alba si tuffarono attraverso l'aria argentea per posarsi su una lunga fila di piatte e nude isolette. Al levarsi del sole gli scogli scintillarono rosei; piccole schegge di luci baluginarono sulle increspature del mare. I raggi del mattino si rifrangevano contro i bei colli e le ali delle oche selvatiche, che chioccolavano e schiamazzavano, si pulivano e si lisciavano le penne col becco; poi si misero a dormire, con la testa sotto l'ala.

Un pomeriggio di qualche giorno dopo, Rosa, la figlia del parroco, era seduta davanti al suo telaio, sul quale aveva appena fissato una pezza di cotone rosso e blu. Ma invece di lavorare guardava fuori della finestra. Il suo animo era in equilibrio precario su un crinale sottile, dal quale da un momento all'altro poteva precipitare nell'estasi per quel nuovo sentore di primavera nell'aria e per la propria bellezza in boccio —o, viceversa, in una collera amara contro tutto il mondo.

Rosa era la figlia più piccola del parroco; le sue due sorelle si erano sposate entrambe ed erano andate via, l'una a Møen e l'altra nel Holstein. Lei in casa era viziatissima, e poteva dire e fare tutto ciò che voleva; eppure non era felice. Era sola, e in cuor suo era convinta che un giorno le sarebbe successo qualcosa di orribile.

Rosa era alta per la sua età, aveva il viso rotondo, la carnagione chiara e una bocca come l'arco di Cupido. I suoi capelli si arricciolavano e s'increspavano con tanta ostinazione che le riusciva difficile intrecciarli, e le sue lunghe ciglia le davano l'aria di guardare la gente da dietro un nascondiglio. Aveva indosso un vecchio vestito d'inverno, di un azzurro scolorito, con le maniche troppo corte, e un paio di scarpe ordinarie e rattoppate. Ma la grazia e l'armonia del suo giovane corpo davano alle misere vesti una classica e patetica maestà.

La madre di Rosa era morta nel darla alla luce, e il parroco non distoglieva più la propria mente dal pensiero della tomba. Persino la vita quotidiana scorreva, nella canonica, senz'altra meta che il mondo ultraterreno; l'idea della mortalità colmava le stanze. Vivere in quella casa era, per i giovani, un problema e una battaglia, come se influssi fatali li trascinassero dall'altra parte, giù nella terra, esortandoli ad abbandonare l'inutile e pericolosa impresa del vivere. A suo modo, Rosa meditava quanto Peter sulla morte. Ma quel pensiero non le piaceva, come non la allettava il quadro del paradiso dov'era sua madre; lei sperava di vivere per altri cent'anni.

Nel corso di quell'ultimo inverno, tuttavia, spesso si era sentita così stanca di tutto ciò che aveva intorno, e così in collera, che per liberarsi di tutti e per punirli aveva desiderato di morire. Ma bastò che cambiasse il tempo, perché mutasse anche il suo stato d'animo. Era molto meglio, pensava ora, che fossero tutti gli altri a morire. Liberata dalla loro presenza, e sola, avrebbe passeggiato sulla terra verde, raccogliendo le violette e osservando i pivieri che volavano bassi sui campi; avrebbe giocato a rimbalzello sull'acqua, e si sarebbe immersa, indisturbata, nei fiumi e nel mare. La visione di questo mondo felice era stata così vivida dentro di lei che rimase stupita nel sentire suo padre che, nella stanza accanto, rimproverava Peter, e nel rendersi conto che erano ancora entrambi lì con lei.

Quella primavera Rosa provava un risentimento speciale contro il destino. Era qualcosa che sentiva con grande forza, ma che non le andava di riconoscere con se stessa.

Peter, il cugino orfano, era stato accolto in casa nove anni prima, quando entrambi avevano sei anni. Rosa riusciva ancora, se voleva, a rievocare i giorni prima che lui arrivasse, e a ricordare le bambole che, venuto lui, erano scomparse dalla sua vita. I due bambini erano andati d'accordo, perché Peter aveva buon carattere e si lasciava dominare, e insieme avevano vissuto molte grandi avventure.

Ma, due anni prima, Rosa era diventata più alta del ragazzo. E al tempo stesso era entrata in un mondo tutto suo, inaccessibile agli altri, come il mondo della musica è inaccessibile a chi è stonato. Nessuno poteva dire dove fosse questo suo mondo; e la sostanza di cui era fatto non si prestava certo alle parole. Gli altri non l'avrebbero capita, se lei avesse detto che era infinito e appartato, giocondo e molto serio, sicuro e pericoloso. E non avrebbe potuto nemmeno spiegare come mai lei fosse una cosa sola con quel suo mondo di sogno, tanto che grazie alla sua potenza e alla sua bellezza lei era adesso, nonostante il vestito vecchio e le scarpe rattoppate, molto simile alla più bella, più potente e più pericolosa creatura della terra. Talvolta, lo sentiva con certezza, lei esprimeva la natura di quel mondo di sogno coi gesti e con la voce; ma in quei momenti parlava una lingua che loro ignoravano del tutto. In quel suo giardino mistico nessuno poteva raggiungerla, e tanto meno un goffo ragazzo con le mani sporche e le ginocchia graffiate; e lei aveva finito quasi col dimenticare il suo vecchio compagno di giochi.

Ma quell'inverno, tutt'a un tratto, Peter l'aveva raggiunta, se così si può dire. Era diventato più alto di lei di mezza testa, e stavolta, pensò Rosa con rabbia, tale sarebbe rimasto. Era diventato talmente più forte di lei che la ragazza ne fu preoccupata e offesa. Si era messo a suonare il flauto per conto suo. Era un ragazzo portato alle considerazioni filosofiche, e sette o otto anni prima, quando andava a spasso con Rosa, aveva l'abitudine di tenerle dei lunghi sproloqui sugli elementi e sull'ordine dell'universo, e sul fatto curioso che la luna, quand'era ancora giovanissi-

ma e tenera, avesse il permesso di venir fuori a giocare nell'ora in cui gli altri bambini venivano messi
a letto, mentre poi, quando diventava vecchia e decrepita, veniva cacciata fuori a un'ora antelucana,
quando gli altri vecchi amavano restarsene al calduc-
cio nei loro letti. Ma non parlava mai molto alla presenza dei grandi, e quando Rosa aveva smesso di interessarsi alle sue imprese e alle sue riflessioni, lui si
era chiuso in se stesso. Da ultimo, tuttavia, senza bisogno di incoraggiamenti, si era arrischiato ad esprimere davanti a tutta la famiglia le sue idee sul mondo, e molte di quelle idee avevano rintoccato stranamente nell'anima di Rosa, come un'eco delle sue. In
quei momenti lei guardava fisso il ragazzo, presa da
una profonda paura. Sentiva che non poteva più essere sicura del suo mondo di sogno. Peter avrebbe
potuto trovare la formula magica in grado di aprir-
lo, avrebbe potuto violarlo, e un giorno lei rischiava
di incontrarvelo.

Era come se quel ragazzo, col quale lei era stata così
gentile quand'era bambino, l'avesse tradita. La sua
persona cominciò a impedirle la visuale, e la privava
dell'aria tra le mura della sua stessa casa, dove lui non
aveva nessun diritto di stare. Dai discorsi dei grandi
Rosa aveva creduto di capire che Peter fosse figlio il-
legittimo. Se fosse stato una ragazza, questo fatto l'a-
vrebbe colmata di compassione; la sua compagna le
sarebbe apparsa in una luce tragica e romanzesca. Ma
era un ragazzo, e condivideva perciò la perfidia di
quello sconosciuto seduttore che era stato suo padre.
Durante i mesi del lungo inverno lei si era talvolta
sorpresa a desiderare che il giovane si imbarcasse, per
poi trovare in mare una morte improvvisa, prima di
procurarle guai peggiori. Peter era un ragazzo sfrenato, temerario; lei era libera di sperare.

Di tutte queste violente emozioni che si agitavano
nell'animo della ragazza Peter non sapeva nulla. A
modo suo, amava Rosa fin da quando, per la prima
volta, aveva messo piede nella casa del parroco; di tut-

ta la famiglia, lei era l'unica nella quale lui avesse fiducia. La sua incostanza lo aveva fatto soffrire, ma in qualche modo gli piaceva anche quella, come gli piaceva tutto di lei. Da ultimo si era accorto che non riusciva a destare il suo interesse per le cose che più gli stavano a cuore e ne era rimasto deluso; e in quei casi l'aveva persino giudicata un po' vuota e sciocca. Ma in generale, nei pensieri di Peter gli esseri umani, la loro natura e il loro contegno nei suoi confronti avevano una parte molto esigua, e lui li considerava poco meglio dei libri. Le condizioni del tempo, gli uccelli e le navi, i pesci e le stelle, erano per lui fenomeni molto più importanti. Su uno scaffale nella sua stanza teneva un brigantino che lui stesso aveva intagliato e attrezzato con estrema e meticolosa pazienza. A lui quel brigantino stava più a cuore della simpatia o del malvolere di qualunque suo familiare. È vero che, fin dal principio, quel brigantino si era chiamato *Rosa*, ma sarebbe stato difficile stabilire se quello fosse un omaggio reso alla nave o alla ragazza.

La giovane Rosa, invece di lavorare al telaio, guardava fuori della finestra. Il giardino aveva ancora il brullo squallore invernale, ma nel cielo si diffondeva una tenue luce argentea; l'acqua gocciolava dalla cima e dai rami di ogni albero; e lungo i sentieri del giardino, nei punti dove la neve si era sciolta, appariva la terra nera. Rosa osservava tutto questo, seria e meditabonda come una Sibilla, ma in realtà non pensava a niente.

La moglie del parroco, Eline, entrò nella stanza tenendo per mano il figlioletto. Sino al giorno in cui il parroco l'aveva sposata, quattro anni prima, Eline era stata la sua governante, e a sentire le malelingue della parrocchia, non soltanto quello. Aveva la metà degli anni del marito, ma lavorava duramente da sempre, e sembrava più vecchia della sua età. Aveva un viso bruno, scarno, paziente, camminava e si muoveva con estrema leggerezza e parlava con voce sommessa. La sua vita col parroco spesso le riusciva pesante, perché egli si era pentito ben presto di essere stato infedele alla memoria della prima moglie, che era sua cugina, figlia di un decano, e vergine quando l'aveva sposata. In cuor suo il parroco non riconosceva nemmeno che il figlio di quella contadina fosse uguale alle sue figlie. Ma Eline era una creatura semplice, che non riusciva a staccarsi dalla rassegnata filosofia dei contadini; in quella casa non aspirava certo a una posizione più alta di quella che vi aveva avuta sin dall'inizio. Se il marito non aveva bisogno di nulla lei lo lasciava in pace, e faceva da serva alla sua graziosa figliastra.

Rosa parteggiava per Eline in tutte le controversie familiari. Voleva bene al fratellino, che nella canonica era l'unico, oltre a se stessa, al quale riconoscesse il diritto di fare tutto quello che voleva − al pari di un monarca che incoroni qualcuno: «Sua Maestà mio fratello». Ma il bambino non si prestava a farsi viziare. In quella casa oppressa dall'ombra del sepolcro, gli altri giovani lottavano per tenersi in vita; soltanto il più giovane tra loro, il piccolo, grazioso bimbo, sembrava conformarsi tranquillamente a quel destino, ritrarsi dalla vita e accettare di buon grado la morte, come se soltanto a malincuore avesse acconsentito a venire al mondo.

La moglie del parroco si sedette umilmente sul bordo della sedia, con le mani industriose abbandonate in grembo sul grembiule azzurro.

«No, tuo padre non vuole comprare la mucca» disse con un lieve sospiro. «A Christiansminde vendono quella mucca pezzata per trenta talleri. È una bella mucca, e figlierà tra sei settimane. Ma quando gliene ho parlato, tuo padre è montato su tutte le furie. Perché, dice lui, come faccio a sapere che il giorno del giudizio e del ritorno di Cristo sulla terra non è più vicino di quanto tutti immaginino? Non dobbiamo accumulare tesori in questo mondo, dice. Però,» soggiunse, e tornò a sospirare «d'estate, in tutti i casi, la mucca ci farebbe comodo».

Rosa si accigliò, ma non riuscì a concentrarsi abbastanza per sentirsi davvero in collera contro il padre. «Tanto finirà col comprarla» disse freddamente.

Una farfalla che era riuscita a sopravvivere durante l'inverno, e si era ridestata ai primi raggi della primavera, svolazzava verso la luce, battendo le ali contro il vetro della finestra come in una serie di piccoli, gentili colpi di polpastrello. Il bambino la fissava da un bel po', e adesso, con una lunga, intensa occhiata, confidò a Rosa la sua scoperta.

«Mio fratello è andato a vedere la mucca» disse Eline. «È una bella mucca, ed è anche buona. Potrei mungerla io stessa».

«Sì, è una farfalla» disse Rosa al bambino. «È carina. Ora te la prendo».

Mentre cercava di catturarla, improvvisamente la farfalla volò verso la cornice superiore della finestra. Rosa si tolse le scarpe e si arrampicò sul davanzale. Ma lassù, così al di sopra del mondo, si rese conto che la prigioniera voleva uscire, e volare. Le tornarono alla mente le farfalle bianche dell'estate prima, che volavano sulle bordure di lavanda nel giardino; si sentì il cuore grande e leggero, e soffrì per la creatura imprigionata. «Guarda, ora la facciamo uscire» disse al bambino. «Così volerà via». Aprì la finestra e, sventolando le braccia, aiutò la farfalla a uscire. L'aria di fuori era fresca come un'acqua; lei respirò profondamente.

Peter, che veniva dalla stalla, si stava avvicinando proprio in quel momento lungo il sentiero del giardino. Nel vedere Rosa inquadrata nella finestra si fermò di colpo.

Dopo quella notte di pioggia in cui aveva deciso di prendere il mare, nel suo cuore non c'era stato spazio che per le navi: golette, brigantini, fregate. In quel momento Rosa, senza scarpe, con la sottana del vestito azzurro rialzata dalla traversa della finestra, somigliava talmente alla polena di una grossa, bella nave, che per un istante gli parve di vedere, per così dire, la propria anima faccia a faccia. La vita e la morte, le avventure di un lupo di mare, il destino stesso, eccoli lì davanti a lui, sotto le spoglie di una ragazza. Ebbe la vaga impressione che molto tempo prima, quand'era bambino, gli fosse già accaduto qualcosa di simile, e che al mondo ci fosse allora molta dolcezza. Spesso è proprio l'adolescente, la creatura appena uscita dall'infanzia, a sentire più profondamente e con più tristezza la perdita di quel mondo semplice e mistico. Non disse nulla; non sapeva proprio come ci si dovesse rivolgere a una polena, ma mentre la fissava ella lo fissò a sua volta, con uno sguardo franco e gentile, la mente ancora rivolta alla farfalla. E a lui parve che gli stesse promettendo qualcosa, una grande felicità; e con un subitaneo e irresistibile impulso decise di confidarsi con lei, di dirle tutto.

Rosa scese dal davanzale e tornò a infilarsi le scarpe, in pace col mondo. Aveva reso felice una farfalla; aveva reso felici un bambino e un ragazzo — fosse pure soltanto quello sciocco di Peter — con un solo gesto, e con uno sguardo. Adesso loro sapevano che era buona, una benefattrice di tutti gli esseri viventi. Magari fosse potuta restare lassù! Ma poiché questo non era possibile, e poiché vide che Peter se n'era rimasto immobile davanti alla finestra, ella si fece sulla porta del giardino.

Non appena se la vide così vicina il ragazzo diventò di fuoco. Le corse vicino e le strinse il polso sotto la manica leggera. «Rosa,» le disse «ho un grande segreto che nessuno al mondo deve conoscere. Voglio confidarlo a te». «Di che si tratta?» domandò Rosa. «No, non posso dirtelo qui» ribatté il ragazzo. «Qualcuno potrebbe sentirci. Ne va di tutta la mia vita». Si guardarono con espressione grave. «Stanotte, quando tutti dormiranno, verrò da te» disse Peter. «Ma ti sentiranno» disse lei, perché la sua stanza era al primo piano, nel sottotetto, e quella di Peter al pianterreno. «No. Sta' a sentire,» disse lui «metto la scala sotto la tua finestra. Tu lasciala aperta. Così entrerò di là».

«Non so davvero se sarò disposta a farlo» disse Rosa. «Oh, non fare la sciocca, Rosa» proruppe il ragazzo. «Lasciami venire da te. Tu sei l'unica persona al mondo di cui possa fidarmi». Quando da bambini progettavano qualche grande avventura, era usuale che Peter andasse di notte nella stanza di Rosa. Quel ricordo le tornò alla mente, e per un attimo anche nel suo cuore, come nel cuore di Peter, ci fu un'intensa nostalgia del mondo perduto dell'infanzia. «Forse lo farò» disse, mentre si sottraeva alla stretta della sua mano.

Era una notte nebbiosa, ma la prima, dopo l'equinozio, in cui si sentiva la dolcezza del prolungarsi delle giornate. Peter non si mosse finché non vide spegnersi la lampada nella stanza del parroco; allora uscì. Portò la scala fino al muro della facciata e la puntellò sotto la finestra di Rosa, graffiandosi la mano nello sforzo. Quando tentò la finestra, la trovò aperta, e il suo cuore prese a battere forte. Sgusciò nella stanza, e lentamente, senza fare il minimo rumore, andò verso il letto. Era buio, e lui passò la mano sulle coltri per accertarsi che Rosa fosse coricata, perché non si muoveva, non fiatava. Allora si sedette sul letto, e per un po' rimase muto come lei.

L'idea di aprire il proprio animo a un'amica che non l'avrebbe interrotto né deriso lo rendeva pensoso e grato come quando aveva sentito migrare gli uccelli. Era passato molto tempo, anni, forse, dall'ultima volta che si era confidato con Rosa. Non sapeva se la colpa di questo lungo silenzio fosse sua o della ragazza, ma era comunque una cosa molto triste. Ora gli sarebbe stato difficile esprimersi. Quando infine si decise a parlare, le parole gli vennero a fatica, una alla volta.

«Rosa,» le disse «devi sforzarti di capirmi, anche se mi esprimo male». E trasse un gran respiro.

«Per tutta la vita non ho fatto che sbagliare,» disse «ma me ne sono reso conto solo adesso. Tu lo sai che al mondo ci sono degli individui terribili, dei bestemmiatori, si chiamano atei, che negano l'esistenza di Dio? Ebbene, io ho fatto di peggio. Ho ingiuriato Dio e l'ho offeso; ho annientato Dio».

Parlava piano, con voce soffocata e lunghe pause tra una frase e l'altra, impedito dalla forte emozione, e dalla paura di svegliare gli altri.

«Perché vedi, Rosa,» disse «un uomo è soltanto le cose che fa — che costruisca navi, o fabbrichi orologi o fucili, o che scriva libri, perfino. Non puoi dire che un uomo è bravo o grande, se non è grande anche quello che fa. E Dio non fa eccezione alla regola, Rosa. Se la sua opera non lo glorifica, come può Dio essere glorioso? E io, io sono opera sua.

«Ho guardato le stelle,» continuò «e il mare e gli alberi, e anche gli animali e gli uccelli. Ho visto come si adeguano bene alle idee di Dio, e diventano quel che lui vuole che siano. Quando li guarda, Dio deve sentirsi compiaciuto e incoraggiato. Proprio come quando uno si mette a costruire una barca, e alla fine vede che è una bella barca, e capace di tenere il mare. Così ho pensato che quando vede me Dio deve sentirsi molto triste».

Quando tacque un momento per raccogliere le idee, sentì il respiro tranquillo di Rosa. Le fu riconoscente che non parlasse.

«L'altro giorno ho visto una volpe,» disse poi riprendendo il suo discorso «giù accanto al torrente, nel bosco di betulle. Mi ha fissato e ha mosso un po' la coda. E mentre la fissavo a mia volta, ho pensato che come volpe è perfetta, proprio come Dio voleva che fosse. Tutto quello che fa o che pensa è da volpe; dalle orecchie alla coda, in lei non c'è niente che Dio non voleva che ci fosse, e lei non ostacolerà mai il progetto di Dio. Se la volpe non fosse così, una cosa bella e perfetta, nemmeno Dio sarebbe bello e perfetto.

«Ma ecco qui me, Peter Købke» disse. «Dio mi ha creato, e può anche darsi che la cosa gli sia costata una certa fatica, e io dovrei fargli onore, come gliene fa la volpe. E invece io ho intralciato i suoi piani; ho agito contro di lui, soltanto perché le persone che ho intorno, le persone che tutti chiamano il prossimo, hanno voluto che così facessi. Me ne sono stato chiuso per anni in una stanza a leggere dei libri solo perché tuo padre vuole che mi faccia prete. Se Dio avesse voluto che diventassi prete, sta' certa che mi avrebbe fatto come un prete; per lui sarebbe stato un gioco da bambini, visto che è onnipotente. Quando vuole può farlo, lo sai anche tu; di preti ne ha creati a bizzeffe. Me, però, non mi ha fatto in quel modo. Sono lento ad imparare; lo sai anche tu che sono ottuso. A furia di leggere quei Padri della Chiesa mi sono tanto fossilizzato e intorpidito che me lo sento nelle ossa, e non sono davvero un bell'oggetto da tenere al mondo. E così ho reso brutto e fossilizzato anche Dio.

«Perché dobbiamo sforzarci di far contento il prossimo?» disse pensieroso dopo una pausa. «Gli altri non sanno che cosa è grande; non sono capaci di inventare le belle cose che ci sono al mondo, proprio come non siamo in grado di farlo noi. Se la volpe avesse domandato agli uomini come l'avrebbero voluta, se l'avesse domandato perfino al re, sarebbe diventata una ben misera cosa. Se il mare avesse domandato agli uomini come l'avrebbero voluto, ne avrebbero fatto un bel pantano, te lo dico io. E anche se ci sforzassimo di far contento il nostro prossimo, dopo tutto, a che gli servirebbe? È Dio che dobbiamo servire e far contento, Rosa. Sì, se riuscissimo a farlo contento anche per un solo attimo sarebbe una cosa sublime.

«Tu devi credermi,» disse dopo un silenzio «anche se non so parlare. Perché queste cose me le rigiro nel cervello da molto, molto tempo, e so di aver ragione. Se io sono inutile, è inutile anche Dio».

Sua cugina era d'accordo con la maggior parte delle cose che lui aveva dette. Per Rosa la prova più sicura della generosità della Provvidenza era il fatto che lei stessa ci fosse, per grazia di Dio perfetta e adorabile. Ma non era ben sicura di condividere l'opinione che Peter aveva del prossimo. Ella pensava di poter fare molto per il suo prossimo. E gli uomini non accendono certo una candela − Rosa − per metterla sotto il moggio; la pongono su un candeliere, da dove lei spande la sua luce su tutti coloro che sono nella casa. Tuttavia, se Peter poteva dire quelle cose, era segno che in lui aveva trovato un amico, e per quanto la cosa la stupisse, una volta o l'altra forse le sarebbe stato utile. E soffocò un sorriso nel cuscino.

«Eppure,» disse Peter, con un tale empito di passione che, senza volerlo, parlò con voce alta e vibrante «io amo Dio più di qualsiasi cosa al mondo. La gloria di Dio mi sta a cuore più di qualunque altra cosa».

Temette di aver parlato troppo forte, e per qualche istante rimase immobile.

«Senti,» disse poi alla ragazza «ti dispiacerebbe spostarti un po', così posso sdraiarmi anch'io? C'è spazio per tutti e due».

Senza fiatare, Rosa si spostò verso il muro, e Peter le si distese accanto. Il ragazzo non si lavava mai più dell'indispensabile, e odorava di terra e di sudore, ma il suo alito era fresco e dolce nell'ombra, accanto al viso di lei.

Star disteso parve placarlo un poco, e il suo tono si fece meno convulso. «E tutto questo» disse molto lentamente «è accaduto soltanto perché non sono fuggito».

«Fuggito?» disse Rosa, aprendo bocca per la prima volta. «Sì» disse lui. «Sì. Sta' a sentire. Io scappo via per andare a imbarcarmi. Dio vuole che io sia marinaio; mi ha creato per questo. Diventerò un grande marinaio, più bravo di tutti quelli che ha creati finora. Ma pensa, Rosa! Dio ha fatto quegli oceani immensi, e le tempeste, la luna che splende sull'acqua − e io non me ne sono curato, non sono mai andato nemmeno a vederli! Sono rimasto giù, chiuso in quella stanza, a guardare le cose che avevo sotto il naso.

Quanto deve aver sofferto Dio ogni volta che guardava dalla mia parte!

«Per capire quel che ti sto dicendo, Rosa,» disse dopo un momento «ecco, immagina soltanto che un fabbricante di strumenti musicali abbia costruito un flauto e che nessuno lo suoni mai. Non sarebbe una vergogna, un vero peccato? Poi, all'improvviso, qualcuno se ne impadronisce e lo suona, e il fabbricante lo sente e dice: "Questo è il mio flauto"». Respirò a fondo ancora una volta, e nel letto regnò il silenzio.

«Ma» disse infine Rosa, con voce sommessa e limpida «io ho desiderato molte volte che tu ti imbarcassi».

A questa inaspettata e incredibile manifestazione di solidarietà, Peter ammutolì. Dunque al mondo aveva un'amica, un'alleata! E pensare che per tanto tempo l'aveva sottovalutata, e l'aveva giudicata addirittura sventata e frivola! E invece lei gli era stata sempre fedele, aveva pensato a lui, e aveva indovinato i suoi bisogni e le sue speranze. In quell'ora tranquilla e pura della notte primaverile, per la prima volta, e misteriosamente, gli si rivelò la dolcezza del vero rapporto umano. Alla fine, con voce timida, domandò alla fanciulla: «Come mai hai pensato a questo?». «Non lo so» disse Rosa, e davvero in quel momento aveva dimenticato perché mai desiderava che Peter s'imbarcasse.

«Allora mi aiuti ad andarmene?» le chiese a bassa voce, come stordito. «Sì» rispose lei, e dopo un istante: «Cosa devo fare per aiutarti?».

«Ascolta» le disse lui, e con un gesto istintivo le si fece più vicino. «Mi imbarcherò a Elsinore. So che una certa nave adesso è all'àncora là, la *Espérance* del capitano Svend Bagge. Mi prenderanno a bordo. Ma non posso andarci! Tuo padre non me lo permetterebbe. Però tu potresti dirgli che vuoi andare laggiù a trovare la tua madrina e che non ti va di fare il viaggio da sola, così può darsi che mi lasci venire con te.

«E quando saremo là, Rosa, quando saremo a Elsinore, salirò a bordo della *Espérance* prima che qualcuno possa accorgersene. Prima ancora che lo sospettino io sarò già nel Mare del Nord, Rosa, e mi starò avvicinando a Dover, in Inghilterra. Un giorno o l'altro doppierò il Capo Horn». Dovette interrompersi; aveva troppe cose da dirle, adesso che finalmente si sentiva già all'ombra delle vele. «Ma posso restare qua tutta la notte» pensò. «Posso benissimo restare qua fino all'alba».

Rosa non rispose subito; non era male farlo rimanere col fiato sospeso, in modo che imparasse ad apprezzare il suo aiuto. «Hai proprio escogitato tutto per benino» disse finalmente, con una punta di ironia. Lui si soffermò un istante su quelle parole. «No» disse poi. «Non è che l'abbia escogitato. È come se tutto mi fosse venuto in mente da solo, all'improvviso. E sai quando? Quando ti ho vista in piedi sulla finestra». Si vergognò di dirle che gli era apparsa come la polena della *Espérance*, ma nel suo mormorio c'era una nota di trionfo così gioiosa che la ragazza capì ugualmente.

Dopo un momento lei disse: «Molte navi affondano, Peter. La maggior parte dei marinai finisce con l'annegare». Prima di poterle rispondere, lui dovette strappare la sua mente dall'immagine di Rosa nel riquadro della finestra. «Sì, lo so» disse poi. «Ma lo sai anche tu che una volta o l'altra bisogna morire tutti. E io penso che annegare sia la più sublime delle morti». «Perché pensi questo?» domandò Rosa, che aveva paura dell'acqua. «Oh, non lo so» disse Peter, e dopo un attimo: «Forse perché c'è tutta quell'acqua. Perché quando ci pensi, scopri che in realtà proprio nulla divide un oceano dall'altro. Sono tutti la stessa cosa. Quando anneghi nel mare, sono tutti i mari del mondo ad accoglierti. E a me questo sembra sublime». «Sì,» ammise Rosa «forse lo è».

Peter, mentre parlava degli oceani, aveva fatto un gran gesto col braccio e aveva colpito la testa di Rosa. Sentì contro la sua mano i capelli morbidi e ricci

271

della ragazza e, sotto, il suo piccolo cranio duro e rotondo. Tornò ad ammutolire. Senza che lo volesse, le sue dita annasparono sulla testa di lei e le accarezzarono i capelli, giocherellando con i boccoli. Ritrasse la mano, e dopo un istante disse: «Ora devo andarmene». «Sì» disse lei. Peter si alzò dal letto e si fermò lì accanto, nell'ombra. «Buona notte» disse. «Buona notte» gli rispose la ragazza. «Dormi bene» aggiunse Peter, che in vita sua non aveva mai fatto quell'augurio a nessuno. «Dormi bene anche tu, Peter» disse Rosa.

Peter discese la scala in un tale stato di rapita beatitudine che sarebbe potuto benissimo andare nella direzione opposta, verso il cielo, incontro a quelle stelle così note che adesso si nascondevano dietro la nebbia. La sua agitazione era provocata in parte dalla sua fuga e dal suo avvenire in mare, e in parte da Rosa. In circostanze normali, queste due estasi sarebbero parse incompatibili. Ma quella notte tutti gli elementi e le forze del suo essere erano stati sospinti a congiungersi in un'armonia senza eguali. Il mare si era trasformato in una dea, e Rosa era diventata possente, spumeggiante, salmastra e universale come il mare. Per un momento ebbe l'impulso di tornare a salire quella scala. E la sua anima la risalì, infatti, e tornò ad abbracciare Rosa in un empito di splendida fratellanza. E il suo corpo le avrebbe tenuto dietro, se lui non si fosse reso conto con stupore che di quel suo corpo non avrebbe saputo che farsene, una volta che l'avesse riportato lassù. Finì dunque col sedersi sull'ultimo piolo della scala, col capo tra le mani, in mistica concordia col mondo intero.

Dopo un certo tempo i suoi pensieri cominciarono a farsi meno caotici. C'era, dopo tutto, una differenza tra il suo atteggiamento verso l'universo che lo circondava e quello verso la ragazza nel sottotetto.

Nei riguardi del mondo, del genere umano e del proprio destino, d'ora in avanti Peter sarebbe stato lo sfidante e il conquistatore. Tutti avrebbero dovuto arrendersi davanti a lui; se lo colpivano, lui avrebbe colpito a sua volta, e avrebbe strappato loro quel che voleva. Da quella parte, tutto era chiaro come la luce del giorno, vivido come un metallo o come la superficie del mare, corrusco di pericolo, di avventura, di vittoria.

Ma verso Rosa tutto il suo essere si protendeva in un impeto tremendo di munificenza e magnanimità, in un irrefrenabile desiderio di donare. Lui non aveva ricchezze terrene con le quali compensarla, e seppure avesse posseduto tutti i tesori del mondo, ora li avrebbe dimenticati. A lei voleva concedere qualcosa di più assoluto: se stesso, l'intima essenza della sua natura, che era insieme l'eternità. Sentiva che quell'offerta sarebbe stata il più sublime trionfo e il più grande sacrificio di cui fosse capace. E finché non fosse stato consumato, lui non poteva andar via.

Rosa lo avrebbe capito, allora, lo avrebbe accolto, e avrebbe accettato il suo dono? Intanto che la sua mente abbandonava pian piano le avventure e le imprese marinaresche per concentrarsi sulla fanciulla, egli vide che intorno a lei tutto era immerso in una sacra e solenne oscurità, quale si può trovarla, pensò, nelle profondità insondabili dell'oceano. Sembrava che lui non la conoscesse affatto, mentre lei lo conosceva così bene. Non poteva andarle troppo vicino nemmeno coi suoi pensieri, che ogni volta venivano respinti come da un'ignota legge di gravità. Il suo irrefrenabile, travolgente desiderio di renderla felice, e questa nuova, strana irraggiungibilità di cui la ragazza era circonfusa nella sua immaginazione, lo tennero sveglio nel letto sino al mattino. Si ricordò di Giacobbe, che aveva lottato per tutta la notte con l'angelo di Dio. Ma in qualche modo egli prese per sé la parte dell'angelo, e capovolse il grido che scaturì dal cuore del Patriarca: «Tu non devi lasciarmi andare, se prima non ti avrò benedetta».

Dopo un po' che Peter l'aveva lasciata, Rosa, nella sua stanza sotto il tetto, si girò su un fianco, con la guancia adagiata sulle mani congiunte e le lunghe trecce sul seno, come faceva ogni sera quando voleva dormire. Ma, con suo grande stupore, sentì che quella notte non sarebbe riuscita a prendere sonno. Aveva sentito parlare di persone che passavano le notti in bianco, ma di solito si trattava di furfanti o di innamorati respinti, e le parve strano che si potesse non dormire pur sentendosi sereni e soddisfatti. Continuava a pensare a quell'ora che Peter aveva trascorsa nel suo letto. Sul cuscino indugiava il lieve odore dei suoi capelli. Per niente al mondo si sarebbe avvicinata al posto dove era stato disteso; rimase schiacciata contro la parete, come quando lui era là.

A Peter, ella ripeté nei suoi pensieri, tutto si era rivelato da sé, all'improvviso, quando l'aveva vista in piedi sulla finestra. Le tornò il vago ricordo di come, non molto tempo prima, ella avesse diffidato del suo vecchio compagno di giochi, e si fosse prefissa di tenerlo fuori dal suo mondo segreto. «Quanto sei sciocca, Rosa!» mormorò, come in passato quando sgridava le sue bambole. Il pensiero che Peter fosse così forte, adesso, anziché sgomentarla come prima, le riusciva gradito. Le tornò alla mente un episodio che aveva dimenticato da anni. Poco tempo dopo la venuta di Peter in casa, era scoppiato tra loro un tremendo litigio. Lei gli tirava i capelli con tutte le sue forze, mentre lui, tenendola stretta con le sue robuste braccia di ragazzo, cercava di gettarla sul pavimento. Senza aprire gli occhi, rise a quel ricordo. Quando se n'era andato dalla finestra, Peter non aveva chiuso del tutto i battenti. Nella stanza si sentiva l'aria gelida della notte. Peter se n'era andato da mezz'ora, quando Rosa cadde in un sonno tranquillo e soave.

Ma verso il mattino fece un sogno terribile, e si svegliò col viso inondato di lacrime. Si alzò a sedere sul letto, coi capelli appiccicati sulle guance bagnate. Non ricordava il sogno in tutti i particolari; sapeva soltanto che qualcuno l'aveva abbandonata, lasciandola in un mondo freddo dal quale era scomparsa ogni traccia di colore e di vita. Tentò di scacciare quel sogno riaccostandosi al mondo della realtà, e alla sua vita quotidiana. Ma così facendo ricordò Peter, e il suo proposito di imbarcarsi. A quel pensiero divenne pallidissima.

Proprio così, Peter stava per andarsene, e questo era il ringraziamento perché l'aveva fatto sdraiare nel suo letto, e perché da quella notte gli voleva bene più che a chiunque altro. Si ripeté nella mente tutto il loro discorso, parola per parola. Aveva voluto essere gentile con lui — prima di addormentarsi non gli aveva forse, nella propria fantasia, accarezzato quei fitti, lucenti capelli che un tempo aveva tirati, lisciati e attorcigliati intorno alle proprie dita? Ma lui se ne sarebbe andato ugualmente, in luoghi lontani dove lei non poteva seguirlo. A Peter non importava che cosa sarebbe accaduto di lei; la lasciava lì sola, come aveva fatto in quel sogno.

Fra due o tre giorni egli non sarebbe più stato là. Non avrebbe più visto la casa, né il giardino, né la chiesa. Non avrebbe più nemmeno sentito parlare danese, ma chi sa quale strana lingua a lei incomprensibile. E lei, lei sarebbe stata dimenticata; sarebbe scomparsa dai suoi pensieri. Scomparsa, scomparsa, pensò, e si morse una ciocca di capelli, umida di lacrime amare.

Adesso, per mantenere la sua promessa, doveva chiedere al padre il permesso di recarsi con Peter a Elsinore. E dopo un attimo, ecco affiorare un'idea nella sua mente. Con quanta facilità avrebbe potuto mandare all'aria i grandiosi progetti del ragazzo! Bastava che ne parlasse al padre, e nella vita di Peter non ci sarebbero più state né navi, né il Capo Horn da doppiare, né la morte per annegamento nell'acqua di tutti gli oceani. Se ne rimase seduta nel letto, covando quell'idea come una gallina cova le sue uova. Fino a quel momento le sembrava di essere riuscita a tenere lontane le cose; ma quel giorno esse le si stavano avvicinando, la toccavano — e lei odiava che la toccassero

— le opprimevano il petto. Infine si decise ad alzarsi, e indossò il suo solito vestito.

Rosa chiedeva molto raramente dei piaceri al padre, ma il parroco le avrebbe concesso qualunque cosa, perché lei — così le avevano detto — somigliava moltissimo alla madre, della quale portava il nome. Ma a lei non andava di recitare la parte di una morta; voleva essere se stessa, la giovane Rosa. Così poteva talvolta chiedergli qualcosa per Eline o per suo figlio, ma per sé non c'era caso che lo facesse. Quel giorno, però, aveva bisogno che l'aiutassero tutti e due, il padre e la madre. Qualche tempo prima, per divertirsi, si era pettinata coi capelli fermati sul capo come li portava la madre nel piccolo ritratto che aveva di lei. Ora, davanti allo specchietto opaco, si mise d'impegno a pettinarsi allo stesso modo. Poi scese nella stanza del padre.

Ne uscì col viso inespressivo come quello di una bambola, e per qualche istante rimase ferma davanti alla porta chiusa. Aveva in mano il fazzoletto annodato, nel quale era racchiuso un mucchietto di monete, la cifra necessaria ad acquistare la mucca, che il parroco le aveva dato perché lo consegnasse a Eline. Durante il loro colloquio era stato travolto da una commozione così intensa che si era persino nascosto il viso tra le mani al pensiero dell'ingratitudine del nipote; quando aveva abbassato le mani, quel viso era bagnato di lacrime. Mentre Rosa stava per andar via, lui le aveva afferrato la mano e l'aveva fissata negli occhi.

Il fatto di non poter credere del tutto nel dogma della resurrezione della carne, sul quale tuttavia doveva far le sue prediche dal pulpito, era per il parroco un doloroso e costante fardello; lui infatti diffidava del corpo e lo temeva. La giovane, pensò, non sarebbe stata afflitta da dubbi del genere. La carne che lui toccava, infatti, era fresca e pura; non era difficile immaginare che sarebbe stata accolta in paradiso. Dopo aver tratto un profondo sospiro, il parroco aveva contato le monete e le aveva deposte nella mano fredda e calma di Rosa. La ragazza, per chissà quale motivo, trovava sgradevole tutto quel che aveva a che fare con gli acquisti e le vendite. Aveva preso il denaro con riluttanza, e si era mostrata così noncurante che il vecchio le aveva raccomandato di annodarlo nel fazzoletto. Ora, davanti a quella porta, lei si cacciò il fagottino nella tasca della gonna.

Aveva bisogno di consolidare la propria certezza di essersi comportata in modo normale e ragionevole, così decise di andare in cucina a far colazione. Mentre scendeva le scale, sentì delle voci gaie, e quando entrò nella cucina vide che tutta la famiglia era riunita intorno a una pescivendola che veniva dalla costa e aveva portato del pesce in una cesta che teneva sul dorso.

Quelle pescivendole appartenevano a una razza molto vitale e di tempra dura; capaci di portarsi in spalla per venti miglia e più le loro pesanti ceste, con qualunque tempo, e poi di tornarsene a casa a sfaccendare in cucina o a lavorar d'ago per il marito e una dozzina di figli. Erano di mente pronta, chiacchierone, e come di casa dovunque, e preferivano la loro vita all'aperto, da girovaghe, alla vita della contadina, legata alla stalla o alla zagola, e alla vita della moglie del parroco. Emma, la pescivendola, aveva posato la sua cesta sul pavimento e si era seduta sul ceppo. Stava bevendo il caffè da un piattino e raccontava le ultime novità del vicinato, ridendo ai propri racconti. Non era troppo facile seguire quel che diceva, perché non soltanto era mezzo sdentata, ma parlava succhiando una caramella ed esprimendosi in dialetto — mescolato di svedese, perché era svedese di nascita, come molte delle mogli dei pescatori lungo il Sund. Ma i bambini della canonica sapevano parlare il dialetto anche loro, se volevano. Ella interruppe il suo racconto per salutare la graziosa figliola del parroco, e Rosa andò a sua volta a sedersi sul ceppo col suo caffè, per sentire le notizie.

Non appena Peter scorse la ragazza, non vide e non sentì più nient'altro. Dopo un momento andò a mettersi accanto a lei, ma senza parlare. Quando in cucina le chiacchiere e le risate erano al colmo, Rosa, senza guardarlo, gli disse: «Ho parlato con mio padre. Mi ha dato il permesso di andare a Elsinore, e tu puoi accompagnarmi. Ora che la neve si sta sciogliendo possiamo andare coi carrettieri. Possiamo andarci anche oggi stesso». A quella notizia il ragazzo si fece pallido, come quella mattina era avvenuto anche a lei quando, a letto, aveva pensato al cugino. Dopo un lungo silenzio lui disse: «No. Oggi non è possibile. Stanotte tornerò a trovarti nella tua stanza; devo dirti un'altra cosa. Posso venire, vero?». «Sì» disse Rosa. Peter si allontanò da lei, andò in fondo alla cucina, poi le tornò accanto. «Il ghiaccio si sta rompendo» le disse. «L'ha visto Emma proprio stamattina. Il Sund è libero dalla sua morsa». Emma ripeté il suo racconto perché lo ascoltasse anche la ragazza. Per tutto l'inverno i pescatori avevano dovuto percorrere lunghi tratti a piedi sul ghiaccio, per riuscire a pescare il merluzzo con un'esca di latta. Ora il ghiaccio si stava spezzando; tra i lastroni si vedeva l'acqua. Tra qualche giorno le loro barche avrebbero potuto riprendere il mare.

«Devo andare fin laggiù a vedere» disse Peter. Rosa guardò il suo volto, e poi non riuscì più a stornarne gli occhi, tanto era solenne e radioso; e Peter non sapeva quel che sapeva lei, pensò. «Vieni con me, Rosa» proruppe Peter con un grandioso, felice atto di dominio, come se non volesse perderla di vista nemmeno per un istante. E Rosa rispose: «Sì».

Quando sentì che stavano andando a vedere il ghiaccio che si rompeva, anche il bambino voleva andare con loro. Rosa lo prese in braccio. «Tu non puoi venire,» gli disse «per te è troppo lontano. Quando ritorno ti racconto tutto». Il bambino, con aria seria, le prese il viso tra le manine. «No, tu non me lo racconterai mai» le disse. Eline cercò di dissuadere la ragazza, e le disse che era una camminata troppo lunga anche per lei. «Oh no, io voglio andare lontano» disse Rosa. Si mise indosso un vecchio mantello, si infilò un paio di guanti di suo padre, logori ma foderati di pelliccia, e uscì con Peter.

Non appena fuori di casa, videro che i campi erano ormai liberi dalla neve, ma anche così il mondo era più luminoso di prima, perché nell'aria vibrava un confuso, risplendente chiarore. Ne furono quasi abbagliati. Stentavano a tenere gli occhi aperti. Si sentiva dovunque il suono dell'acqua che gocciolava e scorreva. Camminare era faticoso; la neve, sciogliendosi, aveva reso la strada sdrucciolevole. Peter si incamminò a passo rapido, ma poi dovette aspettare con impazienza la ragazza, che con le sue vecchie scarpe scivolava e inciampava lungo il sentiero. Finalmente lo raggiunse, tutta accaldata per lo sforzo, e stordita, come lui, dall'aria e dalla luce.

Lui non si mosse. «Ascolta» le disse. «È l'allodola». Rimasero immobili, l'uno accanto all'altra, e udirono veramente, al di sopra delle loro teste, lo squillo incessante e trionfale del canto di un'allodola, come una pioggia di estasi.

Poco oltre, nella foresta, si imbatterono in due boscaioli, e Peter si fermò a parlare con loro, mentre sceglieva e tagliava da due giovani faggi due lunghi bastoni, uno per sé e l'altro per Rosa. Uno dei boscaioli, un vecchio, guardò Rosa, le domandò se fosse la figlia del parroco di Søllerød, e si stupì che fosse tanto cresciuta. Capitava di rado che i ragazzi della canonica parlassero con estranei. Ora, dopo aver parlato con Emma e col vecchio boscaiolo, Rosa sentì che il mondo le si stava schiudendo davanti.

Peter, col mare di fronte a sé che lo attirava come una calamita e con la ragazza che camminava un passo dietro di lui, aveva continuato a marciare in uno stato di ebbra beatitudine. Dopo quella chiacchierata coi boscaioli aveva continuato a parlare, ma poiché non riusciva a trovare le parole giuste per quel che stava pensando, prese a raccontarle una storia.

«Ho sentito raccontare una storia, Rosa,» le disse «la storia di un capitano di lungo corso che aveva messo alla sua nave il nome della moglie. Aveva fatto scolpire la polena con grande arte, proprio tale e quale a lei, e le aveva fatto dorare i capelli. Ma la moglie era gelosa della nave. "Tu pensi più alla polena che a me" continuava a ripetere. "Ma no," rispondeva lui "se ne ho tanta considerazione è perché somiglia a te, anzi, perché è te. Non è forse bella, non ha un seno rigoglioso? Non danza nelle onde, come te quando ci siamo sposati? Nei miei confronti, in un certo senso, è anche più gentile di te. Galoppa dritta dove le dico io, e lascia liberi e sciolti i suoi capelli, mentre tu te li nascondi in una cuffia. Ma lei mi volta le spalle, così quando voglio un bacio torno a Elsinore". Una volta il capitano stava trattando un carico a Trankebar, quando gli accadde di aiutare un vecchio re di quel paese a sfuggire a certi suoi sudditi traditori. Al momento di separarsi, il re gli diede due grosse gemme azzurre, e lui le incastonò nel viso della polena, al posto degli occhi. Quando tornò a casa, raccontò alla moglie la sua avventura, e le disse: "Ora lei ha anche i tuoi occhi azzurri". "Se quelle pietre tu le dessi a me, ne farei un paio di orecchini" disse la moglie. "Oh no," disse il marito "questo non posso proprio farlo, e se tu capissi non me lo chiederesti nemmeno". La moglie, però, non si dava pace per quelle pietre azzurre, e un bel giorno, mentre il marito partecipava a un'assemblea della corporazione dei capitani di lungo corso, incaricò un vetraio della città di togliere le pietre dalle orbite della polena e di sostituirle con due pezzetti di vetro azzurro; il capitano, senza accorgersi di nulla, partì per il Portogallo. Ma dopo qualche tempo la moglie del capitano si accorse che la sua vista era diminuita al punto che non riusciva più ad infilare l'ago. Andò da un'indovina, che le prescrisse unguenti e acque miracolose, ma tutto fu inutile, e alla fine la vecchia indovina crollò il capo e le disse che la sua era una malattia rara e incurabile, e che sarebbe diventata cieca. "Oh mio Dio," pregò allora la moglie "fa' che la nave torni nel porto di Elsinore! Così potrò far togliere i pezzetti di vetro e rimettere al loro posto le pietre preziose. Perché aveva ragione lui, quando mi ha detto che quelli erano i miei occhi!". Ma la nave non tornò. La moglie del capitano ricevette una lettera del Console portoghese, in cui la si informava che la nave era naufragata ed era colata a picco con tutto l'equipaggio. E la cosa più strana, le scrisse il Console, era che la nave fosse andata a fracassarsi in pieno giorno contro una rupe che si ergeva nel mare».

Mentre Peter le raccontava questa storia stavano percorrendo un declivio boscoso, e camminando in discesa Rosa avvertì una leggera pressione contro il ginocchio. Si mise la mano in tasca e toccò il fazzoletto col denaro che si era dimenticata di dare a Eline. Lo palpò con le dita; dovevano esserci trenta monete, là dentro. La cifra le sembrò familiare. Trenta monete d'argento, il prezzo di una vita. Lei aveva venduto una vita, pensò, come un tempo aveva fatto Giuda Iscariota.

Forse quell'idea indugiava nella sua mente già da un po' di tempo, fin da quando aveva visto Peter nella cucina. Ma ora che l'aveva espressa in parole, ne fu colpita in modo così terribile che temette di precipitare a capofitto giù dalla collina. Barcollò, e Peter, tutto preso dal suo racconto, le disse di aggrapparsi a lui. Ella udì le sue parole, ma non fu in grado di rispondere, e le parve che la voce di Peter si perdesse in un silenzio di morte. Continuò ad arrancare faticosamente dietro al ragazzo, ma non udiva né il rumore dei loro passi né i fruscii del bosco; procedeva come una sorda.

Sicché adesso era arrivato, pensò, quello che aveva atteso e temuto per tutta la vita. Ecco, infine, l'orrore che doveva ucciderla.

Non sentiva esattamente che se su di lei incombeva la catastrofe o la rovina, questo accadeva per colpa sua; non era da lei sentire una cosa del genere, perché in ogni calamità era pronta a dare sempre la colpa agli altri. Ma accettava tutto questo in modo totale, considerandolo il destino che le toccava. Era la sua sorte e la sua condanna; era la sua fine.

Il nome di Giuda le rimase nell'orecchio, e continuò a echeggiarvi con forza tremenda. Sì, Giuda era uguale a lei, l'unico essere umano al quale lei potesse veramente rivolgersi per averne comprensione e consiglio; lui le avrebbe mostrato il da farsi. Quell'idea s'impadronì di lei a tal punto che dopo un istante ella si guardò intorno, perplessa, cercando un albero come quello che Giuda aveva trovato per sé. Stavano attraversando una radura nella foresta, dove soltanto alcuni alti faggi crescevano qua e là, e mentre si guardava intorno, una poiana, la prima che avesse vista quell'anno, prese il volo da un alto ramo e maestosamente si addentrò nel bosco, con un argenteo sfavillìo sulle larghe ali bronzee. Quando Giuda aveva tradito Cristo, meditò Rosa, gli aveva dato un bacio; dovevano essere così amici che per loro baciarsi era un gesto naturale. Lei non aveva baciato Peter, e ormai non si sarebbero baciati mai più; era questa l'unica differenza tra lei e l'apostolo maledetto.

Non vedeva più gli alberi tutt'intorno, né il cielo pallido che la sovrastava. Era di nuovo nella camera di suo padre, nel preciso istante in cui aveva denunciato Peter. Il parroco le aveva parlato della propria giovinezza, e le aveva detto che un tempo era stato l'assistente del cappellano nelle carceri di Copenaghen. E lì, a suo dire, aveva imparato che la prigione è un rifugio sicuro per gli esseri umani; ancora oggi lui aveva spesso la sensazione che in prigione avrebbe forse dormito meglio che in qualunque altro posto. Ogni tanto, le aveva detto, qualche malfattore cercava di evadere; per lui quella era cecità, e compativa quegli uomini, ma ogni volta che un evaso veniva ripreso e riportato in carcere sentiva che per loro era una fortuna. Poi, un istante prima di prendere il denaro e di consegnarglielo con quel gran sospirone, l'aveva guardata fisso negli occhi e le aveva detto: «Ma tu, Rosa, tu non vuoi fuggire; tu resterai con me». Rosa si era guardata intorno, e le era parso che anche la stanza ripetesse quelle parole. Era una stanza povera, con pochi mobili e il pavimento cosparso di sabbia; ella non ignorava davvero che la gente rideva all'idea che fosse lo studio di un ecclesiastico. Ma essa faceva parte di lei; la conosceva da tutta la vita. Perché mai qualcuno avrebbe dovuto rinnegare e abbandonare quella stanza, aveva pensato, se lei non lo faceva? In quel momento aveva scelto quella stanza, la prigione, la tomba, e si era chiusa in faccia le loro porte. Perché non l'aveva nemmeno sospettato, allora, ma se Peter era prigioniero, lei, per destino, non sarebbe stata libera mai più. Ricordò la finestra aperta della notte prima, dopo che Peter se n'era andato, e l'oscurità fresca intorno al suo cuscino. Lei aveva chiuso anche quella finestra. Si era chiusa in faccia tutte le finestre del mondo, e non sarebbe mai più stata nel riquadro di una finestra aperta, consentendo che a Peter tutto si rivelasse da sé, all'improvviso, al solo vederla.

Tornò lentamente al mondo reale che la circondava, al bosco fradicio e bruno, alle curve della strada e alla figura di Peter che procedeva a testa nuda, con una grossa sciarpa intorno al collo. Provava un certo risentimento verso il ragazzo, perché era colpa sua se lei si sentiva infelice, e, non fosse stato per lui, adesso avrebbe potuto ancora passeggiare nei boschi, bella, soddisfatta e orgogliosa. Ma non pensava che a lui, le sarebbe stato impossibile pensare ad altro. Peter camminava con passo agile, un ragazzo dritto e forte, con la testa piena di sogni. Era come se una corda la legasse a lui e la costringesse a trascinarsi alle sue calcagna, come una vecchia decrepita e curva, tanto più vecchia di lui che se ne rattristava, e piangeva sulla giovinezza e la semplicità del ragazzo.

Raggiunsero la cima di un'altra collina, da dove la vista spaziava sui boschi più in basso, inazzurrati dalla nebbia primaverile. Peter si fermò e per un istante rimase in silenzio.

«Ti ricordi, Rosa,» disse poi «che da piccoli venivamo qui a cogliere i lamponi selvatici? Torneremo qui tra molti anni, quando saremo vecchi. Forse allora tutto sarà cambiato, avranno abbattuto tutti gli alberi, e noi non riconosceremo più questo posto. Allora parleremo di oggi».

Era, di nuovo, la malinconia mistica dell'adolescenza, che al colmo della sua vitalità e con una grave saggezza destinata subito a svanire, accoglie in sé il passato e il futuro: il tempo stesso in astratto. Rosa lo ascoltava, ma non riusciva a capirlo. Il passato lei lo aveva distrutto, e si ritraeva dal futuro con orrore. Tutto ciò che aveva al mondo, pensò, era quell'unica ora, e quella passeggiata sino al mare.

In breve raggiunsero un argine ripido, con pochi abeti sparsi qua e là, e videro il Sund davanti a loro.

Era uno spettacolo raro e meraviglioso. Il ghiaccio si stava rompendo; a una certa distanza dalla costa era ancora solido, una distesa di un grigio biancastro. Ma vicino a terra, staccatosi dal terreno e frantumato in banchi e in lastroni, già dondolava e oscillava pian piano, abbandonandosi al moto sotterraneo della corrente. E oltre la linea bianca irregolare e spezzata, c'era il mare aperto, d'un pallido azzurro, quasi luminoso come l'aria, un elemento possente, ancora insonnolito dopo il suo lungo letargo invernale, ma libero, vagabondo come gli dettava il suo cuore voglioso, e proteso a cingere tutta la terra.

Non c'era quasi vento, ma si sentiva nell'aria un lieve fruscio, come un sommesso, gioioso ciangottare, là dove i lastroni di ghiaccio strusciavano l'uno contro l'altro e si sospingevano per disincagliarsi.

Peter non aveva più toccato Rosa da quando, disteso nel letto al suo fianco, aveva giocato coi suoi capelli; ora le afferrò la mano per un istante, e nel palmo caldo del ragazzo ella sentì un fiotto di gioiosa energia. Poi, con pochi lunghi balzi, egli corse giù dall'argine e si avventurò sul ghiaccio, e lei lo seguì correndo.

Se Rosa avesse avuto dieci o vent'anni di più, in quell'attimo sarebbe potuta morire o impazzire di dolore. Ma era così giovane che anche la disperazione aveva in sé del vigore, e le era di sostegno. Poiché non le restava che quell'unica ora di vita, doveva, in quell'ora, godere, vivere e soffrire con tutte le sue forze. Balzò sul ghiaccio con la stessa agilità del compagno.

Per lei, la suprema e incantevole bellezza di quello scenario consisteva nel fatto che tutto era intriso d'acqua. Da ultimo tutte le cose erano state aride e dure, resistenti al tocco, insensibili al grido del suo cuore. Ma qui tutto scorreva e fluttuava, il mondo intero era fluido. Vicino alla riva c'erano chiazze di ghiaccio sottilissimo che si rompeva sotto i suoi passi, così che doveva immergere i piedi in pozze di acqua limpida. Ben presto ne ebbe le scarpe fradicie; nel correre si spruzzava d'acqua la sottana, e quel senso di universale umidore la rendeva come ubriaca. Era come se nei prossimi istanti anche lei, e Peter con lei, potessero liquefarsi e dissolversi in un ignoto, salmastro fiotto di gioia, e finire nell'immenso mondo fradicio e ondeggiante. Le pareva di scorgere le loro due piccolissime figure sulla distesa bianca. Non sapeva che mentre avanzava di corsa il suo viso pallido era divenuto radioso.

Ma una volta sul ghiaccio, Peter la aspettava con pazienza, e le rimaneva vicino, più pacato e responsabile di quando, lungo la strada, aveva sentito irrefrenabile il desiderio della sua anima che lo sospingeva. Qui camminavano e correvano l'uno accanto all'altra. Rosa pensò: «Sono venuta al mare con Peter, in fin dei conti». Lo fece fermare un momento.

«Aspetta, Peter» gli disse. «Guarda, adesso andia-

285

mo a Elsinore. Quell'enorme blocco di ghiaccio laggiù è la casa della mia madrina. E quell'altro più lontano, quello è il porto, sai?».

Si incamminarono in linea retta verso la casa della madrina. E intanto che camminavano, Peter disse: «Ecco, il mare ha questo di strano, Rosa: puoi guardarlo da un punto all'altro dell'orizzonte come se scorressi lo sguardo su una prateria. Poi basta appena che giri gli occhi, e puoi guardarlo anche in profondità, tutto da cima a fondo, e lui non ti nasconde nulla. Alle volte la gente dice che il mare è traditore e la terra invece è fidata. Ma la terra ci nasconde i suoi segreti. Può esserci qualunque cosa, proprio sotto i nostri piedi − un tesoro sepolto, il tesoro di un antico pirata − e noi non lo sospettiamo nemmeno. E quanto all'aria − puoi fissarla quanto ti pare, ma non saprai mai com'è dal di fuori. Il mare è un amico».

Si fermarono alla casa della madrina di Rosa, ci si sedettero sopra, e cercarono di scoprire questo e quel posto lungo l'ampia costa brumosa. Due alberi erano un punto di riferimento al di sopra di Sletten, un villaggio di pescatori; divennero palme su un'isola corallina. Uno scintillio nell'aria, che veniva dal tetto di rame del Castello di Kronborg, laggiù al nord, fu il primo barlume delle bianche scogliere di Dover. A sud, a circa un miglio, videro delle persone che si avventuravano sul ghiaccio, come loro; erano selvaggi, cannibali, che loro dovevano evitare. «Oh,» pensò Rosa «perché non si contenta di viaggi come questo? Potremmo essere felici, se si contentasse».

Mentre si spingevano più avanti, ogni tanto erano costretti a scavalcare profonde fenditure nel ghiaccio, che scintillavano d'un verde come di vetro; il ghiaccio era spesso mezzo metro e più. A un tratto Rosa ebbe l'impressione di aver sentito il suolo muoversi leggermente sotto i suoi piedi, e provò la strana sensazione che qualcosa o qualcuno, un terzo compagno, si fosse unito a loro in quell'avventura sul mare; ma a Peter non disse nulla. Continuarono a correre e a saltare, sempre vicini l'uno all'altra. «Ora» gridò Rosa «siamo nel porto di Elsinore!».

Adesso il respiro del mare arrivava diritto sui loro visi caldi e arrossati. In quel giorno tranquillo c'era una corrente che veniva dal sud, e i lastroni di ghiaccio davanti a loro si stavano spostando lentamente verso il nord.

Lungo la costa del Sealand è raro che il vento passi da est a ovest girando a nord; di solito soffia a lungo da est, accompagnato da pioggia e maltempo, poi cambia e si dirige al sud-est e al sud, per finire all'ovest e lasciare l'aria limpida e pulita. Talvolta segue un periodo di calma, e mentre il vento dorme, il Sund si riempie a poco a poco di velature afflosciate provenienti da tutti i paesi, come lanugine d'anatra sospinta a mucchi dal vento sul bordo d'uno stagno. Peter e Rosa ricordarono le navi che durante l'estate avevano visto gremire il canale.

Ora nell'acqua pallida nuotavano le anatre, così simili all'acqua, nel colore, che soltanto il nero dei becchi e delle ali riusciva a farle scorgere, gruppetto mutevole di piccole macchie scure sulle onde.

«Sì,» disse lentamente Peter «ora siamo nel porto di Elsinore. E quella,» aggiunse puntando l'indice avanti a sé «quella è la *Espérance*. È all'àncora, ma è pronta a salpare». L'*Espérance* era un grosso banco di ghiaccio di almeno quindici metri, che una lunga fenditura separava dal ghiaccio sul quale stavano loro. «Devo salire a bordo subito, Rosa?».

Rosa incrociò le braccia sul petto. «Sì, saliamo subito» rispose. «Saremo nel Mare del Nord prima ancora che qualcuno sappia che siamo partiti, e vicinissimi all'Inghilterra. E poi un giorno doppieremo il Capo Horn». Peter gridò: «Sali a bordo con me?». «Sì» disse Rosa. «E vieni con me,» insisté lui «fai con me tutto il viaggio fino al Polo Sud?». «Sì» ripeté lei. «Oh, Rosa!» proruppe il ragazzo dopo un silenzio.

Salirono sul banco di ghiaccio, e Peter prese la mano di Rosa nella sua. Erano tutti e due stanchi dopo quella corsa sui ghiacci, e contenti di riposarsi sul ponte.

Peter guardava davanti a sé, col viso alzato. Ma la ragazza, dopo un poco, girò la testa per vedere come apparisse la costa della sua terra natia vista da così lontano. Allora si accorse che la fenditura tra il banco e il ghiaccio della terraferma si era allargata. Dove loro avevano camminato si scorgeva adesso un tratto d'acqua limpida, largo circa due metri. La *Espérance* aveva davvero preso il mare. Quella vista atterrì la fanciulla; ella provò l'impulso di gridare forte, di correre.

Ma non gridò. Rimase immobile, e la sua mano, stretta nella mano di Peter, riuscì persino a non tremare. Perché dopo un istante scese su di lei una grande calma. Quel destino che aveva temuto per tutta la vita, e dal quale ormai non c'era scampo − quel destino, capì adesso, era la morte. Era soltanto la morte.

Per alcuni minuti, lei sola si rese conto della situazione. Aveva la mente quasi vuota; si teneva eretta, molto seria, accettando la sua sorte. Sì, dovevano morire là, lei e Peter, dovevano annegare. Peter adesso non avrebbe mai saputo che lei lo aveva tradito. E non importava nemmeno più; avrebbe potuto dirglielo lei stessa, ormai. Lei era di nuovo Rosa, il dono concesso al mondo, e anche a Peter. Nel momento in cui raccoglieva tutto il proprio coraggio per affrontare la morte, Rosa non soffriva per sé. Era addolorata, profondamente addolorata per il mondo, che stava per perdere Rosa. Quanta bellezza, quanta ispirazione, quante soavi munificenze ne sarebbero scomparse per sempre!

Peter sentì il lieve ondeggiare del lastrone di ghiaccio, si girò di scatto e vide che stavano andando alla deriva. Il cuore gli balzò nel petto con due, tre tonfi terribili; la mano con la quale stringeva il braccio della ragazza scivolò a serrarle il gomito. Egli la condusse con uno strattone sul bordo del banco. Vide, allora, che lui sarebbe forse riuscito a saltare il crepaccio, ma che Rosa non avrebbe potuto farcela. Così la riportò un po' indietro e si guardò intorno. Erano circondati dall'acqua da ogni lato. Le persone che avevano visto sul ghiaccio erano scomparse. Loro due erano soli col mare e col cielo.

Attonito e tremante, il ragazzo si strappava i capelli con una mano, continuando con l'altra a serrare il gomito di Rosa. «E sono stato io, proprio io a pregarti di venire con me!» gridava.

Dopo un momento si volse verso di lei, e da quando erano usciti di casa, fu quella la prima volta che la guardò. Il viso di Rosa era tranquillo; ella lo fissava di sotto le lunghe ciglia come da un nascondiglio.

«Ora stiamo andando direttamente a Elsinore» gli disse. «È meglio così che se dovessimo prima andare a casa, non capisci?».

Peter la fissò, e a poco a poco il sangue tornò ad affluirgli al volto, fino a renderlo di fiamma. Il loro pericolo, e il suo senso di colpa per la presenza di Rosa, adesso svanirono e si ridussero in nulla, di fronte al fatto che una ragazza potesse essere così splendida. Mentre continuava a guardarla, gli passarono davanti agli occhi tutta la sua vita e tutti i suoi sogni del futuro. E ricordò pure che quella notte sarebbe dovuto salire nella stanza di Rosa, e a quel pensiero si sentì percorrere da un rapido, acuto spasimo. Eppure questa era la cosa più meravigliosa di tutte.

«Quando saremo a Elsinore» disse Rosa «dove il Sund si restringe, il capitano della *Espérance* ci vedrà e ci prenderà a bordo, non credi?».

Il cuore del ragazzo traboccava di adorazione. Egli sentiva la lieve brezza nei capelli e l'odore del mare nelle narici, e il movimento dell'acqua, che atterriva Rosa, lo inebriava. Era impossibile che non sperasse; non poteva non aver fede nella propria stella. In quel momento gli sembrava che da un pezzo, forse da tutta la vita, gli toccasse di trovarsi sbalzato da un'estasi all'altra, e che quello sarebbe anche potuto essere il miracolo che coronava tutti gli altri. Non aveva mai avuto paura di morire, ma ora non poteva accogliere l'idea della morte, perché sino a quel momento non si era mai accorto che la vita fosse così possente. E nello stesso tempo, proprio come il sogno e la realtà sembravano essere divenuti, su quel lastrone di ghiaccio, una cosa sola, anche la distinzione tra la vita e la morte pareva cancellata. Intuì confusamente che tutto questo era ciò che si intendeva dire con la parola immortalità. Così smise di guardare avanti a sé o di volgersi indietro; fu avvinto dal presente.

Lasciò il braccio di Rosa e tornò a guardarsi intorno. Andò a raccogliere i bastoni che avevano gettati via quand'erano saliti a bordo dell'*Espérance*. Impiegò un certo tempo a fare col coltello un buco nel ghiaccio, perché il bastone ci restasse infisso, e a legare sulla cima del bastone il suo grande fazzoletto rosso. Ora sarebbe servito da segnale di pericolo, e sarebbe stato visto da molto lontano. Con un pezzetto di corda che si trovò in tasca legò poi il coltello al bastone di Rosa per trasformarlo in una specie di gaffa − se la corrente li avesse portati accosto al ghiaccio sulla terraferma, con quella lui avrebbe potuto forse uncinarlo. Rosa stava a guardare.

Una volta issata quella bandiera, il loro lastrone diventò diverso dagli altri tutt'intorno, una nave, una casa sull'acqua per loro due. Non c'era freddo; il cielo si era colmato di una luce argentea. Nella mente di Peter affiorò un'idea strana; rimpianse di non aver portato con sé il flauto, perché mentre navigavano avrebbe potuto suonare qualcosa per lei, che sino a quel momento non si era mai presa la briga di ascoltarlo.

Aveva in tasca una bottiglia con del gin. La tirò fuori e disse a Rosa di berne un po'. Le avrebbe fatto bene, disse, e dopo ne avrebbe bevuto un po' anche lui. A Rosa dava molto fastidio l'odore del gin, e si era irritata spesso con Peter perché lo beveva. Ora, dopo una breve esitazione, acconsentì ad assaggiarlo, e anche a bere dalla bottiglia, dato che non avevano bicchiere. Le poche gocce che aveva inghiottite la fecero tossire e le colmarono gli occhi di lacrime, ma quando riprese fiato disse: «Il gin non è poi tanto male, in fin dei conti». Per contentare Peter ne bevve un altro sorso, che la scaldò tutta e rese il mondo più vivido ai suoi occhi. Peter si portò a sua volta la bottiglia alla bocca, poi la posò sul ghiaccio.

Peter si tolse la giacca e la sciarpa e le avvolse intorno alle spalle di Rosa, incrociando i lembi della sciarpa sul suo petto, e lei lo lasciò fare senza dire una sola parola. «Perché ti sei fermata i capelli, oggi?» le domandò. Rosa si limitò a crollare il capo; sarebbe stato troppo lungo spiegarglielo. «Lasciali sciolti» disse lui. «Così il vento li agita». «No, non riesco ad alzare le braccia, avvolta come sono nella tua sciarpa» rispose Rosa. «Posso scioglierteli io?» le domandò Peter, e lei rispose di sì.

Con le dita abili allenate ad attrezzare il brigantino *Rosa*, Peter sciolse il nastro che le tratteneva i capelli, mentre lei, pazientemente, gli stava ferma accanto, con la testa un po' piegata. La morbida e lucente massa di capelli si sciolse e le si rovesciò addosso, coprendole le guance, il collo e il petto, e, come lui aveva previsto, il vento sollevò i suoi riccioli e gentilmente glieli agitò sul viso.

In quell'istante, improvvisamente, senza che nulla lo facesse prevedere, il ghiaccio si ruppe sotto i loro piedi, come se si fossero avventurati su una crepa nascosta e il loro peso l'avesse fatta cedere. La fenditura li fece cadere sulle ginocchia, l'uno contro l'altra. Per un momento il ghiaccio li resse ancora, trenta centimetri sotto la superficie dell'acqua. Si sarebbero ancora potuti salvare, se si fossero separati e si fossero arrampicati da una parte e dall'altra della fenditura, ma quell'idea non li sfiorò nemmeno.

Peter, non appena si rese conto che stava perdendo l'equilibrio, e sentì l'acqua gelata intorno ai piedi, con un solo, ampio movimento abbracciò Rosa e la tenne stretta a sé. E in quell'ultimo istante, la sconosciuta, fantastica sensazione di non avere più nessun appoggio sotto i piedi si mescolò, nella parte consapevole di lui, con lo sconosciuto senso di morbidezza del corpo di Rosa contro il suo. Rosa premette il viso nell'incavo della sua spalla, e chiuse gli occhi.

La corrente era forte; in pochi secondi ne furono travolti, l'uno nelle braccia dell'altra.

UN RACCONTO CONSOLATORIO

Charles Despard, lo scrittore, entrò in un piccolo caffè di Parigi e vi trovò un amico, un compatriota, che in tutta calma stava cenando a un tavolo accanto alla finestra. Sedutosi di fronte a lui, trasse un profondo sospiro di sollievo e ordinò un assenzio. Finché non glielo portarono e non lo ebbe assaggiato, si limitò ad ascoltare attentamente, senza aprire bocca, le poche osservazioni banali del compagno.

Fuori nevicava. I passi della gente non producevano alcun suono sul sottile strato di neve che copriva il marciapiede; la terra era muta e morta. Ma l'aria era intensamente viva. Negli intervalli di tenebra tra un lampione e l'altro, la neve che cadeva non era altro, per i passanti, che un continuo, gelido tocco cristallino sulle ciglia e sulla bocca. Ma intorno ai vetri delle splendenti lampade a gas essa non era più invisibile, e si rivelava in un turbine di piccole ali traslucide che sembravano danzare su e giù, un piccolo mondo bianco simile a un febbrile, silenzioso, fatato alveare. La Cattedrale di Notre-Dame baluginava alta e severa, uno scoglio impennato all'infinito nella notte cieca.

L'ultimo libro di Charlie aveva avuto un grande successo, e gli aveva fruttato molto denaro. E lui, che era sempre stato povero e non aveva gusti costosi, non era molto bravo a spenderlo, e quando osservava quel che ne facevano gli altri, per imparare da loro, i vari modi in cui tutti si liberavano dei propri guadagni gli sembravano quasi sempre sciocchi e insulsi. Così lasciava le sue ricchezze nelle mani dei banchieri, quegli esseri misteriosamente appassionati ed esperti di quest'aspetto dell'esistenza, ed era quasi sempre a corto di denaro. Ormai la moglie era tornata dalla sua famiglia, e lui viaggiava qua e là, senza stabilire la propria dimora in nessun posto. Si sentiva a casa sua quasi dovunque, ma nel suo cuore persisteva tuttora la nostalgia, appena accennata ma costante, di Londra e della vita che vi aveva trascorsa.

Ora taceva, intimidito dall'umanità che lo circondava, soggetto a quella particolare tristezza di cui parla l'antico proverbio: *omne animal post coitum triste*. Per Charlie, infatti, non c'era nessuna differenza tra lo scrivere e il fare all'amore. Gli succedeva di udire un motivo, o di sentire un profumo, e di pensare in cuor suo: «Ho già udito questo motivo, o sentito questo profumo, in un momento in cui ero profondamente innamorato, o mentre stavo lavorando a un libro; ora non riesco a ricordare se l'una o l'altra cosa. Ma ricordo che allora, al colmo della mia vitalità, io mi esprimevo in estatica armonia, e che tutto, in un'insolita felicità, sembrava al posto giusto». E ora se ne stava seduto al tavolo come chi abbia appena visto concludersi una relazione d'amore, e sia esausto e gelato fin nelle ossa, e profondamente consapevole di quanto siano vuote e vane tutte le ambizioni dell'uomo. Tuttavia era contento di avere incontrato il suo amico, col quale aveva sempre avuto una buona intesa.

Charlie era un uomo esile e piccolo di statura, e sembrava molto più giovane della sua età; ma il suo commensale era ancora più piccolo, e di età indefinibile, sebbene il poeta sapesse che aveva dieci o quindici anni più di lui. Era modellato così armoniosamente, con mani, piedi e orecchie di delicata fattura, tratti che erano una fine opera di cesello, la bocca piccola e nobile, la carnagione fresca e una voce melodiosa, che sarebbe potuto apparire un esemplare in miniatura della figura umana, fatto per un museo. I suoi abiti erano decorosi e di buon taglio; il suo cappello a cilindro era posato su uno scaffale alle sue spalle, sopra il pastrano e l'ombrello.

Si chiamava Aeneas Snell, o almeno così lui diceva, ma nonostante i suoi modi così disinvolti e gioviali, le sue origini e il suo passato erano oscuri anche ai suoi amici. Si diceva che fosse stato prete, ma che dopo aver seguìto la vocazione avesse ben presto abbandonato l'abito. Più tardi era diventato medico dermatologo, e si era distinto nella sua professione. Aveva girato l'Europa, l'Africa e l'Asia in lungo e in largo, e aveva conosciuto a fondo uomini e città. Pareva che a lui personalmente non fosse mai accaduto niente d'importante, né disgrazie né fortune, ma era suo destino che strani eventi, drammi e catastrofi si verificassero alla sua presenza. Era in Egitto quando vi era scoppiata la peste, e al servizio di un principe indiano durante l'ammutinamento, e segretario del duca di Choiseul de Praslin quando quel gentiluomo uccise la moglie. Al momento si occupava come amministratore degli affari di un tizio di Parigi, arricchitosi da poco. Talvolta i suoi amici si stupivano che un uomo così dotato e di tanta esperienza si fosse contentato, per tutta la vita, di mettersi al servizio degli altri, ma Aeneas spiegava questo controsenso attribuendolo all'apatia e alla passività della sua indole. Di sua spontanea volontà, sosteneva, non sarebbe mai riuscito a trovare alcun motivo per fare una determinata cosa, ma bastava che qualcun altro gli chiedesse o lo pregasse di farla perché a lui sembrasse del tutto plausibile di assumersene il compito. Come amministratore se la cavava benissimo e aveva in tutto la più assoluta fiducia del suo principale. Qualcosa nel suo portamento e nei suoi modi suggeriva che nell'assumersi quel lavoro egli stesse facendo un onore tanto a se stesso quanto al suo padrone, e questo particolare faceva una grande impressione al ricco francese. Aeneas era un compagno piacevolissimo; sapeva ascoltare con attenta pazienza e narrare a sua volta con avvincente abilità; nei suoi racconti, non metteva mai in primo piano la sua persona; narrava le sue storie, anche le più strane, come se le avesse viste accadere coi suoi occhi, e non è affatto escluso che così fosse.

Bevuto il suo assenzio, Charlie divenne più comunicativo; appoggiò il gomito sul tavolo e, col mento sulla mano, in tono grave e solenne, disse: «Ama l'arte tua con tutto il cuore, e con tutta l'anima, e con tutta la mente. E ama il pubblico tuo come te stesso». E dopo un poco aggiunse: «Ogni rapporto umano ha in sé qualcosa di mostruoso e di crudele. Ma il rapporto dell'artista col suo pubblico è tra i più mostruosi. Sì, è terribile come il matrimonio». E nel dir questo rivolse a Aeneas uno sguardo intenso, amaro e tormentato, come se in lui vedesse rappresentato il suo pubblico.

«Perché» continuò «contro la nostra volontà, noi artisti e il nostro pubblico dipendiamo, per esistere, gli uni dall'altro». Di nuovo gli occhi di Charlie, cupi di dolore, scoccarono un'accusa mortale all'amico. Aeneas sentì che il poeta era in uno stato d'animo così pericoloso che qualunque frase, tranne un commento banale, avrebbe potuto fargli perdere il suo equilibrio. «Se è così,» disse «il tuo pubblico non ti ha forse concesso un'esistenza piacevole?». Ma anche queste parole lasciarono Charlie così sconcertato che tacque per un pezzo. «Dio mio,» disse infine «credi forse che stia parlando del mio pane quotidiano — di questo bicchiere, o della giacca e della cravatta? Per l'amor di Dio, cerca di capire quel che dico. Ciascuno di noi, l'artista da una parte e il pubblico dall'altra, aspetta il consenso o la collaborazione dell'altro addirittura per cominciare a esistere. Se non c'è un'opera d'arte da guardare, o da ascoltare, non può esserci nemmeno un pubblico; questo, immagino, è chiaro anche a te, non è vero? E quanto all'opera d'arte − esiste un quadro che nessuno guarda? esiste un libro che non viene mai letto? No, Aeneas, devono essere guardati, devono essere letti. Ed ecco, grazie al semplice atto di essere guardati, di essere letti, essi danno vita a quella creatura formidabile, lo spettatore, che sufficientemente moltiplicato − e noi vogliamo che si moltiplichi, da veri miserabili quali siamo − diventerà il pubblico. E così, come vedi, eccoci alla sua mercé». «Ma in questo caso,» osservò Aeneas «perché non vi manifestate un po' di carità reciproca?». «Carità? Ma di che diamine stai parlando?» proruppe Charlie, e cadde in una profonda meditazione. Poi, dopo un lungo silenzio, disse lentamente: «Non possiamo manifestarci nessuna carità reciproca. Il pubblico non può essere caritatevole con un artista; se lo fosse, non sarebbe il pubblico. E siano rese grazie al Signore per questo, comunque. E nemmeno l'artista può essere caritatevole col suo pubblico, o per lo meno nessuno ancora ci ha mai provato.

«No,» disse «ora voglio spiegarti come stanno le cose. Tutte le opere d'arte sono belle e perfette. E al tempo stesso sono tutte degli orribili, ridicoli, assoluti fallimenti. Nell'istante in cui metto mano a un libro, è sempre incantevole. Lo guardo, e vedo che è bello. Fintanto che sono al primo capitolo è così bene equilibrato, c'è tra le sue varie parti un accordo così squisito da fare del suo insieme una meravigliosa armonia, e in genere, a quel punto, l'ultimo capitolo del libro sarà il più bello di tutti. Ma fin dal primo istante in cui ha avuto inizio, è anche seguìto da un'ombra orribile, un'odiosa, rivoltante deformità, che gli è tuttavia uguale, e talvolta − anzi, molto spesso − ne prende il posto, al punto che perfino io non riconosco il mio lavoro, ma me ne ritraggo, come la contadina si ritrae dalla culla nella quale dorme il bimbo scambiato dalle fate, e mi segno all'idea di aver potuto credere che fosse una creatura della mia stessa carne e del mio stesso sangue. Sì, in poche parole e in tutta sincerità, ogni opera d'arte è l'idealizzazione e il pervertimento, la caricatura di se stessa. E il pubblico ha il potere di sancire, in assoluto, se è l'una o l'altra cosa. Quando il cuore del pubblico ne rimane turbato e commosso, e tra lacrime di orgoglio e di contrita partecipazione tutti la acclamano gridando al capolavoro, essa diventa quel capolavoro che all'inizio vidi io stesso. E quando il pubblico la dichiara insulsa e priva di valore, diventa priva di valore. Ma quando nessuno la guarda – *voilà*, come dicono qui a Parigi, essa non esiste. Invano io grido a tutti costoro: "Possibile che non ci vediate nulla?". Loro mi risponderanno, e a ragione: "Proprio nulla, eppure quello che c'è io lo vedo tutto!". Se il rapporto dell'artista col suo pubblico dev'essere questo, Aeneas, non è consolante dipingere o scrivere libri.

«Ma non credere» continuò dopo un silenzio «che io non abbia compassione dei miei lettori, e che non mi renda conto della mia colpa nei loro confronti. Ne ho compassione, e questo pensiero è un tarlo nella mia mente. Ho dovuto leggere il libro di Giobbe, per trovare la forza di sopportare la mia responsabilità». «Ti vedi nei panni di Giobbe, Charlie?» gli domandò Aeneas. «No,» disse Charlie in tono solenne e orgoglioso «in quelli del Signore.

«Col mio lettore» continuò lentamente «mi sono comportato come il Signore si comporta con Giobbe. Io so bene, e nessuno, nessuno al mondo può saperlo quanto me, che il Signore ha bisogno di Giobbe come pubblico al punto di non poterne fare a meno. Oh sì, c'è persino da domandarsi quale dei due dipenda più dall'altro, se il Signore da Giobbe o Giobbe dal Signore. Io ho scommesso con Satana sull'anima del mio lettore. Ho cosparso di ostacoli il suo cammino e gli ho rovesciato addosso terrori a migliaia, l'ho costretto a cavalcare il vento e ho dissolto la sua sostanza, e quando lui si aspettava la luce non c'era che tenebra. E Giobbe non vuole essere il pubblico del Signore, proprio come il mio pubblico non vuole essere il mio pubblico». Sospirando, Charlie fissò lo sguardo sul proprio bicchiere, che poi si portò alle labbra e vuotò d'un sorso.

«Tuttavia,» continuò «alla fine i due si riconciliano; fa bene leggere quella storia. Perché il Signore nel centro del turbine perora la causa dell'artista, e dell'artista soltanto. Spazza via gli scrupoli morali e le sofferenze morali del suo pubblico; non tenta di giustificare il proprio spettacolo con una disquisizione sul giusto e sull'ingiusto. "Renderai tu vano il mio giudizio?" domanda il Signore. "Conosci i decreti del cielo? Ti sei inoltrato nel profondo alla ricerca degli abissi? Puoi alzare la tua voce sino alle nuvole? Puoi catturare la dolce influenza delle Pleiadi?". Eh sì, lui parla degli orrori e delle infamie dell'esistenza, e con disinvoltura domanda al suo pubblico se scherzerà con essi come un uccello, e se lascerà che i suoi figlioli facciano lo stesso. E Giobbe è davvero il pubblico ideale. Chi di noi troverà mai un pubblico come quello? Di fronte a simili argomenti egli china il capo e rinuncia alle sue lagnanze; vede che sta molto meglio, e più al sicuro, nelle mani dell'artista che con qualsiasi altro potere del mondo, e riconosce di aver detto quello che non capiva». Charlie tacque a lungo. «Il Signore» disse poi gravemente «ha fatto la stessa cosa con me, una volta». E con un grande sospiro: «Ho letto il libro di Giobbe molte volte,» concluse «di notte, quando non riuscivo a dormire. E in questi ultimi mesi ho dormito male». Si chiuse nel silenzio, perduto nei ricordi.

«E nondimeno,» disse dopo una lunga pausa «mi domando quale sia il significato di tutta la faccenda. Perché non possiamo smettere di dipingere e di scrivere, e lasciare in pace il pubblico? Che vantaggio gli diamo, alla fine? E all'uomo, alla fine, l'arte a che cosa serve? Vanità, vanità, tutto è vanità».

Aeneas a quel punto aveva finito di pranzare, e stava beatamente sorseggiando il suo caffè. «Monsieur Kohl, il mio principale,» disse «è un amatore di quadri, e desidera appassionatamente creare una galleria nel suo palazzo. Ma poiché è tutt'altro che un esperto di pittura, e non ha il tempo di imparare quel che dovrebbe sapere, la scelta dei suoi quadri, in principio, mi irritava e mi infastidiva. Ora, però, mi sono rivolto per suo conto ai pittori, avvicinandoli personalmente, e a ciascuno di loro ho chiesto di vendermi il quadro che, tra tutti quelli che ha dipinti, lui giudica il migliore. La nostra collezione sta crescendo, e sta diventando molto bella».

«Quell'uomo sbaglia» disse Charlie in tono cupo. «L'artista non può dire quale sia il suo lavoro migliore. Anche ammesso che i tuoi artisti siano onesti, e non ti abbiano rifilato il quadro che non riescono a vendere a nessun altro − e te lo meriteresti −, non sono in grado di giudicare». «No, non sono in grado di giudicare» riconobbe Aeneas. «Ma una collezione di quadri, ognuno dei quali sia stato scelto dallo stesso autore come il più bello che abbia mai dipinto, può certo, alla fine, stuzzicare la curiosità del pubblico e, in caso di vendita, avere un certo valore commerciale».

«E tu,» disse amaramente Charlie «tu vai da un artista all'altro per conto di un ricco amatore. Ma tu, di tua iniziativa, non hai mai dipinto né comprato un quadro. Quando, venuta l'ora, lascerai questo mondo, tanto varrebbe che non fossi mai vissuto». Aeneas fece di sì con la testa. «Si può sapere perché mi dai ragione?» domandò Charlie. «Perché sono d'accordo con te» rispose Aeneas. «Tanto varrebbe che non fossi mai vissuto».

Charlie ormai si era liberato dell'inquietudine e dell'irritazione di cui era preda quando era entrato nel caffè, e sentì che sarebbe stato molto più piacevole ascoltare che continuare a sfogarsi. Scoprì anche di aver fame, e ordinò il pranzo. Quando ebbe finito di sorbire il brodo, si appoggiò alla spalliera della sedia, volse lo sguardo per la sala come se la vedesse per la prima volta, e con voce bassa e languida, come quella di un convalescente, disse ad Aeneas: «Non potresti raccontarmi una storia?».

Aeneas girò il cucchiaino nel caffè, e raccolse lo zucchero rimasto sul fondo della tazzina. Si portò il tovagliolo alla bocca, poi lo piegò e lo posò sul tavolo. «Sì, posso raccontarti una storia» disse. Per qualche istante rimase immobile, frugando nella propria memoria. E in quei brevi momenti, pur restando perfettamente immobile, si trasformò: il compassato funzionario scomparve, e al suo posto ecco apparire un piccolo personaggio profondo e pericoloso, ben solido, vigile e spietato: il novelliere di tutti i tempi. «Sì» disse infine, e sorrise; «posso raccontarti una storia consolatoria», e con voce soave e melodiosa cominciò.

Quando ero giovanotto lavoravo a Londra, presso certi stimati commercianti di tappeti che mi incaricarono di andare in Persia ad acquistare una partita di tappeti antichi. Ma per i misteriosi decreti del destino mi accadde di diventare, per due anni, medico personale del sovrano della Persia, Mohammed Scià, un principe di altissimi meriti. Era un periodo di intrighi politici e di grande inquietudine, quando gli inglesi e i russi facevano a gara per imporre la propria influenza sulla Corte persiana. Il sovrano era afflitto dall'erisipela, un male che lo faceva molto soffrire e contro il quale io avevo avuto la grande fortuna di trovare un rimedio. L'attuale scià, Nasrud-Din Mirza, era allora l'erede al trono.

Nasrud-Din era un giovane principe pieno di vita, appassionato fautore del progresso e delle riforme, e dotato di un'intelligenza volitiva e fantasiosa. Aveva la mania di conoscere la situazione e le condizioni di vita dei suoi sudditi, dai più nobili ai più poveri, e per soddisfarla non dava tregua né a se stesso né ai suoi seguaci. Aveva studiato i racconti delle *Mille e una notte*, e ne aveva tratto ispirazione per immaginarsi nei panni del califfo Harun di Bagdad. Spesso, quindi, seguendo le orme di quell'istrione dei tempi andati, si aggirava tutto solo per le strade di Teheran, travestito da mendico, da venditore ambulante o da giocoliere, e frequentava i bazar e le taverne. Ascoltava i discorsi dei poveri artigiani, dei portatori d'acqua e delle prostitute, per sapere quel che veramente essi pensavano dei funzionari e degli impiegati del governo, e dell'amministrazione della giustizia del suo regno.

Questa mania del principe gettava in grandi angustie i suoi vecchi consiglieri. Costoro infatti ritenevano insostenibile e paradossale che un principe fosse tanto informato delle vicende e dei sentimenti del suo popolo, e ai loro occhi quella situazione appariva tale da poter sconvolgere come niente tutto l'antico assetto del paese. Illustravano al giovane i pericoli ai quali si esponeva e l'ingiustizia che col suo ardimento usava al regno di Persia, che rischiava in tal modo di patire senza ragione un gravissimo lutto. Ma quanto più loro parlavano, tanto più il principe Nasrud-Din si appassionava alla sua impresa. I ministri, allora, ricorsero ad altre misure. Fecero in modo che egli, dovunque andasse, fosse seguìto segretamente da guardie armate; arrivarono persino a corrompere i suoi camerieri e i suoi paggi per scoprire quale travestimento avrebbe adottato, e in quale quartiere della città intendesse recarsi; e spesso il mendico, o la prostituta, con cui il principe attaccava discorso era stato precedentemente istruito dai giudiziosi vecchi. Di tutto questo Nasrud-Din non sapeva nulla, e i consiglieri temevano a tal punto la sua collera, semmai l'avesse scoperto, che persino tra loro mantenevano il segreto sugli stratagemmi che architettavano.

Un giorno, nel periodo in cui ero a Corte, il Primo Ministro, il vecchio Mirza Aghai, chiese udienza al principe, e con grande solennità lo informò di alcuni strani e sinistri avvenimenti.

Nella città di Teheran, disse, c'era un uomo così simile, nel viso, nella statura e nella voce, al principe Nasrud-Din, che persino la regina sùa madre sarebbe a malapena riuscita a distinguerli l'uno dall'altro. E, come se non bastasse, il forestiero imitava e scimmiottava in tutto e per tutto i modi e le abitudini del principe. Da alcuni mesi quell'uomo si aggirava per i quartieri più poveri della città, travestito da mendicante, proprio come era solito fare il principe, si sedeva sotto le mura di cinta o accanto alle porte, e lì faceva mille domande e teneva concioni. Questo fatto, disse il vecchio ministro, non dimostrava forse quanto fosse pericoloso quel passatempo del principe? E infatti, c'era da domandarsi che cosa si nascondesse dietro quella faccenda. Forse il mistificatore era uno strumento nelle mani dei nemici dello scià, incaricato da loro di seminare scontento e ribellione tra il volgo, oppure un impostore di inaudita temerarietà, che tramava qualche suo oscuro intrigo e forse nutriva l'orribile progetto di disfarsi dell'erede al trono per prenderne il posto, facendosi passare per lui. Il vecchio aveva allora rievocato nella propria mente tutti i nemici della casa regnante. E gli si era levata davanti l'ombra di un grande signore, un cugino dello scià, decapitato durante una rivolta di vent'anni prima; si era ricordato di aver sentito dire che a quel fuorilegge era nato un figlio postumo che portava il suo nome. Non era certo impossibile, ragionava Mirza Aghai, che questo giovanotto volesse vendicare il padre e rendere la pariglia ai suoi giustizieri. E detto questo, pregò il suo giovane signore di rinunciare a quei suoi pellegrinaggi, almeno fintanto che quell'intrigante non fosse stato preso e punito.

Nasrud-Din ascoltava le parole del gran ciambellano e giocherellava con le nappe di seta della sùa dragona. Che cosa diceva alla gente questo strano cospiratore, domandò, e che impressione faceva al popolo? «Mio signore,» disse Mirza Aghai «che cosa abbia detto finora non posso riferirvelo con precisione, in parte perché sembra che le sue massime siano misteriose e a doppio senso, tanto che quelli che le hanno udite non le ricordano, e in parte perché in realtà non dice molto. Ma sul popolo ha prodotto un'impressione molto profonda, su questo non c'è dubbio. Perché egli non si limita a indagare sulla sorte degli umili, ma ha cominciato a condividerla con loro. Si sa che nelle notti d'inverno ha dormito sotto le mura, che ha vissuto degli avanzi che i poveri mettevano da parte per lui, e che quando quelli non avevano nulla da dargli è rimasto digiuno per un giorno intero. Frequenta le prostitute più miserabili della città, pur di convincere i poveri della propria solidale compassione. Proprio così; per insinuarsi tra i più umili dei vostri sudditi, corteggia una ragazza che, nella taverna di un bazar, dà spettacolo esibendosi con un asino. E tutto questo, mio principe, facendosi passare per voi».

Il principe era un giovanotto allegro e coraggioso; affliggere i vecchi e prudenti funzionari della Corte di suo padre lo divertiva, e il racconto di Mirza Aghai gli faceva presagire una rara avventura. Dopo aver ben ponderato la faccenda, disse al ministro che non si sarebbe lasciata sfuggire l'occasione d'incontrare il suo *Doppelgänger*. Sarebbe andato di persona a parlare con lui, e avrebbe scoperto la verità sul suo conto. Vietò ai vecchi ministri di interferire nel suo piano, e stavolta prese delle precauzioni tali che loro non poterono in alcun modo trattenerlo o controllarlo. Invano Mirza Aghai lo scongiurò di rinunciare a un progetto così pericoloso. L'unica concessione che alla fine riuscirono a strappargli fu la promessa che avrebbe avuto cura di girare armato, e che avrebbe portato con sé qualcuno di cui potesse fidarsi.

Proprio in quel periodo mi capitava di vedere spesso il giovane principe. Il principe Nasrud-Din, infatti, aveva sullo zigomo sinistro un'escrescenza grossa come una ciliegia. Era una piccola imperfezione che lo deturpava, e che naturalmente gli era di ostacolo quando desiderava aggirarsi in incognito. Così, dopo aver visto come avevo guarito suo padre, lo scià, egli mi pregò di liberarlo di quella seccatura. La cura fu lunga; ebbi tutto il tempo di intrattenere il principe raccontandogli le storie che lui amava, e per forza di cose io avevo una notevole scorta di racconti che appartengono alla civiltà classica dell'occidente, e che per lui erano nuovi.

Il principe, inoltre, aveva paura di ingrassare, e alle volte mangiava pochissimo. La regina, sua madre, ritenendo di non averlo mai visto così incantevole come quando, da bambino, era bello grasso, complottava con i fornitori e coi cuochi della real casa perché venissero ammannite al figliolo pietanze così prelibate da stuzzicargli l'appetito. Ora ella si accorse che quando io raccontavo le mie storie, il principe si attardava a tavola volentieri, e così, con molto garbo, mi pregò di tenergli compagnia durante il pranzo. Raccontai al principe tutto quel che riuscivo a ricordarmi della *Divina Commedia*, e di alcune tragedie di Shakespeare, e anche tutti i *Misteri di Parigi* di Eugène Sue, che avevo letto poco prima di lasciare l'Europa. E durante le nostre lunghe conversazioni su queste opere d'arte mi conquistai la sua fiducia, al punto che quando dovette scegliere un compagno per le sue spedizioni segrete mi chiese di andare con lui.

Con suo grande divertimento, mi fece travestire da mendicante persiano, con un grande mantello e babbucce, e una benda sull'occhio. Avevamo entrambi un pugnale alla cintura e una pistola sul petto; fu il principe a regalarmi il pugnale, che aveva l'impugnatura d'argento tempestata di turchesi. Il vecchio ministro Mirza Aghai, allora, volle parlarmi, e mi promise la propria gratitudine e un incarico permanente e lucroso a Corte se fossi riuscito, alla fine, a dissuadere Nasrud-Din da quel suo capriccio. Ma io non avevo alcuna fiducia nella mia capacità di trasformare l'animo di un principe, né il minimo desiderio di farlo.

Così, all'inizio della primavera, passammo alcune

serate andandocene in giro per le strade e i vicoli di Teheran. Sulle terrazze dei Giardini Reali i peschi erano già in fiore, e nell'erba sbocciavano i crochi e le giunchiglie. Ma l'aria era rigida, e la brina notturna non ancora un ricordo.

Entro la cerchia delle mura di Teheran le sere primaverili sono meravigliosamente azzurre. Gli antichi muri grigi, i platani e gli ulivi nei giardini, le persone nei loro indumenti grigi, e le lunghe, lente file di cammelli carichi che tornano a casa attraverso le porte − tutto sembra fluttuare in una delicata nebbia di azzurro.

Il principe ed io visitammo luoghi strani, e conoscemmo danzatori, ladri, mezzane e indovini. Facemmo parecchie lunghe discussioni sull'amore e sulla religione, e molte volte ci avvenne anche di ridere insieme, perché eravamo giovani entrambi. Ma per un bel po' non trovammo l'uomo di cui andavamo in cerca; e nemmeno sentimmo parlare molto di lui. Però sapevamo con quale nome si faceva chiamare, che poi era lo stesso di cui si serviva il principe quando faceva il mendicante. E infine, una sera, un ragazzetto ci accompagnò fino a un bazar, nei pressi della più antica porta della città, dove, a quanto ci fu detto, il cospiratore aveva l'abitudine, a quell'ora, di sostare. Vicino alla fontana del bazar il bambino, smilza figuretta dalle gambe nude, si fermò e ci indicò un individuo seduto per terra non molto lontano da noi. Ci diede un'occhiata franca e decisa, disse: «Più avanti di così non vado» e corse via.

Restammo un momento fermi, e palpammo l'impugnatura dei coltelli e delle pistole. Era una piazza povera e squallida; vi si arrivava attraverso vicoli angusti; le case erano sordide e fatiscenti; l'aria era colma di odori nauseabondi, il suolo sudicio e sconnesso. I poveri abitanti di quelle strade erano tornati allora dal lavoro, e in quell'ultima ora di luce indugiavano all'aperto a chiacchierare o attingevano acqua alla fontana. Alcuni acquistavano del vino al banco

di una taverna aperta, e noi li imitammo, chiedendo
il più economico che l'oste avesse, perché quella sera eravamo mendicanti anche noi. Mentre bevevamo
il nostro vino, continuammo a tener d'occhio l'uomo seduto per terra.

Da una crepa del muro sporgeva un vecchio albero di fico tutto contorto, e l'uomo stava seduto là sotto.
Contrariamente a quel che eravamo stati indotti a
pensare, non c'era folla intorno a lui. Ma mentre lo
osservavo, notai che tutti coloro che gli passavano davanti si attardavano un poco. Alcuni di questi, prima
di riprendere il cammino, si fermavano a scambiare
qualche parola con lui, e mi parve che tutti stornas-
sero un po' il viso e si comportassero, davanti a lui,
con reverenza e timoroso rispetto. Mentre notavo ogni
particolare della scena che avevo sotto gli occhi, pensai che c'era in essa qualcosa di insolito e di sorpren-
dente. Quel luogo era tra i più poveri e miserevoli
che avessi visto in città, eppure c'era in esso un che
di dignitoso, e una sorta di serena, fiduciosa attesa.
I bambini giocavano tra loro senza bisticci né grida,
le donne chiacchieravano e ridevano allegramente ma
con voci sommesse, e quelli che attingevano l'acqua
facevano la fila con pazienza.

L'oste stava parlando con un mulattiere che gli aveva portato due grosse ceste di legumi e di ortaggi fre-
schissimi. Il mulattiere disse: «E dimmi un po', secondo te che cosa mangiano stasera al palazzo?». «Che
cosa mangiano?» disse l'oste. «Be', non è mica facile
dirlo. Forse si papperanno un bel pavone ripieno di
olive. O forse gusteranno lingue di carpe cotte nel
vino rosso. O forse si spartiranno una bella pecora
grassa ben stufata con la cannella». «Eh sì, perdio»
disse il mulattiere. Noi sorridemmo nel sentir descrivere quei piatti straordinari, che per i poveri dovevano essere delle vere leccornie. Il principe Nasrud-
Din pagò il vino, si tirò sul capo il suo mantello da
mendico, e senza una parola andò a sedersi a poca

distanza dallo sconosciuto. Io mi sedetti al suo fianco, contro il muro.

L'uomo che avevamo tanto cercato, e di cui tanto avevamo parlato, era un individuo tranquillo; non alzò gli occhi per guardare i nuovi venuti. Stava seduto in terra con le gambe incrociate, la testa china, e le mani congiunte posate sul terreno davanti a sé. Aveva accanto la sua ciotola da mendicante, che era vuota.

Aveva addosso un ampio mantello, come quello che indossava il principe, ma più lacero e rattoppato. Aveva un cappuccio che in parte gli nascondeva la testa, ma mentre se ne stava là immobile, con gli occhi bassi, ebbi il tempo di studiare la sua faccia. Era vero che somigliava un po' al principe. Era un giovanotto smilzo, di carnagione scura, di qualche anno più anziano di Nasrud-Din, proprio dell'età, insomma, che il principe fingeva di avere quando si aggirava come mendicante. Aveva lunghe ciglia nere, e una rada barbetta nera, simile alla barba che il principe si incollava sul mento quando si travestiva da mendico, solo che questa era autentica. Sullo zigomo sinistro aveva un'escrescenza scura, grossa come una ciliegia, e io, data la mia esperienza, mi accorsi che era finta, ma abilmente applicata. Quanto alla sua espressione e al suo contegno, non era davvero il temerario e pericoloso cospiratore che mi ero aspettato di incontrare. Il suo volto era tranquillo, posso anzi dire che non ricordo di aver mai visto una fisionomia più serena di quella. Era anche un volto stranamente privo di astuzia, direi persino di intelligenza. Quella dignità e quella padronanza che un momento prima mi ero stupito di trovare nel bazar intorno a lui, le ritrovavo adesso anche nella figura dell'uomo, come se quelle doti fossero concentrate nella persona lacera e curva del mendicante, o ne scaturissero. Forse, meditai, poche cose sono in grado di dare all'aspetto di un uomo tanta dignità quanto l'aria di completo appagamento e di autosufficienza.

Già da un bel po' eravamo seduti là insieme, in silenzio, quando tutt'a un tratto vedemmo avvicinarsi un povero corteo funebre diretto al cimitero fuori le mura, la salma su una lettiga e coperta da un lenzuolo, con un piccolo seguito di persone in lutto, dietro le quali ciondolavano alcuni oziosi. Non appena videro il mendicante seduto sotto il fico, anche costoro furono còlti da non so quale senso di timore o venerazione; nel passargli davanti si scostarono un poco, ma non gli rivolsero la parola.

Quando furono lontani, il mendicante alzò la testa, guardò nel vuoto davanti a sé e con voce sommessa e gentile disse: «La Vita e la Morte sono due scrigni serrati, ognuno dei quali contiene la chiave dell'altro».

Nell'udire la sua voce il principe trasalì, tanto il modo di parlare del mendicante somigliava al suo; aveva persino lo stesso tono un po' nasale. Dopo un istante, si decise a rivolgere lui stesso la parola allo sconosciuto. «Io sono un mendicante come te,» gli disse «e sono venuto qui per racimolare tutte le elemosine che le persone caritatevoli saranno disposte a darmi. Intanto che aspettiamo, raccontiamoci la nostra vita, così non perderemo tempo inutilmente. La tua vita di mendicante ha per te così poco valore che saresti contento di barattarla con la morte?». Il mendicante sembrò impreparato a fronteggiare una domanda così risoluta. Per uno o due minuti non rispose, poi scosse gentilmente il capo e disse: «Niente affatto».

In quel momento una povera vecchia attraversò la piazza con passo malfermo e, avvicinatasi a noi, si rivolse al mendicante con lo stesso atteggiamento timido e sottomesso di tutti gli altri, distogliendo il viso mentre gli parlava. Si stringeva al petto una pagnotta, e quando gli fu davanti gliela porse con tutt'e due le mani. «In nome di Dio,» disse «prendi questo pane e mangialo. Abbiamo visto che da due giorni stai seduto qui sotto le mura, e non hai mangiato nulla. Io sono una vecchia, la più povera dei poveri qui intorno, e spero che non rifiuterai la mia elemosina». Il mendico alzò leggermente la mano per rifiutare il dono. «No,» disse «porta via il tuo pane. Stasera non mangio perché so che un mendicante, mio fratello di mendicità, è rimasto per tre giorni interi sotto le mura, e nessuno gli ha dato nulla. Voglio vivere di persona quello che lui ha provato e pensato allora». «Oh Dio,» sospirò la vecchia «se tu non mangerai questo pane, non lo mangerò nemmeno io; lo darò alle bestie che entrano dalle porte trascinando i carri, e sono stanche e affamate». E detto questo tornò ad allontanarsi.

Non appena lei andò via, il principe si rivolse di nuovo al mendicante. «Tu ti sbagli» disse. «Nessun mendicante della città è rimasto per tre giorni seduto sotto le mura senza ricevere nessuna elemosina. Tendo la mano anch'io, e non sono mai rimasto digiuno nemmeno un giorno. Gli abitanti di Teheran non sono né così spietati né così indigenti da lasciar digiunare per tre giorni il più miserabile dei mendicanti». A questo il mendicante non disse parola.

Cominciava a far freddo. Lo spazio immenso sopra le nostre teste era ancora limpido come il cristallo e colmo di luce soave; innumerevoli pipistrelli erano usciti dai buchi nelle mura e senza alcun suono ricamavano l'aria, zigzagando dall'alto in basso. Ma la terra e tutto ciò che le apparteneva erano immersi in un'ombra azzurrina, come se fossero squisitamente smaltati di lapislazzuli. Il mendicante si avvolse nel suo vecchio mantello e rabbrividì. «Faremmo meglio» dissi «a cercar riparo nella porta». «No, là non ci vengo davvero» disse il mendicante. «I gabellieri scacciano i mendicanti dalle porte fustigandoli sulle piante dei piedi». «E ti sbagli ancora» disse il principe. «Io, che sono un mendicante come te, ho cercato riparo nelle porte, e mai nessun gabelliere mi ha detto di andarmene. Perché la legge dice che i poveri e chi non ha casa possono rifugiarsi nelle porte della mia città, quando è finito il traffico del giorno».

Per un minuto il mendicante meditò su quelle parole; poi, girato il capo, lo guardò. «Sei il principe Nasrud-Din?» gli domandò.

Il principe Nasrud-Din fu sorpreso e confuso dalla domanda esplicita del mendicante; e la sua mano corse al coltello, proprio come la mia. Ma un istante dopo lo guardò altezzosamente negli occhi. «Sì, sono Nasrud-Din» disse. «Tu devi conoscere il mio viso, visto che l'hai contraffatto. Devi avermi seguìto molto a lungo, e molto da vicino, per riuscire con tanta abilità a farti passare per me agli occhi del mio popolo. Anch'io, da qualche tempo, conosco il tuo gioco. Ma non so qual è il motivo che ti spinge a giocarlo. Stasera sono venuto qui perché sia tu a dirmelo».

Lì per lì il mendicante non rispose; poi si decise a crollare il capo. «Ahimè, mio gentile signore» disse. «Come puoi dire una cosa del genere, quando io ho indossato questi panni e ho assunto questo aspetto che tu stesso ritieni così dissimile da quello che ti è abituale, e tale da poterti meglio nascondere per trarre in inganno il popolo della tua città? Non potrei, altrettanto giustamente, accusarti di avere, nella tua grandezza, scimmiottato il mio umile atteggiamento, e di esserti indebitamente appropriato del mio aspetto di mendico? Sì, è vero che una volta ti ho visto, di lontano, nel tuo costume da accattone, ma ho imparato molto di più da coloro che ti seguivano e ti tenevano d'occhio. È anche vero che mi sono servito della somiglianza che Dio si è degnato di creare tra te e me. Ne ho approfittato per essere orgoglioso e grato a Dio, mentre prima ero soltanto umiliato. Un principe biasimerà il suo servo per questo?».

«E la gente del bazar e delle strade» domandò il principe guardando con occhi penetranti il mendico «chi crede che tu sia?». Il mendico volse all'intorno uno sguardo rapido e furtivo. «Zitto, mio signore, parla piano» disse. «La gente del bazar e delle strade non oserebbe mai farmi sapere chi crede che io sia. Non hai visto come tutti distolgono il viso e abbassano gli occhi quando mi passano davanti o mi parlano? Sanno che non voglio far sapere chi sono; temono che, se mai scoprissi chi credono che sia, la mia collera contro di loro sarebbe così terribile che me ne andrei per non tornare mai più tra loro».

A queste parole il principe arrossì e rimase in silenzio. Infine disse in tono grave: «Credono tutti che tu sia il principe Nasrud-Din?». Il mendico, per un attimo, mostrò i denti candidi in un sorriso. «Sì, credono proprio che io sia il principe Nasrud-Din» rispose. «Pensano che abbia un palazzo nel quale vivere, e che possa tornarci in qualsiasi momento mi garbi. Credono che abbia una cantina piena di vino, una tavola sontuosamente imbandita, cassapanche ricolme di vesti di seta e di pellicce».

«Chi sei, allora,» domandò il principe «tu che sei diventato orgoglioso e grato a Dio fingendo di essere me?». «Io sono quello che sembro» disse il mendicante. «Sono un mendicante di Teheran. Sono nato mendicante. Mia madre era una mendicante, e mi ha inculcato questa vocazione quando ancora pesavo meno di un gattino. Da tutta la vita chiedo l'elemosina per le strade e sotto le mura della città». «Come ti chiami, mendicante?» gli domandò il principe. «Mi chiamo Fath» rispose il mendico.

«E dimmi,» gli domandò il principe dopo un silenzio «per caso non hai progettato di entrare in quel palazzo di cui parli, approfittando della somiglianza che c'è tra noi?». «No» disse Fath. «Non hai fatto tutto il possibile» insistette il principe «per acquistare influenza e potere sul popolo e per servire la tua ambizione, grazie a questa somiglianza?». «No» ripeté Fath. Per qualche istante rimase immerso nei suoi pensieri; poi disse: «No. Io sono un mendicante, e posso cavarmela bene nel mestiere di mendicante. Ma io non so niente di tutte le altre cose, e non me ne importa niente. Mi troverei in grossi impicci, se dovessi occuparmene. Ho acquistato influenza sul popolo, questo è vero, ed è probabile che il popolo farebbe quello che desidero, ma che cosa dovrei desiderare che facesse?».

«E allora che cosa hai combinato» domandò il principe «dopo avere così abilmente studiato il mio aspetto e i miei modi e aver fatto credere al popolo di Teheran che sei il principe Nasrud-Din?». «Ho chiesto l'elemosina per le strade e sotto le mura della città» rispose Fath. E fissando il principe esclamò: «Che ne hai fatto dell'escrescenza sulla guancia?». Il principe si portò la mano al viso. «L'ho fatta estirpare» disse. Fath si portò a sua volta la mano al viso. «Questo al tuo popolo non farà piacere» disse gravemente.

«Ma per quale ragione calunni il mio popolo» domandò il principe «e fai la sorte dei mendicanti della mia città ancora più dura di quanto non sia? Perché affermi che un mendicante è stato per tre giorni sotto le mura senza ricevere una sola elemosina, e che tu stesso hai voluto sperimentare che cosa ha provato?». «Sul nome di Dio,» protestò Fath «questa non è una calunnia, ma la pura verità». «E chi era» gli domandò il principe in tono severo «il mendicante trattato così crudelmente?». «Ero io, mio signore, io in persona,» rispose Fath «al tempo in cui ancora non ti avevo incontrato».

«Ma adesso spiegami una cosa che non ho proprio capita» disse il principe; «perché non vuoi accettare niente dalla gente, ora che sei riuscito a farti offrire il meglio che hanno? Perché hai rifiutato la pagnotta di quella vecchia, e l'hai mandata via così sconsolata?». Fath meditò su quelle parole. «Bene, mio signore,» disse infine «se mi permetti di essere franco, mi accorgo che di accattonaggio ne sai ben poco. Da quando sei nato devi aver sempre avuto da mangiare tutto quello che volevi. Se io prendessi quello che mi offrono, per quanto tempo credi che continuerebbero a offrirmelo? E se lo prendessi, per quanto tempo resterebbero convinti che nel mio palazzo ho i manicaretti più squisiti e tutte le leccornie del mondo, dall'est all'ovest?».

Per un po' il principe restò zitto; poi cominciò a ridere. «Per le tombe dei miei padri, Fath,» disse «ti avevo preso per uno sciocco, ma ora mi convinco che sei l'uomo più astuto del mio regno. Perché, vedi, i miei cortigiani e i miei amici mi chiedono cariche, onorificenze e ricchezze, e quando hanno ottenuto quel che vogliono mi lasciano in pace. Ma un mendicante di Teheran mi ha attaccato al suo carro, e d'ora in avanti, da sveglio o nel sonno, io devo lavorare per Fath. Che io conquisti una provincia, abbatta un leone, scriva una poesia o sposi la figlia del sultano di Zanzibar non farà differenza: sarà tutto a maggior gloria di Fath».

Fath guardò il principe di sotto le sue lunghe ciglia. «Si potrebbe anche dir questo,» commentò «e tu ora l'hai detto. Ma a mia volta io potrei anche sostenere che tu stesso hai creato Fath, e tutto quel che c'è di lui. Quando ti aggiravi per le strade travestito da mendicante, tu non ti sei sforzato di essere più saggio o più generoso, più nobile o più magnanimo degli altri mendicanti della città. Ti sei mostrato proprio come uno di loro, e hai fatto il possibile per non distinguerti da loro in alcun modo, per burlare il tuo popolo e ascoltare inosservato i suoi discorsi. Ora, quindi, anch'io non sono che un comune mendicante. Da sveglio o nel sonno, altro non sono che il principe Nasrud-Din mascherato da mendicante». «Si potrebbe anche dir questo» riconobbe il principe.

«Ti supplico, principe,» continuò Fath in tono solenne «di conquistare province, di abbattere leoni, di scrivere poesie. Io ho avuto cura che tra i poveri di Teheran il nome del principe Nasrud-Din fosse grande, e grande la fama della sua bontà. Ora tu abbi cura che il nome di Fath e la sua reputazione di nobiltà e di ingegno siano grandi tra i re e i principi. Quando abbatti un leone, ricordati che il cuore di Fath si rallegra del tuo coraggio. E quando avrai sposato la figlia del sultano, il popolo avrà di te la più alta stima, nel vederti ancora seduto sotto le mura, nel gelo

della notte, per dividere il suo triste destino. Ti por-
teranno alle stelle quando, per vivere l'amara sorte
dei più poveri, tu ancora ti intratterrai e parlerai con
le prostitute di questi vicoli». «E le prostitute di questi vicoli» domandò il principe «ti abbracciano con
ardore, adesso, e rabbrividiscono di estasi nelle tue
braccia? Su, devi dirmelo, dal momento che io non
ne so nulla, e quei loro fremiti mi sono, in un certo
senso, dovuti». «Questo non posso dirtelo,» rispose
Fath «perché ne so quanto te. Non oso abbracciarle;
quelle sono donne esperte, e può darsi che sappiano
come abbraccia un gran signore». «Sicché tu hai sog-
gezione delle mie donne, Fath?» disse il principe.
«Proprio tu che non hai mostrato alcuna paura quando ti ho detto chi ero?». «Mio signore,» disse Fath
«l'uomo e la donna sono due scrigni serrati, ognuno
dei quali contiene la chiave dell'altro».

«Stendi le mani, Fath,» gli disse il principe, e quando il mendicante obbedì, egli tirò fuori dalla cintura
la sua borsa da mendicante e la vuotò in quelle mani
protese. Fath rimase là con le mani colme di monete; le fissava. «È questo, l'oro?» domandò. «Sì» disse
il principe. «Ne ho sentito parlare» disse Fath. «So
che è molto potente».

Chinò il capo e rimase immobile a lungo, rattristato,
in profondo silenzio. «Ora capisco» disse infine «perché stasera sei venuto qui. Vuoi mettere fine alla
mia grandezza. Vuoi che venda il mio onore e la mia
fama presso il popolo, in cambio di questo possente
e pericoloso metallo». «Sulla mia spada, no» disse il
principe. «Un'idea simile non mi ha nemmeno sfiorato la mente». «Ma allora che cosa devo farmene di
quest'oro?» domandò Fath. «Francamente, Fath,» rispose il principe un po' imbarazzato «questa è una
domanda che nessuno mi aveva mai fatta prima d'o-
ra. Se tu non sai che fartene, regalalo ai poveri del
bazar». Fath sedeva immobile, e fissava l'oro. «Potrei,»
disse «come fece quel tale nel racconto dei quaranta
ladroni, chiedere in prestito la ciotola di un mendi-

cante, e poi restituirgliela lasciandovi sul fondo, per sbaglio, una moneta d'oro, in modo da convincere la gente che sono ricchissimo. Ma, mio signore, questo non servirebbe né a me né a loro. Loro ne vorrebbero di più, molte di più di quante tu me ne abbia date, e molte di più di quante potresti mai darmene. Non mi amerebbero più come mi amano adesso, e non crederebbero più alla mia compassione, o alla mia saggezza. Il mendicante ti prega di riprenderti quest'oro. Sta meglio nella tua sacca che nella mia».

«Che cosa posso fare per te, allora?» domandò il principe. Fath ci pensò sopra, poi il viso gli si illuminò tutto, come quello di un bambino.

«Ascolta, mio grande signore» disse. «Spesso, nella mia mente, mi sono raffigurata una scena che tu adesso, se vuoi, puoi fare avverare. Un giorno ordina al tuo più bel reggimento di cavalleria di attraversare la piazza del bazar con il tuo capitano alla testa. Io starò seduto in mezzo alla piazza, e al loro avvicinarsi non mi muoverò, non farò nulla per togliermi dalla loro strada. Ordina al tuo capitano di arrestare il suo cavallo manifestando, nel vedermi, grande sorpresa e timore, e di far fermare tutto il reggimento perché nessuno mi tocchi; sì, di farlo fermare così all'improvviso che i cavalli impetuosi si impennino. Ma ordinagli che poi, non appena gli farò un cenno con la mano, riprenda il galoppo e passi sopra di me − raccomandagli solo di stare un po' attento, in modo che i cavalli non mi feriscano. Ecco quel che puoi fare per me, mio signore».

«Che razza di capriccio stravagante è mai questo, Fath?» disse il principe, e sorrise. «Non è mai accaduto che i miei cavalieri abbiano calpestato un mio suddito per le strade, o nella piazza del bazar». «Sì, è accaduto, mio signore» ribatté Fath; «mia madre è morta proprio così».

Il principe rimase pensieroso per qualche istante. «Vanità, vanità, tutto è vanità» disse poi. «A Corte, ho già imparato molto sulla vanità degli uomini. Ma molto di più ho imparato stasera da te, un mendicante. Ora mi sembra che la vanità possa nutrire gli affamati, e tener caldo il mendicante nel suo lacero mantello. È così, Fath?». «Vedi, mio signore,» disse Fath «tra cent'anni si leggerà nei libri che Nasrud-Din era un così gran principe, e governava il suo regno di Persia in modo così straordinario, che i suoi più poveri sudditi ritenevano pienamente appagata la propria vanità pur mentre digiunavano, nei loro mantelli da mendicanti, sotto le mura di Teheran».

Il principe tornò ad avvolgersi nel proprio mantello e se lo tirò sul capo.

«Ora devo andarmene» disse. «Buona notte, Fath. Mi avrebbe fatto piacere di poter tornare qualche sera a far quattro chiacchiere con te. Ma alla fine le mie visite rovinerebbero il tuo prestigio. Farò in modo che d'ora in avanti tu possa stare in pace sotto il tuo muro. E che Dio sia con te».

Proprio mentre stava per allontanarsi, si fermò. «Ancora una cosa, prima di andar via» disse con una certa alterigia. «Mi è giunto all'orecchio che tu frequenti quella donna che si esibisce con un asino nella taverna del bazar. È bene che il popolo sia informato del mio desiderio di conoscere le condizioni in cui vive, e anche di condividerle con loro. Ma tu ti stai prendendo una grande libertà con la nostra persona, quando ci fai camminare, per così dire, sulle orme di un asino. Da stasera non devi più vedere quella donna». Io non avevo minimamente sospettato che quel fatto particolare della vita del mendicante si fosse impresso così profondamente nell'animo del principe; ora vidi che l'aveva scandalizzato e offeso, e che a suo giudizio Fath aveva preso alla leggera cose veramente grandi ed elevate. Ma a quel tempo egli non era soltanto un principe, era anche un giovanotto.

A queste parole Fath apparve immensamente stupito e sgomento; abbassò gli occhi e si torse le mani. «Oh, mio signore,» proruppe «questo tuo ordine mi colpisce duramente. Quella donna è mia moglie. Io vivo di quel che lei guadagna col suo lavoro».

Il principe rimase a lungo fermo a guardarlo. «Fath,» gli disse infine, in tono molto cortese e regale «quando, in questa faccenda tra te e me, io finisco col capitolare su tutto, non riesco a capire se sia per debolezza o per una qualche specie di forza. Dimmi tu, adesso, mio mendicante di Teheran, che cosa ne pensi in cuor tuo». «Mio padrone,» disse Fath «tu ed io, il ricco e il povero di questo mondo, siamo due scrigni serrati, ognuno dei quali contiene la chiave dell'altro».

Mentre tornavamo al palazzo, a sera inoltrata, sentivo che il principe era pensieroso e turbato. Gli dissi: «Stanotte, Altezza, avete imparato qualcosa di nuovo sulla nobiltà e sulla potenza dei principi». Per un poco il principe Nasrud-Din non mi rispose. Ma quando fummo usciti da quelle stradine anguste e maleodoranti, e ci inoltrammo nei quartieri più ricchi e lussuosi della città, disse: «Mai più girerò travestito nella mia città».

In questo modo tornammo al Palazzo Reale verso la mezzanotte, e cenammo insieme.

Qui finì il racconto di Aeneas. Egli si abbandonò all'indietro sulla sedia, tirò fuori le cartine e il tabacco e si preparò una sigaretta.

Charlie aveva ascoltato il racconto con rispettosa attenzione, senza dire una parola, con gli occhi fissi sul tavolo. Non appena l'amico tacque alzò lo sguardo, come un bimbo che si desti dal sonno. Si ricordò che al mondo esisteva il tabacco, e seguendo l'esempio di Aeneas, si arrotolò e si accese lui pure una sigaretta. I due esili gentiluomini, ciascuno al suo capo del tavolo, continuarono a fumare tranquilli, seguendo con lo sguardo il lieve fumo azzurrino del tabacco.

«Sì, un bel racconto» disse Charlie, e dopo un po' soggiunse: «Adesso me ne vado a casa. Credo che stanotte dormirò». Ma quando finì di fumare la sigaretta, si abbandonò anche lui contro la spalliera, con aria pensosa. «No» disse poi. «Francamente, non è un bel racconto. Ma ci sono dei punti che si potrebbero elaborare, e dai quali si potrebbe tirar fuori un bel racconto».

FINITO DI STAMPARE NEL SETTEMBRE 2009
DA L.E.G.O. S.P.A. STABILIMENTO DI LAVIS

Printed in Italy

GLI ADELPHI

GLI ADELPHI
Periodico mensile: N. 44/1993
Registr. Trib. di Milano N. 284 del 17.4.1989
Direttore responsabile: Roberto Calasso